Aber wenn von einer früheren Vergangenheit nichts existiert nach dem Ableben der Personen, dem Untergang der Dinge, so werden allein, zerbrechlicher aber lebendiger, immateriell und doch haltbar, beständig und treu Geruch und Geschmack noch lange wie irrende Seelen ihr Leben weiterführen, sich erinnern, warten, hoffen, auf den Trümmern alles Übrigen und in einem beinahe unwirklichen Tröpfchen das unermessliche Gebäude der Erinnerung unfehlbar in sich tragen.

Marcel Proust, »Auf der Suche nach der verlorenen Zeit«

Prolog

China erklärt die Wiedergeburt
lebendiger Buddhas für genehmigungspflichtig
Peking, 4. April 2007

Den in Tibet lebenden buddhistischen Meistern ist es künftig untersagt, ohne Zustimmung der atheistischen chinesischen Regierung wiedergeboren zu werden. Das Verbot ist Teil eines neuen Regelwerks, mit dem Peking seine Vorherrschaft über das aufsässige, zutiefst buddhistisch geprägte tibetische Volk durchzusetzen versucht.

Mit der neuen Verordnung hat die chinesische Regierung nun erstmals die Möglichkeit, die Identifizierung der neuen Inkarnation eines Lama ganz zu verhindern und damit möglicherweise das Ende einer mystischen Tradition einzuläuten, die mindestens bis in das 12. Jahrhundert zurückreicht.

Schon jetzt besteht China darauf, dass die Anerkennung der zwei ranghöchsten tibetischen Mönche, des Dalai Lama und des Panchen Lama, durch die Regierung genehmigt werden muss. Als der Dalai Lama im Mai 1995 verkündete, man habe nach einer tibetweiten Suche die Inkarnation des elften Panchen Lama identifiziert, der 1989 gestorben war, reagierte Peking erbost. Der durch den Dalai Lama ausgewählte Junge gilt seitdem als verschollen.

Auszug aus einem Times-*Artikel von Jane Macartney.*

Wer nach außen schaut, träumt;
wer nach innen schaut, erwacht.
C. G. Jung

Eins

Alexandria, Ägypten, 1799

Giles L'Étoile war ein Meister der Düfte, kein Dieb. Er hatte nie etwas gestohlen, bis auf das Herz einer einzigen Frau, und die hatte ihm immer versichert, sie habe es ihm freiwillig gegeben. Doch an diesem kühlen Abend in Ägypten trug ihn jeder einzelne seiner zögerlichen Schritte auf der klapprigen Leiter, die in die uralte Gruft hinabführte, einem Verbrechen entgegen.

Vor L'Étoile waren schon ein Forscher, ein Ingenieur, ein Architekt, ein Künstler, ein Kartograph und natürlich der General selbst die Stufen hinabgestiegen – lauter Spezialisten aus Napoleons Armada von Wissenschaftlern und Gelehrten, die sich jetzt anschickten, ein seit Jahrtausenden unberührtes Grab zu entweihen. Ein paar Tage zuvor hatten der Forschungsreisende Émile Saurent und seine jungen ägyptischen Helfer die Gruft entdeckt und die Grabungen eingestellt, sobald die versiegelte steinerne Tür freigelegt war. Nun sollte dem neunundzwanzigjährigen Napoleon das Privileg zukommen, als Erster zu sehen, was seit Tausenden von Jahren im Verborgenen lag. Es war allgemein bekannt, dass der General Hoffnungen hegte, Ägypten zu erobern. Doch seine Ambitionen gingen über militärische Siege weit hinaus: Unter seiner Ägide wurde auch die Geschichte des Landes erforscht und zu Papier gebracht.

Am Fuß der Leiter fand sich L'Étoile mit den anderen in einem matt erleuchteten Vorraum wieder. Er sog die Luft ein und registrierte den Geruch von Gipsstaub, abgestandene Luft, die Ausdünstungen der Arbeiter und den Hauch eines unbekannten Dufts, der fast zu schwach war, um ihn wahrzunehmen.

Vier rötliche Granitsäulen ragten aus dem Schutt und stützten ein Deckengewölbe, das mit einer Sternkarte in Lapislazuli und Silber bedeckt war. In die Wände waren mehrere Türen eingelassen. An der größten von ihnen hatte Saurent bereits begonnen, den Mörtel herauszubrechen, mit dem sie versiegelt war.

Die Wände des Vorraums waren mit kunstvollen, detaillierten Wandbildern verziert. Ihre Erd- und Ockertöne waren so leuchtend, dass L'Étoile fast erwartete, die frische Farbe riechen zu können, doch stattdessen stieg ihm Napoleons Eau de Cologne in die Nase. Besonders interessierte sich der Parfümeur für die stilisierten Seerosen, mit denen die Türen und Bilder eingerahmt waren. Die Ägypter nannten diese Pflanze den Blauen Lotus und nutzten ihre Extrakte seit Jahrtausenden für ihre Parfüms. L'Étoile, der sich trotz seiner jungen Jahre bereits seit fast einem Jahrzehnt mit der hochkomplexen, altehrwürdigen ägyptischen Parfümeurstradition befasste, kannte diese Blume und ihre Eigenschaften genau. Ihr Duft war betörend, doch was sie wirklich von allen anderen unterschied, waren ihre halluzinogenen Eigenschaften. Er hatte sie am eigenen Leib erfahren und wusste sie zu schätzen, wenn sich wieder einmal die Vergangenheit in seine Gegenwart drängen wollte.

Die Blaue Lotusblume war nicht das einzige pflanzliche Motiv in den Wandgemälden. Im ersten Bild holten Arbeiter Saat aus einem Lagerraum und säten sie im zweiten aus. Im nächsten pflegten sie die Keimlinge, Blumen und Bäume und ernteten im darauffolgenden Bild die Blüten, Zweige, Kräuter und Früchte. Zu guter Letzt sah man, wie sie ihre Ausbeute einem Mann zu Füßen legten, von dem L'Étoile annahm, dass er der Verstorbene war.

Mehr und mehr Mörtel bröckelte auf den Alabasterboden, und Abu, der von Saurent angeheuerte Führer, erklärte den Umstehenden, was sie vor sich sahen. Seine Ausführungen waren interessant, doch L'Étoile fühlte sich von dem Schweißgeruch, dem brennenden Kerzenwachs und dem Staub schier überwältigt und sah besorgt zu Napoleon hinüber. So sehr er als Parfümeur auch litt, für den General, das wusste L'Étoile, musste es weit schlimmer sein. Napoleon reagierte so sensibel auf Gerüche, dass er manche Bediensteten, Soldaten oder Frauen, deren Duft ihm zuwider war, nicht in seiner Nähe ertrug. Man erzählte sich von seiner Obsession für ausgiebige Bäder und für Eau de Cologne – seine persönliche Mixtur aus Zitrone und Zedernfrucht, Bergamotte und Rosmarin. Der General hatte eigens Kerzen aus Frankreich kommen lassen, die auch jetzt den Vorraum erhellten und deren Wachs aus kristallisiertem Pottwaltran weniger unangenehm roch.

Diese Obsession Napoleons war einer der Gründe, warum L'Étoile noch immer in Ägypten war. Der General hatte ihn gebeten, ihm als Parfümeur zur Verfügung zu stehen. L'Étoile war das nur recht. Alles, was ihn an Paris gebunden hatte, war ihm vor sechs Jahren, während der Schreckensherrschaft, genommen worden. Dort erwarteten ihn nur noch Erinnerungen.

Während Saurent den letzten Mörtel entfernte, trat der Parfümeur näher und besah sich die Schnitzereien auf dem Türblatt. Auch hier zog sich eine Borte aus Blauem Lotus um den Rand und rahmte Schriftfelder mit unleserlichen Hieroglyphen, wie man sie in Ägypten überall fand. Vielleicht würde der unlängst in der Hafenstadt Rosette entdeckte Stein helfen, die Zeichen zu entschlüsseln.

»Fertig«, meldete Saurent, übergab sein Werkzeug einem

der ägyptischen Burschen und klopfte sich den Staub von den Händen. *»Mon Général?«*

Napoleon trat vor und versuchte, den noch immer glänzenden Messingring zu bewegen. Hustete. Zog fester. Der General war drahtig, beinahe mager, und L'Étoile hoffte, dass er stark genug wäre. Endlich hallte ein lautes Knarren durch das Gewölbe, und die Tür sprang auf.

Saurent und L'Étoile traten zu dem General auf die Schwelle, und alle drei hielten ihre Kerzen in die Dunkelheit. Ihr flackernder Lichtschein fiel in einen mit Schätzen reich gefüllten Korridor.

Doch was L'Étoile von diesem Augenblick ein Leben lang im Gedächtnis bleiben sollte, waren nicht die meisterhaft ausgeführten Wandgemälde, nicht die Alabasterkrüge, die filigran geschnitzten Figurinen oder die mit Kostbarkeiten gefüllte hölzerne Truhe. Es war der warme, duftende Lufthauch, der ihn umschmeichelte.

Der Parfümeur erkannte den Geruch des Todes und der Vergangenheit. Matte Dünste von welken Blüten, Früchten, Kräutern und Hölzern streiften ihn. Die meisten kannte er, doch es gab andere. Schwächere, fremdere Noten. Kaum spürbar waren sie, doch sie faszinierten und zogen ihn an wie ein verführerischer, sehnsuchtsvoller Traum, der sich gerade in nichts aufzulösen begann.

L'Étoile ignorierte Saurents Warnung vor dem Schritt ins Unbekannte, vor Schnappfallen und lauernden Schlangen, genauso wie Abus Sorgen um rastlose Geister, die sich als gefährlicher erweisen konnten als jedes giftige Reptil. Seiner Nase folgend, drängte er sich vor und tastete sich mit seiner Kerze ins Dunkel voran, begierig, mehr von diesem mysteriösen Duft in sich aufzunehmen.

Er folgte dem reich verzierten Gang in die Grabkammer und sog die abgestandene Luft tief in sich ein, um mehr zu erfahren. Dann atmete er enttäuscht wieder aus, so heftig, dass seine Kerze erlosch.

Vielleicht waren es die tiefen Atemzüge oder die durchdringende Dunkelheit. Vielleicht war es die stickige Atmosphäre der Kammer, die ihn schwindlig machte. Doch was es auch war – dieses Schwindelgefühl verstärkte seinen Eindruck von dem zarten Duft. Endlich konnte er einzelne Bestandteile unterscheiden: Weihrauch und Myrrhe, Blauen Lotus und Mandelöl, allesamt häufige Zutaten ägyptischer Parfüms. Aber da war noch etwas, ein flüchtiges, zartes Aroma, das sich ihm immer wieder knapp entzog.

L'Étoile war in der dunklen Grabkammer so in seine Konzentration versunken, dass er die sich nähernden Schritte der anderen nicht bemerkte.

»Was ist das für ein Geruch?«

L'Étoile fuhr zusammen und drehte sich nach Napoleon um, der soeben eingetreten war.

»Einer, der seit Jahrhunderten begraben lag«, flüsterte er.

Abu erklärte den nach und nach eintretenden Männern, dass sie sich nun in der Sargkammer befanden, und machte sie auf die farbenfrohen Wandmalereien aufmerksam. In einem der Bilder schmückte der Verstorbene eine große Statue mit Schakalkopf und stellte ihr Speisen zu Füßen. Hinter ihm war eine schöne, zierliche Frau in einem transparenten Gewand zu sehen, die ein Tablett voller Fläschchen in Händen hielt. In dem Bild daneben zündete sie gerade ein Stück Rauchwerk an, und eine Rauchfahne wand sich daraus empor. Noch ein Bild weiter war wieder der Schakalköpfige zu sehen, von Tiegeln, Destillierkolben und Kaltpressen umgeben, wie sie L'Étoile von der Parfümerie seines Vaters in Paris her kannte.

L'Étoile wusste um den hohen Stellenwert des Parfüms im Alten Ägypten, doch so viele Bilder von der Herstellung und dem Gebrauch von Duftstoffen hatte er noch nie gesehen.

»Wer war dieser Mann?«, fragte Napoleon Abu. »Wissen wir es schon?«

»Noch nicht, *mon Général*«, antwortete Abu. »Aber dort finden wir wahrscheinlich weitere Hinweise.« Er deutete in die Mitte des Raums.

Der schwarze Sarkophag aus Granit war fünfmal so groß wie ein durchschnittlicher Mensch. In seine polierte Oberfläche waren Schriftfelder eingemeißelt, und eine Einlegearbeit aus Türkisen und Lapislazuli stellte einen wunderschönen, katzenhaften Jüngling dar, dessen Kopf von blauen Seerosenblüten umgeben war. L'Étoile erkannte ihn sofort. Es war Nefertem, Sohn der Isis, der Schutzgott des Parfüms.

Plötzlich ergaben die auf den Wänden dargestellten Szenen, die Seerosen, die Rauchfässchen in allen Ecken des Raums einen Sinn. Dies war das Grab eines altägyptischen Parfümeurs. Und nach dem Prunk zu urteilen, der ihn umgab, musste er ein sehr angesehener Priester gewesen sein.

Saurent rief seinen jungen Arbeitern Befehle zu, und mit einiger Mühe gelang es ihnen, den steinernen Deckel zu heben. Darunter kam ein breiter hölzerner Sarg zum Vorschein, auf dem wieder dieselben zwei Gestalten abgebildet waren wie auf den Wandgemälden. Diesen Sarg öffneten sie ohne größere Schwierigkeiten.

Darin lag eine unförmige, merkwürdig große Mumie von normaler Länge, aber viel breiter als gewöhnlich, die mit Erdpech aus dem Toten Meer bestrichen war. Statt einer trug sie zwei goldene Totenmasken. Zu beiden gehörten je ein Kopfputz aus Türkisen und Lapislazuli und eine mit Karneol, Gold und Amethyst besetzte Brustplatte. Sie unterschieden sich nur darin, dass eine von ihnen männlich und die andere weiblich war.

»So etwas habe ich noch nie gesehen«, stieß Abu hervor.

»Was bedeutet das?«, fragte Napoleon.

»Ich weiß es nicht, *mon Général*. Das hier ist äußert ungewöhnlich«, stammelte Abu.

»Saurent, wickeln Sie ihn aus«, befahl der General.

Obwohl Abu heftig protestierte, befahl Saurent den jungen Ägyptern, die Leinenbinden aufzuschneiden. Da der Franzose ihr Lohnherr war, gehorchten sie. L'Étoile wusste schon, was ihn erwartete: Die alte Kunst des Einbalsamierens mit duftenden Ölen und Salben und die trockene Luft in der Grabkammer würden verhindert haben, dass das Muskelgewebe des Verstorbenen verweste. Vielleicht wäre sogar sein Haar noch erhalten. Er hatte schon mehrere Mumien gesehen und war jedes Mal von ihrem schweren Duft fasziniert.

Es dauerte nur wenige Augenblicke, die schwärzlichen Stoffbahnen zu durchtrennen und beiseite zu schieben.

»Nein. So etwas habe ich wirklich noch nie gesehen«, flüsterte Abu.

Der linke der beiden Leichname hatte seine Arme nicht, wie sonst üblich, vor der Brust gekreuzt, sondern sein rechter Arm war nach der Hand einer Frau ausgestreckt, die mit ihm gemeinsam einbalsamiert worden war. Ihre linke Hand lag in seiner rechten. Die zwei Liebenden wirkten so lebensnah, ihre Körper so unversehrt, als seien sie erst vor Monaten, nicht vor Hunderten von Jahren beerdigt worden.

Den Umstehenden stockte der Atem beim Anblick dieses im Tod vereinten Liebespaars, doch L'Étoile war nicht so sehr von dem überwältigt, was er sah. Hier, in diesem Sarg, lag die Quelle jenes Dufts, der ihn so magisch anzog, seit er die Leiter hinabgestiegen war.

Wieder bemühte er sich, die ihm bekannten Bestandteile des Dufts von den fremdartigen Nuancen zu trennen, jenen geheimnisvollen Zutaten, die einen Hauch von Hoffnung verbreiteten, von langen Nächten, sinnlichen Träumen, von Verlangen und seiner Erfüllung. Eine Ahnung von dem Versprechen ewiger Treue, von der Wiedervereinigung zweier verlorener Seelen.

Tränen traten dem Parfümeur in die Augen. Das war es, was er sein Leben lang hatte erschaffen wollen. Was er hier mit jedem Atemzug in sich aufsog, war Duft gewordene Emotion. Giles L'Étoile roch die wahre Liebe.

Er war der Verzweiflung nah. Was verlieh diesem Duft seine Komplexität? Warum war er so schwer zu fassen? Wieso ließen sich seine Bestandteile nicht auseinanderhalten? Über fünfhundert Gerüche hatte L'Étoile sich im Lauf der Jahre eingeprägt. Welche von ihnen enthielt diese Komposition?

Gäbe es doch eine Maschine, die den Duft in sich aufnehmen und in seine Bestandteile zerlegen könnte! Über diese Vorstellung hatte er vor langer Zeit mit seinem Vater gesprochen. Jean-Louis hatte sie verächtlich beiseite gewischt, wie die meisten Ideen und Erfindungen seines Sohnes, und ihn dafür gescholten, dass er seine Zeit mit unnützen Phantastereien und romantischen Vorstellungen vertat.

»Düfte wecken Gefühle, Papa«, hatte L'Étoile ihm entgegengehalten. »Stellen Sie sich nur vor, wie reich wir werden könnten, wenn wir den Menschen nicht bloß Rezepturen, sondern Träume verkauften.«

»Unsinn«, sagte sein Vater. »Wir sind Handwerker, keine Poeten. Unsere Aufgabe ist es, den Gestank der Straße zu übertönen, die Ausdünstungen des Körpers zu verbergen und die Sinne von allen Gerüchen abzuschirmen, die abstoßend, krankhaft und lästig sind.«

»Nein, Vater, Sie irren sich. Was wir tun, ist im Kern die pure Poesie.«

Trotz allem, was sein Vater sagte, war L'Étoile immer bei der Überzeugung geblieben, dass Gerüche mehr bedeuten, dass sie einen tieferen Sinn haben konnten. Genau deshalb war er nach Ägypten gekommen. Und er hatte sich bestätigt gefunden. Im Alten Ägypten waren die Parfümeure hochangesehene Priester gewesen. Ihre Duftkreationen hatten in den religiösen Bräuchen eine tragende Rolle gespielt. Mit dem Dunst ihrer Rauchwerke reisten die Seelen ins Totenreich.

Der General trat an den Sarkophag heran, um sich die Mumien näher anzusehen. Als er sich zu ihnen hinunterbeugte, raunte ihm Abu eine Warnung zu, doch Napoleon wischte sie mit einer Handbewegung beiseite, griff in den Sarg und nahm ein kleines Tongefäß aus der Hand des mumifizierten Mannes. »Erstaunlich«, sagte er und griff nach einem weiteren, identischen Tiegel, den die Frau umklammert hielt. »Beide hatten dieselben Gefäße bei sich.« Er öffnete erst einen, dann den zweiten kleinen Tiegel. Ein Augenblick verstrich. Der General schnupperte. Dann hielt er sich ein Gefäß nach dem anderen unter die Nase und roch daran.

»Es scheint etwas Parfümiertes darin zu sein, L'Étoile«, sagte er und reichte dem Parfümeur einen der Tiegel. »Vielleicht eine Pomade? Kennen Sie den Geruch?«

Das Gefäß war so klein, dass es in seine Handfläche passte. Es war weiß lasiert, mit korallenroten und türkisfarbenen Mustern verziert, und Schriftzeichen säumten den Bauch des Tiegels. Die verlorene Sprache der Vergangenheit konnte niemand entziffern. Doch ihr Duft berührte L'Étoile unmittelbar. Er fuhr mit den Fingern über die wächserne Oberfläche. Das hier war also der Ursprung jenes Geruchs, der ihn in die Sargkammer gelockt hatte.

L'Étoile hatte keine übernatürlichen Talente. Das Einzige, worauf er ungewöhnlich sensibel reagierte, waren Gerüche. Deshalb hatte er zehn Jahre zuvor Marie-Geneviève und Paris hinter sich gelassen, um in der trockenen Hitze Ägyptens die magischen, faszinierenden Duftmixturen dieser altehrwürdigen Kultur kennenzulernen. Doch nichts, was er in all den Jahren entdeckt hatte, ähnelte dem, was er jetzt in Händen hielt.

Aus der Nähe war der Duft satt und üppig, und L'Étoile fühlte sich wie auf Schwingen von ihm davongetragen – fort von der Gruft, hinaus in die Weite, in die sternenklare Nacht, zu einem Flussufer, wo er den Wind und die erfrischende Kühle spürte.

Irgendetwas geschah mit ihm. Er wusste, wer er war: Giles L'Étoile, Sohn des renommiertesten Parfümeurs und Handschuhherstellers von ganz Paris. Und wo er war: mit Napoleon Bonaparte in einer unterirdischen Grabkammer in Alexandria. Doch zugleich war er anderswo, am Ufer eines breiten, grünen Stroms, wo er neben einer Frau im Schatten von Dattelpalmen saß. Er spürte, dass er diese Frau schon lange kannte, doch zugleich war sie ihm völlig fremd.

Die Frau war wunderschön. Sie war groß, schlank und hatte dichtes schwarzes Haar und dunkle Augen, in denen Tränen glänzten. Ihr in ein dünnes Baumwollkleid gehüllter Körper wurde von einem Schluchzen geschüttelt, das ihm schier das Herz zerriss. Er begriff instinktiv, dass ihr Schmerz von etwas herrührte, das er selbst getan oder unterlassen hatte, und dass er allein diesen Schmerz stillen konnte. Er musste ein Opfer bringen. Tat er es nicht, dann würde ihr Schicksal ihn auf ewig verfolgen.

Er nahm den Leinenumhang ab, den er über seinem Rock trug, und tauchte einen Zipfel davon ins Wasser, um ihre Tränen fortzuwischen. Als er sich über den Fluss beugte, sah er sein Spiegelbild. Er erblickte einen Unbekannten, einen jüngeren Mann von höchstens fünfundzwanzig Jahren. Die Haut des Mannes war goldfarben getönt, dunkler als L'Étoiles. Er hatte schärfere, klarere Gesichtszüge und schwarzbraune statt blaue Augen.

»Schauen Sie«, sagte aus weiter Ferne eine Stimme, »hier ist auch ein Papyrus.«

L'Étoile begriff vage, dass es Abus Stimme sein musste, doch zugleich vernahm er sich nähernde Pferdehufe. Die Frau an seiner Seite hörte sie ebenfalls; Angst stand ihr ins Gesicht geschrieben. Er ließ seinen Umhang fallen, ergriff ihre Hand und half ihr auf, um sie in Sicherheit zu bringen, nur fort von diesem Fluss.

Ein Schrei ertönte. Jemand prallte gegen ihn. Ein Tongefäß zerbrach laut krachend auf dem Alabasterboden. L'Étoile war wieder in der Grabkammer, und statt des melancholischen Antlitzes der fremden Frau sah er Abu vor sich, der eine Papyrusrolle umklammert hielt und fassungslos auf die Scherben des Tontiegels starrte.

Der Geruch hatte alle Männer in Trance versetzt, und L'Étoile war als Erster wieder daraus erwacht. Um ihn herum herrschte Chaos. Alle flüsterten, schluchzten, schrien oder lallten in Sprachen, die L'Étoile nicht verstand. Sie schienen mit unsichtbaren Dämonen zu kämpfen, verborgene Feinde zu bezwingen oder mit Gefährten zu sprechen, die nur sie selbst sahen.

Was war mit ihm geschehen? Und was geschah mit seinen Gefährten?

Einer der jungen Ägypter saß lächelnd an die Wand gelehnt vor ihm und sang in einer altertümlichen, fremden Sprache ein Lied. Ein anderer lag wimmernd am Boden, und noch einer wehrte einen unsichtbaren Angreifer ab. Zwei der Wissenschaftler schauten den anderen nur entsetzt zu. Saurent kniete betend auf dem Alabasterboden und rezitierte mit entrücktem Gesicht eine lateinische Messe. Der Kartograph trommelte mit den Fäusten auf eine Wand ein und rief wieder und wieder den Namen eines Mannes.

L'Étoile sah zu Napoleon hinüber. Der General stand wie erstarrt neben dem Sarkophag und blickte durch die Wand wie in eine unendliche Ferne. Er wirkte blasser als sonst, und Schweiß stand ihm auf der Stirn, als sei er krank.

Es gab Düfte, die Krankheiten heilen konnten, und andere, die dem Körper schadeten. Gifte, die betörend rochen und ihren Opfern den Atem raubten. L'Étoiles Vater hatte ihn alles darüber gelehrt und ihn vor den Gefahren gewarnt. Daher fürchtete er jetzt um sich selbst, um den Feldherrn und seine Begleiter. Waren sie einem jahrtausendealten Gift zum Opfer gefallen?

Er musste handeln. Rasch griff er nach einer kleinen goldenen Truhe auf einem Stapel von Grabbeigaben, leerte ihren Inhalt – Gold und Glassteine – auf den Boden und legte das intakte Tongefäß hinein. Dann kehrte er mit der Hand die Scherben des anderen zusammen, das der General hatte fallen lassen, legte sie dazu und schloss den Deckel.

Der Duft war noch immer durchdringend, doch jetzt, da die Parfümbehälter weggeschlossen waren, wurde er allmählich schwächer. L'Étoile beobachtete, wie die Männer einer nach dem anderen wieder zu sich kamen und um ihre Fassung rangen.

Plötzlich stürzte Napoleon zu Boden, und der hölzerne Sargdeckel zersplitterte krachend unter seiner Last. Der Parfümeur kannte die Gerüchte, nach denen der General wie schon sein großes Vorbild Julius Cäsar unter der Fallsucht litt. Jetzt schüttelten Krämpfe den Körper des Feldherrn, und Schaum stand ihm vor dem Mund.

Sein Adjutant eilte herbei und beugte sich über ihn.

Hatte das Parfüm diesen Anfall ausgelöst? L'Étoile hatte es jedenfalls sehr zugesetzt. Das Schwindelgefühl und die Benommenheit, die ihn beim Betreten der Kammer befallen hatten, ließen erst jetzt allmählich nach.

»Dieser Ort ist verflucht!«, schrie Abu und warf die Papyrusrolle in den Sarg zurück, wo sie auf den beiden entblößten Leichnamen zu liegen kam. »Wir müssen hier raus!« Er rannte zur Tür hinaus und den Flur entlang.

»Das Grab ist verflucht!«, echoten die jungen Arbeiter mit

bebenden Stimmen und stürzten Hals über Kopf, einander in der Hast beiseite stoßend, zum Ausgang.

Napoleons Experten folgten ihnen.

Der Adjutant half seinem General, der inzwischen wieder bei Sinnen war, behutsam auf die Beine und führte ihn ebenfalls hinaus. Nur L'Étoile blieb in der Grabkammer des Parfümeurs und seiner im Tod vereinten Geliebten zurück.

Er beugte sich über das Paar, nahm die Papyrusrolle, die Abu in den Sarg geworfen hatte, legte sie zu den Tongefäßen in die kleine Truhe und verstaute die Truhe tief unten in seinem Tornister.

Zwei

New York City, Gegenwart
Dienstag, 10. Mai, 8:05 Uhr

Als Jac L'Étoile vierzehn Jahre alt war, hatte die Mythologie ihr das Leben gerettet. Sie erinnerte sich noch genau an damals, besonders an das, was sie am liebsten vergessen hätte. Gerade das stand ihr natürlich am deutlichsten vor Augen.

Das Mädchen, das sie jetzt vor dem Fernsehstudio auf der West 49th Street erwartete, konnte kaum älter als vierzehn sein. Schlaksig, unbeholfen und zugleich aufgeregt und zittrig, kam sie auf Jac zu und streckte ihr ein Exemplar ihres Buches *Den Mythen auf der Spur* entgegen.

»Würden Sie mir ein Autogramm geben, Miss L'Étoile?«

Jac hatte ihr Buch gerade im Studio in einer Talkshow vorgestellt, doch sie war alles andere als eine Prominente. Ihre eigene Fernsehsendung, die ebenfalls *Den Mythen auf der Spur* hieß und in der sie nach den Ursprüngen mythologischer Geschichten und Gestalten forschte, hatte weniger als eine Million Zuschauer. Eine Begegnung mit einem Fan war daher eine freudige Überraschung.

Die Limousine, die Jac bestellt hatte, stand bereits an der Straßenecke, und der Chauffeur wartete an der Beifahrertür. Doch sie durfte sich ruhig ein wenig verspäten. Wo sie jetzt hinwollte, warteten nur die Geister der Vergangenheit auf sie.

»Wie heißt du?«, fragte Jac.

»Maddy.«

Jac bemerkte das leichte, zitrusfrische Parfüm des Mädchens. Junge Frauen und Zedernfrüchte fanden eben immer wieder zueinander. Sie kramte ihren Füllfederhalter hervor und begann zu schreiben.

»Manchmal tut es so gut, zu wissen, dass es echte Helden gibt«, murmelte Maddy ehrfürchtig. »Dass Menschen unglaublich viel erreichen können.«

Ein lauter, überfüllter Gehweg gegenüber der Radio City Music Hall mochte nicht der passendste Ort für persönliche Bekenntnisse sein, doch Jac nickte und lächelte Maddy komplizenhaft zu.

Sie hatte diese Sehnsucht selbst nur allzu gut gekannt. Als Jac damit begonnen hatte, die Ursprünge von Mythen zu erforschen – weltweit antike Bauwerke zu besichtigen, Museen, Sammlungen und Bibliotheken zu kontaktieren, Spuren längst versunkener Kulturen aufzustöbern –, war es ihr darum gegangen, ihr Publikum zu unterhalten und zu bilden. Nur deshalb hatte sie nach den Fakten hinter der heroischen Fiktion und nach den normalsterblichen Vorbildern von Riesen und Legenden gesucht. Jac wies nach, dass gefeierte Heldentaten oft kleine, unbedeutende Handlungen oder sogar Zufälle gewesen waren. Sie deckte auf, dass der tragische Tod mythologischer Gestalten in Wirklichkeit selten eindrucksvoll und symbolisch ausfiel. Stattdessen überhöhten die Überlieferer der Legenden die Realität zu einer lehrreichen, inspirierenden Fabel.

Es ging ihr darum, Mythen zu entzaubern, sie auf das Normalmaß zurechtzustutzen. Doch tatsächlich erreichte sie das Gegenteil.

Der Nachweis, dass Mythen überhaupt reale Vorbilder hatten, dass es die antiken Helden, Götter, Parzen, Furien und Musen in irgendeiner Form wirklich gegeben hatte, schenkte ihren Lesern und Zuschauern Zuversicht.

Deshalb schrieben sie Fanpost und Dankesbriefe an Jac, deshalb hatte sie bereits seit zwei Jahren ihre eigene Fernsehshow, und deshalb gab es Teenager wie Maddy, die ein Autogramm von ihr wollten.

Und genau deshalb fühlte Jac sich wie eine Betrügerin.

Sie wusste, dass der Glaube an Helden einem das Leben retten konnte, doch er konnte ebenso gut alles zerstören. Das erzählte sie Maddy nicht. Stattdessen setzte sie ihre Unterschrift unter die Widmung, gab ihr dankend das Buch zurück und stieg in die bereitstehende Limousine.

Eine Dreiviertelstunde später erkannte Jac an dem satten Aroma von Tannen und frisch erblühten Judasbäumen, dass sie den Sleeping Hollow Cemetery erreicht hatten, einen Friedhof im fruchtbaren Hudson River Valley. Als sie von ihrer Lektüre aufblickte, tauchte gerade das große schmiedeeiserne Eingangstor vor ihnen auf.

Während der Wagen durch das Tor und den Kiesweg hinunterrollte, löste Jac das Haarband, das ihre störrischen Locken im Zaum hielt, und umschlang sie von neuem. Einmal, zweimal. Seit ihrer Kindheit sammelte sie Haarschleifen und besaß sie kistenweise: Bänder aus zartem Satin, aus festem Ripsband, aus Samt, Moiré und Jacquard, die sie oft in Antiquitätenläden und Wühlkisten fand. Von diesem Band aus schimmerndem Satin hatte sie sieben Meter auf einer stockfleckigen Spule ergattert, die mit »Memorial Black« beschriftet gewesen war.

Der Chauffeur fuhr den Hauptweg hinunter bis zur ersten Gabelung und bog rechts ab. Jac hielt nach dem vertrauten Dachkreuz aus Granit Ausschau, während sie an langen Reihen von Grabsteinen, Kapellen und Statuen vorüberglitten, und brachte ihren langen weißen Schal in Ordnung.

Seit hundertsechzig Jahren wurden alle Mitglieder der Familie ihrer Mutter auf diesem verwilderten viktorianischen Friedhof auf einem Felsmassiv über dem Pocantico River begraben. So viele Angehörige hier zu wissen, weckte ein seltsames Gefühl der Vertrautheit in ihr. Sie fühlte sich unbehaglich, ruhelos in diesem Reich der Toten, und dennoch wie zu Hause.

Der Fahrer stellte den Wagen unter einem Robiniengehölz ab und umrundete ihn, um Jac die Tür zu öffnen. Einige Augenblicke lang schwankte sie zwischen Entschlossenheit und Angst, dann stieg sie aus.

Jac stand im Schatten der Baumgruppe auf den Stufen der prunkvollen Grabkapelle im griechischen Stil und rüttelte an dem Schlüssel. Bis letztes Jahr hatte sie nie Schwierigkeiten mit dem Schloss gehabt, doch damals hatte sich auch noch keine Rostspur vom Schlüsselloch abwärts gezogen. Wahrscheinlich war das Innenleben korrodiert. Während sie prüfend den Bart des Schlüssels hin- und herschob und Druck auf den Griff gab, fiel ihr auf, dass die Türscharniere mit Moos bewachsen waren.

Ein Bronzerelief an der Tür des Grabmals, dessen ursprünglicher Glanz längst unter dem Grünspan verschwunden war, stellte drei Gesichter dar. Alle drei – Leben, Tod und Unsterblichkeit – blickten auf die Besucherin herab, und Jac betrachtete sie, während sie sich weiter mit dem Schlüssel abmühte.

Der Lochfraß, der den Tod befallen hatte, ließ seine Züge sanfter erscheinen, besonders um die Augen herum. Ein Finger, den er sich an die Lippen hielt, um sie für immer zu verschließen, verwitterte allmählich, ebenso wie die Mohnblumen in seinem Haar, das Symbol der alten Griechen für den Schlaf.

Im Gegensatz zu ihren beiden Gefährten hatte die Unsterblichkeit ein jugendliches Gesicht, doch die Schlange, die sich, den eigenen Schwanz verschlingend, um ihren Kopf wand, war mit grünen und schwarzen Verwitterungsspuren übersät. Nicht sehr passend für ein jahrtausendealtes Symbol der Unendlichkeit. Nur das Abbild der menschlichen Seele, ein Schmetterling auf der Stirn der Unsterblichkeit, war makellos.

Jac musste fast lachen bei dem Gedanken, dass ihr der Eintritt verwehrt bleiben könnte. Doch schließlich gab die Mechanik nach, und der Schlüssel drehte sich im Schloss. Die Scharniere ächzten wie ein Greis, als sie die Tür aufschob. Sofort wehten ihr der kreidige Geruch des Gemäuers und die abgestandene Luft entgegen, mit einem Hauch verrotteten Laubs und trockenen Holzes. Der »Duft des Vergessens«, wie Jac ihn nannte.

Sie blieb auf der Schwelle stehen und sah hinein.

Die Vormittagssonne, die durch die beiden mit violetten Iris verzierten Buntglasfenster drang, tauchte den Innenraum in ein melancholisches, kobaltblaues Licht. Es ergoss sich über den lang hingestreckten steinernen Engel auf dem Altar. Sein Gesicht war abgewandt, doch an den Gesten seiner zarten Hände und an den hängenden Flügeln, deren Spitzen den Boden der Kapelle berührten, erkannte man seinen Schmerz.

Unter jedem der beiden Fenster standen Alabasterkrüge mit Jacs Opfergaben vom letzten Jahr: ehemals blühenden Ästen eines Apfelbaums, die längst vertrocknet und verblichen waren.

In der Mitte des Raums, auf einer niedrigen Bank aus Granit, saß eine Frau und sah Jac mit einem vertrauten, traurigen Lächeln erwartungsvoll entgegen. Das bläuliche Licht durchdrang die Gestalt und fiel ungebrochen auf Jacs Beine.

Ich dachte schon, du kommst nicht mehr. Die leise Stimme schien weniger aus dem Inneren des durchsichtigen Schemens zu kommen als aus der Luft, die ihn umgab.

Sie ist nicht real, ermahnte Jac sich, betrat die Kapelle und schloss die Tür. Der Geist ihrer Mutter war eine Anomalie. Reine Einbildung. Eine Nachwirkung der Krankheit. Das letzte Überbleibsel aus dieser fürchterlichen Zeit, als das Gesicht im Spiegel nicht ihr eigenes war. Als sie ihre in der Schule gemalten Landschaftsbilder so beharrlich für reale Orte aus ihrer Erinnerung hielt, dass sie nach ihnen zu suchen begann. Als sie die Schreie von Menschen hörte, die lebendig begraben, lebendig verbrannt wurden, Schreie, die niemand sonst vernahm.

Mit vierzehn hatte Jac zum ersten Mal die Stimme ihrer toten Mutter gehört. In den Stunden nach ihrem Tod ununterbrochen, dann täglich, dann immer seltener. Seit sie Frankreich verlassen hatte und nach Amerika ausgewandert war, hörte sie sie nur noch einmal jährlich, hier im Mausoleum, am Jahrestag ihres Todes. Die Stimme einer Mutter, die sie zu früh verlassen hatte, mit einer allzu dramatischen Geste. Audrey war in der Werkstatt ihres Mannes gestorben, umgeben von den schönsten Düften der Welt. Für Jac, die sie dort gefunden hatte, war die Erinnerung noch immer schockierend lebendig. Der Geruch von Rose und Lilie, von Lavendel, Moschus und Patschuli, Vanille, Veilchen und Verbene, Sandelholz und Salbei, und der Anblick der toten, ins Leere starrenden Augen. Der Anblick eines immer so lebhaften, jetzt reglosen Gesichts. Einer ausgestreckten Hand, als hätte sich Audrey im letzten Moment noch erinnert, dass sie etwas Wichtiges zurückließ, und danach greifen wollen.

Mit den frischen blühenden Zweigen, die sie mitgebracht hatte, durchquerte Jac den Raum und legte den Strauß neben einer der alten Vasen ab. Als sie die vertrockneten Zweige vom letzten Jahr herausnahm, zerfielen sie. Jac kniete sich hin und fegte die Überreste mit der Hand zu einem Haufen zusammen. Sie hätte diese Aufgabe delegieren können, doch es gab ihr bei ihrem alljährlichen Besuch etwas Konkretes und Greifbares zu tun.

Jac war kein Einzelkind, dennoch besuchte sie die Gruft jedes Jahr wieder allein. Jedes Mal erinnerte sie ihren Bruder an den Termin und hoffte, selbst wenn sie es nicht erwartete, dass Robbie ihr Gesellschaft leisten würde. Erwartungen führten nur zu Enttäuschungen. Das hatte ihre Mutter sie gelehrt und ihre kleine Tochter davor gewarnt, auf die Verheißungen des Lebens hereinzufallen.

»Überlebende«, hatte sie immer gesagt, »halten sich an die Fakten.« Eine harte, potentiell verheerende Lektion für ein Kind, das noch nicht berücksichtigen konnte, wer sie aussprach: eine Frau, die selbst außerstande war, ihrem Rat zu folgen. *Du stammst aus einer Familie von Träumern, aber es gibt einen Unterschied zwischen Einbildung und Wirklichkeit. Verstehst du? Das wird dir helfen, glaub mir.*

Doch Jacs Kindheitsträume waren anders gewesen als die der anderen. Sie waren voller quälender Geräusche und hässlicher Gestalten. Voller Bedrohungen, vor denen es kein Entkommen gab. Robbies hingegen waren visionär. Er glaubte damals, er würde eines Tages das *Buch der Düfte* finden, das ihr Vorfahr aus Ägypten mitgebracht hatte, und mit Hilfe der Rezepturen darin wundertätige Elixiere zusammenbrauen. Immer wenn er davon anfing, lächelte Jac herablassend, wie ältere Geschwister es tun, und sagte: »Maman hat gesagt, das ist alles nur ausgedacht.«

»Nein, Papa sagt, es ist wahr«, hielt Robbie dagegen. Dann rannte er in die Hausbibliothek und kam mit dem alten, in Leder gebundenen Geschichtsbuch zurück, das sich schon von allein auf der richtigen Seite öffnete. Er deutete auf einen Kupferstich des römischen Autors und Philosophen Plinius des Älteren. »Er hat Kleopatras Buch selbst gesehen. Das hat er geschrieben, siehst du? Hier steht es.«

Sie raubte ihrem Bruder nicht gern seine Illusionen, doch es war wichtig, ihm klarzumachen, dass das alles nur eine aufgebauschte Mär war. Wenn sie ihn davon überzeugen konnte, vielleicht glaubte sie es dann irgendwann selbst.

»Es kann ja sein, dass es irgendwann eine Liste der Parfüms gegeben hat, die unter Kleopatra hergestellt wurden, aber die besitzen wir nicht. Und ein mnemonisches Parfüm gibt es erst recht nicht. Es kann keinen Geruch geben, der Erinnerungen wachruft. Das haben sich unsere Vorfahren bloß ausgedacht, um dem Haus L'Étoile ein besonderes Image zu verpassen. Seit über zweihundert Jahren entwickelt, produziert und verkauft unsere Familie Parfüms. Nur Parfüms, Robbie. Mixturen aus Ölen und Alkohol. Keine Träume und keine Visionen. Das sind alles bloß Phantastereien. Spannende Geschichten.«

Ihre Mutter hatte ihr alles über Geschichten beigebracht. Über jene, die man sich selbst ausdachte, wie auch über die, die einen ungebeten überkamen. »Selbst wenn sie beängstigend sind und dich nicht loslassen, kannst du sie immer unter Kontrolle behalten«, hatte Audrey mit einem bedeutungsvollen Blick zu ihr gesagt. Jac begriff, dass es ihr um die Schatten ging, die sie beide verfolgten. Dass sie ihr Hinweise gab, ihr half, mit dem fertig zu werden, was sie beide von allen anderen unterschied.

Trotz der mütterlichen Ratschläge hätten diese Erscheinungen Jac fast um den Verstand gebracht. Schon zuvor waren sie schlimm genug gewesen, doch nach Audreys Tod wurden Jacs verstörende Visionen lebhafter denn je. Sie waren durch nichts mehr von der Wirklichkeit zu unterscheiden.

Nach monatelangen Konsultationen bei Ärzten, die ihr nicht helfen konnten, traf sie einen, der sie verstand. Er brachte ihr bei, ihre Ängste zu destillieren, wie es Parfümeure tun. Wie man die Essenz einer Blüte extrahiert. Dann lehrte er sie, diesen wenigen Tropfen ihrer grellsten, blutigsten Angstphantasien mit Hilfe der Mythologie einen Sinn abzugewinnen.

In einer ihrer schrecklichsten Visionen, die sie immer wieder heimsuchte, war Jac hoch über einem apokalyptischen Stadtszenario in einem brennenden Raum eingesperrt. Zu einer Seite hatte das Zimmer eine Fensterfront. Verzweifelt bemühte sie sich, die Fensterflügel zu öffnen, bevor der Rauch ihr den Atem nahm. Wenn sie nur den Weg ins Freie fand, das wusste sie, konnte sie sich mit den an ihren Rücken geschnallten durchscheinenden Flügeln in Sicherheit bringen.

Von irgendwo außerhalb des Raums hörte sie Stimmen,

auch wenn das durch das Röhren der Flammen unmöglich war. Sie schrie um Hilfe, doch niemand nahm Notiz von ihr. Sie würde sterben, das wusste sie.

Unter Anleitung des Arztes erkannte Jac in dem Traum Elemente des Mythos von Daidalos und Ikaros. Der entscheidende Unterschied – und somit der Schlüssel zum Verständnis ihres Traums – lag darin, dass Jac allein in dem Inferno war. Vater und Mutter hatten sie verlassen. Ikaros hatte zwar den Rat seines Vaters ignoriert, doch sein Vater war bei ihm gewesen. Jac wurde von niemandem davor gewarnt, der Sonne oder dem Meer zu nahe zu kommen. Sie war allein. Gefangen. Verloren. Hilflos dem Tod preisgegeben.

Diese erste Bekanntschaft mit mythologischen Bildern und Archetypen war der Beginn eines langen Weges, der Jac zu ihrem Buch *Den Mythen auf der Spur* und später zu ihrer Fernsehsendung führen sollte. Statt sich mit Parfüms zu beschäftigen wie ihr Bruder, wie ihr Vater und dessen Vater, wurde sie Forschungsreisende auf den Spuren der Mythologie. Sie erweckte die alten Sagengestalten zum Leben, um sie auf den Boden der Tatsachen zurückzuholen. In Athen, Rom und Alexandria suchte sie in Baudenkmälern und Archiven nach Hinweisen auf die Menschen und Ereignisse, die zu Mythen verklärt worden waren.

Jac wollte ihrem Publikum vermitteln, dass diese Geschichten Metaphern, moralische Lehren und Orientierungshilfen in sich bargen, aber keine Wahrheiten. Wunderglaube konnte gefährlich sein. Der Realitätssinn gab ihr Halt. Es gab keinen Minotaurus, keine Monster, keine Einhörner, Feen und Geister. Zwischen Fakten und Fiktionen verlief eine klare Grenze. Und seit sie erwachsen war, verlor Jac diese Grenze nie aus den Augen.

Außer wenn sie hierherkam, am Todestag ihrer Mutter, jedes Jahr am 10. Mai.

Das Licht verblasste und erglühte wieder. Jac wusste, dass es nur an den vorüberziehenden Wolken lag, doch es sah aus, als hätte der Engel auf dem Altar zu atmen begonnen. Wie schön wäre es, zu glauben, dass der steinerne Engel zum Leben erwachen könnte. Dass es Helden gab, die einen nie enttäuschten. Dass ihre Mutter wirklich zu ihr sprach.

Aber das tue ich doch, antwortete ein Flüstern auf Jacs unausgesprochene Gedanken. *Und das weißt du auch. Ich weiß, du hältst es für gefährlich, mir zu glauben. Aber sprich mit mir, Liebes, es wird dir guttun.*

Jac erhob sich und wickelte die blühenden Apfelzweige aus der Folie. Sie sprach nie mit der Erscheinung. Ihre Mutter war nicht wirklich da. Was sie sah, war nur ein Erzeugnis falsch verschalteter Synapsen. Sie hatte den MRT-Scan auf dem Schreibtisch ihres Vaters selbst gesehen und den Befund gelesen.

Jac war damals vierzehn gewesen, doch selbst als Erwachsene hätte sie für einige der Ausdrücke ein Wörterbuch gebraucht. Man hatte festgestellt, dass in ihrem Frontallappen, in der Hirnregion, in der sich öfter Hinweise auf psychotische Störungen finden ließen, das Volumen der Weißen Masse leicht verringert war. Das war der Beweis, dass es nicht bloß ihre überbordende Phantasie war, die ihr das Gefühl gab, verrückt zu werden, sondern eine diagnostizierbare Krankheit.

Doch therapierbar war sie nicht so ohne Weiteres. Jacs langfristige Prognose war ungewiss. Ihr Zustand konnte stabil bleiben, doch ebenso gut konnten sich die Symptome verschlimmern.

Der Arzt empfahl, sofort mit einer Therapie zu beginnen und auszuprobieren, ob Psychopharmaka eine Linderung herbeiführen würden.

Jac zerknüllte die Folie, die laut raschelte, doch nicht laut genug, um die Stimme ihrer Mutter zu übertönen.

Ich weiß, wie sehr dich das beunruhigt, Liebes, und es tut mir leid.

Sobald die Zweige in der Urne unter dem westlichen Fenster standen, verbreitete sich der Duft ihrer Blüten. Jac selbst mochte lieber dunkle, holzige Noten. Gewürze und Moschus. Moos und Pfeffer mit einem Hauch von Rose. Doch ihre Mutter hatte diesen süßlichen Blütenduft geliebt, also brachte Jac ihn Jahr für Jahr mit in die Kapelle und ließ sich von ihm an all das erinnern, was sie vermisste.

Draußen verdunkelte sich der Himmel, und ein Unwetter brach los. Jac kauerte sich vor die Urne und lauschte dem Regenschauer, der auf das Dach trommelte und die Scheiben erzittern ließ. Normalerweise wurde sie schnell ungeduldig und beeilte sich, von einem Termin zum nächsten zu kommen. Den Standort zu wechseln. In Bewegung zu bleiben. Sie tat alles, um jede Langeweile zu vermeiden, die zu unerwünschten Grübeleien verführen konnte. Doch hier, in der Grabkapelle, erlaubte sich Jac einmal im Jahr die krankhafte Befriedigung, ihren Ängsten, ihrer Trauer und Enttäuschung nachzugeben. Hier in der Gruft, in diesem traurigen blauen Licht, konnte sie zur Ruhe kommen und hinnehmen, was sie sonst verdrängte. Sie ließ die Visionen zu. Furchtsam zwar, doch ohne sie zu bekämpfen. Nur einmal im Jahr. Nur hier.

Als kleines Mädchen dachte ich immer, dieses Licht sei eine Brücke, auf der ich von den Lebenden zu den Toten und wieder zurück gehen könnte.

Jac meinte fast zu spüren, wie ihre Mutter ihr übers Haar strich, wenn sie so in dem sanften Flüsterton sprach, mit dem sie sie früher in den Schlaf geleitet hatte. Sie schloss die Augen. Das Unwetter füllte den Moment des Schweigens, ehe ihre Mutter weitersprach.

Und das ist es doch für uns zwei, nicht wahr, Liebes? Eine Brücke.

Jac antwortete nicht. Sie konnte nicht. Sie lauschte auf die nächsten Worte, doch stattdessen war nur das Rauschen des

Regens zu hören – und das Ächzen der Scharniere, als die schwere Tür sich öffnete. Ein kalter, feuchter Luftzug fuhr in die Kapelle, und Jac drehte sich um. Sie sah die Silhouette eines Mannes in der Tür und wusste einen Moment lang nicht, ob er real war oder nur einer ihrer Geister.

Drei

Nanjing, China
Dienstag, 10. Mai, 21:05 Uhr

Einen Augenblick lang senkte der Mönch den Kopf wie zum Gebet, dann zündete er ein Streichholz an. Seine Ruhe und Gelassenheit schienen beinahe göttlich, ein Augenblick tiefen inneren Friedens. Sein Gesichtsausdruck veränderte sich kaum, als er das Streichholz an seine mit Petroleum getränkte Kutte hielt. Flammen in demselben Safranton wie seine Kleidung hüllten ihn ein.

Xie Ping wandte sich von der Website auf dem Bildschirm ab und sah zu Cali Fong hinüber. Tränen standen ihr in den Augen.

»Es ist eine Schande«, flüsterte sie mit zitternder Stimme. Mit ihren knapp ein Meter fünfzig konnte man die Dreiundzwanzigjährige leicht für eine Teenagerin halten. Kaum jemand hätte Cali die überbordenden, riesigen Bilder zugetraut, die sie malte – manche waren sieben Meter hoch. Und ihr leidenschaftlicher Einsatz für Menschenrechte und künstlerische Freiheit passte ebenso wenig zu der zierlichen Mädchengestalt. Einen so meinungsstarken Menschen wie sie zur besten Freundin zu haben, war für Xie sicher nicht die klügste Wahl, doch er hatte irgendwann beschlossen, dass es ebenso verdächtig gewesen wäre, sie zu meiden, wie sich mit ihr anzufreunden.

»Du solltest dich ausloggen«, sagte Xie. »Und weine nicht. Nicht in der Öffentlichkeit.«

Obwohl viele Studenten und Dozenten über die Unruhen in Tibet diskutierten, konnte es gefährlich werden, wenn gerade er Aufmerksamkeit auf sich zog.

»Aber das hier ist wichtig, und …«

»Cali, ich muss jetzt los«, sagte er, bemüht, sie zur Vernunft zu bringen. »Eins meiner Projekte ist fällig, und ich muss so schon die halbe Nacht durcharbeiten. Bitte räum hinter dir auf und lass uns gehen, ja?«

Jeder neue PC wurde in China mit vorinstallierter Zensursoftware ausgeliefert, die den Zugriff auf die Seiten der BBC, auf Twitter, YouTube, Wikipedia und Blogs verhinderte. Nach der Darstellung der Regierung dienten diese Maßnahmen der Bekämpfung von Pornografie, doch jeder wusste, dass sie dazu gedacht waren, die Öffentlichkeit von Informationen über Demokratiebewegungen, über Tibet oder die verbotene spirituelle Gemeinschaft Falun Gong abzuschneiden. Subversive oder pornografische Websites zu besuchen war ebenso verboten wie jede Anwendung von Techniken, mit denen sich die staatliche Internetzensur umgehen ließ.

Techniken, mit denen Cali sich bestens auskannte. Während sie ihre Surfspuren beseitigte, schloss Xie die Augen und begab sich auf die Suche nach dem Ort der Stille in seinem Inneren. Lautlos intonierte er ein Mantra, das er gelernt hatte, als er gerade erst sechs Jahre alt war.

Om mani padme hum.

Er wiederholte es langsam viermal hintereinander, und für die wenigen Sekunden, die er sich gönnte, verstummte der Lärm des Internetcafés um ihn herum. Die Filmaufnahmen hatten ihn viel stärker aufgewühlt, als er es Cali oder, noch schlimmer, irgendjemandem sonst gegenüber zugeben durfte.

Mit einer Berührung am Arm holte ihn Cali in die Gegenwart zurück. »Wie schlimm soll es noch werden, bis die internationale Gemeinschaft endlich einschreitet?«

»Sie kann nicht einschreiten. Die finanziellen Konsequenzen wären unabsehbar. Sie schulden uns alle viel zu viel Geld. China hat sie alle in der Hand.« Xie bemühte sich, sachlich zu klingen, er fühlte sich jedoch alles andere als rational. Diese Groteske, die sich in seiner Heimat abspielte, verschlimmerte sich mit jedem Tag. Es wurde Zeit, sich zu engagieren. Er hatte keine Wahl. Jetzt nicht mehr. Schluss mit der Maskerade. Egal, wie hart der Weg war, der vor ihm lag, egal, wie gefährlich.

Draußen auf der Straße entdeckte er eine Gruppe blau gekleideter Polizisten, die auf das Café zusteuerten. Razzien auf der Suche nach subversiven Elementen gab es immer wieder, und er wollte lieber nicht hineingeraten. »Komm, gehen wir«, sagte er und stand auf.

»Allein in den letzten sechs Tagen haben sich hundertdrei Mönche angezündet.«

»Ich weiß, Cali. Komm jetzt.«

»Einhundertunddrei Mönche«, sagte sie noch einmal, als könne sie die Zahl nicht fassen.

Er fasste sie am Arm. »Wir müssen los.«

Als sie das Café verließen, überquerten die vier Polizisten gerade die Straße und gingen auf den Eingang zu. Sobald sie außer Hörweite waren, stellte Cali die Fragen, die auch Xie bewegten, ohne dass er sie aussprechen konnte. »Wie soll das alles diesem armen kleinen Jungen nützen? Wird man ihn je wiederfinden? Warum wird ausgerechnet jetzt die Verordnung Nummer fünf so durchgedrückt? Wussten die nicht, dass das nur noch mehr Ärger macht? Und wie konnten sie sie nur so offensichtlich missbrauchen? Wie gefährlich kann ein einzelner kleiner Junge schon sein?«

»Sehr gefährlich, wenn es ein kleiner Junge wie dieser ist.«

Die Verordnung Nummer fünf war 2007 in Kraft getreten

und verlieh der Regierung das Recht, in die Reinkarnation der buddhistischen Meister einzugreifen, indem sie jede Wiedergeburt genehmigungspflichtig machte.

Reinkarnationen anzuerkennen war nicht das Entscheidende. Der Regierung kam es darauf an, sie ablehnen zu können, wenn sie Chinas Kontrolle über Tibet und den tibetischen Buddhismus gefährdeten. Der Verordnung zufolge mussten »Reinkarnationsgenehmigungen« von staatlichen Stellen erteilt werden, und zugleich gab es ganze Regionen, in denen Wiedergeburten grundsätzlich verboten waren. Natürlich gehörten auch die zwei spirituell bedeutsamsten Städte in Tibet, Xining und Lhasa, dazu.

Xie musste daran denken, wie sein Großvater von der Anerkennung des gegenwärtigen Dalai Lama, des geistigen und staatlichen Oberhaupts Tibets, im Jahr 1937 erzählt hatte. Der Junge war gerade zwei Jahre alt gewesen, als man ihn auf der Suche nach der Reinkarnation des Thubten Gyatsho fand, der von seinem dritten Lebensjahr 1879 bis zu seinem Tod 1933 der dreizehnte Dalai Lama gewesen war.

Ihren ersten Hinweis auf den Aufenthaltsort des Kindes bekamen die Mönche, als der Kopf des einbalsamierten Lama sich bewegte. Eines Tages lag er nicht mehr mit dem Gesicht nach Süden, sondern in Richtung Nordosten.

Dann erblickte ein älterer Lama Gebäude und Schriftzeichen auf der spiegelnden Oberfläche eines heiligen Sees. Diese Hinweise führten die Suchenden in ein Kloster in der Provinz Amdo, wo Mönche ihnen dabei halfen, den Jungen zu identifizieren.

Schließlich unterzogen sie ihn einer letzten Prüfung, um sicherzugehen, dass sie den wahren Dalai Lama vor sich hatten: Sie gaben dem Jungen eine Reihe von Gegenständen, von denen einige dem toten Lama gehörten und andere nicht.

»Das hier ist meins, das ist meins«, sagte er und wählte nur die Dinge aus, die seinem toten Vorgänger gehörten, erst eine Gebetskette und dann seine Brille.

Dreizehn Jahre später, 1950, marschierten die kommunistischen Regierungstruppen Chinas in Tibet ein und übernahmen die Macht. Wiederum neun Jahre darauf verließ der erst vierundzwanzigjährige Dalai Lama seine Heimat und ging nach Indien ins Exil. Seither, seit mehr als fünfzig Jahren, war der Konflikt immer weiter eskaliert. Gerade wurde das Land von einer neuen Welle der Unruhe und Gewalt überschwemmt.

Auslöser der jüngsten tragischen Akte des Widerstands waren die Ereignisse in Lhasa zwei Wochen zuvor: Ein dreijähriges Kind war dort nur vierundzwanzig Stunden nach seiner Anerkennung als reinkarnierter Lama verschwunden.

Seitdem gab es in allen größeren tibetischen Städten Unruhen, und das brutale Vorgehen der Polizei hatte die Ereignisse zu der schwerwiegendsten Krise seit dem Olympiajahr 2008 hochgeschaukelt.

»Genau dasselbe ist doch schon mal passiert, oder?«, fragte Cali.

»Ja, fast jedenfalls.«

Mehr als zwanzig Jahre vorher war ein anderer, sechsjähriger Junge mitsamt seiner Familie verschwunden, kurz nachdem man ihn als den neuen Panchen Lama anerkannt hatte.

Seit Hunderten von Jahren spielte der Panchen Lama eine entscheidende Rolle bei der Identifikation des nächsten Dalai Lama. Die chinesische Regierung behauptete nach wie vor, der besagte Junge sei wohlauf und arbeite inzwischen als Ingenieur in Peking. Inoffiziell gingen die meisten Menschen davon aus, dass er getötet worden war. Nur wenige hegten noch die Hoffnung, er werde eines Tages wieder auftauchen.

Schweigend legten die beiden Freunde den Rest des Weges zur Kunsthochschule Nanjing zurück, wo sie ihren Abschluss machten und als Assistenten arbeiteten.

Am Eingang des Gebäudes hauchte Xie Cali einen Abschiedskuss auf die Wange. »Dann sehen wir uns morgen, ja?«

Sie nickte.

Er nahm behutsam ihren Arm und sprach ruhig und bestimmt. »Ich weiß, wie sehr dich das aufwühlt. Aber bitte erzähle niemandem, was du gesehen hast. Das ist gefährlich, und ich möchte, dass du vorsichtig bist.«

»Ich wünschte, du wärst ein bisschen mutiger.«

Da war so viel, was er ihr nicht sagen konnte. Von all den Opfern, die er bringen musste, schmerzte ihn keins so sehr wie der Umstand, dass er Cali nicht die Wahrheit sagen durfte.

»Bitte sei vorsichtig«, wiederholte er.

Vier

Sleepy Hollow Cemetery, New York
9:30 Uhr

Jac konnte kaum glauben, dass der Mann auf der Schwelle ihr Bruder war. Es war ein weiter Weg von der Rue des Saints-Pères in Paris bis zu dieser Grabkapelle auf einem Friedhof fünfzig Kilometer außerhalb von New York City.

»Hast du mich erschreckt«, sagte sie, statt ihm zu erzählen, wie sehr sie sich freute.

»Tut mir leid«, sagte Robbie und kam herein. Trotz der ruppigen Begrüßung lächelte er.

Wasser perlte an einem riesigen Strauß blühender Apfelzweige herab, den er im Arm hielt, und rann von dem Regenschirm mit Wurzelholzgriff, den schon ihr Großvater gern bei sich getragen hatte. Trotz des Unwetters trug Robbie seine handgefertigten Lederschuhe. Jacs Bruder war immer makellos gekleidet, ohne sich je besonders um seine Anziehsachen zu kümmern. Sie beneidete ihn darum, wie sehr er in sich selbst ruhte. Ihr dagegen schien es viel zu oft, als sei sie in ihrem eigenen Leben fremd.

Robbie hatte dieselben mandelförmigen hellgrünen Augen wie Jac und ebenso wie sie ein ovales Gesicht und lockiges kastanienbraunes Haar, nur dass er seins in einem Pferdeschwanz trug. In seinem rechten Ohr glitzerte ein kleiner Smaragdstecker, und Regentropfen glänzten auf den Platinringen, die er an fast jedem Finger trug. Wenn Robbie einen Raum betrat, geschah immer etwas Magisches. Das Licht schien sich ihm zuzuwenden. In der Luft lag eine Ahnung unbekannter Düfte.

Früher hatten sie sich nie gestritten, doch seit ein paar Monaten hatte sich das geändert, und Jac erinnerte sich noch gut an ihre bisher ernsteste Auseinandersetzung vor drei Tagen am Telefon. Sie betrachtete ihren Bruder, dessen Präsenz jetzt den kleinen Raum erfüllte. Sein Lächeln ließ erkennen, dass er den Streit bereits vergessen hatte. Er freute sich einfach darüber, sie zu sehen.

Sie wartete darauf, dass er etwas sagte, doch genau wie ihr Vater zog Robbie es oft vor, in Gesten statt mit Worten zu kommunizieren. Manchmal ärgerte sie diese Eigenschaft, genauso wie Audrey damals. Jac sah zu der Bank hinüber. Die Erscheinung war nicht mehr da. Hatte Robbie Audrey vertrieben? Jac sah wieder ihren Bruder an und wartete.

Früher hatte es Jac verbittert, dass sie selbst nur hübsch war, ihr Bruder jedoch schön. Ihre Gesichtszüge waren ähnlich, doch an ihm wirkten sie fast zu zart für einen Mann, während Jac etwas zu kantig für eine Frau schien. Wenn sie Robbie ansah, war es, als erblickte sie in einem Zauberspiegel eine andere Version ihres Ich. Ihre Androgynität brachte sie einander ungewöhnlich nah. Und ihre gemeinsame tragische Vergangenheit.

»Ich staune ja, dass du gekommen bist«, sagte Jac schließlich. »Hast du nicht immer gesagt, dass man Todestage erst gar nicht begehen sollte? Und dass Maman gar nicht wirklich tot ist?«

»Oh, Jac, natürlich ist sie das. Die Mutter, die wir hatten, ist gestorben. Aber ich glaube, nein, ich weiß, dass ihr Geist nicht gestorben ist und es auch nie und nimmer tun wird.«

»Was für eine charmante Vorstellung.« Jac gelang es nicht, ihren Sarkasmus zu verbergen. »So ein lebensbejahendes Glaubenssystem muss sehr tröstlich sein.«

Robbie sah ihr schweigend in die Augen. In seinem Blick

lag etwas, das sie nicht verstand. Dann trat er auf sie zu, beugte sich herab und küsste sie sanft auf die Stirn. »Ich wollte dir Gesellschaft leisten. Es ist ein trauriger Tag, nicht?«

Jac schloss die Augen. Es tat gut, ihren Bruder bei sich zu wissen. Sie nahm seine Hand und drückte sie. Robbie konnte man nie lange böse sein.

»Ist alles in Ordnung?«, fragte er.

Robbie sprach Französisch, und Jac antwortete automatisch in derselben Sprache. Die Geschwister waren mit ihrer amerikanischen Mutter und dem französischen Vater zweisprachig aufgewachsen, doch Jac zog die englische und Robbie die französische Sprache vor. Sie war und blieb mit allen Vor- und noch mehr Nachteilen ein Mutterkind und er der Sohn seines Vaters.

»Sicher.«

Dass sie die Stimme ihrer Mutter hörte, hatte sie ihm nie erzählt, auch wenn sie sonst fast alle Geheimnisse mit ihm teilte. Trotz all ihrer Unterschiede waren die beiden sich verzweifelt nah, wie es Kinder aus gescheiterten Familien öfter sind.

Robbie legte den Kopf schief, und Jac sah, dass er ihr nicht glaubte. Doch er würde nicht nachhaken, das war nicht seine Art. Robbie war der Geduldigere von ihnen beiden. Der Gelassenere. Der sich nie auf einen Streit einließ.

So war es zumindest bis vor kurzem gewesen.

Als Audrey starb, war Jac vierzehn und Robbie elf Jahre alt. Es folgte ein verlorenes Jahr, in dem Jacs Wahnvorstellungen sich verschlimmerten und sie von einem Arzt zum nächsten durchgereicht wurde. Einer hatte ihr wahnhafte Störungen, ein anderer Schizophrenie attestiert, bis man ihr in einer Klinik in der Schweiz tatsächlich helfen konnte und sie fast vollständig geheilt daraus entließ. Danach, mit fünfzehn, war sie nach Amerika übergesiedelt, um bei der Schwester ihrer Mutter und deren Ehemann zu wohnen, und Robbie war bei ihrem Vater in Paris geblieben. Jedes Jahr waren Bruder und Schwester nach Grasse in Südfrankreich gereist und hatten dort gemeinsam zwölf Wochen bei ihrer Großmutter verbracht.

Vor sechs Monaten hatte man ihren Vater wegen seiner Alzheimer-Erkrankung für unmündig erklärt, und die Verantwortung für den Familienbetrieb war auf die Geschwister übergegangen. Sie hatten nicht einmal geahnt, wie nah die Firma dem Konkurs stand. Robbie hatte sich bisher nur mit der Entwicklung eigener Kollektionen von Nischenparfüms beschäftigt, exklusiven Düften, die in kleinen Auflagen vertrieben wurden, und Jac, die nicht einmal in Frankreich lebte, befasste sich gar nicht mit den Alltagsgeschäften. Beide waren von der finanziellen Lage des Unternehmens schockiert. Sie konnten sich nicht darüber einigen, wie es weitergehen sollte, und so endeten in letzter Zeit ihre transatlantischen Telefonate viel zu oft in erbittertem Streit. Die Krise des Hauses L'Étoile entfernte sie weiter voneinander als der zwischen ihnen liegende Ozean.

»Die sind schön.« Jac wies mit einem Nicken auf die Apfelblüten, die Robbie noch immer im Arm hielt.

Er sah zu der frisch gefüllten steinernen Vase hinüber. »Sieht allerdings nicht so aus, als wäre noch Platz dafür.«

»Die hier ist noch leer.« Jac deutete auf die zweite Vase.

Sie beobachtete, wie Robbie sich umsah. Soweit sie wusste, war er noch nie hier gewesen. Er betrachtete den lebensgroßen steinernen Engel, die Buntglasfenster und die Marmortafel mit den in säuberlichen Spalten eingravierten Namen und Daten. Er überflog sie und ließ seine Finger über die Rillen und Kanten des dritten Namens in der mittleren Spalte wandern – den Namen ihrer Mutter. Die Geste rührte Jac.

»Wenn sie glücklich war«, sagte er, »war sie der liebevollste Mensch der Welt. Und der schönste.« Dann wandte er sich lächelnd seiner Schwester zu. Die ärgerlichen Telefonate rückten unter seinem tröstlichen, ruhigen Blick in weite Ferne. Schon bevor Robbie begonnen hatte, sich mit dem Buddhismus zu beschäftigen, war er nachdenklich und viel ausgeglichener gewesen als Jac. Sie wünschte sich nichts sehnlicher, als den Streit zu beenden und einfach so zu bleiben, wie sie waren: in der gemeinsamen Erinnerung vereint.

»Bist du gekommen, um die Verträge zu unterschreiben?«, fragte sie. »Es geht wirklich nicht anders. Wir müssen verkaufen.«

Dräng ihn doch nicht so.

Jac schrak bei dieser plötzlichen Einmischung zusammen und musste sich beherrschen, sich nicht nach der Stimme ihrer Mutter umzudrehen. Sie hatte gedacht, Audrey sei nicht mehr da.

Fast klang es, als würde Robbie mit einstimmen. »Nicht, Jac. Nicht jetzt.« Er wickelte seine Apfelblüten aus. »Dafür ist später noch Zeit. Können wir jetzt einfach nur wir selbst sein?«

Aber das sind wir schon so lange nicht mehr, dachte Jac.

Als Kinder hatten sie und ihr Bruder genau wie ihr Vater davon geträumt, mit Düften das zu tun, was ein Bildhauer mit einem Felsblock und ein Maler mit seinen Farben tat – sie wollten Poeten sein. Jac hatte diesen Traum aufgegeben, als sie mitbekam, wie teuer ihre Eltern für ihre künstlerischen Ambitionen bezahlten.

Ihr Vater war von der Idee besessen gewesen, einen perfekten Duft zu erschaffen, einen neuen Klassiker, der die Phantasie beflügelte. Seine Entschlossenheit und seine Enttäuschung hatten ihn verbittert. Daran litt die gesamte Familie, vor allem jedoch ihre Mutter. Audrey war eine anerkannte Lyrikerin und hatte selbst mit so starken Dämonen zu kämpfen, dass ihre Kraft nicht ausreichte, um sich gegen die dunklen Seiten ihres Mannes zu wehren. Um ihm zu entkommen, stürzte sie sich in eine zerstörerische Liebesaffäre. Als sie entdeckt wurde und der Konflikt eskalierte, nahm ihre Mutter sich das Leben.

Dein Vater und ich haben aufgegeben. Du hast aufgegeben. Nicht aber Robbie. Er hat nie gezweifelt, und das wird er auch nie.

Jac spürte den Vorwurf, der in diesen Worten lag. Ja, ihre Mutter hatte recht. Jac hatte den Kampf aufgegeben, bevor er überhaupt begonnen hatte. Robbie hatte durchgehalten. Er war fest entschlossen, das Versagen ihres Vaters und das Leid ihrer Mutter wiedergutzumachen.

Und sie allein war dafür verantwortlich, ihn von diesem unsinnigen Vorhaben abzubringen.

Eine verirrte Blüte hing von einem der Zweige herab, die Robbie gerade in die Vase gestellt hatte. Im bläulichen Licht wirkten ihre weißen, rosa überhauchten Blätter lavendelfarben. Jac pflückte sie, beugte sich darüber und atmete ihren Duft.

»Wie hat es ein Mann, der so komplexe, perfekt austarierte Parfüms erschuf, bloß mit einer Frau ausgehalten, die am liebsten diese süßlichen Blüten mochte?«, fragte sie. »Das ist doch fast schon eine Ironie des Schicksals, oder?«

»Wie so vieles zwischen unseren Eltern.«

Robbie zögerte. Atmete tief durch. Dann sagte er leise, als wollte er die Wirkung seiner Worte dämpfen: »Gestern, auf dem Weg zum Flughafen, habe ich Papa besucht.«

Jac antwortete nicht.

Dein Vater hätte Romancier werden sollen. Dann hätte sich seine lebhafte Phantasie vielleicht sogar ausgezahlt. Stattdessen haben seine Wahnvorstellungen das berühmte, altehrwürdige Haus L'Étoile an den Rand des Ruins gebracht. Audrey lachte. Eine Bitterkeit lag darin, die gar nicht zu der Schönheit, die sie gewesen war, zu ihren leuchtend grünen Augen, ihrem glänzend goldbraunen Haar, den herzförmigen Lippen und den hohen, elegant geschwungenen Wangenknochen passen wollte.

In ihren Grabgesprächen, wie Jac sie insgeheim nannte, nannte Audrey ihren Ehemann nie beim Namen, sagte nie Louis zu ihm. Immer hieß es nur *dein Vater*, als könnte ihn das weiter von ihr abrücken, als sei die Distanz zwischen den Lebenden und den Toten nicht genug.

Das hatte Jac von ihrer Mutter gelernt: Wenn jemand dich verletzt oder enttäuscht, lösche ihn aus deinem Gedächtnis. Und diese Technik beherrschte sie gut. Sie fragte sich nie, was aus Griffin North geworden war. Stellte sich nie vor, was er gerade tat.

Außer jetzt gerade, wie?, spottete Audrey. *Aber was soll's, er war eben nicht gut genug für dich.*

Jac und Griffin hatten sich auf dem College kennengelernt. Er war zwei Jahre weiter als sie. Als Jac ihren Master machte, lebte sie zwei Stunden von der Universität entfernt, an der er seine Doktorarbeit schrieb. Jedes zweite Wochenende fuhr er mit dem Auto zu ihr. Jac lag das Autofahren nicht. Sie hatte Angst davor, allein im Wagen zu sitzen. Was, wenn die Schatten der Vergangenheit sie einholten, während sie gerade hinter dem Steuer saß? Also besuchte sie ihn jedes zweite Wochenende mit dem Bus. Um jede Minute mit ihm voll auszukosten, nahm sie am Sonntagabend um sieben den letzten Bus zurück. Jedes Mal vergaß sie, davor noch etwas zu essen, und wenn sie wieder in ihrem Wohnheim war, hatte die Cafeteria geschlossen.

Eines Abends drückte ihr Griffin, als sie in den Bus steigen wollte, eine braune Papiertüte in die Hand. Unterwegs öffnete sie sie und fand darin ein belegtes Brot, das Griffin in Papier gewickelt und mit einem Haarband verschnürt hatte, das sie bei ihm vergessen haben musste. Auf dieses Band hatte er die Worte geschrieben: »Ich wollte nicht, dass du meinetwegen hungern musst.«

Ihre Mutter irrte sich. Griffin war sehr wohl gut genug für Jac. Das Problem war, dass er selbst nicht daran glaubte. Deshalb hatte er sie verlassen.

Jac hatte das Haarband in ihrer Handtasche aufbewahrt, bis

es ausgefranst war. Dann hatte sie es in ihr Schmuckkästchen gelegt. Sie besaß es immer noch.

Mit dem Selbstmord ihrer Mutter hatte Jacs Unterricht in Sachen Verlust begonnen. Griffin, ein junger Mann, der sich wie sie für Mythologie begeisterte, nach Wald roch und sie behutsam berührte wie eine unschätzbare Kostbarkeit, war ihre bisher letzte Lektion gewesen.

Robbie hatte gerade etwas gesagt, ohne dass es zu ihr durchgedrungen war.

»Entschuldige, was sagtest du?«

»Ich glaube, die Ärzte unterschätzen, an wie viel er sich erinnern kann.«

»Klar tun sie das. Du bist ja auch der *comte toujours droit.*« Jac lachte. Diesen Spitznamen, Graf Neunmalklug, hatte sie ihm selbst gegeben, und ihre Eltern und Großeltern hatten ihn übernommen. »Wie sollten die Ärzte auch so viel wissen wie du?«

Robbie stimmte in ihr Lachen ein. Als Kind hatte er Regeln und Übereinkünfte immer so geändert, dass er recht behielt, was je nach Situation rührend oder nervenaufreibend sein konnte. Als er acht Jahre alt war und sie elf, hatte sie in dem Hof zwischen Wohnhaus und Parfümerie eine aufwendige Zeremonie durchgeführt, ihn mit einem Regenschirm zum Ritter geschlagen und ihm seinen neuen Adelstitel verliehen.

»Wusste Vater diesmal, wer du bist?«

»Er weiß eindeutig, dass ich jemand bin, der sich um ihn kümmert.« Robbies Worten war anzuhören, wie sehr sie ihn schmerzten. »Aber ich bin nicht sicher, ob er mich als seinen Sohn erkennt.«

Jac wollte es nicht hören. Dies Bild, das Robbie von ihrem Vater zeichnete, würde sie tagelang verfolgen, würde den Schutzwall untergraben, den sie errichtet hatte.

»Obwohl er so viel vergessen hat, weiß er immer noch Rezepturen auswendig und erklärt mir die kleinen Tricks, die beim Anmischen wichtig sind«, fuhr Robbie fort. »Er kann nicht mehr lesen, aber er weiß noch genau, wie viele Tropfen Rose Absolue man mit wie viel Vanille-Essenz mischen muss. Und jedes Mal, wenn er von seinen Rezepturen spricht, sagt er: ›Mach eine Extraportion davon für Jac.‹« Robbie lächelte sein großzügiges Lächeln. Diese Freundlichkeit war seine beste Charaktereigenschaft. Doch sosehr Jac ihn dafür bewunderte, wie er jeden von seiner besten Seite sah, sosehr ärgerte es sie, wenn es um ihren Vater ging. Er war ein egozentrischer Mensch, der ihr unerträgliches Leid verursacht hatte.

»Können wir nicht von etwas anderem reden?«, fragte sie.

»Aber wir müssen uns über ihn unterhalten.«

Jac schüttelte den Kopf. »Nicht hier und jetzt. Das kommt mir so respektlos vor.«

»Unserer Mutter gegenüber?«, fragte Robbie verblüfft.

»Ja, ihr gegenüber.«

»Jac, sie hört uns doch gar nicht.«

»Danke, dass du mich daran erinnerst. Also gut. Erzähl weiter. Vater weiß nicht mehr, wer du bist, aber an meinen Namen erinnert er sich ...«

»Ich muss wirklich mit dir darüber reden.«

Jac atmete tief durch. »Okay, tut mir leid. Erzähl.«

»Manchmal sieht er aus, als würde er versuchen, alle seine Synapsen auf einmal zum Feuern zu bringen. Als ob er seine gesamte Konzentration dafür aufbringt, einen klaren Gedanken zu fassen. Und manchmal schafft er es einen Moment lang. Aber wenn er scheitert, leidet er. Manchmal weint er, Jac.« Die letzten Worte flüsterte er nur noch.

Jac schwieg. Dass ihr harter, fordernder Vater in Tränen ausbrach, konnte sie sich nicht vorstellen. »Ich wünschte, du müsstest das nicht sehen. Ich wünschte, es wäre nicht so hart für dich.«

»Es geht nicht darum, wie es für mich ist. Wie es für ihn ist, will ich dir begreiflich machen. Bitte komm ihn besuchen. Dein Name ist der einzige, an den er sich noch erinnern kann. Nicht an meinen oder an Claires. ›Vergiss nicht, eine Flasche *Rouge* für Jac anzumischen‹, sagt er mir immer zum Abschied.«

Robbie lächelte so traurig, wie sie ihn noch nie gesehen hatte.

»Vergebung ist das größte Geschenk, das ein Mensch dem anderen machen kann. Bitte komm ihn besuchen.«

»Haben deine Buddhisten dir jetzt noch das Predigen beigebracht, kleiner Bruder?«, sagte Jac mit einem etwas zu heiteren Lachen, das ihr gleich wieder in der Kehle stecken blieb. Wie gern hätte sie Robbie glücklich gemacht. Wie gern hätte sie an all das geglaubt, was er sich vorstellte, daran, dass sie ihrem Vater vergeben konnte, dass es einen einfachen Ausweg aus der finanziellen Krise gab. Daran, dass es wirklich ein altägyptisches Buch voller Rezepturen für die damals in heiligen Ritualen eingesetzten Tinkturen und Räucherstoffe gab, dass jemand es mit nach Paris gebracht hatte und es noch immer irgendwo auf ihrem Grund und Boden zu finden war.

Doch in der Realität war es sicherer. Und Jac musste mehr als alles andere dafür sorgen, dass ihr Bruder in Sicherheit war. Er war der Letzte, der ihr aus der Familie geblieben war.

Jac betrachtete den trauernden Engel. »Er sieht aus, als würden all die Jahre der Trauer auf ihm lasten und ihm die Flügel lähmen.«

Robbie trat zu ihr, legte ihr den Arm um die Schultern und zog sie zu sich heran. »Engel können immer fliegen«, sagte er.

Sie atmete das komplexe Zusammenspiel der Aromen ein, das ihn umgab. Frische, regenfeuchte Luft, Apfelblüten und vieles mehr. »Du riechst so wunderbar«, sagte sie. Immerhin etwas, das sie ihm geben konnte.

»Das sind meine Prototypen. Die Kreationen, an denen ich

gerade arbeite. Wovon ich dir schon am Telefon erzählt habe. Ich habe Termine. Mit Bergdorf, Bendel, Barneys, den ganz großen Namen. Zu denen haben wir Kontakte.«

»Ja, wegen unserer Klassiker.«

»Sie interessieren sich auch für die Neuheiten, Jac.«

»Selbst wenn, L'Étoile hat nicht das Geld, eine neue Sparte aufzubauen.«

»Ich finde schon einen Investor.«

Sie schüttelte den Kopf.

»Doch, ganz sicher«, beharrte er.

»Es gibt Tausende Nischenparfümeure, die untergehen. Niemand kauft ihre Neuheiten öfter als einmal. Und man liest täglich von neuen Zutaten, die aus Umweltschutzgründen verboten werden.«

»Und in ein paar Jahren werden Parfümeure wegen des Treibhauseffekts nicht mal mehr Alkohol benutzen dürfen. Die Unkenrufe kenne ich doch. Aber es gibt immer Ausnahmen.«

»Du verschwendest deine Zeit«, sagte Jac. »Der Markt ist längst übersättigt. Wenn L'Étoile gerade besonders en vogue wäre, wäre es vielleicht etwas anderes, aber so ist es nicht. Wir haben einige zeitlose Klassiker im Programm. Wir können es uns nicht leisten, unseren Ruf aufs Spiel zu setzen.«

»Egal, was ich sage, du hast immer Einwände, oder? Kannst du nicht einen Moment lang deinen Zynismus beiseitelassen? Was, wenn ich eine Lösung gefunden habe? Was, wenn es gar nicht nötig ist, unsere Klassiker zu verkaufen?«

»Robbie, bitte. Du musst unterschreiben. Das ist die einzige Chance, das Unternehmen zu retten, den Laden und das Haus in Paris zu behalten und weiterzumachen.«

Er umrundete den steinernen Engel und legte eine Hand auf seine Flügel, als wollte er ihn trösten – oder sich selbst Halt geben. Jac hatte einmal eine Fotografie von Oscar Wilde gesehen, der auf der Aufnahme, genau wie Robbie jetzt, achtundzwanzig Jahre alt war. Ein bildschöner junger Mann in einem seidenen Gehrock und eleganten Schuhen in einem thronartigen Sessel, von opulenten Perserteppichen umgeben, der, ein Buch in der Hand, den Kopf geneigt und auf seine Hand gestützt, dem Betrachter mit einem rätselhaft intimen und verheißungsvollen Ausdruck in die Augen sah. Genau diesen Ausdruck bemerkte sie jetzt an ihrem Bruder.

»Wir schulden der Bank drei Millionen Euro. Das Haus in der Rue des Saints-Pères können wir nicht mit einer Hypothek belasten, das hat unser Vater schon getan. Irgendetwas müssen wir verkaufen«, sagte sie.

»L'Étoile gehört jetzt uns. Dir und mir. Seit fast zweihundertfünfzig Jahren gibt es das Haus. Wir können es nicht zerschlagen. Lass mich dir zeigen, woran ich gearbeitet habe.«

»Du hast sechs Jahre lang in Grasse in deinem Feenreich zwischen den Lavendelfeldern magische Düfte in Kristallglasflakons abgefüllt, als lebtest du in einem anderen Jahrhundert. Egal, wie schön deine neuen Parfüms sind, sie werden nie so viel Geld einbringen, wie wir der Bank schuldig sind. Zumindest Rouge und Noir müssen wir verkaufen. Dann haben wir immer noch ein gutes Dutzend Klassiker im Programm.«

»Nicht bevor du einmal an meinen Kreationen geschnuppert hast. Nicht bevor ich versucht habe, Abnehmer und Investoren zu finden.«

»Dafür haben wir keine Zeit.«

»Ich habe einen Plan. Bitte vertrau mir. Gib mir eine Woche. Irgendjemand wird sich dafür begeistern. Die Zeit ist reif für diese Düfte. Die Welt wartet darauf.«

»Du weigerst dich, praktisch zu denken.«

»Du hast kein Vertrauen.«

»Ich bin Realistin.«

Robbie wies auf den schweigenden Engel. »Das ist es, worum er wirklich trauert, Jac.«

Fünf

Nanjing, China
21:55 Uhr

Das Atelier war leer, als Xie es betrat. Und er war dankbar für ein wenig Ruhe. Er breitete sein Werkzeug vor sich aus und arbeitete an einem Bild weiter, mit dem er am Nachmittag begonnen hatte. Damit brachte er seinen Geist zur Ruhe und konnte die quälenden, bohrenden Fragen loslassen. Xie ging ganz in dem Schwung seiner Bewegung auf, in jedem Tuschebogen, der langsam in das Papier einsank. Bald dachte er an nichts mehr und hörte nichts mehr von den Geräuschen im Flur oder vor dem offenen Fenster, nur noch das leise Wispern des Pinsels bei seinem Tanz über das Papier.

Die Kunst des Schönschreibens hatte, anders als viele andere alte Traditionen, den Sprung in die Moderne geschafft – hauptsächlich, weil Mao Zedong begriffen hatte, dass Kalligraphie in einem Land mit hunderten Dialekten trotz seiner elitären Geschichte ein durchaus effizientes Kommunikationsmittel sein konnte. Diese Anerkennung durch das kommunistische Regime nahm der Tradition ihren Status der hohen Kunst und versetzte sie in die Alltagssphäre hinein.

Manche Künstler schrieben ihren Werken rebellische Botschaften ein und sagten mit Pinsel und Tusche ihre Meinung. Xie nicht. Seine Bilder waren keine politischen Statements. Sie schrien ihre Botschaft nicht in die Welt hinaus. Aber sie flüsterten. Und außerhalb Chinas gab es Menschen, die diese Stimme hörten.

Ein Punkt, in dem Xie mit der Tradition brach, war sein Gebrauch von Siegeln. Üblicherweise enthielten diese geschnitzten Blöcke die Schriftzeichen für den Namen des Künstlers und wurden mit zinnoberroter Farbe bestrichen. Xie führte in jedem Siegel die Narration seiner Werke fort. Er hatte im Lauf der Jahre hunderte Blöcke geschnitzt, die verschiedenste illustrative Elemente enthielten: von naturgetreuen Blättern, Blüten, Wolken und Monden bis hin zu menschlichen Gestalten, Gesichtern und Händen, Lippen, Augen, Armen und Beinen.

Die Werke des jungen Kalligraphen waren ausdrucksstark, komplex und filigran. Und mit jedem einzelnen riskierte er sein Leben. Denn in jedes seiner Siegel war eine winzige Zickzacklinie eingearbeitet: ein Blitzstrahl. Seine zweite Signatur.

Es war eine Botschaft an jeden, der wusste, wonach er suchen musste. Dass er nicht getötet worden war. Dass er lebte.

Trotz aller Bemühungen störten mitten in seiner meditativen Ruhe die Bilder des brennenden Mönches seine Konzentration. Es geschah nicht oft, dass er so die Kontrolle verlor. Normalerweise fühlte er sich beim Malen vollkommen frei. Heute nicht. Heute war die Last der tragischen Ereignisse zu groß.

Da viele Künstler in demselben Atelier arbeiteten, ging immer irgendjemand ein und aus. Xie hob nicht einmal den Kopf, als die Tür sich öffnete und die Schritte zweier Besucher sich näherten. Noch nicht. Er spürte dem letzten Schwung einer kurvigen Linie nach und trat erst zurück, als er seinen Namen hörte. Angstvoll drehte er sich um. Er hatte die Stimme von Lui Chung erkannt. Zwar hatte er gewusst, dass es irgendwann im Lauf der Woche zu dieser Begegnung kommen musste, doch heute hatte er sie nicht erwartet.

»Bei einem wirklich exzellenten Essen hat mir Professor Wu«, Lui Chung nickte zu seinem Begleiter hinüber, »die erstaunlichsten Dinge von deinen jüngsten Arbeiten berichtet.« Er näherte sich, beugte sich über Xies Schulter und besah sich das unfertige Bild. »Und ich verstehe auch, warum.«

Chung war immer damit beschäftigt zu essen; ständig kaute und schluckte er und schmatzte beim Sprechen. Wie immer flößte das Geräusch, mit dem er jetzt einen Bonbon bearbeitete, Xie Übelkeit ein.

Die Überraschungsbesuche des milchgesichtigen, stämmigen Parteifunktionärs waren Xie nie willkommen, doch so unmittelbar nachdem er im Internet illegales Filmmaterial angesehen hatte, beunruhigte es ihn besonders. »Danke sehr«, murmelte er zurückhaltend, mit respektvoll gesenktem Blick, wie man es ihn vor langer Zeit gelehrt hatte.

»Magst du einen?«, fragte Chung und hielt ihm eine Tüte mit in Esspapier gewickelten Süßigkeiten hin. »Reisbonbons. Deine Lieblingssorte.«

Xie nahm einen der ekelerregenden Klumpen und legte ihn hinter sich auf einen Schemel. »Ich hebe es mir für später auf. Beim Arbeiten esse ich nicht gern.«

Als Waisenkind in einer Anstalt am Stadtrand von Peking hatte Xie viele Lehrer gehabt. Sie hatten ihn Mathematik, Geschichte, Geographie und Sprachen gelehrt, Natur- und Geisteswissenschaften, Malerei und Violine. Doch Lui Chung war anders als die anderen Lehrer. Von Xies sechstem Lebensjahr an hatte er dem Jungen sechs Jahre lang täglich in zwei Stunden Einzelunterricht eine »moralische Erziehung« angedeihen lassen. Es ging dabei um Ethik, vor allem aber um die Liebe zum Vaterland, zur Partei und zum Volk. Am Beginn der Stunde ließ Chung immer zehn Minuten lang Musik laufen, und am Ende lobte er Xie stets für seine Leistung und bot ihm eine Süßigkeit an.

In dem Augenblick, da Xie seine Hand in die Tüte steckte, überkam ihn jedes Mal Angst. Er stellte sich vor, er würde dabei auf irgendeine Weise seine Finger verlieren, sie würden abbrechen und Chung würde die Tüte wegnehmen, bevor Xie sie wieder herausbekäme.

Om mani padme hum.

So ein kluges Kind er auch war, hatte Xie doch noch nie etwas von Gehirnwäsche gehört. Dennoch begriff er mit Beginn seiner Sonderstunden, dass Chung versuchte, sein Denken zu verändern, und der Unterricht machte ihm Angst. Also lernte Xie, in diesen zwei Stunden täglich sein Bewusstsein zu spalten. Er registrierte noch, was um ihn herum geschah, hörte, wie Chung seine Propaganda ausgoss, und antwortete, wenn nötig. Doch zugleich verwendete er sein Mantra als Schutzschild. Er wiederholte den Satz, bis in seinem Inneren ein Summen anhob, sich nach außen hin verbreitete und alles Störende – Geräusche, Worte und Sorgen – von ihm fernhielt, so dass der Kern seines Wesens unberührt blieb.

Om mani padme hum.

Und im Lauf der Jahre lernte er sogar, diese beiden Formen des Bewusstseins zur selben Zeit aufrechtzuerhalten.

»Mögen Sie auch?« Chung bot Professor Wu seine Süßigkeiten an.

»Ja, danke.« Xies Mentor griff in die Tüte. Mit achtzig war der Leiter des Lehrstuhls für Kalligraphie rüstig und lebhaft wie mancher Fünfzigjährige. Es war seine Arbeit, die ihn so zufrieden und gesund erhielt, behauptete er. Wu hielt seinen Studenten oft Vorträge über den spirituellen Nutzen der Kalligraphie und der Kunst im Allgemeinen, darüber, wie sie den Künstler mit der Geschichte und mit den Kreisläufen des Kosmos in Beziehung setzte, wie sie, selbst wenn sie politisch war, die Politik transzendierte und direkt an das Gute in jedem Menschen appellierte.

»Köstlich«, sagte Wu nach dem ersten Bissen.

Chung nahm sich selbst noch ein Bonbon.

Bald begann sich von den beiden kauenden Männern ein süßlicher Geruch im Atelier auszubreiten. Xie verspürte den starken Drang zu würgen, doch er beherrschte sich.

»Ihr Besuch ist uns eine große Ehre«, sagte Wu zu Chung.

Xie hatte lange gezögert, ehe er Wu von seiner Vergangenheit erzählte. Besser schweigen, als ein Risiko einzugehen. Er hatte seine karmische Aufgabe zu erfüllen, das war sein Schicksal. Wenn er mit irgendetwas anderem Aufsehen erregte als mit seiner Meisterschaft im Umgang mit Pinsel und Tusche, war seine Mission in Gefahr. Doch Wu war einfühlsam. Er hatte gleich bemerkt, dass auf dem Jungen ein schreckliches Geheimnis lastete.

»Professor Wu hat unter anderem erzählt, dass deine Werke im Absolventenwettbewerb den ersten Preis gewonnen haben«, sagte Chung mit vollem Mund. »Meinen Glückwunsch.«

Xie nickte und wandte wieder den Blick ab, als beschämte ihn das Kompliment. »Danke sehr.«

»Bist du nach wie vor mit deinem Studium zufrieden?«

Immer dieselben Fragen. Immer dieselben Antworten.

»Ja, ich bin sehr zufrieden.«

»Die Natur ist ein lohnendes Motiv«, sagte Chung.

»Es freut mich, dass es Ihnen gefällt.« Xie hatte seinen Themenschwerpunkt bewusst wegen seiner vermeintlichen Neutralität gewählt. Niemand geriet in den Verdacht der Subversion, wenn er Berge, Flüsse oder Wolken malte. Und die Lyrik, die er in seinen Werken verarbeitete, stammte aus lange versunkenen Zeiten.

Künstler wurden nach wie vor dazu angehalten, den Staat zu verherrlichen, doch seit einem Jahrzehnt begannen sich auch kritische Geister zu etablieren und hatten sogar Erfolg. Die Extremsten von ihnen, die erotische Kunst produzierten oder sich offen gegen Regierungsentscheidungen aussprachen, agierten im Untergrund, doch viele moderatere Künstler wurden inzwischen als Teil des kulturellen Establishments akzeptiert oder lehrten sogar an den Universitäten. Trotz dieser Veränderungen konnte Xie es sich nicht leisten, Misstrauen zu erregen, und verzichtete auf politische Botschaften.

So schien es jedenfalls.

»Und ich habe von Professor Wu erfahren, dass du einer der vier Studenten dieses Instituts bist, deren Werke ausgewählt wurden, in Europa auf Ausstellungstournee zu gehen. Das ist eine große Ehre. Wir sind alle sehr stolz auf dich.«

Xie bedankte sich noch einmal.

Chung seufzte. »Danke sehr? Ist das alles?«

Xie wusste, dass sein Schweigen seinen ehemaligen Lehrer enttäuschte, doch solange er nichts sagte, konnte er auch nichts Falsches sagen. Seit seiner Ankunft im Waisenhaus hatte Xie sehr wenig gesprochen.

Als Xie den Rauchgeruch bemerkt hatte, hatte er sich zuerst gefragt, warum die Mönche die Opferfeuer schon vor Sonnenaufgang entzündeten. Doch so gern er es auch herausgefunden hätte – er rührte sich nicht vom Fleck. Der Sechsjährige, der damals noch Dorjee hieß, war vor einigen Monaten in das Kloster Tsechen Damchos Ling gekommen, um den Weg des *dzogchen* zu erlernen. Der Kern dieser uralten Lehre war Selbstdisziplin. Dorjee meditierte. Dabei durfte er sich durch nichts stören lassen.

Doch die Schreie konnte er nicht ausblenden. Das Geräusch rennender Füße.

»Dorjee, komm mit.« Plötzlich erschien Ribur Rinpoche in der Tür. »Schnell. Das Kloster brennt.«

Der Flur stand voller Rauch, es stank nach brennendem Gummi. So roch ihr Brennstoff. Der gesamte Vorrat an getrockneten Yakfladen wurde von den Flammen verzehrt. Wie sollten sie über den Winter kommen?

Draußen setzte der Rinpoche seinen Schüler unter einen schneebedeckten Baum und schärfte ihm ein, sich von den brennenden Gebäuden fernzuhalten. »Du könntest verletzt werden. Es ist sehr gefährlich. Das verstehst du doch?«

Dorjee nickte.

»Wenn du Angst hast, sprich dein Mantra und übe dich in Achtsamkeit.«

Das waren die letzten Worte des Rinpoche, bevor er zurückrannte und mit den anderen Mönchen versuchte, das Heiligtum des Klosters zu retten, die jahrhundertealten Thangka-Gemälde, die Reliquien und seltenen Schriftrollen.

Om mani padme hum.

Dorjee wiederholte sein Mantra wieder und wieder, doch es half nichts. Die Flammen hatten sich durch das Tempeldach gefressen und reckten sich zum heiligen Gipfel des Kailash empor. Was geschah im Inneren des Klosters? Was war mit Ribur Rinpoche? Warum kam er nicht zurück?

Plötzlich verschloss ihm eine raue Hand den Mund. Jemand packte ihn bei der Hüfte. Dorjee versuchte zu schreien, doch er konnte den Mund nicht öffnen. Er versuchte sich freizustrampeln, doch der Mann war stärker als er.

»Wir retten dich vor dem Feuer, Dummkopf. Hör auf, dich zu wehren.«

Chung und die anderen glaubten, das Feuer, der Verlust seiner früheren Lehrer und seine eigene »Rettung«, wie sie die Entführung stets nannten, hätten den Jungen traumatisiert und ihn fast vollständig verstummen lassen.

Xie, wie sie ihn nannten, seit sie ihn in dem Waisenhaus am Rande Pekings versteckt hielten, wusste es besser. Doch es war ihm nur recht, sie in dem Glauben zu belassen.

Chung hatte sich lange bemüht, den Jungen zum Sprechen zu ermuntern. Wenn Xie nicht redete, erklärte er, würde er nie eine Ehefrau finden und eine Familie gründen können. Doch diese Drohung kümmerte Xie nicht. Der Rinpoche in Tibet hatte ihm längst erklärt, dass er nicht dazu bestimmt war, ein normales Leben zu führen.

Chungs Stimme holte ihn in die Gegenwart zurück. »Professor Wu hat für dich die Erlaubnis beantragt, mit den anderen Künstlern Europa zu bereisen. Deshalb bin ich hier. Um die Angelegenheit mit dir persönlich zu besprechen. Möchtest du dort hin?«

Xie blinzelte nicht, verzog keinen einzigen Gesichtsmuskel und sah nicht eine Sekunde von seiner Arbeit auf. Er tauchte den Pinsel in die Tusche und zog ihn in einer ruhigen Geste über das Papier, die ein halbes Schriftzeichen hinterließ. Es erinnerte an einen Vogel, der hoch über einem Berg dahinflog. Xie wusste, dass Chung auf seine Antwort wartete. Er durfte nicht zu lange zögern. Wenn Chung ungeduldig wurde, verlor er leicht die Fassung, und Xie wollte nicht seinen Zorn auf sich ziehen.

»Wenn die Regierung wünscht, dass ich fahre, tue ich es gern.«

Chung lächelte. Ein Zehn-Wort-Satz von Xie war wie ein episches Gedicht aus dem Mund jedes anderen. Zur Feier des Tages griff der Beamte noch einmal in die rote Tüte und fischte sein drittes Bonbon heraus. Dann hielt er die Tüte wieder Professor Wu und Xie hin, der sich leise bedankte und das Bonbon neben das andere auf den Schemel legte.

Im Waisenhaus hatte es zwei Sorten Kinder gegeben. Die einen griffen hastig nach Chungs Bonbons und aßen sie auf der Stelle auf. Begierig, fast verzweifelt, verschlangen sie die Süßigkeit, statt sie zu genießen, und versuchten der Belohnung, der kleinen Abweichung von der Routine, dem besonderen Augenblick ein wenig Trost abzugewinnen. Die anderen Kinder steckten ihr Bonbon behutsam, als sei es zerbrechlich, in ihre Kitteltaschen und bewahrten es für später auf.

Die besonders Schlauen horteten ihre Bonbons, um sich Gefälligkeiten zu erkaufen. Andere warteten nur einen ungestörten Moment ab und setzten die Süßigkeit wie eine Erinnerungshilfe ein, die sie in die Zeit zurückversetzte, als sie noch die Geborgenheit einer Familie kannten.

Xie gehörte zu keiner dieser Kategorien. Wenn eins der anderen Kinder besonders traurig war, schenkte er ihm ein Bonbon aus seinem Vorrat. Es tat ihm gut zu wissen, dass der andere zumindest für eine Weile ein wenig glücklicher war.

Im Austausch bat er nur um ihr Versprechen, der Hausmutter nichts von seinen guten Taten zu erzählten. Er befürchtete, Chung könnte davon erfahren und ahnen, dass die Gehirnwäsche nichts ausrichtete.

Wu war der Ansicht, Kalligraphie könne als moderne Kunstform nur erfolgreich sein, wenn ihre jungen Verfechter sich neuen Techniken und Interpretationen öffneten. Unter seiner Anleitung befassten sich die Studenten nicht nur mit Lyrik, Musik und dem Umgang mit Pinsel und Tusche, sondern auch mit westlichen Materialien, Farben und Konzepten. Er ermutigte sie, kreativ zu sein, mit den Formen und Strukturen der Schriftzeichen herumzuexperimentieren. Er ermutigte sie, Risiken einzugehen und Regeln zu brechen.

Der größte Regelbruch, den er selbst beging, war sein alljährliches Gespräch mit Xie.

Bevor Professor Wu neue Studenten in seinen Kurs aufnahm, besuchte er mit ihnen stets einen Wasserfall an einer uralten heiligen Stätte und forderte sie auf, in einer spontanen Skizze die Stimmung dieses Ortes einzufangen.

Wu beobachtete, wie der zukünftige Schüler mit der Natur,

mit Pinsel und Tusche umging, und entschied dann allein auf der Grundlage dieses Tests, ob er den angehenden Künstler aufnehmen wollte.

Als Xie seinen Wasserfalltest durchlief, erkannte Wu seine Fähigkeiten sofort und bot Xie an, bei ihm zu studieren. Xie neigte den Kopf und beteuerte, es sei ihm eine Ehre.

Dann legte Wu ihm die Hand auf die Schulter. Es war das erste Mal seit dem Abschied von seinem Rinpoche, dass ihn jemand so berührte.

»Es liegt großes Leid in deinem Blick. Was ist mit dir geschehen, mein Sohn?«

In stockenden, geflüsterten Sätzen, gleich Wasser, das sich seinen Weg durch tiefen Fels bahnt, erzählte Xie, der seine Kindheitserlebnisse keiner Menschenseele gegenüber je erwähnt hatte und nie ein Wort über seine Vergangenheit und Identität verlor, dem Professor, wer er wirklich war.

Später fragte er sich, woher er die Zuversicht genommen hatte, dem alten Mann zu vertrauen. Hatte er in ihm einen Seelenverwandten erkannt? Hatte er verzweifelt auf Unterstützung gehofft? Oder hatte es an der halb vergessenen, tröstlichen Berührung eines Menschen gelegen, der sich die Mühe machte, die Hand nach ihm auszustrecken?

Seitdem wanderten Wu und Xie Jahr für Jahr zu dem Wasserfall. Dort, wo das Tosen des Wassers ihre Worte abschirmte, besprachen sie Xies Möglichkeiten. Langsam, behutsam schmiedeten sie einen Plan.

»Sie erwähnten, dass man vor meiner Rückkehr ins Hotel noch ein Glas Wein trinken könnte. Gilt das Angebot noch?«, fragte Chung Professor Wu.

Xie wandte sich seiner Arbeit zu. Sein »spezieller« Lehrer war wieder hungrig, wie immer. Hungrig, in Eile und ein wenig träge, immer auf der Suche nach dem bequemsten Weg.

»Natürlich. Wenn Sie erst noch kurz unterschreiben könnten?« Wu reichte Chung das Formular, das Xie die Erlaubnis erteilte, nach England, Frankreich und Italien zu reisen. Eine zehntägige Rundreise mit einem Dutzend anderer chinesischer Künstler.

Würde Chung das Dokument aufmerksam lesen?

Xie hatte Angst, hinzusehen, und konzentrierte sich ganz auf sein Bild, doch sein Geist kam nicht zur Ruhe. Würde sein ehemaliger Lehrer auf die Reisedaten achten? Würde er sie notieren, um sie in Peking mit den Reisedaten von Staatsoberhäuptern abzugleichen? Würde seine Reise an dem Dickicht der Bürokratie scheitern oder genehmigt werden?

Wieder tauchte Xie den Pinsel in nachtschwarze Tusche und berührte mit der Spitze das Papier. Er ließ sein Handgelenk und seine Fingerspitzen wandern, wie sie wollten, ließ sie über das Blatt dahinfliegen.

»Dann können wir jetzt wohl?«, sagte Chung und legte das Formular achtlos auf den Tisch.

Xie erlaubte sich einen raschen Blick.

Die Unterschrift war krakelig. Chungs Handschrift ließ jede Eleganz vermissen, genau wie der Mann selbst. Doch das Dokument war unterschrieben.

Sechs

New York City
18:00 Uhr

Robbie näherte sich der im Queen-Anne-Stil erbauten Villa mit ihren Giebeln, verwitterten Wasserspeiern und verschlungenen schmiedeeisernen Brüstungen. Es freute ihn, dass die Stadtplaner von Manhattan, die sonst alles Alte abrissen, um etwas Neueres, Größeres, Höheres an seine Stelle zu setzen, dieses kleine Gebiet in der West Side offenbar übergangen hatten. Zwischen den reich verzierten Gebäuden aus dem neunzehnten Jahrhundert fühlte er sich ein wenig wie zu Hause, in Paris.

In der beginnenden Dämmerung wirkte der Sitz der Phoenix Foundation beinahe mystisch. Als hätte die Beschäftigung mit der Reinkarnation im Inneren des Hauses, wo man den Parallelen und Übereinstimmungen verschiedener Lebensläufe nachging und die damit verbundenen philosophischen, religiösen und wissenschaftlichen Fragen erörterte, auf der Außenhaut des Gebäudes eine Patina hinterlassen.

Zwar kannte seine Schwester Dr. Malachai Samuels, den Vizedirektor der Stiftung, schon seit ihrer Jugend, und Robbie hatte den Mann seinerzeit mit Griffin North bekannt gemacht, doch den Hauptsitz hatte er bisher noch nicht betreten. Jetzt stieg er erwartungsvoll die sechs steinernen Eingangsstufen hoch. Jeder Schritt brachte ihn der Lösung eines Rätsels näher, auf das er bei der Durchsicht der Papiere seines Vaters gestoßen war.

Als Robbie begonnen hatte, im Auftrag seiner Schwester nach den Rezepturen für Rouge und Noir zu suchen, hatte er zu seinem Entsetzen ein heilloses Durcheinander vorgefunden. Die Krankheit, die seinem Vater den Geist verwirrte, schien auch die Werkstatt befallen zu haben. Jede Schublade in jedem der Schränke war ausgekippt worden. Alle Bücher waren aus dem Regal genommen und in schiefen Stapeln im Raum verteilt. Sämtliche Behälter mit Ölen, Essenzen und Absolues waren durcheinandergeraten. Langsam und methodisch hatte Robbie begonnen, das Chaos ungezählter Jahre zu bewältigen. Niemand wusste genau, seit wann sein Vater krank war. Louis war immer ein Exzentriker gewesen, und die Grenze zur Unzurechnungsfähigkeit war fließend.

Und dann entdeckte Robbie am Boden eines Pappkartons ein kleines Häufchen Tonscherben. Er nahm die Stücke eins nach dem anderen heraus. Zuerst dachte er, die türkisfarbenen, korallenroten und schwarzen Verzierungen auf der weißen Glasur seien abstrakte Formen, doch als es ihm gelang, zwei Scherben zusammenzusetzen, erkannte er, dass es Hieroglyphen waren. Bei dem Versuch, weitere Teile zusammenzufügen, beugte er sich tief über das zerbrochene Gefäß und bemerkte einen schwachen Duft, nicht mehr als ein Hauch. Doch dieser Hauch bedeutete ihm alles. Er wusste sofort, dass er seine Schwester dazu bringen musste, daran zu riechen. Jac hatte die feinste Nase von allen. Als die Geschwister noch Kinder waren, hatte ihr Vater ihnen zum Test Mischungen ätherischer Öle und Absolues auf Leinenstückchen geträufelt. Robbie riet meist kaum die Hälfte richtig. Jac machte nie einen Fehler. Robbie hatte sich durch konsequentes Üben allmählich verbessert, doch an Jacs naturgegebenes Talent würde er nie heranreichen. Ihr Vater hatte immer gesagt, dass Robbie den

Tatendrang hatte und Jac den richtigen Riecher. Solange sie zusammenhielten, wäre die Zukunft L'Étoiles für die nächste Generation gesichert. Doch sie hielten nicht zusammen, und das altehrwürdige Haus L'Étoile war in Gefahr.

Zumindest war er jetzt endlich in New York. Und die Zeit war reif für seinen besonderen Ansatz, das wusste er. Für harmonische, zurückhaltende Parfüms, die, wie der Zen-Buddhismus, auf natürlichen Harmonien aufbauten. Seine Kreationen verbreiteten einen Hauch von Spiritualität, von Meditation und tiefer Verbundenheit. Jemand würde sich dafür begeistern.

Und vielleicht war auch die Zeit gekommen, das Rätsel eines alten Parfüms zu lösen, das sich für das Haus L'Étoile als noch viel wichtiger erweisen konnte.

Robbie verharrte einen Augenblick vor der großen hölzernen Eingangstür und betrachtete das Flachrelief eines riesigen Vogels, der sich, ein Schwert mit den Krallen umklammernd, aus einem lodernden Feuer erhob. Auf einer der Tonscherben war ein ähnlicher Vogel abgebildet. Robbie widerstand der Versuchung, die Fotografien aus seinem Aktenkoffer hervorzuholen, um die beiden Phönixe sofort zu vergleichen, und drückte den Klingelknopf.

Kurz darauf summte es, und Robbie öffnete die Tür. Dahinter sah es aus, als sei die Zeit stehengeblieben. Die gesamte Einrichtung stammte aus dem neunzehnten Jahrhundert. Ein Buntglas-Kronleuchter zeichnete zarte blaue und grüne Farbreflexe auf den schwarz-weiß gemusterten Marmorboden.

»Sie wünschen bitte?« Eine Empfangsdame bedeutete ihm näherzutreten.

»Ich habe einen Termin mit Griffin North.«

»Ah, Monsieur L'Étoile. Er wird gleich hier sein.«

Während er wartete, bewunderte Robbie weiter die Einrichtung. Er vermutete, dass die Zierleisten, die die Zimmerdecken gliederten und den Abschluss der herbstfarbenen

Jugendstiltapeten bildeten, Originale waren, doch in Amerika konnte man nie wissen. Es war falsch, im Namen der Zukunft alles Alte zu zerstören. Wichtige Lektionen gingen damit verloren. Wie beim Kreieren von Parfüms kam es auch beim Bewahren der menschlichen Zivilisation auf die richtige Mischung an.

»Robbie. Wie schön, dich zu sehen«, rief Griffin, als er hereinkam.

Die Männer umarmten sich, wie es in Frankreich üblich war, und küssten sich auf die Wangen.

Als er und Jac gerade zusammengekommen waren, hatte Griffin die Geschwister einmal zu ihrer Großmutter nach Grasse begleitet. Robbie war dreizehn und bewunderte den neunzehnjährigen Amerikaner maßlos, der so viel über die Geschichte der Region zu erzählen wusste. Zu dritt besuchten sie Dutzende römische Ruinen und erforschten die Überreste der versunkenen Epoche. Durch die Überlieferungen der Katharer, von denen Griffin wusste, dass sie im zwölften und dreizehnten Jahrhundert bis zu ihrer Vernichtung durch die Inquisition in diesem Hügelland gelebt hatten, kam Robbie erstmals mit der Vorstellung der Reinkarnation in Kontakt – eine Vorstellung, die ihn später zum Buddhismus führte und sein Leben veränderte.

Robbie besah sich seinen Freund. In Griffins dichtem, gewelltem Haar zeigten sich erste graue Strähnen, und um seinen Mund hatten sich Falten eingegraben, doch seine graublauen Augen mit den leicht gehobenen Brauen blickten ihn wissbegierig wie immer an. Griffin hatte schon immer intelligent gewirkt, ohne herablassend zu sein, und selbstbewusst ohne jede Arroganz.

Er hatte es nie leicht gehabt. Als Griffin mit der Highschool begonnen hatte, war sein Vater, ein unheilbarer Spieler, zum wiederholten und letzten Mal verschwunden. Er hatte der Familie nichts als offene Rechnungen und eine neu aufgenommene Hypothek hinterlassen, die seine Frau mit ihrem Einkommen nicht tilgen konnte. Griffin finanzierte sich seine Jahre am College und an der Uni selbst und wurde Archäologe. Seine Trauer verwandelte sich in Entschlossenheit, die Einsamkeit in Arbeitseifer. Jede Entdeckung, jede neue Errungenschaft entfernte ihn einen Schritt weiter vom Schicksal seines Vaters.

»Es ist viel zu lange her«, sagte Griffin und führte seinen Freund einen von Buntglas-Wandleuchten erhellten Flur entlang. »Mindestens sechs Jahre, glaube ich.«

»Neun Jahre. Du musst eben öfter nach Paris kommen.«

»Da hast du recht. Ich arbeite einfach zu viel.«

»Zu viel Kopf und zu wenig Seele?«

Robbie glaubte, dass genau das auch Jacs größtes Problem war. Wenn er sich die anderen Adepten des *Zazen*, der Sitzmeditation, und seine Lamas anschaute, hatte er den Eindruck, dass sie die Nöte und Leiden des Lebens kennengelernt hatten und sich dennoch die ursprüngliche Freude ihres jüngeren Selbst bewahrten. Wenn man jeden Augenblick bewusst erlebte, nahm die Erschöpfung nicht so leicht überhand.

»Meine Probleme sind eher praktischer Natur. Privatschulbildung kostet ein Vermögen. Ganz zu schweigen von einer Scheidung.«

»Scheidung?« Robbie streckte seinen Arm nach Griffin aus, um ihn anzuhalten. Im warmen Lampenlicht sah er die Trauer im Blick seines Freundes. »Also geht es tatsächlich um deine Seele. Es tut mir so leid. Seid ihr sicher?«

»Nein, eigentlich nicht. Formell sind wir schon ziemlich weit fortgeschritten, aber wir machen uns beide solche Sorgen um unsere Tochter und darum, was es bei ihr anrichten könnte, dass wir beschlossen haben, noch ein paar Monate ins Land gehen zu lassen, bevor wir alles unterschreiben. Da ist keine Feindschaft zwischen uns. Nur Leere. Solange ich hier bin, wohne ich unten in der kleinen Wohnung, die wir sonst immer vermietet haben.«

»Wann bist du wieder bei der Ausgrabung?«

»Erst im Herbst.«

Seit seinem Abschluss arbeitete Griffin in einer Ausgrabungsstätte hundertsechsundachtzig Kilometer westlich von Alexandria daran, die Gräber von Königin Kleopatra und Mark Anton ausfindig zu machen. Daneben hatte er ein Buch veröffentlicht und unterrichtete im Herbst immer an der New York University. Jetzt hatte er wegen der Trennung beschlossen, die Rückkehr nach Ägypten zu verschieben, und erforschte für die Phoenix Foundation die Ursprünge der Lehre von der Wiedergeburt im antiken Griechenland und die Wege ihrer Verbreitung.

Auch die alten Ägypter glaubten an ein Leben nach dem Tod, nicht jedoch an eine Rückkehr der Toten auf die Erde. Dennoch hatte Griffin in der Grabungsstätte westlich von Alexandria Hieroglyphen gefunden, die darauf hinzudeuten schienen, dass die griechische Vorstellung von der Seelenwanderung zur Zeit der Ptolemäer schon in Ägypten Fuß gefasst hatte. Dem ging er nach und versuchte nachzuvollziehen, welchen Einfluss sie auf die religiösen Praktiken genommen hatte.

»Also könnt Therese und du euch im Augenblick näher sein, wenn ihr einander fern bleibt?«

Griffin runzelte die Stirn über Robbies Frage. »Ganz der allwissende Psychologe«, sagte er.

»Ich hoffe, ihr findet die richtige Lösung.« Robbie hatte keine Ratschläge anzubieten. Sein eigenes Beziehungsleben war alles andere als konventionell. Seine Partnerschaften – mit Männern wie mit Frauen – endeten stets, wie sie begonnen hatten: als Freundschaften. Er verließ nie jemanden. Seine Leidenschaft mochte nachlassen, nicht aber seine Zuneigung. Er kümmerte sich um jene, die ihm etwas bedeuteten, und blieb ihnen nah.

Nur eine Beziehung – zu einer Frau, die er bei einem Retreat kennengelernt hatte – ließ ihn nicht los und bedrückte ihn. Sie war die einzige Liebe, die er verloren hatte.

Griffin öffnete eine der Türen im Gang. »Tritt ein.«

Robbie sah sich um. In jedem Winkel des Raums, auf jedem Regal und jeder Tischplatte glänzten Gold und Silber, Bronze und Kupfer, schimmerten sanfte Lichtreflexe und Kristalle.

»Was ist denn das? Ali Babas Schatzhöhle?«

»So ähnlich. Es ist Talmages Kuriositätenkabinett. Mein Lieblingsraum hier im Institut. Trevor Talmage war 1847 zusammen mit Henry David Thoreau, Walt Whitman, Frederick Law Olmsted und anderen bekannten Anhängern des Transzendentalismus einer der Gründer des Phoenix Clubs. Sein oberstes Ziel, das Streben nach Wissen und Aufklärung, hat ihn dazu bewogen, diese Sammlung anzufangen. Ich nutze den Raum als Arbeitszimmer, solange ich hier bin.« Er deutete auf einen Schreibtisch an der Wand zwischen den Buntglasfenstern, auf dem stapelweise Bücher und ein Laptop lagen.

»Es gibt eine riesige Bibliothek, aber die ist unterirdisch und viel zu steril, also nehme ich mir so viel Lektüre wie möglich nach hier oben mit«, sagte Griffin. »Komm, ich zeige dir ein paar besonders schöne Stücke.«

Der Raum war, wie die Bibliothek in Robbies Elternhaus in Paris, mit Walnussholz vertäfelt. An den Wänden standen exquisit gearbeitete Glasvitrinen. In einer davon entdeckte Robbie silberne und goldene Trinkgefäße in der Form menschlicher Gesichter mit beunruhigend realistischen gläsernen Augen. Eine andere enthielt einen vergoldeten Vogelbauer mit einem bronzenen Baum in Inneren. Winzige Vögel aus Türkis und Onyx, Malachit und Amethyst hockten zwischen Blättern aus Jade. So lebensecht wirkten sie, als könnten sie jeden Moment davonschwirren. Eine dritte Vitrine war vollgestopft mit den Schädeln von Menschen und Affen, mit Vogel- und Nagetierskeletten und präparierten Echsen und Schlangen. Daneben gab es einen weiteren Glasschrank, in dem nur Eier zu sehen waren, von winzigen himmelblauen Rotkehlchengelegen bis zu den riesigen Eiern von Emu und Strauß.

»Solche Wunderkammern haben es mir angetan«, sagte Griffin. »Kuriositätenkabinette kamen im siebzehnten Jahrhundert in Mode, als alle Welt von der Unausweichlichkeit des Todes und der Vergänglichkeit des Lebens besessen war. Sammeln galt als Akt der Rebellion, da Objekte wie diese von Kontinuität zeugten. Anhänger der Reinkarnationslehre wie Talmage und die anderen Phoenix-Gründer sahen in ihnen zwei Jahrhunderte später Belege für den endlosen Kreislauf aus Leben und Tod.« Griffin zeigte auf eine Kommode in einer Ecke des Raums. »Hier, sieh dir das an.«

Aus der Nähe erkannte Robbie, dass das Möbelstück tatsächlich aus Bernstein gefertigt war, erhärtetem Harz, das vor Millionen von Jahren aus der Rinde von Bäumen ausgetreten war. Es glomm wie ein schwelendes Feuer.

»Es ist unglaublich«, sagte Griffin. Eine nach der anderen öffnete er die kunstvoll gefertigten kleinen Schubladen und präsentierte Robbie eine atemberaubende Sammlung von Bernsteinstücken, in denen Insekten und kleine Amphibien für alle Ewigkeit gebannt waren. Jedes der Tiere, vom kleinsten Käfer bis zu der riesigen Spinne, die noch immer auf Beute zu lauern schien, wirkte so lebendig, als könnte es sich jeden Moment bewegen.

»Und jetzt zu dem *pièce de résistance*«, sagte Griffin und zog die unterste Schublade auf. Sie war in ein Dutzend mit braunem Samt ausgekleidete Fächer aufgeteilt. In jedem dieser Fächer lag ein Kristallglasflakon mit einem Verschluss aus Bernstein und Silber, nur eines war leer. Und jeder der Flakons enthielt einen Rest viskoser Flüssigkeit – ein im Lauf von über hundert Jahren eingedicktes Parfüm.

»Darf ich?«

»Bitte sehr.«

Robbie nahm den ersten Flakon heraus, öffnete ihn und roch daran. Der Duft wirkte urtümlich und elementar. Viel Weihrauch – er schnupperte noch einmal – und Borretsch, Styrax und Myrrhe.

Einen Augenblick lang blieb ihm der Atem weg. Das Parfüm war beinahe quälend intensiv. »Was weißt du darüber?«

»Das ist ein Experiment, das die Gründer des Phoenix Clubs finanziert haben, um den sagenumwobenen verlorenen Erinnerungshilfen auf die Spur zu kommen. Eine davon war ein Parfüm, das einen angeblich in einen Zustand tiefer Meditation versetzen sollte.«

»In dem man sich an seine früheren Leben erinnern konnte?«

»Das hofften sie zumindest, ja.«

»Wie in unserer Familiengeschichte.«

»Wie was?«, fragte Griffin.

»Weißt du nicht mehr? Einer unserer Vorfahren soll ein altägyptisches *Parfüm der Seelenverwandten* gefunden haben. Und ein Sammlung von Rezepturen ...«

»... von Kleopatras Parfümeuren. Richtig, ich erinnere mich. Davon hat mir deine Großmutter erzählt.«

»Sie liebte diese Geschichte.« Robbie verstummte und öffnete den nächsten Flakon. »Weißt du, dass das alles Variationen derselben Grundformel sind?«

»Bedeutet das etwas?«, fragte Griffin.

»Das wüsste ich auch gern.«

»Und wirst du von Erinnerungen überschwemmt?«

»Nicht aus einem vorherigen Leben, aber die Gerüche sind mir vertraut – Basiszutaten, die seit den ersten Ursprüngen der Parfümerie in Griechenland, Ägypten und Indien in Gebrauch sind. Und die bis heute zu den beliebtesten Düften gehören.«

Robbie sah sich einen der Flakons näher an. »Weißt du, woher diese Fläschchen kommen?«

»Malachai hat gesagt, dass Phoenix im neunzehnten Jahrhundert einen französischen Parfümeur damit beauftragt hat, die Formel zu finden.«

»Die Gestaltung der Flakons passt jedenfalls in die damalige Zeit.« Robbie hielt das Fläschchen ins Licht. Langsam drehte er es um die eigene Achse, bis er etwas gefunden hatte. Dann inspizierte er den nächsten Flakon. Und den übernächsten.

»Keiner kann mir erzählen, dass das hier bloßer Zufall ist«, sagte er, reichte eins der Gefäße an Griffin weiter und zeigte auf eine Stelle am Rand des Verschlusses. »Siehst du das?«

»Die Kratzer hier? Warte mal.« Griffin setzte seine Lesebrille auf und sah genauer hin. »Ich kann es nicht richtig erkennen. Moment, ich hole eine …«

»Nein, nein, ich weiß genau, was es ist. Das ist ein Meisterzeichen. Schwer auszumachen, wenn man nicht damit vertraut ist. Parfümeure ließen damals verschieden geformte Flakons herstellen. Ihre Kunden suchten sich einen davon aus und ließen ihn mit dem Parfüm füllen, das sie kaufen wollten.« Robbie strich über den mit Bernstein besetzten Verschluss.

»Und du erkennst das Meisterzeichen?«

»Allerdings. Ein Stern in einer Mondsichel. Das ist das Zeichen meiner Familie.«

»Das Zeichen des Hauses L'Étoile? Deiner Familie? Unfassbar.« Griffin schüttelte lachend den Kopf.

»Du wirst noch mehr staunen, wenn du siehst, was ich dir mitgebracht habe.« Robbie öffnete seine Aktentasche und holte die Fotos von den Tonscherben heraus, die er in der chaotischen Werkstatt seines Vaters gefunden hatte.

Griffin blätterte sie durch und reichte sie Robbie zurück. »Das sieht nach ägyptischer Spätzeit aus, aber um sicher zu sein, müsste ich das Objekt schon selbst sehen. Leider sind

Tongefäße nicht besonders viel wert. Ein paar tausend Dollar. Zehntausend vielleicht, je nachdem, was die Inschrift bedeutet.« Griffin wusste um die finanziellen Schwierigkeiten des Hauses L'Étoile. »Tut mir leid.«

Robbie schüttelte den Kopf. »*Pas de problème*. Ich bin nicht davon ausgegangen, dass es unsere finanziellen Sorgen aus der Welt schafft. Ich habe einer Freundin, die als Kuratorin bei Christie's arbeitet, davon erzählt, und sie hat in etwa dasselbe gesagt wie du: Wenn die Scherben echt sind, sind sie zwar historisch interessant, aber nicht besonders wertvoll.«

»Warum wolltest du sie mir dann zeigen?«

»Damit du mir hilfst, sie zu übersetzen.«

»Wahrscheinlich ist ein Gebet für den Verstorbenen darauf.«

»Ich möchte sichergehen.«

»Und warum?«

»Ich habe sie in der Werkstatt gefunden. Und ich bin mir sicher, dass sie etwas mit dem Seelenverwandten-Parfüm zu tun haben, von dem ich erzählt habe.«

»Und mit diesen Flakons hier? Glaubst du wirklich, du hast eine antike Erinnerungshilfe gefunden, Robbie?«

»Ich glaube zwar, dass alles mit allem verbunden ist, und sei es noch so trivial, und dass es keine Zufälle gibt. Aber so etwas … Scheint das nicht unmöglich?«

Sieben

Paris, Frankreich
Donnerstag, 19. Mai, 20:30 Uhr

Zu spät zu kommen kam nicht in Frage. Tom Huang hastete über die Straße und suchte im Gehen die Häuserfront nach der Hausnummer achtzehn ab. Die Teestube lag im Pariser *Quartier Chinois*, doch außer diesem Namen hatte die Gegend wenig für sich. Im Kontrast zu den schmalen Gässchen und der anheimelnden Atmosphäre in der Altstadt war das dreizehnte Arrondissement von dichtem Gedränge, Hochhäusern und Supermärkten geprägt. Charmante Cafés, liebevoll dekorierte Blumenläden, berühmte Boutiquen und authentische Bäckereien suchte man hier vergebens. Dies war nicht Paris, wie Huang es kannte, und er fühlte sich jedes Mal unwohl, wenn er hierherkam. Besonders tagsüber, wenn jedes lieblose Detail der hässlichen Wohnblocks perfekt zur Geltung kam.

Jetzt, nach Sonnenuntergang, passten immerhin die grellen Leuchtreklamen, die für alles Mögliche warben, von McDonalds bis zu französischer Hausmannskost, zu seiner aufgewühlten Stimmung. Ein geheimes Treffen mit dem Kopf der chinesischen Unterwelt von Paris war selbst für Huang nicht alltäglich. Doch nachdem er gestern von einem seiner Spione gehört hatte, dass eine Christie's-Kuratorin Tonscherben geprüft hatte, die zu einer Erinnerungshilfe an frühere Leben gehören konnten, hatte er sofort handeln müssen.

Endlich entdeckte er die Teestube zwischen einer Bank und einer Wäscherei. Das kleine, heruntergekommene Etablissement bestand aus einem einzigen, mit gelben Resopaltischen und zerschlissenen roten Kunstledersitzen vollgestopften Raum. Der schwarz-weiß karierte Linoleumboden war schmutzig und zerkratzt. Trotz der späten Stunde war mehr als die Hälfte der Tische von kleinen Gruppen chinesischer Männer besetzt, die Tee tranken und redeten – kein Französisch, sondern ein wildes Durcheinander chinesischer Dialekte. An den Wänden hingen hunderte Kalligraphien, schwarze Schriftzeichen mit einem roten Tupfer hier und da, in gläsernen Rahmen, auf denen ein jahrealter Fettfilm klebte.

So heruntergekommen die Teestube auch war, ihr typischer Dunst aus Teeblättern, aufgebrühten Blüten und Gewürzen, aus gebratenem Reis und gerösteter Gerste tat Huang gut. Er schlängelte sich zur rechten hinteren Ecke des Raums durch, wo ein runzliger alter Mann, kahl und etwas gekrümmt, mit dem Rücken zur Wand an einem der Tische saß. Er wirkte normal und war unauffällig gekleidet. Doch dieser Mann befehligte ein Netzwerk mit zehntausenden Mitgliedern, eine eingeschworene Bruderschaft, die in verschiedenste kriminelle Aktivitäten verwickelt war, Drogenschmuggel, Steuerbetrug, Erpressung und vieles mehr.

Huang zögerte einen Augenblick, als der Kellner eine Teekanne vor dem Mann absetzte. Er hatte Weisung bekommen, so zu tun, als kenne er den anderen bereits, also nickte er ihm zu, grüßte und setzte sich ihm gegenüber. Auf dem Tisch waren zwölf Teetassen aus weißem Porzellan zu einem Rechteck angeordnet, in dessen Mitte eine dreizehnte Tasse stand.

Das Ritual, an dem Huang jetzt teilnehmen würde, war über dreitausend Jahre alt und wurde von den meisten Anführern der *hak se wui* längst nicht mehr praktiziert, doch der Kopf der hiesigen »Schwarzen Gesellschaft« – nur die Kaukasier nannten sie »Triaden« – hielt an den alten Gebräuchen fest. Die Zeremonie hatte früher dazu gedient, die Vertrauenswürdigkeit unbekannter Besucher zu testen. Als es noch kein Internet, kein Telefon und nicht einmal verlässlichen Postverkehr gab, mochte es nützlich gewesen sein, doch inzwischen war es nur eine weitere Marotte des alten Gu Zhen.

Huang griff nach der einzelnen Tasse in der Mitte, um in der Sprache der Triaden zu signalisieren, dass er dazugehörte, dass er wortwörtlich einer aus ihrer Mitte war.

Gu Zhen goss erst sich selbst, dann seinem Gast Tee ein. Huang folgte gespannt den quälend langsamen Bewegungen, mit denen der Unterweltboss die Kanne abstellte. Wenn die Tülle zu Huang zeigte, hieße das, dass ihr Treffen beendet war, dass Gu Zhen sein Anliegen ablehnte, ihm nicht traute, oder dass Huang ihn verärgert hatte und keine Hilfe von ihm erwarten durfte.

Doch die Tülle zeigte in die andere Richtung. Damit war es an Huang, seine Tasse zu leeren und sie umgekehrt auf den Tisch zurückzustellen, um zum Ausdruck zu bringen, dass er etwas besprechen wollte. Er tat es.

Gu Zhen nickte. »Ich kann Ihnen helfen«, sagte er mit kaum hörbarer, heiserer Stimme. »Aber das wird teuer. Wir ziehen es vor, uns auf unser Kerngeschäft zu konzentrieren.«

»Geld spielt keine Rolle. Unsere Regierung wünscht nicht, dass dieses Spielzeug in die falschen Hände gerät.«

Der Alte hob die Brauen. »Spielzeug?« Er sprach das Wort aus, als schmeckte er seinem Klang nach, und nippte am Tee.

Huang wusste, dass er zu seinem eigenen Besten respektvoll sein, das Ritual befolgen und seine Ungeduld zügeln musste, wenn er die so dringend benötigte Hilfe bekommen wollte. Also hielt er still und schlürfte Tee aus einer winzigen, fleckigen Tasse, zwanzig Minuten, acht Kilometer und eine halbe Welt von seinem stilvollen Büro in der Botschaft der Volksrepublik China in der Avenue George V entfernt.

»Was können Sie mir über dieses ›Spielzeug‹ sagen, wie Sie es nennen?«

»Angeblich ist es eine Art antikes Hilfsmittel, um sich an seine früheren Leben zu erinnern.«

»Was Sie für Unsinn halten?«

»Was für uns irrelevant ist. So wie wir diesen Krieg führen, kommen wir nicht voran. Es ist kein Ende in Sicht. Die Buddhisten geben nicht auf. Die halbe Welt steht hinter den Exiltibetern, selbst wenn die Regierungen uns fürchten. Wir wollen jede weitere Aufregung vermeiden. Wir können keine Mönche gebrauchen, die sich zu Märtyrern machen. Und am allerwenigsten brauchen wir Gerüchte über Beweise für die Reinkarnationslehre.« Huang hatte auch von anderen Dingen gehört, die angeblich eine Tür zur Vergangenheit darstellten, ein Portal. Eine uralte Flöte in Wien. Ein Haufen Edelsteine in Rom. Die Chinesen hatten es nicht geschafft, sie an sich zu bringen. Doch laut seinen Informanten in der buddhistischen Gemeinschaft war dieses Hilfsmittel hier in Paris. Wenn es in die falschen Hände geriet …

»Das ist Wasser auf die Mühlen der religiösen Fanatiker. Erst vor zwei Wochen haben sie einen Jungen in Lhasa zur Inkarnation eines Lama erklärt, was eindeutig gegen das Gesetz ist.« Huang redete sich in Rage. »Jedes Mal, wenn sie einen ihrer ›friedlichen‹ Proteste inszenieren, wissen sie genau, dass wir einschreiten werden. Dann gehen die Kämpfe von vorn los, und die Mönche machen sich zu Märtyrern. Das bringt die Medien auf ihre Seite und macht das Ganze zu einem internationalen Spektakel. Das wissen die Tibeter genau. Dieser Wolf in der Mönchskutte sowieso. Zweihundert Menschen sind in den letzten zwei Wochen gestorben, und das Blut bleibt nur an unseren Händen kleben.«

»Wer hat dieses Spielzeug?«, fragte Gu Zhen. »Und spielt es eine Rolle, was mit demjenigen passiert?«

Acht

New York City
Freitag, 20. Mai, 11:20 Uhr

»Mitte des neunzehnten Jahrhunderts hat einer meiner Vorfahren mit anderen Mitgliedern des Phoenix Clubs ein Projekt finanziert. Ihr Ziel war, einen Duft zu entwickeln, der es Menschen ermöglichen sollte, sich an ihre früheren Leben zu erinnern«, erklärte Dr. Malachai Samuels. Dann überreichte er Jac mit großer Geste einen tief gekerbten Kristallglasflakon, in dem nur wenige Milliliter einer zähen bernsteinfarbenen Flüssigkeit standen.

Als sie danach griff, brach sich ein Lichtstrahl, der durch die gläserne Flügeltür zum Hinterhof hereindrang, funkelnd in den Glasfacetten. Kleine Lichtbündel durchzuckten den Raum, und Regenbogen tanzten an der Zimmerdecke.

In ihrer Kindheit hatte ihre Mutter Jac manchmal, wenn sie selbst an ihren Gedichten arbeiten wollte und die Kinderfrau nicht da war, kurzerhand in die Werkstatt gebracht. Außer im Winter standen dort die Türen zum Garten meist offen. »Die frische Luft bereinigt meine Fehler«, sagte ihr Vater immer. Und so war es. Wenn die Türen offen waren, roch es gar nicht nach Parfüm, nur nach Gräsern, Zypressen und dem, was draußen gerade blühte: Rosen, Hyazinthen oder Pfingstrosen.

Louis legte Kissen auf dem Boden aus und gab Jac einen Karton voller Flakons, deren Verschluss fehlte.

Es war eine ihrer Lieblingsbeschäftigungen.

Jac hielt die Flakons ins Licht und malte mit den Lichtbrechungen Bilder an die Zimmerdecke.

»Meine Lichtmalerin«, nannte ihr Vater sie dann voller Bewunderung.

Das war eine der guten Erinnerungen an ihren Vater: mit ihm in der Werkstatt zu sein, wenn die Sonne und die Frischluft alle Dämonen und Schatten vertrieben.

»Öffne es.« Malachai holte sie in die Gegenwart zurück. »Und riech daran. Ich will wissen, was du davon hältst.«

Der schwere, mit Bernstein besetzte Silberverschluss war leicht zu öffnen. Jac beugte sich über den Flakon und atmete ein. Das Parfüm roch unspektakulär, nach Weihrauch, Myrrhe und Styrax. Es roch, wie es aussah – flach, ohne Glanz und ohne Leben.

»Weißt du genauer, wie alt es ist?«

»Nach den Unterlagen, die ich gefunden habe, muss es aus den Achtzehnhundertdreißigern sein.«

»Und hast du eine Ahnung, wer es hergestellt hat?«

»Der Phoenix Club hat damals eine französische Parfümerie beauftragt …«

Jac hob den Blick von dem Flakon. Sie ahnte, was Malachai jetzt sagen würde. »Und diese Parfümerie war das Haus L'Étoile?«

Er nickte.

»Robbie hat schon gesagt, dass mich eine Überraschung erwartet.«

»Eine positive, hoffe ich.«

»Was für ein unglaublicher Zufall.« Sobald sie es ausgesprochen hatte, wusste sie, dass er sie korrigieren würde.

»Synchronizität ist kein Zufall«, sagte Malachai. »Sie ist die treibende Kraft hinter aller menschlichen Erfahrung seit Anbeginn der Zeiten. Zeitgleiche Ereignisse, die uns zufällig erscheinen, stellen sich oft im Nachhinein als sinnhaft verbunden heraus. Sie sind kausal nicht erklärbar, was aber nicht heißt, dass sie voneinander unabhängig sind.«

Jac wartete, bis er mit seinem Vortrag fertig war. »Ist ein Meisterzeichen darauf?«, fragte sie.

»Hier, bitte«, sagte Malachai und reichte ihr ein Vergrößerungsglas. »Da unten.« Er zeigte es ihr. »Bis vor einer Woche dachte ich, das sei der Stempel des Schmieds. Deshalb haben meine Nachforschungen nie etwas ergeben. Ich bin gar nicht auf die Idee gekommen, dass der Parfümeur sein eigenes Zeichen eingestanzt haben könnte. Geschweige denn, dass ich Jahrhunderte später eine derart enge Verbindung zu seiner Familie haben würde.«

Er lächelte, wobei sich jedoch nur seine Mundwinkel hoben, ohne dass die Emotion in seinen Augen Ausdruck fand. Seine Freude, sein Humor und seine Herzlichkeit blieben im Verborgenen. Er trug sein Lächeln wie eine Maske. Doch das war Jac nicht unangenehm, im Gegenteil: Es gab ihr Sicherheit und Halt.

Nicht sein Herz, sondern sein Hirn hatte sie vor sechzehn Jahren vom Rand des Abgrunds weggelotst.

Jacs Erkrankung hatte nach dem Tod ihrer Mutter ihren Höhepunkt erreicht. Nichts von dem, was die vielen Ärzte ihr verschrieben, vermochte die Wahnvorstellungen einzudämmen. Medikamente machten sie müde und vernebelten ihr das Hirn. Die schrecklichen Elektroschocks verursachten Übelkeit und geistige Verwirrung. Nach sechs Monaten verschiedenster anerkannter Therapien schritt ihre Großmutter ein und brachte sie nach Zürich in die umstrittene Klinik Blixer Rath.

Dieser »letzte Ausweg«, wie ihr Vater es nannte, war ein von zwei Anhängern Carl Gustav Jungs betriebenes Therapiezentrum. Nach Jung ging der Therapie jeder psychischen Erkrankung notwendig eine Heilung der Seele voraus. Genau wie sein Mentor glaubte auch Rath, dass psychische Leiden auch unter mythischen und spirituellen Gesichtspunkten betrachtet werden müssten, ein Prozess, den er nur im Notfall mit niedrig dosierten Medikamenten unterstützte. Die Verfechter der Schulmedizin begegneten diesem ganzheitlichen, auf die Seele fokussierten Ansatz mit offener Feindschaft.

In den neun Monaten, die sie in der Klinik verbrachte, bekam Jac eine tiefenpsychologische Therapie, die darauf angelegt war, ihre Selbstheilungskräfte zu stärken. Um die Symbolik ihrer Träume und der Bilder, die sie im Anschluss an Meditationsübungen malte, zu verstehen, um ihre Symptome zu entschlüsseln und synchronistische Ereignisse in ihrem Leben zu erkennen, musste Jac sich intensiv mit Mythologie befassen, worin Jung so etwas wie eine universelle Sprache der Seele erkannte. Und der Therapeut, der Jac diese Sprache lehrte, war Dr. Malachai Samuels.

Malachai war während seiner Zeit in der Klinik Blixer Rath von seinem Posten in der Phoenix Foundation freigestellt und trat als Therapeut auf, nicht als Reinkarnationsforscher. Er sprach mit seinen Patienten nie über mögliche Hinweise auf ihre früheren Leben. Erst Jahre später erfuhr Jac aus einem Artikel über Malachai, dass er in der Klinik eine Theorie überprüft hatte, nach der ein großer Prozentsatz von Schizophreniepatienten in Wirklichkeit an traumatischen Erinnerungen an ihre Vorleben litt.

»Kannst du an dem Stempel das Datum erkennen?«, fragte Malachai und sah ihr über die Schulter, während sie das Meisterzeichen näher untersuchte.

»Nein. Mit der Geschichte dieser Zeichen kenne ich mich leider nicht so aus, wie ich es sollte.«

Malachai zuckte mit den Schultern. »Das macht nichts. Ich habe dich nicht hergebeten, um mit dir über die Vergangenheit zu *reden*, Jac. Ich möchte, dass du mir hilfst, sie zu finden.«

Die Intensität seines Blicks und seine weiche Stimme nahmen Jac ganz und gar gefangen. Er forderte ihre volle Aufmerksamkeit. Und er bot seine eigene. In all den Jahren hatte sie ihn nie abgelenkt erlebt, wenn er mit ihr sprach. Eine ihrer ersten Erinnerungen an ihn war, wie sie als verängstigter, unterernährter Teenager in die Klinik kam, von den Schatten gequält, die sie Tag und Nacht verfolgten. Sie hielt seinem Blick nie länger als einige Sekunden stand. Doch wenn sie ihn ansah, war er immer da, immer anwesend und aufmerksam. Er hatte nie den Blick von ihr abgewandt, wenn sie sich unterhielten. Damals wie heute.

Während der Therapie in Zürich wie auch bei ihren späteren Besuchen hatte Jac Malachai immer als Zauberer gesehen, der es verstand, die Zeit anzuhalten. Hier in seiner Bibliothek mit der Holzvertäfelung, dem teuren Orientteppich und den Tiffany-Leuchten fühlte man sich unwillkürlich in das New York des vorigen Jahrhunderts zurückversetzt. Doch es war nicht nur seine Einrichtung. Malachai kleidete sich zeitlos und sprach formell, mit einem klassischen Duktus, weder modern noch veraltet. Der marineblaue Anzug, den er heute mit einer sorgsam gebundenen Seidenkrawatte und einem gestärkten weißen Hemd mit Monogramm trug, wirkte wie die Garderobe eines Gentleman aus früheren Zeiten.

»Jac, ich könnte dir hier in der Stiftung eine Parfümerie einrichten. Alles auf dem neuesten Stand. Deine Fernsehshow macht doch Sommerpause, oder? Bring zu Ende, was deine Vorfahren begonnen haben. Wenn du es schaffst, kann ich dich so bezahlen, dass die Zukunft des Hauses L'Étoile gesichert wäre.«

»Dann hat Robbie von unseren finanziellen Problemen erzählt?«

Jacs Großmutter hatte ihr beigebracht, dass man niemals außerhalb der Familie über Geldangelegenheiten sprach, nicht einmal mit jemandem, der einem so nahestand wie Malachai. Es beschämte sie, es jetzt zu tun. Jac wünschte, Robbie hätte sie in seiner E-Mail besser auf dieses Gespräch vorbereitet.

»Ja, aber ich wusste schon aus der Zeitung davon.«

Jac wandte ihre Aufmerksamkeit wieder dem Kristallglasfläschchen zu und inhalierte noch einmal den merkwürdigen Duft. Sie war verblüfft, doch weniger wegen des Angebots, das Malachai ihr machte, als wegen des Vertrauens, das darin zum Ausdruck kam.

»Und du würdest so viel Geld investieren, nur um einem Hirngespinst nachzujagen?«

»Du weißt besser als die meisten, dass ich Reinkarnation nicht für ein Hirngespinst halte.«

In den Jahren nach ihrem Klinikaufenthalt hatte Jac viel über Malachais Stiftung und seine therapeutische Arbeit mit Tausenden Kindern gelesen, die Erinnerungen hatten, die auf frühere Leben zu verweisen schienen. Er und seine Tante, die ihm als Co-Direktorin zur Seite stand, hatten die Geschichten dieser Kinder dokumentiert und für deren Aussagen bemerkenswerte Belege gefunden.

»Ja, aber ihr seid ausgebildete Psychologen, die ernstzunehmende Forschung über die Psyche betreiben. Eure Studien werden nach streng wissenschaftlichen Kriterien durchgeführt. Du hast immer darauf geachtet, deine Forschung von weltanschaulichen Modeerscheinungen zu distanzieren. Wie passt das mit der Suche nach einem Parfüm zusammen, das angeblich die Erinnerung an frühere Leben wachrufen soll?«

»Die Wiedergeburt ist Realität«, antwortete Malachai. »Eine Gegebenheit des Lebens. Und des Todes. Und genauso wie die Reinkarnation real ist, existieren auch reale Erinnerungshilfen. Ich habe dir doch einmal erzählt, dass ich eine Massenregression miterlebt habe, die durch einen solchen Verstärker ausgelöst wurde, oder? Hunderte von Menschen verfielen gleichzeitig in Trance und erinnerten sich an die Zeit vor ihrer Geburt. Es war überwältigend. Näher werden wir einem Beweis kaum kommen können.«

»Als du angeschossen wurdest? Das hast du erzählt, aber nicht, dass …«

»Ich weiß, dass sie existieren«, unterbrach er sie. »Hilfsmittel, Jac. Werkzeuge.«

Sie hatte noch nie eine solche Intensität in seiner Stimme vernommen. »Manche sind verlorengegangen«, fuhr er fort, »oder zerstört worden. Aber es gibt neue zu entdecken. Vielleicht sind sie seit Jahrtausenden nicht in Gebrauch, doch es gibt sie. Ich weiß es.«

Seine dunklen Augen leuchteten. Sein Mund war leicht geöffnet. Fast lag ein Ausdruck sexuellen Verlangens auf dem Gesicht des Therapeuten.

Er giert nach diesem Wissen.

Jac kreuzte die Arme vor der Brust. Sie kannte Malachai schon lange. Er war immer vollkommen kontrolliert. Sachlich. Reserviert. Nie so aufgeregt wie jetzt.

Allerdings war sein ganzes Leben in den letzten Jahren aufregender geworden. Zwei Mal hatte er im Zusammenhang mit gestohlenen antiken Kulturzeugnissen unter Verdacht gestanden, bei einem dritten Fall war er vernommen worden. Wegen Malachai war die Phoenix Foundation in kurzer Zeit öfter in die Schlagzeilen geraten als in den Jahrzehnten davor. Waren diese antiken Funde die Erinnerungshilfen, von denen er gesprochen hatte?

»Du und deine Tante, ihr habt euch im Lauf der Jahre durch eure methodisch saubere Forschung in der wissenschaftlichen Gemeinschaft viel Anerkennung erkämpft«, sagte Jac. »Wenn du allen Ernstes an einem Parfüm forschen willst, gefährdest du den Ruf eurer Institution. Und deinen dazu.«

Malachai lehnte sich in seinem Stuhl zurück, und sein Gesichtsausdruck entspannte sich. Er war wieder ganz der renommierte Psychotherapeut. Professionell, belesen, charismatisch.

»In der Antike haben Priester Weihrauch verbrannt, weil sie glaubten, dass die Seelen mit dem aufsteigenden Rauch ins Totenreich reisen. Mystiker haben sich mit Hilfe von Weihrauch in gehobene Bewusstseinszustände versetzt, um andere Dimensionen zu erfahren. In manchen Kulturen werden ätherische Öle eingesetzt, um das Dritte Auge zu öffnen, mit dem parapsychologische Phänomene wahrnehmbar sein sollen.«

»Ich kenne diese Geschichten.«

»Dann müsstest du doch verstehen, warum ich annehme, dass manche Düfte uns unsere früheren Leben zugänglich machen können.«

»Selbst wenn ich wollte, könnte ich nichts für dich tun. Ich bin keine Parfümeurin, Malachai. Ich bin Mythologin. Frag doch Robbie. Er glaubt immerhin an das, was du suchst.«

»Robbie sagt, er sei zwar gut, doch verglichen mit deinem sei sein Geruchssinn höchstens mittelmäßig. Du seist in der Lage, das hier«, er hielt den kleinen Flakon hoch, »intuitiv zu verstehen und auf dieser Basis aufzubauen.«

Früher einmal, vor einer Ewigkeit, hatte Jac sich gewünscht, Parfümeurin zu werden. Doch diese Vorstellung war zusammen mit ihrer Mutter gestorben. Der Gedanke, je wieder an einer Duftorgel zu sitzen, war ihr unerträglich.

Ihr Großvater hatte immer behauptet, in Jac erreiche eine jahrhundertealte Familientradition ihren Höhepunkt – sie allein, nicht ihr Vater oder ihr Bruder, sei dazu vorherbestimmt, eine der ganz Großen ihrer Zunft zu werden. Robbie glaubte ebenfalls daran und hielt ihr manchmal vor, dass sie nicht das tat, was ihr in die Wiege gelegt worden war. Er konnte nicht begreifen, warum sie ihr künstlerisches Talent nicht nutzte.

»Mein Bruder macht sich falsche Vorstellungen von meinen Fähigkeiten.«

»Er schien sich sehr sicher zu sein«, sagte Malachai und fügte wie nebenbei hinzu: »Es ist schön, dass ihr euch immer noch so nahesteht. Das tut ihr doch, oder?«

Jac glaubte eine Spur von Kummer in seiner Stimme zu hören. Vielleicht projizierte sie auch nur ihren eigenen Schmerz auf ihn, weil Robbie und sie sich seit Monaten stritten und sie ihre unbeschwerte Nähe von früher vermisste. Jac litt darunter, ihn enttäuscht zu haben. Sie hatte keine Möglichkeit gefunden, die Krise des Familienunternehmens zu lösen, ohne es unwiderruflich zu verstümmeln.

Malachai sah sie erwartungsvoll an.

»Ja, wir stehen einander nah.«

In Malachais sonst so undurchdringlichen braunen Augen spiegelte sich tiefe Trauer. Was berührte ihn an diesem Gespräch so sehr, dass er sich derart gehenließ? Von dieser Seite hatte sie ihn noch nie kennengelernt. Nie hatte er sich irgendwelchen Kummer anmerken lassen. Was war es nur? Jac wusste, dass er weder Frau noch Kinder hatte, aber hatte er Geschwister? Hatte er sich mit einem Bruder oder einer Schwester zerstritten? Oder war gar eins seiner Geschwister krank geworden oder gestorben?

Dafür, dass er in ihrem Leben eine so entscheidende Rolle spielte, ließ Malachai sie erstaunlich wenig über sein Privatleben wissen. Er hatte sich immer für ihre berufliche Entwicklung interessiert, fast wie ein stolzer Vater. Doch von sich selbst erzählte er, ebenfalls wie ein Vater, kaum mehr als die wichtigsten Eckdaten.

Malachai griff in die Tasche seines Jacketts, zog ein Kartendeck heraus und begann zu mischen. Jac ärgerte das vertraute Geräusch.

»Ich bin nicht nervös«, sagte sie.

Sie wusste noch von früher, dass er in seiner Arbeit mit jüngeren Patienten gern Kartentricks einsetzte, um sie zu beruhigen.

Er lachte. »Natürlich nicht, Jac. Ist nur eine Angewohnheit.« Er hielt ihr die Karten hin. »Aber bitte, mir zuliebe.«

Jac zog eine heraus und bemerkte das komplexe farbige Fleur-de-Lys-Dekor und die Goldränder des Spiels. Malachai besaß eine eindrucksvolle Sammlung historischer Kartenspiele. Alles Originale.

»Die sind sehr schön.«

»Vom Hof Marie Antoinettes. Ich glaube, die schönsten Spielkarten in meiner Sammlung sind alle aus Frankreich.«

Jac fröstelte. Der Impuls kam tief aus ihrem Inneren, durchfuhr sie bis in die Fingerspitzen und stellte ihr die Nackenhaare auf. Suchend blickte sie sich nach einer Ursache für das plötzliche Kältegefühl um. Die Fenster zu beiden Seiten des Schreibtischs standen offen.

»Ist dir kalt?«, fragte Malachai. Ein rätselhaftes Lächeln umspielte seine Lippen, als wüsste er etwas über sie, das er nicht preisgeben wollte.

Sie schüttelte den Kopf. »Muss ein Luftzug gewesen sein.«

»Natürlich«, sagte er, klang jedoch nicht überzeugt. »Soll ich die Fenster schließen?«

»Nein, ist schon gut.« Sie blickte in den kleinen Hofgarten hinaus. Die blühenden Kirsch- und Holzapfelbäume und der Hartriegel verbreiteten einen angenehmen Duft. Im Haus ihrer Familie in Paris gab es zwischen Werkstatt und Wohntrakt einen weit größeren Hof, der zugleich als Abenteuerspielplatz für sie und ihren Bruder, als Kräutergarten für die Köchin und als Laboratorium für jede neue Generation von Parfümeuren fungierte, die dort eigene exotische Zutaten anpflanzten.

»Willst du immer noch nicht wissen, ob du Erinnerungen an

frühere Leben hast?«, fragte Malachai und beugte sich bei dieser persönlicheren Frage ein wenig vor.

»Nein, immer noch nicht«, antwortete sie, ohne zu zögern und fast ein wenig abweisend. Bei diesem speziellen Thema hatte Malachai nicht zum ersten Mal eine Grenze überschritten. Sie hoffte, dass er sie nicht weiter bedrängen würde. Jac hatte an dieser Diskussion keinerlei Interesse. Sie führte sie oft genug mit Robbie, dem eifrigen Adepten. Die ganze Debatte ging sie überhaupt nichts an.

»Wenn ich also eine dieser Erinnerungshilfen finden würde, hättest du kein Interesse, sie auszuprobieren?«

»Ich respektiere dich und deine Arbeit«, sagte sie gleichmütig. »Ich weiß, dass die Kinder, die zu dir kommen, sehr leiden und dass du ihnen hilfst, und ich finde es großartig, dass du das kannst. Reicht dir das nicht? Was willst du noch von mir?«

»Und wenn ich dir von der mythologischen Seite der Erinnerungshilfen erzähle?«

Sie wollte protestieren, doch damit hatte er einen Köder ausgeworfen, dem sie nicht widerstehen konnte.

»Schon vor vier- bis sechstausend Jahren sollen Mystiker im Indus-Tal Meditationshilfen geschaffen haben, mit denen sich Menschen in einen Zustand tiefster Entspannung versetzen konnten, um auf Erinnerungen aus früheren Existenzen zurückzugreifen.« Malachais beruhigende Stimme tat ihre Wirkung, und Jac überließ sich dem Fluss der Erzählung. »Es waren genau zwölf Hilfsmittel – nach der mystischen Zahl, die man in allen Religionen und überall in der Natur findet. Zwölf Objekte, die bewirken können, dass Erinnerungen die Zeitbarriere überwinden. Ich vermute, und andere Experten teilen diese Auffassung, dass innerhalb der letzten Jahre zwei dieser Objekte entdeckt worden sind. Das erste war eine Sammlung von Edelsteinen, das zweite eine aus Menschenknochen gefertigte Flöte. Je nachdem, welche Zeitung man liest, gehen die Meinungen darüber auseinander, was aus diesen Objekten geworden ist, doch eines steht fest: Sie sind für die Forschung nicht mehr zugänglich, und wir haben keinerlei Möglichkeit, etwas über sie herauszufinden. Es ist eine Farce.«

»Wie sind sie verlorengegangen?«

»Durch Bürokratiewahnsinn. Unsinnige Vorschriften. Pannen, Schicksalsschläge. Bei mir dreht sich zwar alles darum, Menschen zu einem Blick zurück zu ermuntern, aber in diesem Fall halte ich es anders. Was vorbei ist, ist vorbei. Ich werde nie wieder eine Chance verpassen, eins der Werkzeuge zu finden.« Er hielt inne und sah sie an, als suchte er etwas in ihrem Gesicht. Dann sprach er mit besonderem Nachdruck weiter. »Seit hundertfünfzig Jahren wissen die Mitglieder unserer Gemeinschaft von diesen Erinnerungshilfen, haben Menschen gekannt, die davon wussten, haben sie gesehen oder sogar besessen.« Er breitete die Arme aus, als wollte er die gesamte Phoenix Foundation umschließen. »Eines dieser Werkzeuge war ein Parfüm. Und was ich darüber gehört habe, gleicht exakt deiner Familienlegende.«

»Und du glaubst, das ist ein typischer Fall einer Synchronizität, für die es keine logische Erklärung gibt.«

»Ich weiß, dass es eine ist. Es gibt keine Zufälle, das besagen Reinkarnationstheorien seit Anbeginn der Geschichte, in allen Zeitaltern und Zivilisationen. In manchen Kulturen des Ostens würde man unsere Zweifel an solchen Offenbarungen des größeren Ganzen für ungefähr so sinnvoll halten wie Zweifel daran, dass Wasser nass ist.«

Jac verzichtete darauf, zu widersprechen. Das hatte sie oft genug getan. Malachai zählte dann die Namen sämtlicher Geistesgrößen auf, die im Lauf der Geschichte die Lehre von der Wiedergeburt verfochten hatten, von Pythagoras bis zu Benjamin Franklin, George S. Patton, Henry Ford und natürlich C.G. Jung.

»Wenn es dir gelingt, einen Duft zu kreieren, der als Erinnerungshilfe funktioniert, wäre er ein Vermögen wert.«

Malachai hatte nie den Anschein gemacht, sich für Geld zu interessieren, und es verwunderte Jac, dass er diesen Aspekt erwähnte. Doch an dem heutigen Gespräch war schon so vieles verwunderlich gewesen.

Als ahnte er ihre Gedanken, sagte Malachai: »Mir bedeutet dieses Geld nichts. Du könntest es behalten und damit euren Familienbetrieb sanieren. Ich will nur das Parfüm.«

»Um den Kindern zu helfen?« Jac war sicher, dass noch mehr dahinterstand, und sie wollte wissen, was es war.

»Natürlich.« Er runzelte die Stirn. »Zweifelst du etwa daran? Das ist mein Lebenswerk.«

Jac hatte ihn nie verdächtigt, irgendetwas Unrechtes zu tun, nie an seinen hehren Motiven gezweifelt. Was war es nur, das sie jetzt so skeptisch machte?

Sie hielt den Flakon gegen das Licht. Ein kleiner Regenbogen erschien auf Malachais weißer Hemdmanschette. Jac drehte das Fläschchen, und der Lichtfleck wanderte die Wand entlang.

»Gab es in euren Unterlagen Hinweise auf die Rezeptur? Weißt du, worauf der Duft aufgebaut ist?«

»Es gibt nur die Korrespondenz zwischen zwei Mitgliedern der Phoenix-Gemeinschaft, einem aus New York und einem Franzosen. Der Franzose schreibt darin, er habe in Paris einen Parfümeur kennengelernt, der den Überrest einer antiken Substanz besaß, die er für ein Portal in frühere Leben hielt. Die Stiftung finanzierte seine Versuche, auf der Basis dieses Überrests ein neues Parfüm herzustellen.«

Jac überlegte. »Damals brauchte man dafür sicher eine Menge Glück. Wenn der Duftstoff aus dem Alten Ägypten stammte, war im neunzehnten Jahrhundert viel davon verdunstet. Ätherische Öle verlieren mit den Jahren an Gehalt. Und manche Zutaten gab es gar nicht mehr. Selbst wenn man sie noch riechen konnte, konnte man sie vielleicht nicht mehr identifizieren oder beschaffen.«

Malachai starrte sie fassungslos an.

»Was ist?«

»Ich habe mit keinem Wort erwähnt, dass das Parfüm aus Ägypten stammt.«

Irgendwo im Gebäude klingelte ein Telefon, und eine Tür fiel ins Schloss. Jac hatte sich so sehr auf das Gespräch konzentriert, dass sie die Anwesenheit der anderen Mitarbeiter vollkommen vergessen hatte. Sie schüttelte den Kopf und nahm den Faden wieder auf. »Selbst wenn ich dir helfen wollte, Malachai – das Durcheinander hier in dem Flakon ist wohl kaum als Ausgangsbasis zu gebrauchen. Das sind vier oder fünf typische Grundzutaten.«

»Aber wir *haben* eine Ausgangsbasis«, beharrte er. »Der Parfümeur muss an einer bestimmten Rezeptur gearbeitet haben. Wir haben elf Versionen dieses Parfüms, Jac.«

»Das wusste ich nicht. Elf Versionen. Warum elf? Das ist eine ungewöhnliche Anzahl.«

»In dem Behälter war Platz für zwölf Flakons.«

»Vielleicht ist einer kaputtgegangen?«

»Vielleicht war einer die gesuchte Erinnerungshilfe.«

Sie schüttelte den Kopf. »Das ist ein Mythos. Und du hast mir selbst beigebracht, dass Mythen nichts anderes sind als die kollektiven Träume einer Kultur. Kleine Geschichten und Anekdoten, wie man sie tausendfach erzählt, nur dass diese besonders beliebt sind, weil sie zu den Strukturen des kollektiven Unbewussten passen. Die Geschichten werden weitergereicht, verändern sich und werden immer ausschweifender und unwahrscheinlicher. Wie Stalaktiten, die mit jedem Wassertropfen ein wenig größer werden.«

»Robbie und Griffin haben mir prophezeit, dass es nicht einfach werden würde, dich zu überzeugen. Ich habe gesagt, du seist viel offener, als sie denken. Offenbar habe ich mich geirrt.«

Jac packte die zu Löwenköpfen geschnitzten Armlehnen ihres Sessels. Ihre Fingerspitzen gruben sich in die Vertiefungen im Holz. »Griffin?« Sie bemühte sich, ruhig und gleichmütig zu klingen.

»Griffin North. Ein Freund deines Bruders. So wie er über dich sprach, habe ich angenommen, dass ihr einander kennt.«

Griffins Namen in diesem Kontext zu hören verwirrte sie. »Ja, wir kennen uns … Wir kannten uns mal. Ich habe ihn lange nicht gesehen. Woher kennst du ihn?«

»Robbie hat uns einander vor ein paar Monaten vorgestellt. Griffin wollte mit Hilfe unseres Archivs seine Forschungen für eine neue Veröffentlichung vorantreiben. Es muss ungefähr vor zwei Wochen gewesen sein, dass Robbie ihn hier besucht hat. Es war sicher alles andere als ein Zufall, dass Griffin ihm ausgerechnet die Parfümflakons zeigte. Ich selbst hatte längst vergessen, dass es sie gibt.«

»Ich wusste gar nicht, dass sich Robbie mit Griffin getroffen hat.«

Jac hatte Mühe weiterzusprechen. Dann arbeitete Griffin also hier? War er genau jetzt in diesem Gebäude? Hatte eben sein Telefon geklingelt? War es seine Tür gewesen, die sie gehört hatte?

Sie hatte sein erstes Buch kurz nach der Veröffentlichung in einer Buchhandlung entdeckt. Hatte vor dem Regal stehend den Klappentext und die Autorenbiographie gelesen. Seither wusste sie, dass er in New York und Ägypten lebte, dass er an einer bedeutenden Ausgrabungsstätte bei Alexandria arbeitete, verheiratet und Vater eines Kindes war. Lauter öffentlich zugängliche Fakten, denen sie nicht ausweichen konnte.

Es gefiel ihr nicht, mehr über ihn zu erfahren, als sie wollte. Zugleich war sie eifersüchtig auf Robbie und Malachai. Auf das Zimmer, das Griffins Atem umschloss, und den Stuhl, der sein Gewicht trug. Jac vermied es wohlweislich, sich dem süßen Schmerz der Erinnerung hinzugeben. Sich zu fragen, wen er geheiratet hatte. Wie alt sein Sohn oder seine Tochter war.

Griffin hatte sie verletzt. Sie verlassen. Wer einen einmal im Stich ließ, ein einziges Mal nur, dem konnte man nie wieder vertrauen.

»Es tut mir leid.« Jac stand auf. Es hatte nichts damit zu tun, dass Griffin hier arbeitete. Es war absurd, auch nur darüber zu spekulieren, ob ein Parfüm den Blick in frühere Zeiten ermöglichen konnte. Das hatte sie Robbie schon seit ihrer Kindheit klarzumachen versucht. Und selbst wenn es so etwas gab, würde sie nach all den Jahren dennoch nicht so tun, als sei sie eine Parfümeurin.

Malachai stand ebenfalls auf und geleitete sie zur Tür. Jac glaubte nicht an Gott, doch in diesem Moment betete sie inständig darum, nur nicht Griffin zu begegnen.

»Dann hat dich nichts von alldem, was ich gesagt habe, neugierig gemacht?«

Sie lachte. »Ich kann mir den Luxus nicht erlauben, neugierig zu sein.«

»Und wenn ich dir anbieten würde, die drei Millionen zu bezahlen, die ihr der Bank schuldig seid? Würdest du dann annehmen?«

»Bietest du es denn an?«

»Würde das deine Meinung ändern?«

»Selbst wenn ich in der Lage wäre, ein solches Parfüm zu erschaffen, hätte ich nicht die Zeit dazu. Ich brauche das Geld sofort.« Jacs Stimme verriet ihre Verzweiflung genauso deutlich wie ihre Augen.

»Würdest du mir zumindest versprechen, darüber nachzudenken? Überleg doch, was es bedeuten würde, die reale Existenz dieses Mythos zu beweisen.«

»Ich bin die ewige Zweiflerin. So hast du mich selbst einmal genannt. Und jetzt forderst du von mir, dass ich an einen wirren Traum glauben soll.«

»Bist du dir so sicher? Was, wenn du dich irrst, Jac? Was, wenn es mehr ist als ein Traum?«

Neun

PARIS, FRANKREICH
MONTAG, 23. MAI, 10:15 UHR

Griffin hatte noch nie so teure *poupées* gesehen, und er wusste, dass seine Frau Einwände haben würde. Doch Therese war nicht hier. Und die Vorstellung, wie seine Tochter die Schachtel öffnete und eine original Pariser Porzellanpuppe darin fand, war einfach unwiderstehlich. Die sechs Jahre alte Elsie hatte das blonde Haar ihrer Mutter und Griffins blitzende graublaue Augen. Sie war ein ernstes Kind und spielte verblüffend gut Klavier. Ein potentielles Wunderkind, doch Therese und er hatten beschlossen, ihr die Belastungen einer frühen Profikarriere zu ersparen. Er hatte zu viel von seiner eigenen verloren, um nicht zu wissen, wie wichtig eine unbeschwerte Kindheit war.

Ein Grund mehr, warum sein Herz so sehr an diesem Mädchen hing und er sich darum sorgte, was eine Scheidung ihr antun könnte. Natürlich konnte er sie nicht vor allem bewahren, doch er wollte zumindest nicht derjenige sein, der Leid in ihr Leben brachte. Wenn Therese und er sich trennten, würde er Elsie nicht so verlassen, wie sein eigener Vater ihn verlassen hatte. Dennoch wäre das Endergebnis ähnlich.

Neben der Kasse lag eine kleine Broschüre aus – die Geschichte des Ladens in fünf Sprachen. Das Maison de Poupée hatte seinen Standort seit über hundert Jahren in demselben

Eckgebäude. Hier in Europa schien man einen größeren Respekt vor Traditionen und Institutionen zu haben. Das Neue war nicht so ein Fetisch wie bei ihm zu Hause.

Zu Hause.

Ein guter Versuch, dachte Griffin. Er hatte es geschafft, seine Gedanken der Vergänglichkeit alles Irdischen zuzuwenden, nur um gleich darauf doch wieder bei seiner kleinen Tochter zu landen.

Griffin hatte sich dagegen gesträubt, Vater zu werden. Und er hatte nicht erst lange Therapien gebraucht, um herauszufinden, weshalb. Doch abgesehen von seiner Angst davor, die Fehler seines Vaters zu wiederholen, machte er sich auch aus anderen Gründen Sorgen. Therese wollte nicht umziehen, und er war die berufliche Verpflichtung eingegangen, mindestens fünf Monate im Jahr in Ägypten zu verbringen. Seine häufige Abwesenheit belastete ihre Ehe. Wie groß wäre diese Belastung erst, wenn ein Kind dazukam? Doch Therese hatte nicht nachgegeben. Und schließlich hatte sie sich durchgesetzt.

Schon in den ersten Tagen seiner Vaterschaft war Griffin von seinen starken Gefühlen für Elsie überrumpelt worden. Zu Therese hatte er gesagt, es fühle sich an, als hielte das Kind sein Herz in den kleinen Händen.

Die Verkäuferin kam mit einem großen Geschenkkarton aus dem Lager zurück. »Voilà, Monsieur North«, sagte sie und überreichte ihm die kunstvoll verschnürte Kostbarkeit.

Er bat darum, dass sie in sein Hotel, das Montalambert, geliefert wurde, und ging zu Fuß drei Blocks weiter in die Rue des Saints-Pères, wo zwischen zwei Antiquitätenläden die Parfümerie L'Étoile zu finden war.

In den Sommermonaten, die er vor Jahren mit Jac und Robbie in Grasse verbracht hatte, hatte deren Großmutter ihm die alten Familiengeschichten erzählt. Sie reichten bis in das vorrevolutionäre Paris zurück, wo Jean-Louis, der Handschuhhersteller, sich erstmals mit Düften vertraut gemacht hatte, um die Lederhandschuhe zu parfümieren, die er in eben diesem Laden verkaufte. Griffin öffnete die Tür und lauschte dem altertümlichen Bimmeln der Ladenglocke. Ob das dieselbe Glocke war, die schon zu Jean-Louis' Zeiten Besucher ankündigte?

Lucille, die Filialleiterin, legte eine Zeitschrift beiseite und begrüßte ihn. Mit ihrem modernen schwarzen Etuikleid, den schwarzen Pumps und einem eleganten Halstuch bildete sie einen harten Kontrast zur Ladeneinrichtung aus dem achtzehnten Jahrhundert. Alle Wände waren mit fleckigen alten Spiegeln ausgekleidet, selbst an der Decke hingen Spiegel. Die pastellfarbenen Putten und Blumen auf ihren Rahmen erinnerten an die Gemälde Fragonards. Vier über den Raum verteilte Tischchen aus der Ära Ludwigs XIV. waren ebenso Originale wie die mit grüner Seide gepolsterten Sessel und die Palisanderschaukästen mit dem alten Parfümeriezubehör. Auf verspiegelten Regalen standen große Schauflakons der vierzig Parfüms des Hauses L'Étoile – »Facticen«, wie Robbie sie nannte – mit den berühmtesten Düften vorn in der Mitte. Blanc, Verte, Rouge und Noir waren alle zwischen 1919 und 1922 kreiert worden und zählten noch immer zu den erfolgreichsten Parfüms der gesamten Branche, zu den großen Klassikern neben Chanel No. 5, Shalimar und Mitsouko.

Lucille sagte, Robbie warte bereits, und drückte gegen eine der Spiegelflächen. Griffin ging durch die verborgene Tür und einen geheimen Gang entlang, der vom Laden in die Werkstatt führte. Der Flur war schmal, dunkel und im Gegensatz zu den Räumen, die er verband, vollkommen schmucklos.

Griffin klopfte.

»*Entrez.*«

Er öffnete die Tür.

Obwohl er bereits seit vier Tagen mit Robbie hier arbeitete, setzte ihn die jahrhundertealte Werkstatt jedes Mal wieder in

Erstaunen. Es war, als betrete man ein Kaleidoskop aus Farben und Gerüchen. Tausende Fläschchen mit Flüssigkeiten in den verschiedensten Gelb-, Ocker-, Grün- und Brauntönen glitzerten und glänzten in der Morgensonne. Verglaste Flügeltüren führten hinaus in einen üppigen, fast verwilderten Garten. Der Anblick war zauberhaft, solange man nicht genauer hinsah und feststellte, dass am Türrahmen der Lack abblätterte und die Blumen und Bäume dringend der gärtnerischen Pflege bedurft hätten.

Robbie saß am Schreibtisch, las etwas auf dem Computerbildschirm, wippte nervös mit dem Fuß und runzelte die Stirn.

»Was ist los?«, fragte Griffin.

Trotz der Krise, die sein Unternehmen bedrohte, war Robbie bisher immer ruhig geblieben und hatte sich seinen Problemen mit einem Gleichmut gestellt, die Griffin nicht nur bewundernswert, sondern fast schon unglaubwürdig fand. Es war das erste Mal, dass er seinen Freund aufgebracht erlebte.

»Ich habe die Ergebnisse der chemischen Analyse der Tonscherben bekommen.«

»Haben sie einige der Zutaten erkannt?«

»Ja.« Robbie wies auf den Bildschirm. »Im Ton ließen sich Spuren von mindestens fünf ätherischen Ölen nachweisen. Allerdings konnten nur drei davon identifiziert werden, und das waren genau die drei, die ich selbst schon erraten hatte.«

»Warum erkennen sie die anderen nicht?«

»Sie haben keine übereinstimmenden chemischen Fingerabdrücke in ihrer Datenbank. Vielleicht sind die Zutaten im Lauf der Jahre verdorben und deshalb nicht mehr erkennbar. Oder zwischen dem Ton und dem Wachs war eine Metallschicht, die die Komponenten verändert und die Analyse beeinträchtigt hat. Oder es gibt die Zutaten nicht mehr.«

»Verdammt.« Auch Griffin hatte sich mehr erhofft. Er angelte nach einem Stuhl und setzte sich an das große Schreibpult, seinen temporären Arbeitsplatz, Robbie gegenüber.

Robbie hatte ihm erklärt, dass jeder Leiter des Hauses L'Étoile die Geschäfte von eben diesem Tisch aus geführt hatte. Diese Kontinuität beeindruckte Griffin. Er fand die geschichtliche Perspektive tröstlich. Jeder Verlust, den ein Einzelner erlitt, wirkte aus der zeitlichen Distanz bedeutungslos. Es kam immer auf den richtigen Blickwinkel an. Darauf verließ sich Griffin, und der Gedanke gab ihm Halt, wenn nichts anderes mehr half.

»Was soll's«, sagte Robbie und erhob sich. Seiner Stimme war anzumerken, dass sich seine Laune schon wieder zu bessern begann. »Vergessen wir, was diese GC-MS-Maschine sagt. Wir werden die Ingredienzien schon selbst herausfinden.« Er durchquerte den Raum und blieb vor einem hübsch gerahmten Stillleben von Rosen und Iris in einer Porzellanvase stehen. Robbie klappte das Bild nach vorn, und dahinter kam ein altmodischer Wandsafe zum Vorschein. Er drehte den Zahlenknopf erst nach rechts, dann nach links und dann wieder nach rechts.

Als er am Freitag zuvor die Tonscherben ins Labor geschickt hatte, hatte er Griffin erklärt, dass ein GC-MS, ein Gas-Chromatograph mit Massenspektrometrie-Kopplung, normalerweise für das Aufspüren von Drogen, für Umweltanalysen und die Untersuchung von Sprengstoffen eingesetzt wurde. Parfümhersteller nutzten das hochkomplexe Gerät, um die Rezepturen ihrer Konkurrenz zu analysieren. Innerhalb weniger Tage konnte so eine Maschine einen Duft aufschlüsseln, dessen Komposition Monate gedauert hatte.

Robbie nahm ein mit schwarzem Samt ausgeschlagenes Tablett aus dem Safe, schloss die Tür, klappte das Bild wieder davor und stellte das Tablett mit elegantem Schwung vor Griffin auf den Tisch.

Jede der Scherben war wie ein kostbares Juwel einzeln auf dem dunklen Samt positioniert.

»Die Antwort muss in dem Teil der Inschrift liegen, den du noch nicht übersetzt hast«, sagte Robbie.

»Möglich ist alles.«

Griffin öffnete seine Aktentasche und holte ein Notizbuch, seine Brille und einen schwarzen Füllfederhalter daraus hervor. Er besaß einen Laptop und ein Telefon, mit dem er auch Videos aufnahmen konnte, doch in einer Situation wie dieser zog er es vor, schwarze Tinte in das feste Papier einer Moleskine-Kladde fließen zu sehen, wie er sie seit Jahren für seine Notizen benutzte. Da er keine Traditionen von seinem Vater hatte weiterführen können, erfand er eben eigene.

Die Männer beugten sich über die weiß glasierten Tonbruchstücke. Teils waren es kleine Splitter, teils waren sie bis zu zwei Zentimeter lang, und auf allen waren türkisfarbene und rote Muster oder schwarze Hieroglyphen zu sehen.

Seit seiner Ankunft in Paris war es Griffin gelungen, über die Hälfte der Scherben zusammenzusetzen und das Gefäß eindeutig der späten Ptolemäerzeit zuzuordnen. Er hatte achtundzwanzig ägyptische Wörter entziffert und zu einer Geschichte zusammengefügt, die er in keiner seiner Online-Datenbanken verzeichnet fand. Es gab noch einige Bibliotheken, in denen er nachsehen konnte, doch er bezweifelte, dass er dort passende Hinweise finden würde.

Die Geschichte handelte von zwei Liebenden, die bei ihrem Begräbnis beide ein Gefäß mit Parfüm in Händen hielten und mit ins Totenreich nahmen. Wenn sie wiedergeboren wurden, sollte der Duft ihnen helfen, einander im Lauf der Zeitalter wiederzufinden.

Während ein Leben nach dem Tod im Alten Ägypten unbestreitbar Teil des religiösen Weltbildes war, gingen die Forschungsmeinungen über die Verbreitung des Glaubens an die Wiedergeburt auseinander. Der Horusname des Pharao Amenemhet I. bedeutete »Der die Geburten erneuert«. Der von

Sesostris I. bedeutete »Dessen Geburten leben«. Und in der neunzehnten Dynastie trug Pharao Sethos I. den Titel »Der neu Geborene«. Doch die meisten Experten gingen davon aus, dass mit diesen Beinamen nur die Neugeburt einer Seele im Jenseits gemeint war, nicht eine Wiedergeburt auf der Erde.

Griffin wusste, dass bestimmte Passagen des *Ägyptischen Totenbuchs* ebenfalls so ausgelegt werden konnten, dass sie zur Reinkarnationslehre passten, doch er hatte noch keinen stichhaltigen Beweis gefunden, dass die alten Ägypter daran glaubten. Seine These war, dass sich in den letzten Jahren der letzten großen Dynastie der Glaube an die Wiedergeburt stark verbreitet hatte.

Ptolemaios I. stammte aus Griechenland, und all seine Nachfolger auf Ägyptens Thron bis hin zu Kleopatra sprachen nicht nur griechisch, sondern befassten sich auch mit griechischer Geschichte und Philosophie. Man konnte also vermuten, dass sie mit den Lehren des Pythagoras vertraut waren, eines überzeugten Verfechters der Reinkarnationstheorie. Insofern war es naheliegend, dass die Vorstellung, eine Seele könne in einem neuen Körper wiedergeboren werden, allmählich an Popularität gewann. Und das zerbrochene Tongefäß könnte den Beweis dafür liefern.

Griffin wusste, dass ihm die Aufmerksamkeit der Fachwelt sicher war, wenn er solch einen Beweis erbrächte. Doch würde das ausreichen, um seinen Ruf wiederherzustellen?

Ein Jahr zuvor hatte er ein Buch herausgebracht, in dem er Zusammenhänge zwischen Texten des Alten Testaments und dem *Ägyptischen Totenbuch* nachwies. Es hatte eine lebhafte Kontroverse entfacht und sich wesentlich besser verkauft als die trockenen, dicken Wälzer seines Schwiegervaters, des renommierten Ägyptologen Stuart Woods, oder mancher Fachkollegen. Griffin genoss seinen Erfolg, bis ihn Woods' Verleger des Plagiats beschuldigte.

Erst dann hatte Griffin gemerkt, dass in dem gedruckten Buch sämtliche Verweise fehlten, die in seinem Manuskript und in sämtlichen Korrekturfahnen, die er, sein Lektor und der Korrektor geprüft hatten, noch enthalten gewesen waren. Irgendjemand musste eine falsche Datei an die Druckerei geschickt haben, in der Nachweise gelöscht worden waren.

Griffin legte sofort das Manuskript vor, und die Anschuldigung wurde fallengelassen, doch der Vorwurf blieb haften. Es war die Hölle. An der Uni hatte Griffin schon einmal mit Plagiatsvorwürfen zu tun gehabt. Der Vorfall hatte ihm die Frau genommen, die er liebte.

Jetzt musste er das alles noch einmal durchleben. Er hätte es geschafft, wäre da nicht der Zweifel in den Augen seiner Frau gewesen – derselbe Zweifel, den er viele Jahre zuvor auch in Jacs Augen gesehen hatte. Er hatte Therese um die Scheidung gebeten.

Den Rest des Vormittags über bemühte sich Griffin, eine winzige Scherbe nach der anderen anzufügen. Als er drei Stückchen weitergekommen war, versuchte er, die Hieroglyphen zu deuten, überprüfte jedes Wort im Kontext, verwarf erste Interpretationen und entwickelte neue, die er wieder überprüfte.

Währenddessen wurde ihm allmählich bewusst, dass sich Gerüche in der Werkstatt verbreiteten, sich vereinigten und zu komplexeren Aromen verschmolzen.

»Was braust du da zusammen? Das riecht ja hier wie in einer Gruft.«

»Das nehme ich als Kompliment«, sagte Robbie und wies auf ein Dutzend Glasbehälter auf dem Tisch. In jedem schwamm ein wenig Flüssigkeit in verschiedenen Gelb- und Ockertönen von Blassgelb bis zu einem tiefen Mahagonibraun. Das hereinströmende Sonnenlicht sandte farbige Lichttupfer quer durch den Raum – ein Schauspiel, das nicht minder faszinierend war als die Assonanzen dunkler Moschusdüfte.

»Ich stelle alle ätherischen Öle und Absolues zusammen, von denen wir wissen, dass sie schon im Alten Ägypten in Gebrauch waren. Ich muss doch vorbereitet sein, wenn du die Rezeptur findest …«

»Falls«, unterbrach ihn Griffin.

»Wenn«, beharrte Robbie.

Sein Enthusiasmus war so ansteckend wie eh und je. Griffin hatte noch genau vor Augen, wie Robbie als Dreizehnjähriger in den Ruinen von Languedoc in Südfrankreich stöberte. Zu dritt untersuchten sie dort an einem heißen Augusttag die Überreste eines Schlosses, stundenlang. Plötzlich stieß Robbie einen Freudenschrei aus und sprang hoch in die Luft. Einen Augenblick lang zeichnete sich seine Silhouette mit den ausgestreckten Armen gegen die Sonne ab: ein Bild reinen Glücks.

Robbie hatte eine zerkratze silberne Spange gefunden, in die eine Taube eingraviert war, und war überzeugt, dass sie von den Katharern stammte. Er war so glücklich und sich seiner Sache so sicher, dass es Griffin kaum noch verwunderte, als ein Experte bald darauf die Herkunft des Schmuckstücks bestätigte und es auf das dreizehnte Jahrhundert datierte.

Kurz vor ein Uhr am Mittag klingelte Griffins Telefon. Er sah den Namen Malachai Samuels' auf dem Display und nahm ab.

»Deine Schwester hat sein Angebot abgelehnt«, erzählte er Robbie nach dem Gespräch.

»Das ist schade, aber es überrascht mich nicht. Seit dem Tod unserer Mutter hat Jac sich geweigert, je wieder eine Werkstatt zu betreten. Ich dachte, ein uralter Mythos von der Wiedergeburt könnte sie vielleicht aus der Reserve locken.«

»Malachai ist sehr enttäuscht. Er hat mich nach den Analyseergebnissen gefragt, und die haben seine Laune auch nicht gerade verbessert. Trotzdem hat er, als ich erzählt habe, wie weit ich mit der Übersetzung bin, sein Gebot für die Tonscherben erhöht.«

Robbie tat, als hätte er die letzte Bemerkung überhört. »Wie wäre es jetzt mit einem Café crème?«

»Robbie. Malachai meint es ernst. Darf ich dir zumindest sagen, wie viel er bietet?«

»Ich kann sie nicht verkaufen.«

»Du willst nicht mal den Betrag wissen?«

Robbie lachte. »Wieso, bekommst du Provision von ihm?«

»Die würde ich zurückweisen«, antwortete Griffin ernst. »Er bietet zweihundertfünfzigtausend Dollar.«

»Ich kann sie nicht verkaufen«, wiederholte Robbie und öffnete die Tür.

Er verschwand für ein paar Augenblicke, kehrte wieder zurück und betrachtete, über Griffins Schulter gebeugt, das Rätsel auf dem samtenen Tablett.

»Es gibt so viele verschiedene Möglichkeiten, dieselben Zeichen zu deuten«, erklärte Griffin. »Immer denke ich, ich wüsste, wo es langgehen soll, und mit dem nächsten Puzzleteil sieht alles wieder ganz anders aus. Was hältst du davon: *Und von da an fanden seine und ihre Seele einander wieder und wieder bis ans Ende der Zeit.*«

»Kann ich es ganz durchlesen? Alles, was du bisher übersetzt hast?«

Griffin reichte ihm sein Notizbuch.

Während Robbie las, stellte sich Griffin auf die Schwelle der Flügeltür und sah in den Garten hinaus.

Der weitläufige Hof zwischen Wohnhaus und Werkstatt war mit einer vier Meter hohen Mauer umgeben und von der Straße aus nicht einsehbar. Hinter diesen Mauern verbarg sich ein im späten achtzehnten Jahrhundert angelegter, üppiger *petit parc* mit uralten Bäumen, Buchsbaumpyramiden und Statuen.

Den Mittelpunkt bildete ein Labyrinth aus Zypressenhecken. Am Samstag hatte Robbie Griffin die Geschichte des Gartens erzählt, während sie auf schwarzweißen Kieswegen zur Mitte des Labyrinths vordrangen, wo eine von Sphinxen flankierte steinerne Bank und ein hoher antiker Kalksteinobelisk zum Verweilen einluden.

Es klopfte an der Tür.

»*Entrez!*«, rief Robbie.

Lucille kam mit einem Tablett herein.

Das gibt es auch nur in Paris, dachte Griffin, als sie den Kaffee servierte. Das nahe Café hatte ihnen ihre Bestellung in Porzellantassen geliefert, mit je einem Glas Wasser dazu, mit Servietten und Silberlöffeln. Morgens Croissants und nachmittags Gebäck oder Sandwiches – eine wunderbare Stadt.

Robbie setzte sich mit seinem Kaffee an die Duftorgel, eine seltsame Apparatur, die in ihrer Form an das namensgleiche Musikinstrument erinnerte. Mit ihren zweieinhalb Metern Breite und fast zwei Metern Höhe nahm die Orgel ein Viertel des gesamten Raums ein. Auf der Tischfläche und den drei Regalebenen darüber, die wie Manuale über- und hintereinander gestaffelt waren, standen in mehreren Reihen unzählige Fläschchen mit Ausgangsstoffen für Parfüms. Über dreihundert verschiedene Essenzen.

»Was weißt du über die Geschichte dieser Orgel?«, fragte Griffin.

Robbie strich liebevoll mit einem Finger über eins der Regale. »Ich weiß nicht, wer sie hergestellt hat, doch mein Großvater hat einmal gesagt, sie sei genauso alt wie der ganze Betrieb.«

»Also stammt sie aus vorrevolutionären Zeiten?«

Robbie nickte und nahm einen Schluck Kaffee. »Jahrhundertelang haben Parfümeure an solchen Duftorgeln gearbeitet.« Er setzte seine Tasse ab, nahm eine Einwegpipette zur

Hand, öffnete eins der Fläschchen und ließ ein paar Tropfen seines Inhalts in eine leere Glasampulle rinnen. »In den heutigen Labors werden sie nur noch selten eingesetzt, aber für mich gibt es nichts Besseres. Parfüm hat so viel mit der Vergangenheit zu tun. Mit Erinnerungen. Mit Träumen …« Er breitete die Arme aus. »Jeder meiner Vorgänger hat genau diese Flaschen benutzt, hat in genau diesem Stuhl gesessen.«

»Und jetzt hältst du als jüngster Spross des Hauses L'Étoile die älteste Herstellungsmethode am Leben«, sagte Griffin.

»Traditionen sind wichtig. Sie geben uns Halt. Und das alles hat mein Vater aufs Spiel gesetzt, ohne zu wissen, was er tut.«

Griffin nickte. Er wusste, wie sein Freund sich fühlen musste, und legte ihm eine Hand auf die Schulter. »Denk über Malachais Angebot nach. Trotz der Analyseergebnisse will er dir ein Vielfaches dessen zahlen, was das Auktionshaus als Wert ermittelt hat.«

»Das ist ein großzügiges Angebot, aber selbst wenn ich damit alle Schulden bezahlen könnte, fände ich es nicht richtig, sie zu verkaufen. Ich weiß jetzt, was ich mit den Scherben tun muss.«

»Ach ja?«

»Wenn du mit der Übersetzung fertig bist, schenke ich das Gefäß dem Dalai Lama.«

»Dem Dalai Lama? Bist du verrückt geworden? Was soll der Dalai Lama mit einem kaputten Tontiegel anfangen?«

»Jedenfalls mehr als Malachai, der ihn in einer seiner schönen Vitrinen zur Schau stellen will. Seit zwei Tagen denke ich an nichts anderes mehr, seit dir der erste Durchbruch bei der Übersetzung gelungen ist. Wenn es wirklich einmal ein Parfüm gegeben hat, mit dem Menschen sich an ihre früheren Leben erinnern konnten, dann kann es wieder eines geben. Diese Aussicht dürfte für die Tibeter höchst motivierend sein, und für ihr Anliegen wäre ein solches Hilfsmittel von unschätzbarem

Wert. Damit könnten andere auf ihre verzweifelte Situation aufmerksam gemacht werden.«

»Es ist nur eine Inschrift auf einem Tongefäß, Robbie«, sagte Griffin. »Wir wissen doch gar nicht, ob es so ein Parfüm wirklich gegeben hat. Vielleicht war in dem Tiegel eine ganz normale Duftsalbe, und die Inschrift war so etwas wie die antike Version einer Werbekampagne.«

»Und vielleicht hat es das Parfüm wirklich gegeben. Du klingst wie meine Schwester. Warum liegt es bloß in meinem Karma, ständig von Zynikern umgeben zu sein?« Er schüttelte den Kopf. »Seine Heiligkeit wird nächstes Wochenende in Paris sein. Ich bemühe mich gerade, über einen Lama, den ich aus dem Buddhistischen Kulturzentrum kenne, ein Treffen mit ihm zu arrangieren.«

»Und das soll es dann gewesen sein? Du willst diese Kostbarkeit einfach so weggeben? Kann ich gar nichts tun, um dich umzustimmen?«

»Warum solltest du? Seine Heiligkeit hat sicher viel mehr davon als ich.«

»Selbst wenn du damit einen Teil eurer Schulden tilgen könntest?«

»Was Malachai zahlen will, deckt nur einen kleinen Prozentsatz unserer Schulden ab. Die Banken würden uns noch genauso im Nacken sitzen. Ich muss den Vorschlag meiner Schwester akzeptieren. Mit einem Schlag«, er schnippte mit den Fingern, »wären alle Schulden getilgt.«

»Aber das Tongefäß ist von historischem Interesse.«

»Und es wird dich nichts daran hindern, diesem Interesse nachzugehen. Du hast noch bis Ende der Woche Zeit, den Text zu übersetzen und deine Thesen zu belegen.«

»Es geht hier nicht um mich und meine Thesen«, sagte Griffin.

Oder doch? War das nicht tatsächlich seine größte Sorge?

Was, wenn er mit der Übersetzung nicht rechtzeitig fertig wurde? Natürlich konnte er die Scherben fotografieren, doch die Arbeit wäre nicht dieselbe. Er fand leichter Zugang zu Dingen, die er berühren und bewegen konnte.

»Der Tiegel ist seit Jahrhunderten in eurem Familienbesitz.« So schnell gab Griffin nicht auf. »Selbstlos zu sein ist das eine. Aber selbstzerstörerisch?«

»Ah, da irrst du dich, mein Freund. Eine Heldentat vollbringen zu wollen ist alles andere als selbstlos. Es zeigt nur, wie weit mein Weg zur Erleuchtung noch ist.«

Robbie träufelte zwei Tropfen einer rotbraunen Flüssigkeit und drei Tropfen bernsteinfarbenen Öls in die gläserne Ampulle. »Verstehst du denn nicht? Selbst das kleinste Indiz könnte dem Dalai Lama helfen, den tibetischen Glauben im Angesicht der atheistischen chinesischen Übermacht am Leben zu erhalten. Ihre gesamte Lebensart, ihre Kultur ist in Gefahr, auszusterben. Es gibt sogar schon Gerüchte, Seine Heiligkeit werde einen Nachfolger benennen, statt sich darauf zu verlassen, dass seine Wiedergeburt gefunden wird.« Er schwenkte das Glasgefäß, um den Inhalt zu vermischen. »Hier, riech mal.«

Griffin schnupperte.

»Nenn mir einen Ort«, sagte Robbie. »Den ersten, der dir einfällt.«

»Eine Kirche.«

»Schon nicht schlecht. Was du da riechst, sind Weihrauch, Myrrhe und die Essenzen einiger exotischer Hölzer – die ältesten Parfümzutaten, die wir kennen. Über sechstausend Jahre lang haben Priester, erst in Indien, dann in Ägypten und China, diese Duftstoffe verwendet, um Räucherwerk herzustellen. Parfüm diente nicht dem Ziel, schön und begehrenswert zu sein, sondern war etwas Sakrales. Man glaubte damals, die Seelen der Verstorbenen würden mit Hilfe des Rauchs zu den Göttern aufsteigen.«

»Was wir hier gefunden haben, ist kein Beweis für die Reinkarnation, Robbie«, sagte Griffin. »Es ist eine Legende, die jemand auf ein Tongefäß geschrieben hat.«

»Bis jetzt jedenfalls. Aber bis der Dalai Lama kommt, haben wir noch fünf Tage Zeit. Fünf Tage, in denen ich ein Treffen arrangieren werde und du die restlichen Zutaten finden kannst – und vielleicht selbst ein kleines Erinnerungsabenteuer erlebst.«

Zehn

Paris, Frankreich
14:12 Uhr

François Lee stand im Windfang des Gebäudes und wartete auf den Türsummer. Der entscheidende Vorteil an Valentines Mietwohnung in diesem Hochhaus war, dass zu jeder Tages- und Nachtzeit Betrieb herrschte. Selbst wenn jemand den Eingang observierte, würde es nicht auffallen, dass innerhalb von vierzig Minuten drei einzelne Männer das Gebäude betraten.

Er trommelte rhythmisch mit dem Fingernagel auf seine Armbanduhr. Ein Geruch nach Zwiebeln und Knoblauch erinnerte ihn daran, wie hungrig er war. Hoffentlich war etwas Essbares im Haus; er hatte das Mittagessen ausgelassen, und ihm knurrte der Magen. Valentine hatte den Auftrag, die Vorräte regelmäßig aufzufüllen, doch meistens hielt sie sich nicht daran. Sie hasste ihre häuslichen Pflichten, und François konnte es ihr nicht verdenken. Seit fast zehn Jahren arbeitete sie für die Triaden und wartete auf eine Beförderung. Auf mehr Verantwortung und mehr Außeneinsätze. Doch sie war eine Frau, und die Bruderschaft war traditionell misogyn. Er hatte sie vorgewarnt, als sie beschlossen hatte, beizutreten, doch Valentine war stur und fest überzeugt, dass sie alles ändern konnte. Dass sie die große Ausnahme war.

»Schau, wie weit ich schon gekommen bin«, sagte sie manchmal lachend. »Das hättest du nie gedacht, oder?«

Anfangs nicht, nein. Jedenfalls nicht in jener beißend kalten Februarnacht vor zwölf Jahren.

François hatte um zwei Uhr morgens im Le Jazz Hot im Quartier Chinois sein letztes Set gespielt. Die Straßen waren menschenleer, als er den Club verließ. Das dachte er jedenfalls, bis er vor dem Eingang über eine Gestalt zu seinen Füßen stolperte.

Es war ein mageres chinesisches Mädchen mit strähnigem langem Haar. Trotz der Eiseskälte trug sie keinen Mantel, nur ein fleckiges rot-orangefarbenes Cocktailkleid und billige schwarze Lackstiefel mit hohen Absätzen. Die Einstichstellen in ihren nackten Armen erzählten den Rest ihrer traurigen Geschichte. Er beugte sich herab, um ihr ins Gesicht zu sehen. Blaue Lippen. Glanzlose, blasse Haut. Zu blass.

Als François das Mädchen schüttelte, reagierte sie nicht. Sie hatte nichts bei sich: keine Handtasche, keine Jacke. An ihrem Kleid waren keine Taschen, und er fand keine Ausweispapiere. Was nun? Es war mitten in der Nacht und eiskalt. Er war müde. Doch sie war allein. Hilflos. Wenn er sie so liegenließ, konnte das ihr Ende sein.

François hob sie hoch und trug sie zu seinem Auto. Sie war leicht wie ein Kind, und ihre Haut war viel zu kalt.

In der Notaufnahme des Krankenhauses legte eine Krankenschwester das Mädchen auf eine Trage, fragte ihn, ob er wüsste, was ihr fehlte, was er verneinte, und brachte sie weg.

Kurz darauf rief eine andere Schwester ihn zu sich und begann ihn mit Fragen zu bombardieren.

Wie sah ihre medizinische Vorgeschichte aus? Sie schien sich eine Überdosis injiziert zu haben – wusste er wirklich nicht, was sie genommen hatte? Wie hieß die junge Frau? Wie hieß er? In welcher Beziehung standen sie zueinander?

François vermutete, dass die nackte Wahrheit niemandem weiterhelfen würde. Die Polizei würde ihm niemals glauben, dass er es einfach nicht über sich gebracht hatte, sie dort liegenzulassen. Man würde ihn verdächtigen, ihr Dealer zu sein. Oder ihr Zuhälter.

»Ich bin ihr Onkel«, sagte er. »Mein Bruder war schon total panisch. Sie leben in Cherbourg. Vor ein paar Tagen ist sie von zu Hause weggelaufen, und wahrscheinlich wollte sie zu mir in den Club, damit ich ihr helfe ... und hat es dann nur bis zur Tür geschafft.«

»Wie heißt sie?«, fragte die Schwester noch einmal.

François hatte keine Ahnung, wie sie hieß, und gab ihr den ersten Namen, der ihm einfiel. Er ließ sich von dem letzten Song inspirieren, den er an dem Abend gespielt hatte – *My Funny Valentine*.

»Nachname?«, fragte die Schwester.

Er nannte ihr seinen eigenen.

Die nächsten acht Stunden verbrachte er halb dösend, halb wach im Wartezimmer, während die Ärzte Valentine Lee das Leben retteten.

Es gab da draußen genug Prostituierte, und er hatte nie das Bedürfnis gehabt, den Schutzheiligen zu spielen und einer von ihnen das Leben zu retten. Warum tat er es jetzt? Warum interessierte es ihn überhaupt, was mit ihr geschah?

Am folgenden Nachmittag erlaubten sie ihm, das Mädchen zu besuchen. Ihr Haar war tropfnass und ihr bleiches Gesicht von einem Schweißfilm überzogen. Ihr ganzer Körper wand sich unter den Qualen des kalten Entzugs. Sie war so mager, dass das blassblaue Krankenhaushemd ihr um den Leib schlotterte. Ein verlorenes, einsames Kind. Sie wirkte so hoffnungslos, dass ihm die Tränen kamen.

Obwohl Valentine François ignorierte, ermunterte die Schwester ihn, zu bleiben. »Es tut ihr gut, Gesellschaft zu haben und zu wissen, dass sich jemand um sie sorgt«, sagte sie.

Er war ein Fremder. Es konnte ihr überhaupt nicht helfen,

wenn er blieb. Dennoch wich er dem Mädchen nicht von der Seite, das zitterte und stöhnte, sich in Krämpfen wand und sich erbrach. Den ganzen nächsten Tag über saß er an ihrem Bett, bis die schlimmsten Entzugserscheinungen überstanden waren.

Danach besuchte er sie regelmäßig. Gleich morgens kam er ins Krankenhaus und blieb, bis seine Schicht im Le Jazz Hot begann. Der Arzt berichtete ihm jeden Tag von ihren Fortschritten und erklärte, welche Antidepressiva und Angstlöser sie bekam. Die Medikamente beruhigten sie, machten sie aber auch antriebslos und desinteressiert. »Erwarten Sie nicht zu viel auf einmal«, mahnte er.

Wenn François ihr Krankenzimmer betrat, wandte sich das Mädchen ab. Wenn er mit ihr sprach, presste sie stumm die Lippen aufeinander. Die Krankenschwester erklärte, das sei Teil des Entgiftungsprozesses. Er solle es nicht persönlich nehmen.

Als er am fünften Tag zu Besuch kam, erklärte der Arzt, Valentine könne entlassen werden, wenn er sie nach Hause brächte.

Nach Hause? Darüber hatte er sich nie Gedanken gemacht. Er konnte sie nicht nach Hause bringen.

Als er ihr Zimmer betrat, saß sie frisch geduscht und angezogen auf der Bettkante. Mit finsterem Gesicht. Zum Erbarmen abgemagert. Die Augen rotgeweint.

»Du kannst nur gehen, wenn jemand auf dich aufpasst«, sagte François. »Gibt es jemanden, den ich anrufen kann, damit er dich abholt?«

Sie schwieg.

Das rot-orangefarbene Kleid, das sie in jener Nacht getragen hatte, wirkte unter der grellen Krankenhausbeleuchtung noch schäbiger als zuvor. Die hohen Lackstiefel mit den abgewetzten Absätzen sahen billig aus.

»Kannst du irgendwo unterkommen?«

Keine Antwort.

»Was ist mit deinem Zuhälter? Hast du bei dem gewohnt? Hat er dich mit dem Stoff versorgt?«

Wieder sagte sie nichts, doch eine Falte grub sich in ihre blasse Stirn.

»Du könntest eine Weile bei mir bleiben.«

Sie zuckte mit den Schultern.

»Möchtest du das?«

Endlich wandte sie sich ihm zu. Sie starrte ihn so wütend an, dass er erschrak. »Soll ich dich als Gegenleistung ficken? Ist es das?«, zischte sie mit rauer Stimme. »Das mache ich nicht mehr. Nie mehr. Ich finde schon selbst was.«

»Du sollst mich ganz bestimmt nicht ficken«, lachte François. »Herzchen, ich bin stockschwul.«

Sie hob die Augenbrauen. »Was ist es dann? Was willst du von mir?«

»Gar nichts. Außer, dass du deinen eigenen Dreck wegmachst.«

Ihr Misstrauen wich der Verwunderung. »Warum willst du mir helfen?« Auf einmal klang ihre Stimme sehr mädchenhaft.

François schwieg. Er wusste es selbst nicht. Eine Weile saßen sie stumm da, Valentine mit baumelnden Beinen auf der Bettkante und François auf einem abgeschabten Kunstlederstuhl. Aus dem Flur drang das hektische Treiben des Krankenhauspersonals zu ihnen herein.

»Ich war ganz anders als meine Geschwister«, erzählte François dann. »Niemand interessierte sich für mich. Außer unserem Hund. Sie gehörte eigentlich der ganzen Familie, hörte aber nur auf mich. Schlief sogar bei mir. Spätabends ließ ich sie immer vor die Tür. Sie trieb sich eine Weile herum, aber ich wartete auf sie, und sie kam immer zurück. Nur einmal nicht. Ich blieb die ganze Nacht auf und suchte sie. Morgens weigerte ich mich, in die Schule zu gehen, und suchte weiter. Ich musste dauernd daran denken, wie hilflos und verletzlich sie war. Als sie am zweiten Abend noch nicht wieder da war, begann ich darum zu beten, dass jemand sie mitgenommen hatte. Es war mir egal, ob jemand sie gestohlen hatte, solange sie nur nicht allein irgendwo in der Gosse lag … verletzt vielleicht …«

Valentines dunkle Augen wurden noch dunkler.

François begriff, wie seine Geschichte in ihren Ohren klingen musste. »Ich wollte nicht … Ich wollte nur sagen: Als ich solche Angst um sie hatte, da …«

»Ich komme mit dir.«

Valentines Mutter war eine drogenabhängige Prostituierte. Ihr Zuhälter hatte gleich das Potential der halbwüchsigen Tochter erkannt und sie ohne größere Mühe an die Nadel und auf den Straßenstrich gebracht.

Jetzt ihr Vertrauen zu gewinnen, war sehr viel schwerer, und es dauerte lange, bis sie François glaubte, dass er keine Hintergedanken hegte. So sehr er sich um sie bemühte, erreichte er die ersten Wochen über nicht viel, bis sie herausfand, dass er mehr als nur ein Jazzmusiker war. François war Kampfsportmeister und ein hochrangiges Mitglied der chinesischen Mafia.

Valentine bestand darauf, dass er sie trainierte, und stellte sich bald als gelehrige Schülerin heraus. Mit jedem ihrer Fortschritte steigerte sich ihre Begeisterung für die Kunst der Selbstverteidigung, bis sie sich zu einer wahren Obsession auswuchs. Valentine war so lange ein Opfer gewesen, dass die neue Unverwundbarkeit sie genauso berauschte wie vorher die Drogen.

Sobald sie die Kampfkunst gemeistert hatte, wollte sie mehr über die Verbrechervereinigung wissen, zu der François gehörte.

Einer Triade anzugehören sei eine ehrenvolle Berufung, erklärte er. Schon tausend Jahre vor Christus hatten Bauern erste Geheimbünde gegründet, um sich gegen böswillige Feudalherren und Machthaber zur Wehr zu setzen. Selbst chinesische Mönche, die sich dem Kampf gegen das Unrecht verschrieben hatten, waren an der Gründung beteiligt. Im Lauf der Zeit hatten die Gruppierungen manchen unrechtmäßigen Herrscher und korrupten Politiker zu Fall gebracht.

Für Valentine, die ohne feste Rituale und Werte aufgewachsen war, waren der strikte konfuzianische Ehrenkodex, die geheimnisumwitterte Geschichte und die symbolträchtigen Zeremonien unwiderstehlich. Sie wusste sofort, dass sie ein Mitglied der Pariser Triade sein wollte, auch wenn es zu dem Zeitpunkt dort kaum eine Handvoll Frauen gab.

Zum ersten Mal erlebte sie das Gefühl, einer Familie anzugehören. Ihre Loyalität war bedingungslos. Als sie während des Initiationsritus die zweihundert Jahre alten Treueschwüre aufsagte, schwankte ihre Stimme kein einziges Mal.

Ich werde niemals die Geheimnisse der Familie preisgeben, nicht einmal gegenüber meinen Eltern, Geschwistern oder meinem Ehegatten. Ich werde niemals für Geld die Familie verraten. Tausend tödliche Schwerter sollen mich durchbohren, wenn ich es tue.

Als eifrige Adeptin hatte Valentine sich in François' Einheit schon bald unentbehrlich gemacht. Doch in letzter Zeit war sie immer unzufriedener geworden. Frauen wurden in der Schwarzen Gesellschaft einfach zu viele Beschränkungen auferlegt. Allein in Paris gab es tausende Mitglieder, doch keine einzige Frau, die höher aufgestiegen war als Valentine.

François sah noch einmal auf die Uhr. Was machte Valentine bloß? Hatte er die Uhrzeit falsch verstanden? Er holte sein Handy hervor und las noch einmal die SMS.

Sie erwartet Sie um 14:15 Uhr. Bitte Bargeld.

Die Nachrichten glichen einander stets und ließen auf einen ganz anderen Zweck seines Besuches schließen. Wenn er sein Telefon je verlor und es in die Hände der Polizei geriet, mussten sie vermuten, dass er ein sexuell durchschnittlich aktiver Mann war, der lieber bezahlte, als Zeit und Mühe in feste Beziehungen zu investieren.

Die Außentür des Windfangs ging auf, und eine junge Blondine mit tief ausgeschnittener weißer Bluse und engem schwarzem Rock kam herein. Sie musterte ihn unverhohlen: seine Eidechsenlederstiefel, die Jeans, die verbeulte Lederjacke und schließlich seine Hände – die schlanken, starken Hände eines Pianisten, mit denen er bei den meisten Frauen punkten konnte.

Im selben Moment, als der Summer ertönte, drehte die Frau ihren Schlüssel im Schloss. Mit einem einladenden Lächeln hielt sie die Tür auf und ließ François herein. Sie beide hatten dasselbe Ziel: für Geld jemanden auf die Matte zu schicken.

Elf

16:43 Uhr

»Du hast mich schon seit zehn Minuten nicht mehr gefragt, ob ich vorangekommen bin«, bemerkte Griffin.

Seit dem Mittagessen hatten die beiden ohne Pause durchgearbeitet. Robbie recherchierte im Internet nach altägyptischen Parfüms, und Griffin setzte akribisch Scherbe um Scherbe zusammen und bemühte sich, ihre Aufschrift zu entziffern.

»Ich wollte dir nicht allzu sehr auf die Nerven fallen.«

Griffin lachte.

»Und ich denke, du wirst es mir schon sagen, wenn du weitergekommen bist.«

»Ich bin weitergekommen.«

»Ach ja?« In Sekundenbruchteilen wechselte Robbie auf Griffins Schreibtischseite.

»Hier, ein neuer Satzteil. Es könnte das sein, worauf du gewartet hast.« Griffin las vor: »Und von da an fanden seine und ihre Seele einander wieder und wieder bis ans Ende der Zeit, *wann immer der Lotus blühte*.«

»Wann immer der Lotus blühte …«, wiederholte Robbie atemlos. »Das Labor hat keine Spuren von Blauem Lotus festgestellt. Aber das muss nichts heißen. In meinen Quellen wird er immer wieder als beliebtes Ingrediens genannt.« Je aufgeregter er war, desto ausgeprägter wurde sein französischer Akzent, und jetzt hatte Griffin fast Mühe, ihm zu folgen.

»*Blauer* Lotus?«, hakte er nach.

»Ja, genau. Manchmal nennt man die Pflanze auch Heilige Blaue Lilie oder Ägyptische Seerose. Sie wird bis heute benutzt …« Robbie nahm Griffins Lupe zur Hand und sah sich das Scherbenmosaik auf dem Tablett an. »Wenn eine Zutat in der Inschrift erwähnt wird, folgen vielleicht auch die anderen. Siehst du? Wir können das Rätsel lösen. Ich bin mir sicher.«

Er war wieder ganz der Dreizehnjährige, der vor Glück einen Luftsprung vollführte.

»Könnte schon sein.« Allmählich begann auch Griffin daran zu glauben.

Draußen kam Wind auf und ergriff die Flügeltüren zum Garten. Robbie ging hin, um sie zu schließen, dann kehrte er wieder zurück und beugte sich von neuem über die Scherben.

»Blauer Lotus … hmm, mal sehen …« Er atmete tief ein. Einmal. Zweimal. Dann begann er zu lächeln. »Vielleicht bilde ich es mir nur ein, aber ich glaube, ich kann den Geruch gerade so erahnen.«

Griffin beugte sich ebenfalls vor, schnupperte und schüttelte den Kopf. »Alles, was ich die ganze Zeit rieche, ist Ton. Ich habe wohl einfach keine gute Nase.«

»Das hatte ich ursprünglich auch nicht. Ich musste mir alles antrainieren. Jac ist das Naturtalent von uns beiden.« Robbie sog noch einmal die Luft ein und blieb einige Sekunden lang über die Tonscherben gebeugt. Als er sich wieder aufrichtete, rieb er sich die Stirn.

»Alles in Ordnung?«, fragte Griffin.

»Das ist neulich schon passiert. Wenn ich zu lange daran rieche, wird mir schwindlig. Fast so, als würde ich gleich umkippen. Und ich bekomme Kopfschmerzen.«

»Du weißt wahrscheinlich, dass der Blaue Lotus halluzinogen ist, oder?«, sagte Griffin. »Aber nach so langer Zeit kann er ja wohl kaum noch wirksam sein.«

»Wohl kaum«, echote Robbie, doch er klang alles andere als überzeugt. »Ich weiß nicht viel darüber. War das eine weit verbreitete, alltägliche Pflanze?«

»Weit verbreitet schon. Man sieht sie oft auf den Kapitellen von Säulen oder in Grabmalereien. Und sie wurde für religiöse Rituale verwendet. Aber alltäglich war sie nicht. Sie war die heiligste Pflanze Altägyptens, ein Symbol des Todes und der Wiedergeburt. Osiris soll als Blauer Lotus wiedergeboren worden sein. Tja, noch so ein schöner Zufall.«

Robbie machte große Augen. »Wenn du darauf bestehst, sie Zufälle zu nennen.«

»Wie würdest du sie denn nennen?«

»Zeichen. Wundervolle Zeichen des Lebens.«

Die meisten Menschen verlieren mit zunehmendem Alter ihre kindliche Begeisterungsfähigkeit. Robbie nicht. Griffin fragte sich, ob auch Jac sich so wenig verändert hatte.

»Was weißt du noch über ihren Symbolgehalt?«, fragte Robbie.

»Der Legende nach wurde die Welt so lange von Dunkelheit und Chaos beherrscht, bis eines Morgens der Blaue Lotus aus einem Flussbett emporwuchs. Als sich seine Blüte öffnete, saß in ihrer Mitte ein junger Gott. Sein heiliges Licht erhellte die Welt, und der Wohlgeruch, den er verströmte, erfüllte die Luft und vertrieb die Dunkelheit. Die Ägypter glaubten, dass die Blume jeden Morgen, wenn sie sich öffnete, das Chaos der Nacht verscheuchte.«

»Deshalb steht sie also für den Neubeginn. Und wie wurde sie als Halluzinogen benutzt?«

»Meistens getrunken. Es gibt ein altes Rezept, nach dem neunzehn Blüten in Wein eingeweicht werden sollten. Dieser Wein wurde dann für religiöse Rituale und alle möglichen

Festivitäten benutzt. In Grabmalereien taucht ihr Bild oft in erotischen Szenen auf. Und Tutanchamuns Leiche wurde mit Lotusblumen bedeckt.«

»Weißt du, wie sie als Droge wirkt?«

»Sie versetzt einen in eine Art sanfte Euphorie, entspannt und berauscht zugleich. An der Uni hab ich sie mal mit ein paar Freunden probiert.«

Robbie hob die Brauen.

»Wir waren neugierig geworden, weil in all unseren Büchern immer wieder diese Pflanze erwähnt wurde. Sie ist in der altägyptischen Kultur so bedeutungsvoll, dass sie sogar im *Ägyptischen Totenbuch* einen Auftritt hat.« Griffin rezitierte: »Wahrlich, ein Wesen bin ich von strotzender Kraft. Meine Mutter, Nut, Göttin im Himmel, hat meinen Körper geformt. Unbeweglich bin ich, der große Knoten des im Gestern Verborgenen. In meiner Hand lieget das Heute.«

Inzwischen waren dunkle Wolken aufgezogen und tauchten die Werkstatt in ein frühes Dämmerlicht. Robbie schaltete die Schreibtischlampe an.

»Wie kann etwas so Uraltes mir solche Kopfschmerzen machen und gleichzeitig dem Labor durch die Lappen gehen?«

»Keine Ahnung.«

»Du spürst nichts, oder?«

Griffin schüttelte den Kopf. »Keine Kopfschmerzen. Und schon gar nicht die Wirkung von damals.«

Plötzlich wurde der Garten von einem Blitzstrahl erhellt. Die beiden Männer fuhren herum und starrten fasziniert auf die nächste Zickzacklinie, die den Himmel zerriss.

»Was zum … Hast du das gesehen?« Griffin zeigte in eine Ecke des Gartens.

»Was, den Geist?«, fragte Robbie.

»Einen Geist wohl kaum, aber da draußen ist jemand.«

»Außer durch die Tür hier oder den Zugang vom Wohnhaus kommt niemand in den Hof. Was du gesehen hast, ist der Schatten eines uralten Baums, der am Ende der Hecke steht. Jac und ich haben ihn immer den Geist genannt. Manchmal, wenn das Licht in der Dunkelheit darauf fällt, sieht er aus wie ein Mensch.« Robbie öffnete die Tür in den sturmgepeitschten Garten. »Komm, ich zeige ihn dir.«

Gerade als er über die Schwelle schritt, zuckte wieder ein Blitz über den Himmel, und ein Regenschauer setzte ein. Einen Moment lang sah es aus, als würde Robbie mit flüssigem Silber übergossen. Rasch drehte er um und schüttelte die Tropfen ab. Dann holte er eine Flasche Pessac-Léognan aus dem Schrank. »In diesem Fall mache ich doch lieber einen Wein auf«, sagte er. »Trinkst du mit?«

»Gern.«

Robbie entkorkte die Flasche. »Manchmal sehen wir im Dunkeln Dinge, die nicht da sind. Und im Zustand tiefster Konzentration können wir sie zum Leben erwecken.«

»Sie manifestieren?«

Robbie nickte und reichte Griffin ein Glas Bordeaux. »Es gibt tibetische Mönche, die Gedankenmanifestationen hervorbringen können, sogenannte Tulpas. Hast du schon davon gehört?«

»Ja. Spirituell fortgeschrittene Mönche können angeblich mit purer Willenskraft physische Gestalten erschaffen.«

»Du klingst nicht so, als ob du daran glaubst.«

»Nein. Du etwa?«

»Ja.«

»Eigentlich überrascht mich das nicht.«

»Und woran glaubst du, mein Freund?«

Griffin lachte. »Nicht gerade an viel, fürchte ich. Meine Religion ist, wenn überhaupt, die Geschichte.«

»Geschichte ist kein Glaubenssystem. Ist das dein Ernst? Du weißt so viel über Religionen und glaubst an keine?«

»Joseph Campbell hat einmal gesagt …« Griffin unterbrach sich. »Den kennst du, oder?«

»Ja, natürlich, der Mythologe. Jac zitiert ihn ständig.«

Es war das zweite Mal innerhalb kurzer Zeit, dass Robbie seine Schwester erwähnte. Griffin hielt sich zurück, nach ihr zu fragen. Was hätte er davon? Es würde doch nur die Geister der Vergangenheit wecken. »Kein Wunder, dass Jac ihn gern zitiert.« Sie überhaupt zu erwähnen, nur mit den Lippen ihren Namen zu formen fühlte sich schon merkwürdig an. »Er ist eine Art Guru für jeden, der sich mit Mythologie befasst.«

»Von Gurus hältst du auch nicht viel, oder?«

»Sagen wir, ich bin skeptisch.«

»Sagen wir das.« Sie lachten. Dann wurde Robbie wieder ernst. »Die Welt ist voller Wunder, mein Freund. Aber Zynismus kann uns daran hindern, sie zu sehen. Meine Schwester und du … Ihr seid von Mysterien und Magie umgeben und schottet euch dennoch vollständig dagegen ab – um sie analysieren und katalogisieren zu können.«

Griffin hatte sich Jacs Fernsehsendung angesehen, doch ihr Anblick auf dem Bildschirm hatte nicht viel über sie verraten, außer, dass sie schön war. Immer noch. Ihr Haar war so lang wie damals, und er war froh, dass sie es nicht kurz geschnitten hatte. Üppiges dunkles Haar, dessen Locken sanft ihren schlanken Hals umspielten. Er hatte sich daran erinnert, wie schwer ihr Haar war, wie es sich anfühlte, seine Hand darin zu vergraben und sie an sich zu ziehen, um sie zu küssen. An ihre dichten Wimpern, ihre großen, leuchtend grünen Augen und die Angst, die sich manchmal darin spiegelte und ihm schier das Herz zerriss. Er hatte ihr dann immer versprochen, sie zu beschützen. Doch genau das hatte er nicht getan.

Griffin nippte an seinem Wein und betrachtete die tönernen Puzzlestücke. Die antike Vergangenheit zu analysieren und zu diskutieren war die eine Sache – doch seine eigene? »Campbell hat jedenfalls gesagt, wenn man in sämtlichen Geschichten, Mythen und heiligen Schriften das Wort ›Gott‹ durch ›Güte‹ ersetzen würde, dann hätte man eine wirklich lebenswerte Religion. Wenn ich mir also eine Sache aussuchen sollte, an die ich glaube, dann wäre es wahrscheinlich der Versuch, ein guter Mensch zu sein.«

Wieder erhellte ein Blitz den Himmel, und ein satter, orchestraler Donnerschlag ließ die Glasscheiben erzittern. Der Regen trommelte an die Gartentür. Sämtliche Lampen in der Werkstatt flackerten, leuchteten noch einmal auf und erloschen.

Robbie entzündete mehrere Votivkerzen und verteilte sie im Raum. Lange, finstere Schatten tanzten durch die Werkstatt. »Diese Kerzen habe ich mit einer meiner neuen Kreationen getränkt. Du musst mir unbedingt sagen, was du davon hältst.«

»Und da fragst du jemanden mit einer ungeschulten Nase wie mich?« Griffin zog eine der Kerzen näher an die Tonscherben heran, um weiterzuarbeiten. Es war noch so viel zu tun. Wie lange würde er noch hier in Paris bleiben können? Es hatte gutgetan, die vielen Probleme in New York hinter sich zu lassen. Doch er konnte sich nicht ewig davor drücken. Er musste mit dieser Übersetzung fertig werden und nach Hause fahren. Noch einmal rückte er die Kerze zurecht. Dann schloss er sein Notizbuch, nahm die Brille ab und rieb sich den Nasenrücken. »Das war's für heute. Bei der Beleuchtung komme ich keinen Schritt weiter. Ich könnte doch im Hotel anrufen und fragen, ob sie noch Strom haben. Wenn ja, könnten wir zusammen dort essen. Im Dunkeln wirst du auch nicht mehr viel zustande bringen.«

»Der Stromausfall dauert bestimmt nicht lange«, antwortete Robbie. »Außerdem treffe ich mich in einer Stunde mit einem Journalisten. Ich bin froh, dass die mich zu meiner neuen Produktreihe befragen wollen. Ein bisschen Presseecho könnte mir helfen, neben unserem Laden andere Vertriebswege aufzutun.«

Im Hotel war der Strom tatsächlich nicht ausgefallen. Griffin versprach, am nächsten Morgen wie immer um zehn Uhr wiederzukommen, lieh sich einen Regenschirm und machte sich auf den Weg.

Unterwegs fiel ihm Elsies Puppe wieder ein, die im Hotel auf ihn wartete. Seine Tochter würde sich so sehr darüber freuen. Am Ende der Rue des Saints-Pères war die Straßenbeleuchtung ausgefallen, und der strömende Regen erschwerte ihm die Sicht. Er blinzelte in die Dunkelheit, konnte jedoch keine Autoscheinwerfer entdecken. Von dem guten Wein und den Gedanken an seine Tochter beschwingt, beschleunigte er seine Schritte und trat auf die Straße hinaus. Von dem Wagen, der plötzlich um die Ecke schoss, hörte und sah er bis zum letzten Moment nichts.

Zwölf

New York City,
Montag, 23. Mai, 14:00 Uhr

Malachai hatte es eilig, doch wenn er schneller lief, würde er unnötige Aufmerksamkeit auf sich ziehen. Hätte es geregnet, dann hätte er zumindest einen Grund gehabt. Doch es war ein angenehm warmer Tag, und die meisten Passanten im Central Park ließen sich Zeit: Sie führten ihre Hunde spazieren, schoben Kinderwägen vor sich her oder bewunderten die blühenden Kirsch- und Apfelbäume. Ihre üppigen weißen und zartrosa Blüten füllten den Park mit ihrem Duft. Ohne Jac L'Étoile hätte er es vielleicht gar nicht bemerkt. Bis vor zwei Wochen hatte er sich nie viel mit Gerüchen befasst. Jetzt kam er gar nicht mehr davon los.

Westlich der Dairy lag das Chess and Checkers House, ein rot-weißes Backsteingebäude, in dem Parkbesucher Schach und Dame spielen konnten. Es war angenehm kühl und roch ein wenig nach Pfeifentabak, als Malachai den Raum betrat. Rechts neben dem Eingang saßen zwei Männer über ein Spielbrett gebeugt. Dahinter entdeckte Malachai einen gepflegten Mann von Mitte dreißig in Chinohosen und einem hellblauen Hemd. Vor ihm auf dem Tisch lagen außer den Schachfiguren eine frisch gestopfte Pfeife und ein aufgeschlagenes Buch. Im Näherkommen konnte Malachai erkennen, dass die Seiten mit Schachstellungen bebildert waren.

»Befassen Sie sich endlich mit Petrow gegen Hoffmann?«, fragte Malachai.

Reed Winston sah zu ihm hoch. »Eine sehr abwechslungsreiche Partie«, sagte er. Mit seinem kantigen Gesicht war er beinahe gutaussehend, nur dass seine Augen zu klein waren und man immer das Zahnfleisch sah, wenn er lächelte, was er zu häufig tat. Besonders, wenn er schlechte Nachrichten zu überbringen hatte.

»Vielleicht eine der abwechslungsreichsten, die je gespielt wurden.«

»Soll ich uns die Figuren aufstellen?«, fragte Winston.

»Ich habe nicht genug Zeit. Ich wurde im Büro aufgehalten, tut mir leid. Aber für einen Kaffee würde es reichen. Mögen Sie einen?«

Während Winston die Schachfiguren in den Kasten zurücklegte, plauderte Malachai weiter mit ihm über die berühmte Partie zwischen dem russischen Schachmeister Alexander Dmitrijewitsch Petrow und F. Alexander Hoffmann 1844. Erst als sie unter freiem Himmel waren, wechselte er das Thema und kam auf den Grund ihres Treffens zu sprechen.

Malachai ließ sein Büro jede Woche auf Abhörgeräte untersuchen. Doch gegen Richtmikrofone, wie sie das FBI bereits gegen ihn und die Stiftung eingesetzt hatte, konnte er sich nicht absichern. Er war in den letzten Jahren mehrmals im Zusammenhang mit Diebstählen verhört und einmal sogar verhaftet worden. Zwar war es nie zu einer Anklage gekommen, doch immer, wenn es um Erinnerungshilfen ging, gehörte er für das FBI zu den Hauptverdächtigen. Im Augenblick gab es zwar keine Anzeichen, dass man ihn beobachtete, doch bestimmte Gespräche führte er dennoch lieber draußen.

»Wie steht es um Ihre Kontakte in Paris?«, fragte Malachai.

»Gut.«

Ein Kleinkind riss sich von seiner Mutter los und tappte den beiden Männern in den Weg. Sofort kam die Mutter herbeigestürzt und entschuldigte sich für die Störung.

Malachai versicherte lächelnd, es sei alles in Ordnung. Erst als die Frau wieder außer Hörweite war, setzte er das Gespräch fort.

»Sehr gut wäre mir lieber.«

»Ich tue mein Bestes.«

»Das wird diesmal nicht reichen.«

Malachai beging nie selbst ein Verbrechen und hatte doch mehrfach die Grenzen des Gesetzes überschritten. Er war nicht als Einziger hinter den sagenumwobenen Erinnerungshilfen her und hatte sich gezwungen gesehen, seinen Leuten heikle Aufträge zu erteilen. Dennoch hatte er bisher keinen Erfolg gehabt.

»Es hat zu viele Missgeschicke gegeben, Winston. Wir haben Chancen vertan. Wenn diesmal etwas schiefgeht, war das unser letztes Arrangement.«

»Wir hatten ein gutes Team …«

Malachai legte dem Jüngeren die Hand auf die Schulter. Für jeden Außenstehenden mussten sie wie Vater und Sohn oder wie Onkel und Neffe aussehen. »Ich bin nicht hier, um über Ihre Methoden zu diskutieren, sondern um Ihnen die Situation zu verdeutlichen. Verstanden?«

»Ja, natürlich«, sagte Winston, diesmal ohne sein typisches Lächeln.

»Fotos des fraglichen Objekts sowie einen Namen samt Adresse lasse ich morgen direkt in Ihr Domizil bringen.«

»Domizil? Ha! Wenn Sie meine Bude mal gesehen hätten, würden Sie sie nicht so nennen.«

Sie liefen unter einer Pergola hindurch, die üppig von Blauregen überwuchert war. So schön die Buntglasfenster mit dem Abbild dieser Pflanze in der Phoenix Foundation auch waren, an die echten lavendelfarbenen Blüten und saftig grünen Ranken reichten sie nicht heran. Malachai hob den Kopf, um den Duft der tief herabhängenden Blütentrauben in sich aufzunehmen. Er hätte nicht sagen können, ob er ihn je zuvor wahrgenommen hatte. Im Zuge seiner Recherchen hatte er gelesen, dass sich der Geruch mancher Pflanzen nicht extrahieren ließ. Chemiker bemühten sich darum, synthetische Versionen zu erzeugen, die sich jedoch mit den Kunstwerken der Natur nicht messen konnten. Sobald er wieder im Büro war, wollte er Jac anrufen und sie fragen, ob auch der Blauregen zu diesen Pflanzen gehörte.

»Haben Sie schon einmal Blauregen gerochen?«, fragte Malachai.

»Blauregen? Nicht dass ich wüsste«, antwortete Winston verwirrt. Dann schnupperte er. »Oder, warten Sie«, er schnupperte noch einmal, »vielleicht doch. Der Geruch erinnert mich an das Haus meiner Großmutter. Vielleicht war die große Rankpflanze an ihrer Veranda ein Blauregen.«

»Gerüche wecken Erinnerungen. Manchmal begegnet einem ein ganz bestimmter Duft, und schon steht einem ein ganzer Tag der Kindheit wieder so klar und deutlich vor Augen, als sei es gestern gewesen.« Malachai räusperte sich. »Das habe ich bei meinen Recherchen herausgefunden.«

»Den Recherchen zu dem Objekt, das ich finden soll?«

»Genau.«

»Und wenn ich es gefunden habe, soll ich es dann herholen?«

»Nein. Ich möchte es vorerst nur im Auge behalten.«

Der ehemalige Interpol-Agent hob die Augenbrauen. »Das ist alles?«

»Ja. Wir gehen die Sache diesmal langsamer an. Ich kann mir keine Fehler mehr leisten. Und es sind Freunde von mir in die Angelegenheit verwickelt.«

»Wir gehen also behutsam vor?«

Malachai nickte. Die Suche nach den Erinnerungshilfen

hatte bereits zu viel gekostet – nicht nur Geld, sondern auch Menschenleben. Und es war kein Ende abzusehen. Malachai wollte nur eine einzige von ihnen haben. Mehr nicht. Doch genauso gut hätte er sich »nur« wünschen können, die Sterne vom Himmel zu holen.

Bisher war es ein unerreichbarer Traum geblieben, doch Malachai gab nicht auf. Sein ganzes Leben hatte er der Reinkarnationsforschung verschrieben, und er war fest entschlossen, das Wissen der Menschen über die Vergangenheit und Zukunft zu revolutionieren. Er wollte ihnen die Hoffnung wiedergeben. Drei Mal war er kurz davor gewesen, eine Erinnerungshilfe in seinen Besitz zu bringen. Drei Mal hatte er versagt. Ein viertes Mal durfte es nicht geben.

»Wir sind schon zu lange zusammen unterwegs«, sagte er. »Aber bevor ich gehe, möchte ich Sie noch bitten, ein Auge auf Lucian Glass zu haben. Finden Sie heraus, ob er auf mich angesetzt worden ist. Wenn ja, muss ich meine Strategie noch einmal überdenken.«

Grußlos machte Malachai kehrt und lief den Weg zurück, den sie gekommen waren, am Ufer eines Teichs entlang. Nur unter der Pergola hielt er inne, um noch einmal den süßen Duft der violetten Blüten einzuatmen.

Dreizehn

Paris, Frankreich
Montag, 23. Mai, 20.30 Uhr

Robbie war freudig überrascht, dass der Reporter trotz des Unwetters pünktlich kam.

»Charles Fauche«, stellte der Mann sich vor, ohne zu bemerken, dass sein Regenschirm auf den Parkettboden aus dem achtzehnten Jahrhundert tropfte.

»Angenehm, sehr angenehm. Ich bin Robbie L'Étoile. Kommen Sie, lassen Sie mich Ihnen das abnehmen.« Er griff nach dem Schirm und stellte ihn in einen Ständer aus Meissener Porzellan. »Mögen Sie etwas Warmes zu trinken? Kaffee oder Tee vielleicht?«, fragte er und führte den Besucher durch die verborgene Tür und den schmalen Flur entlang.

»Tee wäre gut.«

»Ich staune, dass Sie gekommen sind. Bei dem Unwetter«, sagte Robbie und ließ Fauche in die Werkstatt eintreten.

»Ich war schon auf dem Weg. Und ich habe einen Zeitplan einzuhalten. Sie haben hoffentlich nicht umdisponiert?«

»Aber nein«, sagte Robbie. »Es freut mich sehr, dass sich Ihre Zeitung für meine neue Reihe interessiert.«

Die Presse hatte zuletzt vor acht Jahren über ihn berichtet, als Robbie nach Südfrankreich gegangen war. Dass ein L'Étoile der jüngsten Generation dieser alten Parfümeursfamilie nach Grasse ging, um Nischenparfüms zu entwickeln, war damals eine Meldung wert gewesen. Jetzt wollten sie wissen, was aus seinen Plänen geworden war.

»Setzen Sie sich doch.« Robbie wies auf die Polstersessel in einer Ecke der Werkstatt. »Ich kümmere mich rasch um den Tee.« Er setzte Wasser auf und füllte ein Metallsieb mit duftenden Blättern.

»Ich habe hier einen Sur le Nil. Mit Zitrone und ägyptischen Gewürzen. Sind Sie ein Kenner?«

Fauche schüttelte den Kopf. »Mir ist nur wichtig, dass er heiß ist. Aber es klingt gut.«

Der Kessel begann zu pfeifen.

Aus alter Gewohnheit goss Robbie zuerst nur wenig Wasser ein, um die Kanne vorzuwärmen. Er schwenkte sie, bis alle Blätter feucht waren, dann füllte er sie auf und stellte sie zu den Tassen und Leinenservietten auf ein Tablett.

»Bitte schön«, sagte er und setzte das Tablett vor Fauche auf einem Tischchen ab.

»Erzählen Sie doch, was Sie zu Ihrer neuen Serie inspiriert hat«, begann der Reporter ohne jedes Vorgeplänkel.

»Ich bin Buddhist.«

»Ach ja?« Fauche hob die Augenbrauen.

»Die Kompositionen sind stark von meinem Glauben beeinflusst. Ich habe, auf das Prinzip von Yin und Yang gestützt, Düfte zu Paaren kombiniert, die unser spirituelles und sinnliches Sensorium erweitern.«

»Interessant.« Fauche schrieb ein paar Worte in ein Notizbuch.

Es war nagelneu, wie Robbie bemerkte.

Der Tee hatte lange genug gezogen. Robbie goss die dampfende Flüssigkeit in die Tassen.

Als er Fauche eine reichte, berührte er zufällig dessen abgewetzte Lederjacke. Sie war tropfnass. Warum hatte er sie nicht ausgezogen?

»Möchten Sie sich vielleicht einen Eindruck verschaffen?« Robbie trat zu der Duftorgel und nahm einen Flakon mit der Aufschrift »44« zur Hand. Er sprühte den Duft auf ein Stück Pappe und reichte es Fauche, der es sich schnuppernd unter die Nase hielt.

»Interessant«, sagte der Reporter.

Robbie reichte ihm eine Duftprobe von der Nummer 62 und beobachtete wieder, wie er sich den Pappstreifen unter die Nase hielt und tief einatmete.

»Dieses ist auch sehr interessant«, sagte Fauche.

»Diese beiden stellen die zwei Hälften eines Dufts dar, den ich Kismet nennen möchte. Man kann sie einzeln tragen, aber auch kombinieren.« Robbie sprühte beide Düfte zusammen auf ein Kärtchen und registrierte verwundert, dass der Journalist auch diesmal weder wartete, bis ein wenig Alkohol verdampft war, noch mit dem Kärtchen wedelte, um den Duft in der umgebenden Luft zu verteilen.

Warum schickte ein Parfümmagazin von internationalem Renommee einen solchen Neuling zu einem Interview?

Der dritte Pappstreifen glitt Fauche aus der Hand und fiel zu Boden. Robbie bemerkte die teuren Eidechsenlederstiefel des Reporters, die ebenso durchnässt waren wie seine Jacke. Als Fauche sich nach dem Kärtchen bückte und wieder aufrichtete, rutschte die Jacke ein wenig auseinander, und er beeilte sich, sie wieder zu schließen.

Was hatte er nur zu verbergen?

»Wenn Sie möchten, kann ich hier und jetzt eine neue Rezeptur ausprobieren. Sie könnten darüber schreiben, wie sich die Komposition allmählich entwickelt. Ich werde sechs sehr alte Extrakte und Absolues verwenden: Mandel, Wacholder …« Robbie nahm ein Fläschchen nach dem anderen heraus, träufelte ihren Inhalt in einen Flakon und beobachtete dabei Fauche aus dem Augenwinkel. Ein auf Parfüms spezialisierter Journalist, der nicht das geringste Interesse daran hatte, ihm beim Entwickeln einer neuen Kreation zuzusehen? Der sich nicht einmal Notizen machte?

Fauche war aufgestanden, ging in der Werkstatt auf und ab und betrachtete die Gegenstände auf den Regalen und Tischen, als suche er etwas Bestimmtes. So etwas würde ein geladener Gast nie tun, nicht einmal ein neugieriger Reporter.

Robbie stand vor seinem Arbeitstisch und zündete den Bunsenbrenner an. »Zwei dieser Zutaten muss ich erhitzen«, sagte er und ging seine Berechnungen noch einmal durch. Hier war Präzision gefragt. Zu wenig von den Dämpfen wäre wirkungslos. Zu viel konnte tödlich sein. Doch er musste auf alles gefasst sein. Irgendetwas stimmte ganz und gar nicht.

Der Brenner fauchte. Die Mixtur war fertig. Robbie wollte dem Reporter noch eine Chance lassen, seine Motive und seine wahre Identität offenzulegen. Wenn seine Antwort keinen Sinn ergab, wusste Robbie, was er zu tun hatte, um sich zu schützen.

»Monsieur Fauche?«

»Ja?«

»Sie haben mir kaum Fragen gestellt.«

»Ich war mit meinen Notizen beschäftigt.«

»Geht es Ihnen wirklich um meine neue Kollektion, oder sind Sie einer ganz anderen Geschichte auf der Spur?«

Das verkniffene Lächeln, mit dem der Reporter antwortete, beruhigte Robbie ein wenig. »Ja, Sie haben recht. Da ist noch etwas.«

»Was denn?«

»Es geht das Gerücht, Sie hätten ein altägyptisches Artefakt in Ihrem Besitz.«

»Wer hat Ihnen davon erzählt?«

»Ein Journalist gibt niemals seine Quellen preis.« Fauche schien stolz auf diese geborgte Phrase zu sein.

Griffin hatte es sicher nicht weitererzählt. Robbie zermarterte sich den Kopf. Wer konnte es ausgeplaudert haben? Er hatte mit dem Rinpoche vom Buddhistischen Zentrum über seinen Plan gesprochen, das Gefäß dem Dalai Lama zu schenken, aber der Mönch hatte sich sicher nicht an die Presse gewandt. Wer dann? Ach ja, die Christie's-Kuratorin vielleicht, die er um eine Schätzung gebeten hatte. Das war es also. Das Interesse an seinen Kreationen war nur ein Vorwand, um eine exklusive Story über den aufregenden Fund zu ergattern. Robbie war beruhigt.

»Könnte ich den Tiegel einmal sehen?«, fragte Fauche.

»Das geht nicht, so leid es mir tut. Er ist in viele Teile zerbrochen, die noch nicht alle katalogisiert sind. Ich wünschte wirklich, Sie hätten mir gleich gesagt, worum es geht, dann hätten Sie nicht bei so scheußlichem Wetter umsonst herkommen müssen.«

»Ich muss darauf bestehen, dass Sie Ihre Antwort überdenken.« Fauche biss die Kiefer aufeinander und ließ seine Hand in Richtung Tasche wandern.

Jetzt wusste Robbie, woran er war.

»Oh, aber ja, kein Grund, sich aufzuregen«, sagte er. »Wenn es Ihnen so wichtig ist, hole ich den Tiegel natürlich.« Er kehrte Fauche den Rücken zu und schob den Kolben über die Flamme des Bunsenbrenners. In den Scheiben der Flügeltür beobachtete er, wie der Mann, der alles andere als ein Reporter war, seine Schusswaffe zog.

»Beeilung, L'Étoile. Her mit dem verdammten Ding.«

»Ich suche nur rasch den Schlüssel zum Safe.« Robbie wühlte in einer kleinen Schublade zwischen Stiften, Büroklammern und Pipetten herum, während die Flüssigkeit im Kolben zu dampfen begann.

»Ah, da ist er ja«, rief er und drehte sich um.

Der selbsternannte Monsieur Fauche entspannte sich in dem

Glauben, sein Ziel erreicht zu haben. Als er sah, dass Robbie ohne Schlüssel vor ihm stand, wollte er protestieren, doch die Worte blieben ihm in der Kehle stecken. Er bekam keine Luft mehr. Er keuchte. Und keuchte.

Vierzehn

New York City
Dienstag, 24. Mai, 4:00 Uhr

Da Jac großen Wert auf ungestörtes Arbeiten legte, hatte sie wie so oft, wenn sie eine neue Folge ihrer Fernsehsendung nachbearbeitete, die Nacht durchgemacht. Bevor sie die letzte Schnittfassung betrachtete, wollte sie noch einmal den Kopf freibekommen, also öffnete sie das Fenster, lehnte sich hinaus und sog die frische Luft ein. Durch die Lücken zwischen den Gebäuden konnte sie den Hudson River sehen und blickte einem Schlepper nach, bis er hinter einem Lagerhaus verschwand.

»Minotaurus« würde ihre beste Folge werden. Die Suche nach den Ursprüngen dieses Mythos war extrem schwierig gewesen, doch wenn im Herbst gesendet wurde, welche Ereignisse seinen wahren Kern bildeten, würden ihre Forschungsergebnisse unter Mythologen und Archäologen sicher eine Debatte auslösen.

Der Sage nach hatte der kretische König Minos ein gewaltiges Labyrinth erbauen lassen, um den Minotaurus darin einzusperren, das monströse Resultat einer Affäre von Minos' Frau mit einem wunderschönen weißen Stier, der aus dem Meer emporgestiegen war. Der Minotaurus war von menschlicher Gestalt, aber mit dem Kopf und dem Schwanz eines Stiers und einem grauenhaften Hunger auf Menschenfleisch. Da der Minotaurus überall Schrecken und Chaos verbreitete, wurde Daidalos damit beauftragt, ein Labyrinth zu bauen, das verworren genug war, um das Untier gefangen zu halten.

Seither lebte der Minotaurus in dem Irrgarten. Doch alle neun Jahre mussten sieben junge Frauen und sieben junge Männer aus Athen seinem Heißhunger geopfert werden, und dieser Blutzoll sorgte für unsagbar viel Leid. Endlich beschloss Theseus, Sohn des Königs Aigeus, das Monster zu besiegen und den Verheerungen ein Ende zu setzen, und meldete sich freiwillig als Opfer. Als er nach Kreta kam, verliebte sich Ariadne, die Tochter des Minos, in ihn, und die Vorstellung, ihn zu verlieren, war ihr unerträglich. Sie gab ihm ein Schwert und ein Knäuel roten Garns, damit er den Minotaurus töten und den Ausweg aus dem Labyrinth finden sollte – und sie heiraten konnte. Der Plan ging auf: Als Theseus dem Mischwesen gegenüberstand, griff er an und tötete es. Dann kehrte er mit Hilfe des Fadens zu Ariadne zurück und nahm sie mit sich nach Athen.

Gab es eine wahre Geschichte hinter diesem Mythos? War ein Monster oder vielleicht ein Verrückter in einem Labyrinth eingesperrt worden?

Archäologen waren lange davon ausgegangen, dass die Ruinen des Palasts von Knossos nahe dem heutigen Heraklion das reale Vorbild für das sagenhafte Labyrinth sein mussten. Es gab zwar keinerlei Belege für diese These, doch die Stadt profitierte von den vielen Touristen, die den Palast und seine Umgebung besichtigen wollten.

Doch Jac hatte von einer Grabungsstätte bei Gortys gehört, wo Archäologen ein vier Kilometer langes System aus Gängen und Kammern in einem Berg freigelegt hatten. Konnte das König Minos' Labyrinth sein? Jac reiste nach Kreta, um es herauszufinden. Mit Hilfe der Archäologen erkundeten sie und ihr Team die weitverzweigten, verschlungenen unterirdischen

Wege. In einer der Kammern erleuchtete der Scheinwerfer ihrer Kameras in einer scheinbar soliden Wand den schwachen Umriss eines Durchgangs.

Vor laufender Kamera machten sich die Archäologen an die Arbeit und fanden den versiegelten Eingang zu einer verborgenen Höhle. Jacs Kameramann filmte, wie zum ersten Mal seit tausenden Jahren Licht in das Dunkel der Kammer fiel.

Die Wände des Hohlraums waren mit rötlichen Bildern auf schwarzem Grund dekoriert, die jeweils von einem vergoldeten Blätterkranz gerahmt waren. Es waren verblüffend gut erhaltene Darstellungen junger Paare. Manche schienen mit Sorgfalt gestaltet worden zu sein, andere sahen aus, als hätte der Künstler sie aus Platzmangel notdürftig in die Zwischenräume eingepasst.

Jac zählte. Je vierzehn Menschen waren zu einer Gruppe zusammengefasst. Sieben Männer, sieben Frauen. Jedes Mal.

In der Mitte der Kammer stand etwas, das zunächst wie ein steinerner Altar aussah, etwa einen Meter achtzig lang und knapp einen Meter hoch. Er war reich verziert, voller tief eingekerbter Darstellungen von – waren das etwa Augen, die den Eindringlingen entgegenstarrten? Der Kameramann trat näher heran und machte eine erschreckende und – für Jac zumindest – faszinierende Entdeckung.

Der Altar war nicht aus Stein, sondern aus menschlichen Knochen gefertigt. Jemand hatte hunderte Ober- und Unterschenkelknochen, Ellen und Speichen und Hüftknochen kunstvoll zu einem großen Quader zusammengefügt. Ohne selbst zu wissen warum, war Jac sofort sicher, dass dies das Versteck des Minotaurus sein musste und die Gebeine somit aus der Zeit um 1300 vor Christus stammten. Als die Laborergebnisse die Bilder und menschlichen Überreste tatsächlich auf genau diese Zeit datierten, war sie als Einzige nicht überrascht.

Jetzt, da sie im Nachhinein an ihr Gefühl bei der Entdeckung zurückdachte, fröstelte sie. Ihr Instinkt hatte sie nicht getrogen. Es war Zeit, wieder an die Arbeit zu gehen.

Jac durchquerte den kahlen weißen Raum, setzte sich an den Schreibtisch und spielte das Band ab. Sobald die Anfangssequenz mit dem Eingang zum Labyrinth auf dem Bildschirm erschien, stellte sie den Ton ab. Es hatte sich als hilfreich herausgestellt, sich beim ersten Durchlauf ausschließlich auf die Bilder zu konzentrieren.

Zehn Minuten darauf klingelte das Telefon. Niemand außer ihrem Bruder käme auf die Idee, um diese Uhrzeit anzurufen. Wenn Robbie sich für irgendetwas begeisterte, kam es schon einmal vor, dass er die Zeitverschiebung vergaß.

Das Telefon meldete einen »anonymen Anrufer«. Anrufe aus Übersee konnte der Apparat grundsätzlich nicht zuordnen, also musste es Robbie sein. Jac ging dran.

Obwohl sie ungern unterbrochen wurde, freute sie sich über jede Gelegenheit, mit Robbie zu reden, selbst wenn sie sich am Ende wieder stritten. Bald wäre auch das überwunden: Der Verkauf der zwei Rezepturen war so gut wie abgeschlossen. Sobald Robbie die Verträge unterschrieb, konnte das Haus L'Étoile seine Schulden tilgen, und die beiden Geschwister würden sich wieder vertragen.

»Hi Robbie.«

»*C'est Mademoiselle L'Étoile?*«, fragte eine männliche Stimme, die eindeutig nicht Robbie gehörte.

»Ja. Wer ist da?«

Es piepste und rauschte in der Leitung. *»Allô?«,* meldete sich die Stimme wieder.

»Ja, ich bin da. Mit wem spreche ich denn?«

»Inspektor Marcher hier. Ich rufe aus Paris an. Bitte entschuldigen Sie die Störung, ich weiß, dass es sehr früh am Morgen ist.«

»Was gibt es denn, Inspektor?«

»Wann haben Sie zuletzt mit Ihrem Bruder gesprochen?« Der Ton seiner Stimme ließ Jac aufhorchen.

»Mit meinem Bruder?« Ihr Puls begann zu rasen. Wenn die Polizei am Telefon war, erwartete Jac eher, dass es um ihren Vater ging. »Robbie?«

»Ja, Mademoiselle.«

»Er hat mich vor zwei Wochen hier besucht, und …«

»Haben Sie seitdem mit ihm telefoniert?«

»Ist ihm etwas passiert?«

»Haben Sie seitdem von ihm gehört?«

»Ja, natürlich.«

»Und wann zuletzt?«

»Gestern. Gestern Morgen hat er mir eine Mail geschrieben. Weiß Lucille nicht, wo er ist? Sie ist die …«

»Danke, ich weiß, wer sie ist. Seitdem haben Sie also nichts mehr von ihm gehört?«

»Nein. Worum geht es denn, bitte? Ist er nicht in der Werkstatt? Manchmal fährt er spontan zu einem seiner Retreats, vielleicht hat …«

Wieder unterbrach sie der Inspektor. »Nein, bei einem Retreat ist er nicht. Und zu Hause auch nicht. Er hat heute Vormittag, ohne abzusagen, mehrere Termine versäumt.«

Jac griff nach ihrer Tasche. Wenn Robbie etwas zugestoßen war, musste sie sofort heimfahren, packen und den nächsten Flug nach Paris nehmen.

»Was ist passiert, Inspektor?«

»Wir haben Grund zu der Annahme, dass Ihr Bruder verschwunden ist, Mademoiselle.«

Fünfzehn

Paris, Frankreich
Dienstag, 24. Mai, 10.15 Uhr

Das Frühstück im Chez Voltaire war für Griffin schon zu einer morgendlichen Routine geworden. Mittags und abends ließen sich hier die Reichen und Schönen bewirten, doch vormittags fanden sich nur die Anwohner des Viertels zu einem einfachen *petit déjeuner* ein.

Vielleicht lag es an dem Vorfall mit dem Auto, dass Griffin an diesem Morgen alles überdeutlich wahrnahm. Wie buttrig zart die Croissants waren. Wie die Marmelade nach frisch gepflückten Erdbeeren duftete. Er nippte an seinem zweiten Café crème und bemühte sich, die gestrige Szene aus seinem Kopf zu vertreiben. Doch es gelang ihm nicht. Wieder sah er das Auto um die Ecke schleudern und die Laterne rammen. Hörte das Quietschen der Reifen auf dem nassen Kopfsteinpflaster. Den Regen, der ihm die Sicht nahm und ihn halb blind hinter einem Stoppschild Schutz suchen ließ. Er stolperte und fiel. Dabei schürfte er sich die Handflächen auf und verletzte sich die Knie.

Griffin bezahlte und verließ das Café. Er atmete die frische Morgenluft ein. Paris erwachte mit derselben Souveränität und Eleganz, mit der die Stadt auch alles andere meisterte, fand er. Davon wollte er gern etwas mit nach Hause nehmen.

Nach Hause – da war es wieder. Alle seine Gedanken kreisten um diesen Kern. Um das Wissen, dass dies hier nur eine kurze Atempause war. In New York erwarteten ihn die Fehler, die er begangen hatte, und seine Trauer, der er sich stellen musste. Was die bevorstehende Scheidung schon jetzt bei Therese angerichtet hatte und was sie für Elsie bedeuten würde, brach ihm das Herz. Doch warum warten? Am Ende enttäuschte er seine Mitmenschen immer. Warum sollte es diesmal anders sein?

Während er am Ufer der Seine entlangflanierte und einem Ausflugsschiff hinterherblickte, versuchte er, sich zu überzeugen, dass noch alles gut werden würde. Er hatte es fast geschafft, als er die Straßenecke der Rue des Saints-Pères erreichte. Dann bemerkte er die Polizeifahrzeuge.

Was war hier los?

»*La rue est fermée*«, sagte ein Polizist, als Griffin die Absperrung erreichte.

»*Mais j'ai un rendez-vous avec Monsieur L'Étoile*«, antwortete Griffin in seinem schönsten Schulbuch-Französisch.

»Mit Monsieur L'Étoile?« Der Polizist sprach auf Englisch weiter. »Heute?«

»Ja, heute. Jetzt.«

»Warten Sie bitte. Ich hole jemanden.«

Kurz darauf kam der Polizist wieder, sagte, der Inspektor wolle Griffin sprechen, und führte ihn in den Laden. Lucille saß an einem der antiken Holztische. Ihre Augen waren rot gerändert, und sie hielt ein zerknülltes Taschentuch so fest umklammert, dass ihre Knöchel weiß hervortraten.

»Was ist denn los?«, fragte Griffin. »Was ist passiert?«

»Der Laden war nicht abgeschlossen, als ich kam«, sagte Lucille. »Aber es war alles an seinem Platz.« Als ob sie alles noch einmal durchlebte, ließ sie ihren Blick über die Flakons auf den Regalen schweifen. »Ich dachte, Monsieur L'Étoile hätte die Tür für mich aufgeschlossen und dann in der Werkstatt einen

Anruf bekommen. So etwas ist schon vorgekommen. Also tat ich dasselbe wie jeden Morgen. Ich hatte ja keine Ahnung. Ich gehe nie in die Werkstatt. Nie. Um halb zehn bestelle ich Kaffee, und dann kommt Monsieur L'Étoile nach vorn, um mir guten Morgen zu sagen. Er kommt nie durch die Vordertür, sondern nimmt den Weg durch das Wohnhaus und die Werkstatt.«

Während sie sprach, sah Griffin Polizeibeamte mit ernsten Gesichtern kommen und gehen. Manche redeten leise miteinander oder telefonierten. Andere machten Fotos, sicherten Fingerabdrücke oder zupften Fasern aus dem Teppichboden.

»Als er um halb zehn nicht kam, blieb ich hier und wartete. Ich störe ihn nicht gern, auch wenn er immer beteuert, es mache ihm nichts aus. Er ist so rücksichtsvoll ...« Sie verstummte und schloss die Augen.

»Dann kam ein Anruf, auf den er gewartet hatte, und ich summte ihn über die Sprechanlage an. Er reagierte nicht, also ging ich nach hinten und klopfte. Eigentlich gehe ich nie rein, wenn er nicht antwortet, aber er hatte mir gerade gestern noch gesagt, wie wichtig dieser Anruf war. Ich klopfte noch einmal ... Ich weiß nicht, vielleicht hätte ich nicht reingehen sollen ... hätte besser gleich die Polizei gerufen ... Jetzt werde ich es nie wieder loswerden. Diesen Anblick werde ich nie vergessen.«

»Lucille, bitte sagen Sie mir, was mit Robbie passiert ist.«

Lucille schüttelte den Kopf. »Ich weiß es nicht. Er war nicht da. Zu Hause ist er auch nicht. Und er hat sein Handy nicht dabei. Es liegt auf dem Schreibtisch.«

»Aber die vielen Polizisten, die sind doch nicht alle hier, bloß weil Robbie nicht da ist.«

»Da war ... ein Mann. Auf dem Boden.« Sie sprach abgehackt, als schaffte sie es nicht, mehr als zwei, drei Worte nacheinander auszusprechen.

»Ich wusste nicht, was ich tun sollte. Er sah krank aus. Als ich ihn berührte ...« Wieder verstummte sie. Griffin sah, wie sie schauderte. »… war er ganz kalt. Der Mann war … er war … Ich wusste es sofort. Er war tot.« Lucille begann haltlos zu schluchzen. Griffin rückte seinen Stuhl näher heran und legte den Arm um die Frau, die er kaum kannte, die völlig verängstigt war und einen Alptraum durchlebte.

»Und dann haben Sie die Polizei gerufen?«

»Ja. Sie sind sofort hergekommen. Aber Monsieur L'Étoile ist wie vom Erdboden verschluckt.«

»Irgendwo muss er doch sein, Lucille. Ist die Ladentür vielleicht nicht aufgeschlossen, sondern aufgebrochen worden? Gab es irgendwelche Spuren? Wurde etwas gestohlen?«

Bevor sie antworten konnte, trat ein Mann zu ihnen heran. »Sind Sie Monsieur North?« Er war vergleichsweise klein, einen Meter fünfundsiebzig ungefähr, schlank und trug einen perfekt sitzenden marineblauen Anzug mit einem makellos weißen Hemd. Sein schwarzes Haar hatte er zurückgekämmt und trug eine modische Drahtgestellbrille. Statt der rechten Augenbraue wölbte sich eine zerfurchte weißliche Narbe über seine Stirn, wie ein einzelner Sprung in einem kunstvoll glasierten Stück Porzellan.

»Inspektor Pierre Marcher«, stellte er sich vor. »Ich möchte Ihnen ein paar Fragen stellen.« Die Partie um sein rechtes Auge herum blieb beim Sprechen vollkommen regungslos. Sein Englisch war beinahe fehlerfrei.

»Natürlich.«

»Wenn Sie uns bitte einen Moment allein lassen würden, Mademoiselle Lucille?«

»*Pas de problème*«, sagte sie und ging. Der Inspektor setzte sich an ihren Platz, holte ein Aufnahmegerät hervor und legte es vor sich auf den Tisch. »Wären Sie einverstanden, dass ich unser Gespräch aufzeichne? Das fällt mir leichter, als Notizen zu machen.«

Griffin nickte.

»Beginnen wir damit, warum Sie in Paris sind.«

Griffin erklärte es ihm, und Marcher fragte, wo er wohnte.

»Im Montalambert. Nur ein paar Straßen weiter.«

»Ein schönes Hotel. Beschreiben Sie bitte, was Sie gestern getan haben.«

»Ich habe den ganzen Tag hier an der Übersetzung gesessen. Gegen halb acht bin ich in mein Hotel zurückgekehrt.«

»Dann sind Sie während des Stromausfalls losgegangen, während des Unwetters?«

Griffin bemerkte seinen ungläubigen Tonfall. »Wie gesagt, das Hotel ist nicht weit entfernt«, sagte er. In dem Moment tauchte wieder das Bild des Autos vor ihm auf, wie es aus dem Nichts viel zu schnell um die Ecke schoss.

»Was ist, Monsieur North?«

Griffin erzählte es ihm.

»Und das Auto hat Sie nicht angefahren?«

»Es hat mich knapp verfehlt.«

»Was für ein Auto war es?«

»Eine dunkle Limousine.«

»Erinnern Sie sich an irgendwelche Details? Die Marke? Das Kennzeichen?«

Griffin schüttelte den Kopf. »Ich konnte bei dem Regen nicht viel sehen. Und das Auto war so schnell.«

»Ist Ihnen, seit Sie in Paris sind, öfter so etwas passiert?«

»Unfälle? Missgeschicke?«

»Wenn Sie es so nennen wollen.«

»Nein, gar nicht. Mein Aufenthalt hier war eher ereignislos.«

Marcher schien einen Moment lang nachzudenken. »Als Sie hier gestern Abend aufgebrochen sind, warum ist Monsieur L'Étoile da nicht ebenfalls gegangen? Es war schließlich dunkel, oder? Der Strom war ausgefallen.«

»Das stimmt, aber er hatte Kerzen angezündet. Und er sagte, er hätte noch einen Termin mit einem Journalisten.«

»War dieser Journalist schon da, als Sie gegangen sind?«

»Nein.«

»Dann war Monsieur L'Étoile allein?«

»Ja.«

»Wir haben auf dem Schreibtisch ein mit Samt ausgekleidetes Tablett gefunden«, fuhr Marcher fort. »Können Sie uns darüber etwas sagen?«

»Ja. Auf dem Tablett bewahrt Robbie die Tonscherben auf, an denen wir arbeiten.«

»Und als Sie diese Scherben zuletzt gesehen haben, waren sie da auf dem Tablett?«

»Ja, natürlich. Sie sind sehr alt und zerbrechlich. Ich arbeite daran, sie zusammenzufügen, um die Aufschrift entziffern zu können, aber sie bleiben immer auf dem Tablett.«

Der Inspektor hatte während des gesamten Gesprächs nie den Blickkontakt mit Griffin unterbrochen. Er klang ruhig und interessiert, nicht anklagend. Doch Griffin ahnte, dass er auf irgendetwas hinauswollte. Nur worauf?

»Wären Sie überrascht, wenn ich Ihnen sage, dass das Tablett leer war?«

»Leer?« Griffin stockte der Atem.

»Sind Sie sicher, dass Monsieur L'Étoile sie nicht abends herausgenommen und anderswo verstaut hat?«

»Ganz sicher. Seit wir daran arbeiten, hat er sie immer auf dem Tablett aufbewahrt und abends im Wandsafe eingeschlossen. Was er gestern getan hat, weiß ich nicht. Da war ich schon weg.«

»Als Sie gegangen sind, war Monsieur L'Étoile also allein. Fünfzehn Stunden später wurden wir hierhergerufen. Auf dem Boden lag eine Leiche, das Tablett war leer und Ihr Freund verschwunden. Würden Sie uns gestatten, Ihr Hotelzimmer zu untersuchen?«

»Glauben Sie denn, ich hätte etwas mit der Sache zu tun? Dann wäre ich wohl kaum freiwillig zurückgekommen, oder?«

»Wahrscheinlich nicht, nein. Es sei denn …« Marcher dachte nach. Sein linkes Auge blinzelte, das rechte nicht. »Es sei denn, das ist genau der Grund, aus dem Sie hier sind. Um den Verdacht von sich abzulenken.«

Sechzehn

Nanjing, China
Dienstag, 24. Mai, 20.00 Uhr

Mit mürrischem Gesicht nahm der Beamte eine Jeans aus Xies Koffer, faltete sie auseinander und ging systematisch alle Taschen durch.

Xie stand neben Cali hinter einer Kunststoff-Trennwand und zwang sich wegzusehen. Obwohl er wusste, dass das Gepäck von Auslandsreisenden stichprobenartig kontrolliert wurde und in seinem nichts Verdächtiges zu finden war, war er nervös. Warum hatten sie ausgerechnet ihn ausgesucht? Ahnte Chung, dass er seine eigenen Gründe hatte, diese Reise anzutreten, und hatte die Grenzwächter alarmiert?

»Nach der nächsten Kontrolle müssen wir uns trennen«, sagte Cali und zeigte auf eine weitere Sicherheitsschleuse.

Ihre Hand sah aus wie eine Blüte im Wind, fand Xie.

»Da verabschieden wir uns, und schon bist du unterwegs.«

Xie war dankbar für diese Ablenkung von dem Zollbeamten, der ihn mit jedem Kleidungsstück, das er auspackte, nervöser machte.

»Warst du überhaupt jemals so weit weg?«, fragte Cali.

»Nein. Ich habe China noch nie verlassen.« Xie staunte, wie leicht es ihm fiel zu lügen, selbst wenn er mit jemandem sprach, der ihm so viel bedeutete. »Letztes Jahr war ich in Hefei, als Professor Wu den Lanting-Preis bekommen hat.« Der Lanting-

Preis war eine Auszeichnung für herausragende Kalligraphen, die bedeutendste in ganz China.

Der Beamte nahm einen grauen Pullover aus dem Koffer und schüttelte ihn aus. Xie riss sich zusammen, um ihn nicht anzustarren.

»Ich meine keine zweieinhalbstündige Busfahrt«, sagte Cali. »Diesmal verlässt du China. Du reist mit dem Flugzeug und lernst fremde Länder kennen. Isst Sachen, die du nicht mal erkennst.« Ihre Augen leuchteten, als sie es sich ausmalte.

»Du hättest auch ausgewählt werden sollen«, sagte Xie. »Deine Arbeiten sind mindestens so gut wie die der anderen Kandidaten. Wenn nicht besser.«

»Aber ich rede zu viel. Ich bin fast schon subversiv.« Sie lachte. »Dass meine Werke nicht ausgewählt wurden, macht mir nichts aus. Ich beneide dich nur, weil du fährst und ich nicht. Ich würde auch gern die Kunstwerke sehen, die du sehen wirst.« Trotz der Trennwand begann sie zu flüstern. »Und mit den Leuten reden, die du kennenlernst. Um ihnen zu erzählen, was hier wirklich los ist.«

»Ich weiß«, sagte Xie.

Der Beamte griff nach einem Paar von Xies Socken, nahm sie auseinander und steckte die Hand hinein.

»Ich erzähle es ihnen.«

Calis dunkle Augen blitzten. »Tust du nicht«, zischte sie leise. »Du gehst nie Risiken ein. Ich kenne dich doch. Bitte, Xie, sei nicht immer so vorsichtig. Die da draußen müssen wissen, wie wir unter der Zensur zu leiden haben. Wie sie uns kleinhalten.«

Xie hatte zwei Jahre gebraucht, ehe er Cali so weit vertraute, dass er zugab, ein Geheimnis zu haben. Doch selbst dann verriet er ihr nur die Hälfte: »Ich will ein buddhistischer Mönch werden.« Mehr sagte er nicht. Für alles andere fand er keine Worte: dafür, wie in ihm ein Lama erkannt wurde, für die Jahre im Kloster, die Feuersbrunst und seine Entführung.

Cali konnte nicht nachvollziehen, was ihn an dem entbehrungsreichen Leben eines Mönches anzog, und reagierte gereizt, als er es nicht erklären konnte. Sie fand, er solle sich lieber ihrem Freundeskreis anschließen, einer Gruppe radikaler junger Leute, die China verändern und endlich die Schranken einreißen wollten.

Doch Xie zog es in die andere Richtung – in die fast versunkene Welt der meditativen Einkehr.

Obwohl Cali seinen Wunsch nicht verstand, zögerte sie nicht, Xie zu unterstützen. Sie nutzte ihr technisches Wissen, um in seinem Namen an der Internetzensur vorbei verschlüsselte E-Mails an Klöster im Ausland zu verschicken. Sie ging fest davon aus, dass es ihm einzig auf spirituellen Beistand ankam, und ahnte nicht einmal, was er in diesen Mails tatsächlich schrieb und worauf er sich vorbereitete.

Und nun waren sie hier: Cali, die die Welt verändern wollte, und er, der sich gerade anschickte, es zu tun. Es schmerzte ihn, nicht sagen zu können, dass sie dasselbe Ziel hatten und diese Reise ein Teil des Plans war, doch zumindest wollte er sie trösten. »Deine Chance kommt noch«, sagte er. »Nächstes Jahr. Die im zweiten Studienjahr werden immer vorgezogen.«

Der Beamte hatte sich inzwischen seine Turnschuhe vorgenommen und inspizierte gewissenhaft erst den rechten, dann den linken. Er nahm sogar die Einlagen heraus. Xie rann der Schweiß den Rücken hinunter. War das alles nur eine Verzögerungstaktik, bis ein Beamter höheren Ranges kam und ihn verhaftete? Nein, das wäre nicht ihre Art. Ablenkungsmanöver hatten sie nicht nötig. Oder doch?

»Du musst dir alles, was du zu sehen kriegst, haargenau einprägen.« Cali hatte sich ihrer anderen Leidenschaft zugewandt, der Kunst, nach der sie sich sehnte. »Die vielen Gemälde, die Skulpturen …«

Doch die Gemälde und Skulpturen waren unwichtig. London war unwichtig. Und Rom ebenso. Paris war der Ort, auf den er seine Hoffnung setzte. Bis Paris musste er es schaffen, egal, welche Hindernisse man ihm in den Weg legte. Dort würde er ein Zeichen setzen, das ihm Calis Respekt einbrächte.

Wenn er es nur schaffte, aus China herauszukommen. Wenn die Regierung nur nicht herausfand, was er plante. Wenn er nur nicht den Verdacht jener unter seinen Mitreisenden erregte, die für das Ministerium für Öffentliche Sicherheit arbeiteten.

Die Regierung infiltrierte jeden Bereich der Gesellschaft mit ihren Spionen – ganz normalen Bürgern, die in ihrem Betrieb, ihrer Organisation oder Universität einer normalen Tätigkeit nachgingen, ohne je aufzufallen. Doch sie beobachteten alles um sich herum und erstatteten Bericht, wenn etwas Ungewöhnliches vorfiel.

Xie wusste, dass die vom Ministerium engagierten Studenten auf dieser Reise besonders aufpassen würden. Keiner seiner Schritte würde ihnen entgehen. Wenn er sich nicht unter Kontrolle hatte, würde er unsicher und übervorsichtig werden. Und genau das versuchte das Ministerium zu erreichen: verängstigte, beunruhigte Bürger, die sich umso leichter unter Kontrolle halten ließen.

Dagegen musste Xie sich wehren. Er würde sein Mantra einsetzen, um sich immer wieder neu zu fokussieren. Sich immer auf den nächsten Schritt konzentrieren. Auf die Bedeutung seiner Mission.

Wenn die Regierung mitbekam, dass seine jahrelange »Umerziehung« wirkungslos geblieben war, gäbe es keine zweite Chance für ihn. Sie durften nicht wissen, dass er sich an seine Entführung genau erinnerte, an den gewaltsamen Tod seiner Lehrmeister und daran, dass niemand anderer als er der Panchen Lama war, dessen Wiederauftauchen sie so fürchteten. Denn dann würde es ihm nie gelingen, sich mit dem Dalai Lama zu treffen.

Xie wusste, dass er in Rom, London und Paris Gelegenheit hätte, die größten, bedeutendsten Museen zu besuchen. Doch wenn er seinen Gedanken freien Lauf ließ, trugen sie ihn immer in eine kleine, bescheidene Kunstgalerie inmitten eines Parks. Egal, wie voll es dort wäre, wie überlaufen und laut, dort würde sich alles entscheiden. Für den Rest seines Lebens würde es immer eine Zeit vor diesem Tag geben und eine Zeit danach. Es sei denn, das Ministerium deckte seine Pläne auf – dann würde er Frankreich nicht lebend verlassen.

»Kannst du mich nicht einfach in deinen Koffer packen?«, fragte Cali.

»Aber was ist dann mit meinen Anziehsachen?«

»Du könntest dir in London neue kaufen.«

»Und wie komme ich durch den Zoll?«

»Also wirklich, in London machen sie doch nicht die Koffer auf.«

Er musste lachen, und sie fiel mit ein.

»Also abgemacht«, sagte sie. »Wenn der Typ da mit deinem Koffer fertig ist, klettere ich rein, ja?«

Zum tausendsten Mal wünschte sich Xie, sein Schicksal wäre ein anderes. Eins, das es ihm erlaubte, dieses Mädchen in die Arme zu schließen, sie zu lieben, sich ihrer Sache anzuschließen und das Leben zu genießen. Stattdessen hatte er eine karmische Pflicht zu erfüllen. Einen Weg, dem er folgen musste, koste es, was es wolle.

»Herr Ping«, schnarrte der Beamte durch ein Mikrofon. »Ihre Reisedokumente bitte.«

Xie schob seine Papiere durch einen Schlitz in der Trennwand und beobachtete, wie der Beamte darin blätterte. Sein Magen zog sich zusammen, als der Mann stockte und die Stirn runzelte. Cali trat zu ihm und nahm seine Hand.

Siebzehn

Paris, Frankreich
Mittwoch, 25. Mai, 7:30 Uhr

Die nächtliche Reise und die ständigen Sorgen forderten ihren Tribut. Erschöpft schloss Jac die Augen, doch im Taxi konnte sie ebenso wenig schlafen wie im Flugzeug. Je näher sie der Stadt kam, desto übermächtiger wurde ihre Angst. Seit ihrer Abreise nach Amerika vor sechzehn Jahren war Jac nicht mehr nach Paris zurückgekehrt. Ihre Großmutter lebte im Süden, in Grasse, ebenso wie der Rest der französischen Familie, ihre Tanten, Onkel, Cousinen und Cousins. Selbst Robbie war dorthin umgezogen. Nur ihr Vater nicht, und von dem hatte Jac gründlich genug. Nicht erst seit dem Beginn seiner Krankheit. Aber Robbie – wo war er bloß?

Schon als Kinder waren ihre Gefühle stets gegensätzlich gewesen. Immer stimmten die Dinge, die Robbie liebte, Jac melancholisch. Doch sie spielten viel miteinander. Und hielten zusammen. Trotz ihres Altersunterschieds waren sie beste Freunde. Jac wirkte jung für ihr Alter, während Robbie für das seine reif war. Gemeinsam einsam, wie sie waren, schufen sich die Geschwister ganze Welten, die sie erobern konnten, und Spiele, mit denen sie sich die Zeit vertrieben, wenn ihr Vater wieder einmal in die Arbeit vertieft und ihre Mutter in Trauer und Leid versunken war.

Eins der Spiele, das sie erdachten, das Spiel der unerhörten

Düfte, ließ sie nicht mehr los. Immer wieder setzten sie sich an die kleine Duftorgel, die der Vater im Spielzimmer aufgebaut hatte, und erfanden Parfüms, die sie verwendeten, um sich untereinander zu verständigen – einen kleinen Wortschatz der Düfte, den sie als Geheimsprache einsetzen konnten. Sie erfanden Rezepturen für Lachen und Weinen, Glück und Zorn, Hunger und Verlust.

Vor den Wagenfenstern zogen mehr und mehr vertraute Gebäude vorbei. Als sie das sechste Arrondissement erreichten, konnte Jac ihr Herz schlagen hören.

Sie bogen in die Rue des Saints-Pères ein. Ein Polizeiauto stand vor der Parfümerie, halb auf der Straße und halb auf dem Gehsteig. Zwei Beamte bewachten den Eingang. Jac hatte mit diesem Anblick gerechnet, doch ihn wirklich vor sich zu haben war beängstigend.

Obwohl die Polizisten Jacs Ankunft erwartet hatten, kontrollierte erst der eine, dann der andere ihren Pass. Dann erst durfte sie mit ihrem eigenen Schlüssel die Ladentür öffnen.

Mit angehaltenem Atem trat Jac über die Schwelle. Sie sah sich um. Ihr ganzes Leben hatte sich seit ihrem letzten Besuch verändert, doch hier schien alles wie immer zu sein. Sie sah ihr Gesicht – müde und abgekämpft, mit dunklen Ringen unter den Augen – in denselben antiken Spiegeln. Dieselbe vertraute Melange aus den Duftklassikern des Hauses stieg ihr in die Nase. Sie blickte hoch, und dieselben niedlichen, unbeschwerten Fragonard-Putten lachten ihr entgegen. Ihre Heiterkeit wirkte heute, angesichts der ernsten Lage, seltsam deplatziert.

Das Geräusch ihrer Schritte hallte von den verspiegelten Wänden wider. Am Verkaufstresen blieb sie stehen und fuhr mit dem Finger über seine kühle gläserne Oberfläche. Hier hatte ihr Vater seine Parfüms verkauft. Ebenso wie der Vater ihres Vaters, wie dessen Vater und wie schon der erste Parfümeur L'Étoile, der diesen Laden 1770 eröffnet hatte. Wie alle damaligen Parfümeure hatte er zuerst Handschuhe hergestellt und Duftstoffe verwendet, um den Geruch des Ziegenleders zu übertönen. Als er sah, wie begeistert seine Kunden von seinen Fähigkeiten waren, erweiterte er sein Sortiment um weitere parfümierte Produkte: Kerzen, Pomade, Seife, Duftkissen, Puder, Öle und Cremes.

Robbie liebte diese alten Geschichten. Er kannte die Lebensdaten all ihrer Vorfahren und wusste, welche Parfüms sie kreiert hatten.

Robbie.

Es hatte keinen Sinn, den nächsten Schritt weiter hinauszuzögern. Wenn es Hinweise darauf gab, was mit Robbie geschehen war, wären sie bestimmt nicht hier im Laden zu finden. Es war naiv gewesen, zu glauben, dass sie die Werkstatt nie wieder betreten würde.

Mit zitternden Händen drückte Jac gegen einen der Spiegel hinter dem Tresen und öffnete die verborgene Tür. Der dunkle, leere Flur gähnte ihr entgegen. Sie ging hindurch. Als sie in die Werkstatt eintrat, legte sich die alte Trauer wie eine schwere Last auf ihre Schultern. Sie sah sich nach Hinweisen um, doch alles, was sie wahrnahm, war der vertraute, geisterhafte Geruch des Raums. Gewürze, Blüten, Hölzer, Regenduft und Erde – unzählige Extrakte und Destillate verbanden sich zu einem einzigartigen, charakteristischen Aroma. Manchmal erwachte sie nachts tränenüberströmt aus einem Traum und hatte eben diesen Duft in der Nase.

Außer im Schlaf weinte Jac nur selten. Sie hatte schon als Kind gelernt, ihre Tränen zurückzuhalten. Ihre Mutter war ganz anders: Oft saß sie in ihrem Arbeitszimmer unter dem Dach tief über ihre Manuskripte gebeugt, wenn Jac eintrat, und ließ ihren Tränen freien Lauf.

»Nicht weinen«, flüsterte Jac dann. Audrey leiden zu sehen zog ihr das Herz zusammen. Sie hob die Hand und strich ihr behutsam die Tränen von den Wangen. Das Kind, das seine Mutter tröstete – ein fataler Rollentausch.

»Bitte, wein doch nicht.«

»Es ist nicht schlimm zu weinen, Liebes. Vor Gefühlen muss man sich nicht fürchten.« Erst später erkannte Jac, wie widersprüchlich dieser Ratschlag war – fiel die Frau, die ihn erteilt hatte, doch ihren eigenen Gefühlen zum Opfer.

Plötzlich blieb Jac die Luft weg. Das Durcheinander der Gerüche war noch erdrückender, als sie es in Erinnerung hatte.

Jac hatte schon so lange keinen Schub mehr gehabt, dass sie glaubte, sie sei von ihrer Krankheit geheilt. Doch jetzt, zum ersten Mal seit ihrem fünfzehnten Lebensjahr, rannen ihr wieder schmerzhaft kalte Schauder über beide Arme. Die Gerüche drangen immer intensiver auf sie ein. Das Licht verblasste. Schatten breiteten sich aus. Ihre Gedanken begannen zu rasen.

Nein. Nicht jetzt. Nicht hier.

Damals, in der Klinik, hatte Malachai ihr beigebracht, ihre Visionen mit einfachen Handlungsabläufen selbst unter Kontrolle zu bringen. Mit ihrem Notfallplan, wie sie es nannte. Sie erinnerte sich sofort wieder daran und folgte den Anweisungen: Öffne ein Fenster oder eine Tür. Verschaff dir frische Luft. Bring deinen Verstand unter Kontrolle, indem du ihm etwas zu tun gibst. Zähle alle Gerüche auf, die dich umgeben.

Ohne zu wissen, wie sie dort hingeraten war, fand sich Jac im Hofgarten wieder. Sie atmete tief durch. Gras. Rosen. Flieder. Hyazinthen. Fast hätte sie den blauvioletten Hyazinthen, die den Kiesweg säumten, grüßend zugelächelt.

Jac atmete ebenmäßig weiter. Sie ging an den Buchsbaumpyramiden vorüber ins Labyrinth.

Erst jetzt fühlte sie sich zu Hause angekommen, hier, zwischen den mehr als mannshohen Hecken aus zweihundert Jahre alten Zypressen. In diesem verwirrenden Geflecht von Umwegen und Sackgassen fühlte sie sich geborgen. Wer sich hier nicht auskannte, ging in die Irre. Doch Jac und ihr Bruder fanden sich mühelos zurecht. Jedenfalls damals, als sie Kinder waren.

Im Mittelpunkt des Labyrinths warteten die zwei Sphinxen und die steinerne Bank auf sie. Davor ragte der mit Hieroglyphen bedeckte Obelisk aus dem Boden. Jac setzte sich in seinen Schatten.

Von den Erwachsenen hatte niemand gern das Labyrinth betreten, also hatte sie es oft als Versteck vor zornigen Eltern oder der Kinderfrau benutzt. Hier war sie vor allen sicher, außer vor Robbie. Und ihn hatte sie immer gern um sich gehabt. Wo war er nur?

Jac spürte, wie Panik in ihr hochstieg. Doch das half jetzt nicht weiter. Sie musste sich konzentrieren, musste Antworten finden. Wieder sog sie die klare, frische Morgenluft in sich auf und zwang sich, sich den Anblick der Werkstatt vor Augen zu rufen. Es war ein einziges Chaos. Selbst wenn es noch Hinweise darauf gab, was hier in der vorletzten Nacht geschehen war, wie hätte man sie in diesem Durcheinander finden sollen?

Robbie hatte ihr beschrieben, in welchem Zustand er die Werkstatt übernommen hatte, so schlimm hatte sie es sich allerdings nicht vorgestellt. »Wie eine Metapher für den Zustand unseres Unternehmens«, hatte er gesagt. »Für den geistigen Zustand unseres Vaters.«

Robbie hatte auch erzählt, dass Louis in den letzten Jahren nichts mehr weggeworfen hatte. Alles hatte er aufgehoben: sämtliche Notizzettel, Rechnungen, Briefe, Flaschen und Kisten. Die Schränke und Regale quollen davon über. Robbie hatte geklagt, dass ihn jedes Mal, wenn er eine Schublade öffnete, eine Fülle neuer Probleme erwartete.

»Mademoiselle L'Étoile?« Eine männliche Stimme klang gedämpft durch die Zypressenhecken.

»Hier«, rief sie. »Moment, das Labyrinth ist nicht groß, aber man verläuft sich trotzdem leicht. Bleiben Sie, wo Sie sind, ich hole Sie ab.«

Jac folgte den verschlungenen Pfaden und traf auf einen gut gekleideten Mann mittleren Alters, der stirnrunzelnd die Hecken betrachtete.

»Ich wusste gleich, dass ich da nicht durchblicken würde«, sagte er, gab ihr die Hand und folgte ihr. »Ich bin Inspektor Pierre Marcher.«

Irgendetwas an ihm kam Jac bekannt vor. »Kennen wir uns?«, fragte sie.

»Ja, wir sind uns schon begegnet«, sagte er. »Vor langer Zeit.«

Sie konnte ihn einfach nicht einordnen. »Tut mir leid, ich weiß nicht …«

»Ich bin schon seit zwanzig Jahren in diesem Bezirk.«

Jac nickte; sie verstand die Andeutung.

»Also waren Sie dabei, als …«

»Ja. Ich habe Sie damals vernommen«, sagte er. »Sie waren noch so jung. Eine Schande, dass ausgerechnet Sie sie finden mussten.«

Audrey hatte sich in der Werkstatt ihres Mannes das Leben genommen, damit er ihre Leiche fand. Es war an einem Wochenende. Robbie war bei der Großmutter. Jac sollte die Tage mit einer Freundin und ihrer Familie auf dem Land verbringen. Doch die Freundin war krank geworden, also waren ihre Eltern früher heimgefahren und hatten Jac zu Hause abgesetzt. Das Haus war leer, als sie kam. Jac sah in der Werkstatt Licht brennen und ging nachsehen, ob ihr Vater dort war.

Jacs Großmutter war später diejenige, die unter die Duftorgel kroch. Die behutsam die Arme des Mädchens löste, mit denen sie die Beine ihrer Mutter umklammert hielt. Die ihren Kopf vom Schoß der Leiche hob. Jac war tropfnass – von ihren Tränen und von dem Inhalt dutzender zerbrochener Glasgefäße. An ihren Fingern hing die Haut in blutigen Fetzen herab.

Tiefe Schürfwunden zogen sich rund um ihre Handgelenke und Unterarme wie Dutzende Armreife übereinander.

Weil Jac als Erste bei ihrer Mutter gewesen war, hatte der Inspektor nicht umhin gekonnt, sie zu befragen. Es hatte jedoch Stunden gedauert, bis er Antworten bekam. Jac konnte in ihrem Zustand nicht zusammenhängend erzählen, was sie gesehen hatte.

Eine Horde rasender, schreiender Menschen war mit ihr in der Werkstatt gewesen. Sie hatten all die Flaschen zerbrochen. Vor ihnen hatte sich Jac unter der Duftorgel zu Füßen ihrer Mutter versteckt. Was, wenn sie sie fanden? Sie hatten Audrey getötet. Würde sie das nächste Opfer sein? Warum verwüsteten sie die Werkstatt? Warum waren sie so schmutzig und trugen alte, abgerissene Kleider? Und warum rochen sie so abstoßend? Selbst das vergossene Parfüm hatte ihren Gestank nicht überdecken können.

Nein, sie wusste nicht, wie lange sie schon dort gewesen war. Nein, die Flaschen hatte sie bestimmt nicht zerbrochen. Nein, sie konnte nicht unterscheiden, was wirklich und was Einbildung war. Jetzt nicht mehr. Und vielleicht nie wieder.

Marcher kramte eine Schachtel Zigaretten hervor. »Würde es Ihnen etwas ausmachen, wenn ich rauche, solange wir hier im Freien sind?«, fragte er.

Jac rauchte schon lange nicht mehr, doch jetzt bat sie ihn um eine Zigarette. Er schüttelte die Packung, hielt sie ihr hin und steckte Jacs Zigarette mit einem Streichholz an. Die Mischung aus Tabak und Schwefeldämpfen war eine willkommene Ablenkung.

Jac spürte, dass die zurückhaltende Art des Inspektors fast so etwas wie eine Entschuldigung war, ein Ausdruck des Bedauerns dafür, dass er Zeuge der Tragödie ihrer Jugend geworden war.

Selbst ein Zug an der Zigarette war ihr schon zu viel. Jac ließ sie zu Boden fallen und trat sie aus. Dabei fiel ihr das schwarzweiße Yin-Yang-Muster auf, das den Obelisken umgab. Sie hatte es ganz vergessen. »Gehen wir wieder ins Haus«, sagte sie und begann ihm unterwegs ihre Fragen zu stellen.

»Haben Sie irgendeinen Hinweis darauf gefunden, wo mein Bruder sein könnte?«

»Bis jetzt nicht, nein.«

»Und der Mann, der hier gefunden wurde – wissen Sie, wer er ist?«

»Mit dem tun wir uns auch schwer.«

»Wie meinen Sie das?«

»In dem Terminkalender Ihres Bruders war ein Treffen mit Charles Fauche eingetragen, einem Mitarbeiter des *International Journal of Fragrance*. Es gibt zwar einen Mann dieses Namens, der für diese Zeitung arbeitet, doch der hält sich seit fünf Tagen in Italien auf.«

»Also wissen Sie nicht, wen Sie da gefunden haben?«

»Leider nein. Wir wissen nur, dass er bisher nicht aktenkundig geworden ist. Weder in unseren Datenbanken noch bei Interpol finden sich seine Fingerabdrücke.«

Sie erreichten die Tür zur Werkstatt, die noch immer offen stand.

»Dann haben Sie Robbies Kalender, Inspektor?«

»Ja, habe ich.«

Marcher ließ Jac den Vortritt und schloss hinter ihr die Flügeltür, die Jac gleich darauf wieder öffnete. Die Gerüche setzten ihr zu sehr zu.

»Würden Sie ihn mir geben?«, fragte sie.

»Er ist ein wichtiges Beweisstück.«

»Sie könnten doch rausschreiben, was Sie interessiert. Oder meinetwegen alles kopieren. Aber dieser Kalender gehört meinem Bruder, und …« Sie unterbrach sich. »Ein Beweisstück?«

»Ja.«

»Robbie ist verschwunden. Ich dachte, Sie suchen ihn, weil er in Gefahr sein könnte.«

»Ja. Und weil wir ihn zu dem Vorfall hier befragen müssen.«

»Aber wieso? Am Telefon haben Sie doch gesagt, dass Charles Fauche – oder wie er nun heißt – eines natürlichen Todes gestorben ist. Dass er einen Asthmaanfall hatte.«

»Den hatte er, ja. Der wurde allerdings durch etwas ausgelöst, das der Mann eingeatmet hat.«

»Aber was kann dann Robbie dafür? Der Mann wusste, dass er eine Parfümerie betritt.«

»Es sieht danach aus, als hätte Ihr Bruder hier toxische Stoffe verdampfen lassen, die den Anfall verursachten.«

»Mein Bruder ist Parfümeur. Er arbeitet ständig mit toxischen Chemikalien. Sie glauben doch nicht …«

Marcher senkte entschuldigend den Kopf, doch seine Worte passten schlecht zu seiner defensiven Haltung. »Wir wissen nichts Genaues, Mademoiselle. Noch nicht. Aber vielleicht können Sie uns weiterhelfen. Würden Sie sich einmal ansehen, was hier auf dem Tisch steht? An was für einer Rezeptur könnte Ihr Bruder gearbeitet haben, wenn er dafür Benzylchlorid erhitzen musste?«

»Inspektor, jemand ist unter falschem Namen hier eingedrungen. Und jetzt ist mein Bruder verschwunden – entführt, vermutlich. Wie können Sie da zu dem Schluss kommen, er hätte einen Mord begangen?«

»Mademoiselle, ich ziehe keinerlei Schlüsse. Ich ziehe bloß verschiedene Möglichkeiten in Betracht. Ein Mann ist tot. Ein anderer wird vermisst. Aus dieser Werkstatt scheinen wichtige Objekte entfernt worden zu sein, möglicherweise wurden sie gestohlen. Wir wissen es nicht, doch ich versichere Ihnen, dass ich fest vorhabe, das alles aufzuklären.«

Achtzehn

Nachdem der Inspektor gegangen war, setzte sich Jac an den Schreibtisch ihres Bruders und begann systematisch seine Papiere durchzugehen. Was hätte sie sonst tun sollen? Sie musste herausfinden, was Robbie vorgehabt hatte. Mit wem er sich getroffen hatte. Worauf er sich eingelassen hatte. Sicher hatte die Polizei die Unterlagen ebenfalls durchsucht, doch vielleicht war ihnen ein Hinweis entgangen.

Bestimmt ging es ihrem Bruder gut. Bestimmt war er ganz in der Nähe.

Das Telefon schrillte. Jac schrak hoch und starrte den Apparat an. Es klingelte wieder. Robbie hatte einen Anrufbeantworter, und Marcher hatte gesagt, dass alle Gespräche mitgeschnitten wurden. Sie musste also nicht abnehmen. Doch was, wenn es Robbie war? Was, wenn er sich verletzt hatte, bei einem Freund untergekommen war und jetzt anrief, weil es ihm wieder besser ging?

»Allô?«

Keine Antwort.

»Robbie?«

Atemgeräusche. Stille. Dann ein leises Klicken. Verdammt. Sie hätte seinen Namen nicht sagen sollen. Was, wenn er in Schwierigkeiten war und ihre Hilfe brauchte? Dann wollte er vielleicht nicht, dass die Polizei davon erfuhr. Vielleicht ahnte er, dass das Telefon abgehört wurde. Wenn sie dann seinen Namen sagte, konnte er nicht mit ihr sprechen, so sehr er es auch wollte.

Nein, das war Unsinn. Robbie wusste nicht einmal, dass sie in Paris war. Der Anrufer hatte sicher Robbie sprechen wollen, hatte sich gewundert, eine weibliche Stimme zu hören, und deshalb aufgelegt.

Sie starrte auf das Telefon, als könnte sie es zwingen, wieder zu klingeln. Den Anrufer zwingen, es noch einmal zu versuchen. Doch es blieb still.

Um sich wieder ihrer Aufgabe zuzuwenden, nahm Jac sich als Nächstes den Inhalt einer Schreibtischschublade vor. Plötzlich fuhr ein Windstoß zur offenen Tür herein. Rechnungen, Briefe, Umschläge und Notizzettel wirbelten durch die Luft.

Sie schloss die Tür und begann das erneute Chaos zu beseitigen. Einige der Zettel hatten sich zwischen den Fläschchen auf der Duftorgel verfangen. Jac blieb, wo sie war, und sah zu dem uralten Laboratorium hinüber.

In ihrer Kindheit war es Robbie und ihr verboten gewesen, sich der Orgel zu nähern, weil die darin aufbewahrten Öle und Essenzen zu kostbar waren. Das Tabu verlieh ihr eine geheimnisvolle Aura. Etwas Magisches und allzu Verführerisches.

Manchmal hatte Jac lange in der gegenüberliegenden Ecke des Raums gesessen und das Flammenspiel der Sonnenstrahlen auf den Glasfläschchen bestaunt. Leuchtende Farbtupfer tanzten über die Wände, über die Decke und über ihre ausgestreckten Arme. Flüchtige Augenblicke der Schönheit – bis wieder Wolken aufzogen und die Orgel im Schatten versank. Wie ein hingekauertes Phantom, das hässliche und zarte, machtvolle und fremdartige Gerüche absonderte.

Einige der Ausgangsstoffe waren inzwischen so alt, dass

Robbie sie vermutlich nicht mehr benutzen konnte. Von manchen konnte nicht mehr als das Sediment geblieben sein. Andere waren so selten, dass man sie, wenn sie aufgebraucht waren, nur noch synthetisch ersetzen könnte.

Das Handwerk des Parfümeurs änderte sich. Nur das Talent, das nötig war, um einen wahrhaft großen Duft zu kreieren, blieb sich gleich. Um Dutzende einzelne Noten zu einem sinnlichen, unvergesslichen Gesamteindruck zu verschmelzen, brauchte es noch immer einen wahren Magier der Düfte. Über zweihundert Jahre lang hatten ihre Vorfahren aus diesen uralten Glasfläschchen immer neue Rezepturen zusammengemischt. Jetzt standen sie wie kleine gläserne Särge aufgereiht, die darauf warteten, von solch einem Magier zu neuem Leben erweckt zu werden. War Robbie dieser Aufgabe gewachsen?

Sie war zu alt für diese kindlichen Ängste. Entschlossen ging Jac auf die Duftorgel zu und setzte sich davor. Die Essenzen, die hier standen, waren dieselben wie in jeder anderen Werkstatt auch. Doch von all den Labors, die Jac in ihrem Leben besucht hatte, hatte keines so eigenartig gerochen wie dieses. Da war er wieder: dieser geheimnisvolle Duft, den sie seit dem Tod ihrer Mutter nicht mehr wahrgenommen hatte. Jac legte den Kopf auf ihre gekreuzten Unterarme und schloss die Augen.

Robbie hatte den Geruch als Kind den Duft des Trostes genannt. Als Erwachsener hatte er versucht, ihn nachzumischen. Jac schüttelte darüber nur den Kopf. Sie fand den Geruch alles andere als tröstlich. Düster und verstörend war er, ein Hauch längst vergangener Zeiten. Ein Geruch der Reue und des Verlusts, vielleicht sogar des Wahnsinns.

Jetzt, da sie ihm so nahe war, wurde der Duft überwältigend intensiv. Ein beinahe euphorisches Schwindelgefühl zog ihr den Boden unter den Füßen weg. Sie klammerte sich an der Tischkante fest, als es sie erfasste. Vor ihren geschlossenen Augen erschien ein Wirbel orange-blauen Lichts. Ein schillerndes Dunkel. Ein lebhaftes, üppiges Grün.

Kaleidoskopische Bilder stiegen vor ihr auf und zerfielen, ehe sie begriff, was sie sah. Duftnoten flossen wie Farben ineinander. Sie sah, wie sie sich mischten, sah den Tanz der Moleküle, der ihr immer neue olfaktorische Schauder über den Rücken jagte. Das hier war mehr als ein Geruch. Weit mehr. Dieser Duft war eine Droge, eine Reise auf einem fliegenden Teppich. Jac segelte über eisige Wolkenberge hinweg, über ein Meer von Bäumen, das jedes Traumbild an Schönheit übertraf. Fragmentierte Gesichter tauchten auf, sprechende Augen, sehende Münder.

Immer schneller drangen die Bilder auf sie ein, zersplitterten und fielen ihr wie ein Scherbenmosaik zu Füßen. Türkis und Lapislazuli. Gold. Silber. Die Düfte flüsterten ihr etwas zu und neckten sie. Plötzlich umschloss sie eine feuchte Kälte, ein Kerker voller Verlust, Trauer und Erleichterung. Allmählich gelang es ihr, den Strudel der Bilder zu verlangsamen und Einzelheiten zu unterscheiden. Nichts Vertrautes, lauter fremde Orte, an denen sie nie gewesen war. Ein Flussufer, eine steinerne Einfriedung, ein Palmenhain. Und Geräusche. Ein Durcheinander von Vogelstimmen. Das Weinen einer Frau. Das Flüstern eines Mannes, der ihr am Ufer tröstende Worte zuraunte. Seine Sprache – nein, es war kein Französisch. Und unzählige Gerüche. Manche waren vertraut, andere so fremd wie die Sprache des Mannes und der Frau. Er war dunkelhäutig, trug einen Wickelrock. Die Frau konnte Jac zuerst nicht erkennen. Dann begriff sie es: Sie selbst war diese Frau. Ein zartes Leinengewand umhüllte ihren Körper, und ihre Füße steckten in mit Edelsteinen verzierten Sandalen. Der Mann war ihr vertraut. Sein Gesicht nicht, doch sein Geruch, ein würziger, harziger Duft, der sie umschmeichelte und anzog. Sie fühlte Nähe, Wärme, Sehnsucht. Erfüllung. Hier gehörte sie her. Zu ihm.

Dann packte sie die Angst. Die grausame Furcht vor der drohenden Trennung. Was geschah mit ihr?

Jac versuchte vergeblich, die Augen zu öffnen. Wieder wurde sie von dem Strudel erfasst. Der Mann, die Frau, der Fluss waren verschwunden, auch die Gerüche. Ein Nachthimmel, der in tausend dunkle Scherben zerfiel.

Dann war sie anderswo.

Die Luft war schwer von Weihrauch. Die Angst verschwunden. Hier in der Kirche, neben ihren Eltern und ihrer Schwester, hier war sie in Sicherheit. In Frieden.

Neunzehn

Paris, Frankreich, 1789

Saint-Germain-des-Prés war die älteste Kirche von Paris. Unter ihrem reich vergoldeten Deckenmosaik, zwischen ihren Marmorsäulen fühlte sich Marie-Geneviève Moreau so geborgen wie nirgendwo sonst. Doch heute war sie ebenso ruhelos wie ihre kleine Schwester, die wieder an dem Saum ihres Kleides nestelte, obwohl die Mutter schon mehrmals die Hand des Mädchens fortgeschoben hatte.

Vor hunderten von Jahren hatte an ebendiesem Ort ein Tempel der Göttin Isis gestanden, und das war einer der Gründe, warum sie so gern hier war. Nicht, weil sie die Nähe Gottes suchte und fand, sondern die Nähe zu Giles. Wenn der Priester das silberne Weihrauchfass schwenkte und der Duft des Harzes sie umfing, fühlte sie sich ihm näher denn je.

Vor einem Jahr war Giles L'Étoile nach Ägypten aufgebrochen. Sein Vater und seine Brüder begrüßten es, dass der jüngste Spross der Familie beschlossen hatte, die uralten Methoden und Materialien der altägyptischen Parfümeurskunst zu erforschen. Die Geschichte Ägyptens war so reich an Geheimnissen wie an Düften; nirgends konnte man die Verfahren der Duftextraktion aus Blüten und Hölzern, das Pressen, die Enfleurage, die Mazeration oder Destillation besser erlernen als in jenem Land, in dem viele dieser Verfahren erst erfunden worden waren. Sollten sich die klassischen ägyptischen Methoden als überlegen erweisen, könnte das Haus L'Étoile mit ihrer Hilfe seine Wettbewerber übertrumpfen. Denn zwischen den Pariser Parfümeuren herrschte ein Jahrzehnt vor der Jahrhundertwende harte Konkurrenz.

Marie-Geneviève war die Einzige, die um Giles bangte.

Solange sie denken konnte, hatte sie ihn gekannt und geliebt. Ihr Vater hatte als Gerber seit jeher den alten L'Étoile mit Leder für seine feinen parfümierten Handschuhe versorgt. Die beiden Kinder waren seit frühester Kindheit unzertrennlich gewesen – als sei einer von ihnen, hatte Marie-Genevièves Mutter einmal gesagt, ein linker Handschuh und der andere der rechte.

Dass sie einmal heiraten würden, hatte nie in Frage gestanden. Marie-Geneviève war davon ausgegangen, dass es so weit wäre, sobald sie achtzehn war, doch dann hatte Giles beschlossen, zuerst nach Ägypten zu fahren. Er sagte, er wollte mehr von der Welt sehen als die Straße, in der er aufgewachsen war. Diese Bemerkung schmerzte, obwohl Marie-Geneviève wusste, dass er es nicht böse meinte. Sie begriff nur nicht, was jenseits dieser Straße – und vor allem jenseits ihrer Umarmungen, seiner Wärme und des Duftes seiner Haut im Nacken – es wert sein sollte, alles hinter sich zu lassen.

»Ich habe Angst«, gestand sie ihm flüsternd in der Nacht vor seiner Abreise.

Er lachte. »Glaubst, du, ich lerne eine ägyptische Prinzessin kennen, die mich nicht mehr gehen lässt?«

»Nein …«

»Was dann?«

Sie mochte ihm nicht von dem grauenhaften Alptraum erzählen, der sie wieder und wieder heimsuchte.

Giles tief unten in einem Grab. Im Sandsturm. Quälend langsam hüllt der Staub ihn ein, dringt ihm in die Augen, in den Mund, die Kehle und nimmt ihm den Atem.

»Was hast du, Marie?«

»Ich habe Angst, dass du nicht wiederkommst.«

»Aber wie könnte ich das? Was könnte mich davon abhalten, wenn du mich hier erwartest?« Er küsste sie, wie nur er es konnte. Sie waren vorsichtig. Marie-Geneviève war ein kluges Mädchen und wollte nicht zu früh ein Kind bekommen. Nicht aus religiösen Gründen, nicht, weil sie es für eine Sünde hielt, sondern weil sie Giles noch mit niemandem teilen wollte.

Jetzt kniete sie vor dem Altar, faltete die Hände zum Gebet, sah zu dem Abbild des Heilands Jesus Christus auf und wartete geduldig darauf, dass der Priester ihr Leib und Blut des Auferstandenen reichte. Sie schloss die Augen und sah auf einmal Giles vor sich, nicht den Heiland. Es war Giles' Leib und sein Blut, das ihr gereicht wurde. Schon stieg wieder die vertraute Panik in ihr auf.

Wie konnte sie nur so etwas Blasphemisches denken? Der Weihrauch erinnerte sie an Giles, aber woher nahm sie die Vorstellung, die Hostie könne der Leib ihres Geliebten, im goldenen Kelch könne sein Blut sein?

Oft ging sie zur Beichte und wollte sich zu diesen Verstiegenheiten bekennen, doch sie brachte es nicht über sich. Es beschämte sie zu sehr, und sie gestand stattdessen andere Vergehen.

»Ich sorge mich so um Giles, dass ich meine Stickereien verderbe, und dann wird Maman wütend und schreit mich an, weil sie nur makellose Ware verkaufen kann.«

»Du musst auf die Jungfrau Maria vertrauen«, antwortete der Priester durch das eiserne Gitter. »Und wenn die Furcht dich übermannt, musst du beten, Marie-Geneviève. Von ganzem Herzen beten.«

Genau das tat sie jetzt und wartete geduldig auf die heilige Kommunion. Hinter sich hörte sie andere Gläubige, die das Sakrament bereits empfangen hatten. Das Scharren ihrer Füße auf dem Steinboden, das Rascheln ihrer Kleider, das Klacken ihrer Rosenkränze, ihre leisen Gebete erfüllten die Kirche mit vertrauten Geräuschen: dem Klang reinen Glaubens. Wie gern hätte sie Anteil daran gehabt.

»*Mon Dieu, non, non, mon Dieu!*« Die raue, gebrochene Stimme einer Frau hallte durch die andächtige Stille, als brächen die Worte gegen ihren Willen aus ihr hervor.

Marie-Geneviève blickte sich suchend um. Dann sah sie im Mittelgang Giles' Mutter, von ihrem Mann Jean-Louis gestützt. An seinem entsetzten Gesicht war abzulesen, was die Stimme seiner Frau angekündigt hatte. Es war, als sei er nicht länger er selbst, Giles' Vater, sondern eine der steinernen Statuen in den Nebenaltären.

Vor den beiden stand ein zerlumpter Mann, der aussah, als hätte er sich seit Tagen nicht gewaschen. Hatte er den L'Étoiles eine schlechte Nachricht überbracht? Eine Nachricht aus weiter Ferne, aus Ägypten?

Marie-Geneviève wollte hinlaufen, doch ihre Mutter hielt sie zurück.

»Du musst warten, bis sie zu dir kommen.«

Aber Marie-Geneviève scherte sich nicht um die Konventionen. Sie machte sich von ihrer Mutter los, stürzte auf Giles' Eltern zu und erreichte sie gleichzeitig mit seinen Brüdern.

Der Priester hatte den Gottesdienst unterbrochen. Alles schwieg. Alle Augen richteten sich auf die Familie.

Jean Louis reichte seine Frau an den ältesten Sohn weiter wie eine Puppe und ging Marie-Geneviève entgegen. Seine Hände waren eiskalt, als er die ihren berührte, und Marie zuckte erschrocken zurück. Diese Berührung sagte ihr alles, was er ihr mitzuteilen hatte. Wenn sie gar nicht hinhörte, vielleicht wäre es dann nicht wahr. Wenn er die Worte nicht aussprach, vielleicht konnte sie dann weiter auf Giles' Rückkehr warten, weiter seine Verlobte sein, weiter davon träumen, wie er aussah, wie er roch, wie zärtlich er war und dass er zu ihr gehörte wie ein parfümierter Lederhandschuh zum anderen.

»Unser Giles …« begann Jean-Louis mit gebrochener Stimme.

In dem Moment sackten ihr die Beine weg.

Zwanzig

Paris, Frankreich
Mittwoch, 25. Mai, 10:00 Uhr

»Tot?« Valentine starrte William ungläubig an. Er hatte noch mehr gesagt, doch alles andere hatte sie nicht mehr wahrgenommen. »François ist nicht tot.« Unwillkürlich war sie in den chinesischen Dialekt ihrer Mutter verfallen.

»Doch«, sagte William. Obwohl es ein warmer Tag war, zitterte er und hatte sich die Arme um den Körper geschlungen. »Meine Kontaktperson hat mir eine Kopie des Polizeiberichts gemailt, samt Todesurkunde.«

»Das ist ein Irrtum. Eine Verwechslung.«

»Valentine, es war ein Foto dabei. Ein Foto von François, wie er im Leichenschauhaus …«

Sie überschrie seine Worte. »Hör auf! Hör endlich auf! Es ist nicht wahr!«

William nahm sie in die Arme und legte seinen Kopf auf ihre Schulter. Seine Tränen durchdrangen den dünnen Stoff ihres T-Shirts.

Abrupt schob Valentine ihn von sich weg, stürzte ins Badezimmer zur Toilette und würgte.

Als sie fertig war, ließ sie sich zusammengekrümmt auf die kalten Fliesen sinken.

Unmöglich. Es musste ein Irrtum sein.

William hatte sie angerufen, als François um Mitternacht

noch nicht zu Hause war. Sie hatte ihn beruhigt. François' Job war unberechenbar. Vielleicht musste er den Parfümeur durch halb Paris verfolgen. Um zwei hatte William wieder angerufen. Und bei Sonnenaufgang. Wieder hatte sie ihm geraten, sich keine Sorgen zu machen. Dienstag war der längste Tag ihres Lebens gewesen. Wenn William die Fassung zu verlieren drohte, behielt sie die Nerven.

»Du kennst die Regeln«, sagte sie in Gedanken an das, was François ihr beigebracht hatte. »Keine voreiligen Schlüsse. Halte dich an die Fakten.«

William folgte ihr ins Badezimmer. Er half ihr auf, feuchtete einen Lappen an und wusch ihr behutsam das Gesicht. Dann drückte er Zahnpasta auf eine Zahnbürste und reichte sie ihr. »Das wird dir guttun«, sagte er und ließ sie allein.

Als Valentine ins Esszimmer zurückkam, saß William am Tisch und starrte auf eine leere Vase. Valentine setzte sich ihm gegenüber, steckte sich eine Zigarette an und nahm einen langen, tiefen Zug.

»Asthma, hast du gesagt?«, fragte sie.

Er nickte.

»Das hätte ich doch gewusst. Das hätte François mir gesagt.« Sie betrachtete gedankenverloren die Glut ihrer Zigarette. »Ich habe dauernd in seiner Gegenwart geraucht.«

»Ich mache uns Tee.« William stand auf.

»Tee?« Valentine lachte hysterisch auf. François hatte auch dauernd Tee gekocht. Besonders zu Krisenzeiten ließ er seine Tasse nie leer werden. In so vielen Kulturen gehörten Krisen und Tee fest zusammen. Als könnte heißes Wasser Wunder wirken. Wer hatte mit diesem Unsinn angefangen? Die Inder? Die Chinesen? Die Briten? Aufgekochte vertrocknete Blätter hatten noch nie ein Problem gelöst.

In der Küche hörte sie William mit dem Ritual beginnen. Jedes seiner Geräusche – das Rauschen des Wassers, das Quietschen der Schranktür, das Klirren der Tassen – zehrte an ihren Nerven. Sie musste sich beherrschen. Schließlich konzentrierte sie sich auf eine der Meditationstechniken, die François sie gelehrt hatte.

»Warum hat er mich rauchen lassen?«, rief sie. »Warum hat er mir nichts gesagt?«

»Es sollte niemand wissen.«

»Nicht einmal ich? Das kann ich nicht glauben.«

William kam mit einem Tablett aus der Küche zurück und schüttelte den Kopf. Fast meinte sie den Hauch eines triumphierenden Lächelns zu erkennen. William war immer ein wenig eifersüchtig auf ihre enge Bindung mit seinem Geliebten gewesen. Vielleicht hatte er sich sogar nur den Triaden angeschlossen, um François im Auge behalten zu können, dachte Valentine. Er schien sich kaum für ihre Sache, für die Bruderschaft und ihre jahrtausendealte Tradition zu interessieren. Sie und François waren die wahren Krieger gewesen, die Waffenbrüder. Und jetzt ließ er sie mit dem falschen Partner zurück.

»Er wollte, dass man ihn für unbesiegbar hält«, sagte William.

»Das war er auch«, flüsterte sie.

»Kommst du nachher mit ins Krankenhaus?«, fragte er leise.

»Wohin?«

»Ins Krankenhaus. Wir können ihn nicht als anonyme Leiche da liegen lassen. Wir müssen sein Andenken ehren.«

Sie sah ihn an, als hätte er den Verstand verloren. »Wie sollen wir ihn denn mitnehmen? Was sollen wir denen denn sagen, wer wir sind?« Sie bemerkte, dass sie schrie, und hob entschuldigend die Hand.

»Du hast es geschworen«, sagte William.

Seit dem neunzehnten Jahrhundert leistete jedes Triadenmitglied dieselben sechsunddreißig Schwüre. Valentine wusste sie alle auswendig.

Ich werde meinen Brüdern mit jeglichen Mitteln dabei helfen, ihre verstorbenen Brüder oder Eltern zu begraben. Fünf tödliche Blitze sollen mich treffen, wenn ich diesen Schwur nicht halte.

William hatte recht: Sie musste ihm helfen. »Aber nicht jetzt«, sagte sie. »François hätte gewollt, dass wir erst diesen Job erledigen.« Valentine ballte die Fäuste, um ihre Stimme unter Kontrolle zu halten. Mit diesen Händen hatte sie einmal jemanden erwürgt, während François dabei zusah und ihr Anweisungen gab.

Was soll ich tun? Wer soll mir helfen, wenn du nicht mehr da bist?

François hatte sie auf diese Situation vorbereitet. »Keiner von uns ist so wichtig wie die Bruderschaft«, hatte er gesagt. »Wenn einer von uns gefangen oder getötet wird, treten andere an seine Stelle.« Er hatte Valentine Anweisungen gegeben, die er sie auswendig lernen ließ wie ihre Treueschwüre. »Wenn ein Plan scheitert, überlege dir einen anderen. Vergiss nicht, dass du auch ohne mich weitermachen kannst. Du bist so weit.« Er hatte voller Stolz gelächelt. »Du bist so weit, und das weißt du.«

Valentine drückte ihre Zigarette aus und trank von dem starken Schwarztee, den François so mochte und den sie zu bitter fand.

»Ich muss den Rest des Teams zusammentrommeln und neu organisieren«, sagte sie. »Jemand sollte sich mit einem Richtmikro vor dem Haus L'Étoile in Stellung bringen und rausfinden, was dort los ist.«

»Sollten wir nicht erst mit Peking Kontakt aufnehmen?«

»Dafür ist die Sache zu weit fortgeschritten. Die schicken am Ende noch einen Aufseher hierher. Das kostet nur Zeit. Wir müssen die Sache selbst in die Hand nehmen.«

»Heißt das, du ernennst dich selbst zum Weihrauchmeister?«, fragte William.

Fünf tödliche Blitzstrahlen sollen mich treffen, wenn ich ohne Erlaubnis jemandes Rangstufe erhöhe.

»Nein, natürlich nicht. Die in Peking können die Position neu besetzen, wie es ihnen passt. Wir müssen nur zu Ende bringen, was François angefangen hat.«

William sah sie an wie eine Fremde. »Du willst schon wieder an die Arbeit? Wir haben noch nicht um ihn getrauert, Valentine.«

»Dafür ist jetzt keine Zeit. Am Samstag kommt der Dalai Lama nach Paris. Wir haben drei Tage, um zu verhindern, dass er die Tonscherben bekommt.«

Sie legte William die Hände auf die Schultern und sah ihm in die geröteten Augen. »Wir werden um ihn trauern, glaub mir. Jetzt ehren wir sein Andenken am besten, indem wir erreichen, wofür er gestorben ist.«

François hatte bei diesem Auftrag von Anfang an kein gutes Gefühl gehabt, aber nicht seinetwegen, sondern wegen Valentine.

»Es ist eine Sache, gegen einen Unbekannten vorzugehen«, hatte er noch vor zwei Tagen gesagt. »Aber das hier könnte deine bisher schwerste Prüfung werden. Du wirst dich wappnen müssen, Valentine.«

Es gab nur zwei Männer, die ihr etwas bedeuteten.

François Lee, der ihr das Leben gerettet hatte und ihr ein Vater gewesen war.

Und Robbie L'Étoile, der ihr das Herz geöffnet hatte, der Einzige, dem sie je gestattet hatte, sie zu berühren.

Jetzt würde sie aus Rache für den einen vielleicht den anderen töten müssen.

Einundzwanzig

Jac griff nach der Tischkante und zwang sich aufzustehen. Ihr ganzer Körper bebte. Der Raum schien zu glühen, als erfüllten ihn die Glasfläschchen mit Licht, als seien sie zum Leben erwacht. Vorsichtig trat sie einen Schritt zurück. Und dann den zweiten. Endlich erreichte sie die gegenüberliegende Wand.

Die Duftorgel war wieder ein ganz normaler Arbeitsplatz.

Jac ließ ihren Blick durch den Raum schweifen, um sich zu vergewissern, dass sich nichts bewegte, dass nichts waberte oder glomm. Nur so konnte sie sicher sein, dass sie wieder bei Verstand und der Schub vorüber war.

Nach der Wanduhr aus schwarzem Onyx und Alabaster war kaum Zeit vergangen, höchstens fünf oder sechs Minuten.

Es war so lange her, dass ihr zuletzt die ihr bekannte Welt entglitten war und sie sich in einer fremden Umgebung wiedergefunden hatte. Doch einen psychotischen Schub vergisst man nicht so leicht. Dieser letzte hatte weit länger gedauert und war lebendiger gewesen als alles, was sie als Kind hatte ertragen müssen. Im Vergleich hierzu waren die früheren Anfälle bloß kleine Risse in der Realität gewesen. Dieser war ein gähnender Abgrund.

Jac durfte sich das nicht erlauben. Nicht jetzt, wo Robbie verschwunden war. Wo die Polizei bei ihm ein und aus ging.

Nicht noch einmal. Sie ließ sich zu Boden gleiten und umklammerte ihre Knie.

In ihrer Jugend waren die Halluzinationen flüchtig und unzusammenhängend gewesen, und sobald sie vorbei waren, hatte sie sich selten an Einzelheiten erinnert. Doch diesmal wusste sie noch alles genau. Sie hatte die Kirche noch detailliert vor Augen, hörte die Menschen und roch den Weihrauch mit fast schmerzhafter Intensität. Sie wusste genau, was die Frau gedacht hatte, was sie gesehen hatte …

Moment. Sie hatte einen Namen. Und ihr Verlobter auch. Jac hatte noch nie Menschen mit Namen herbeiphantasiert. Doch diesmal hatte sie in ihre Wahnvorstellungen sogar einen ihrer eigenen Vorfahren eingebaut.

Ein heftiges Poltern an der Tür ließ sie zusammenfahren. »Wer ist da?«, rief sie.

Es war einer der Polizisten, die vor dem Haus Wache hielten. Jac öffnete ihm.

»Der Inspektor hat das hier vorbeigebracht und mich gebeten, es Ihnen zu geben.«

Der Polizist reichte ihr ein schmales, in schwarzes Leder gebundenes Buch. Als Jac die Initialen R.L.E. auf dem Einband entdeckte, zog sich etwas in ihr zusammen. Mit zitternden Händen nahm sie das Buch entgegen und bedankte sich leise.

»Ist alles in Ordnung mit Ihnen? Soll ich Ihnen irgendetwas bringen lassen? Oder jemanden holen?«

»Nein«, sagte sie und lächelte. »Nein, danke, es geht mir gut.«

Als der Polizist gegangen war, öffnete Jac wieder die Tür zum Hof und setzte sich an den Schreibtisch. Eine Dreiviertelstunde lang blätterte sie, für jede Ablenkung dankbar, in dem Kalender ihres Bruders. Bei einem Termin zwei Wochen zuvor hielt sie inne: Es war der Todestag ihrer Mutter, der Tag, an dem Robbie nach New York geflogen war. Nach ihrem Treffen auf dem Friedhof hatte er sich verabschiedet, um noch einen anderen Termin wahrzunehmen. Mit wem er sich traf, hatte er nicht gesagt, und sie hatte nicht danach gefragt.

Doch hier stand er schwarz auf weiß – der Name, mit dem sie am wenigsten gerechnet hatte. Warum hatte sich ihr Bruder in New York mit Griffin getroffen? Sie blätterte weiter und fand weitere Verabredungen mit ihm. Griffin. Warum war er hier in Paris? Warum traf sich Robbie seit fast einer Woche jeden Tag mit ihm?

Die Erinnerung an einen Geruch stieg in ihr hoch.

Jac hatte Griffin schon gerochen, bevor sie ihn zum ersten Mal hörte oder sah, hatte sich zu seinem Duft hingezogen gefühlt, bevor sie seinen Namen kannte. Bei einer Party stand er hinter ihr. Jac drehte sich nicht um. Versuchte nicht, der Fährte zu folgen. Sie atmete nur.

Später fand sie heraus, dass sein Eau de Cologne in den 1930er Jahren von einer amerikanischen Parfümerie entwickelt worden war. Anfang der 1960er, noch vor Griffins Geburt, hatte man die Produktion eingestellt. Er war der erste und letzte Mann, an dem sie diesen besonderen Duft je wahrnahm. Als sie ihn fragte, wie er dazu gekommen war, erzählte er, er hätte den Flakon in einem Strandhaus gefunden, das seine Großeltern einmal im Sommer gemietet hatten. Es war der einzige persönliche Gegenstand gewesen, den die Besitzer im Badezimmer zurückgelassen hatten. »Und das Einzige, was ich je gestohlen habe«, hatte er gesagt.

Griffin hatte kein gutes Gespür für Düfte. Ihn hatte vor allem die rätselhafte Geschichte angezogen. Warum war die Flasche so allein, so verwaist zurückgeblieben?

Für Jac erzählte auch der Duft selbst eine Geschichte. Seine Zutaten waren so alt wie die Heilige Schrift: Bergamotte, Zitrone, Honig, Ylang-Ylang, Süßgras, Zibet und Moschus. Schwere blumige und animalische Noten, die zusammen jene einzigartige Melange ergaben, die sie seither fest mit Griffin verband. Mit ihrer gemeinsamen Zeit, mit dem Staunen, dem Erblühen der Liebe, dem Ende der Einsamkeit. Und dann mit Trauer und Wut.

Jahre nach ihrer Trennung durchstöberte sie noch immer Flohmarkttische und Ebay-Auktionen und kaufte sich halb leere Flaschen von dem Duft. Acht Flakons verbarg sie ganz hinten in ihrem Schlafzimmerschrank. Trotz der Verpackung und der Dunkelheit verdunstete das Parfüm allmählich. Wie Momente der Vergangenheit, die allmählich ihre Konturen verlieren.

Die haltbarsten Parfüms stammten aus dem Alten Ägypten. Man sagte ihnen sogar nach, dass sie mit der Zeit reiften und besser wurden. Moment. Ägypten? Die Frau in ihrer Halluzination hatte auch an Ägypten gedacht.

Jac versuchte, sich daran zu erinnern, warum. Ihr Verlobter war dort gestorben.

Jetzt hallte der Schmerz der Fremden in ihr nach und vermischte sich mit ihrem eigenen. Jacs Freund war nicht gestorben. Er hatte sie verlassen. Doch war das nicht auch so etwas wie sterben gewesen?

Jac war so ahnungslos in die Beziehung hineingestolpert, wie man es nur beim ersten Mal kann. Wenn man noch nicht weiß, dass die Kehrseite der Liebe so rau ist, dass schon der kleinste Kontakt blutende Wunden reißt, einen Schmerz entfacht, der so groß ist, dass alles andere dahinter verschwindet.

Jac hatte gerade in Kalifornien ihr Studium abgeschlossen, als Griffin in Yale seinen Doktortitel bekam und ihm eine attraktive Stelle in einer ägyptischen Ausgrabungsstätte angeboten wurde. Die Archäologen ermittelten bei diesem Projekt mit Hilfe von Magnetometern die Lage pharaonischer Bauwerke bei Portus Magnus, Alexandria, Kanopus und Heraklion.

Bevor Griffin abreiste, wollten sie zusammen eine Woche in New York verbringen.

Es war ein warmer Sommerabend, und die Abendsonne warf lange Schatten über den Teich. Sie waren so tief im Central Park, dass die Insekten und Singvögel das Rauschen des Verkehrs übertönten. Während sie auf der Terrasse des Bootshauses Weißwein tranken, glitten Ruderboote über das Wasser, so sanft, dass die Enten und Schwäne sich nicht stören ließen. Gleich rechts neben der Terrasse flatterten Schmetterlinge um ein Beet voller Wildblumen.

Jac, die ihre Abschlussarbeit über den Symbolgehalt von Schmetterlingen in der Mythologie geschrieben hatte, staunte über die Vielfalt, die es mitten in Manhattan gab. Sie zeigte Griffin einen silbrig-grauen Bläuling, der fast wie Perlmutt schimmerte. Und einen tiefblau-schwarzen Ritterfalter.

Griffin sah gar nicht hin. Er stürzte seinen Weißwein hinunter, starrte ins Leere und sagte so leise, dass sie sich vorbeugen musste, um ihn zu verstehen, sie solle nicht auf ihn warten, wenn er in Ägypten sei.

»Wieso warten?«, fragte sie verständnislos.

»Auf mich. Auf uns.«

Der Ritterfalter war so nah, dass sie die sieben orangefarbenen Flecken auf seinen Hinterflügeln zählen konnte. Die Flügel, das hatte sie gelesen, berührten einander nie.

»Warum denn nicht?« Die Worte lagen ihr schwer im Mund. Es klang, als würde sie sie eher ausspucken als sprechen.

»Du erwartest zu viel von mir. Ich werde deinen Vorstellungen nie gerecht werden können.«

Sie hörte die Worte und verstand jedes einzelne, doch im Ganzen ergaben sie einfach keinen Sinn.

Er schien ihre Verwirrung zu bemerken. »Ich fühle mich klein, wenn du so hehre Vorstellungen von meiner Zukunft hast. Egal, was ich tue, es wird dich immer enttäuschen. So kann ich nicht leben.« Er klang resigniert.

»Redest du von deiner Dissertation?«

Jac hatte sie schon vor Monaten lesen wollen. Immer wieder hatte er sie vertröstet, hatte gesagt, er wolle sie ihr erst zeigen, wenn sie fertig war. Jac hatte es akzeptiert. Sie wusste, dass er sich mit seinem Thema schwertat, dass die Recherchen nicht gut vorangingen und er unter großem Zeitdruck war. Als Griffin schließlich aufhörte, sich zu beschweren, nahm sie an, er hätte seine Probleme bewältigt.

Als sie dann heute Morgen in ihrem New Yorker Hotel früher aufgestanden war als er und ein wenig aufgeräumt hatte, hatte sie die Doktorarbeit aus seinem Rucksack ragen sehen.

Sie schlug die erste Seite auf.

Ich, Griffin North, erkläre hiermit, dass ich die vorliegende Dissertation »Griechische Einflüsse auf die Darstellung des Schmetterlings in der ägyptischen Kunst der Ptolemäerzeit. Von Horus zu Eros und Cupido und wieder zurück« selbstständig verfasst habe und …

Neben ihr tauchte ein Schmetterling seinen Rüssel in ein Wandelröschen. Ein zweiter kam dazu, schwarz mit roter Bänderung und weißen Flecken. Sie hatte vergessen, wie er hieß. Plötzlich gab es nichts Wichtigeres, als sich zu erinnern.

… selbstständig verfasst habe und dass ich alle von mir verwendeten Quellen in nachprüfbarer Weise zitiert und aufgelistet habe.

Doch das hatte er nicht getan. Griffin hatte ganze Absätze, ja ganze Seiten aus Jacs Abschlussarbeit übernommen, ohne sie als Quelle anzugeben.

Sie hatte sich bemüht, sich nicht aufzuregen. Er hatte nicht dasselbe Thema erforscht wie sie. Ihre Arbeit handelte nicht von griechischen Einflüssen auf die altägyptische Kunst. Doch er hatte sich ihre Erkenntnisse über den Symbolgehalt des Schmetterlings zunutze gemacht, um das Tier mit Eros und Cupido in Verbindung bringen zu können. Er hatte ihre Analyse gebraucht, um nachzuweisen, dass sich die Schmetterlingsdarstellungen in Gräbern aus der Spätzeit dem griechischen Erbe verdankten.

Wenn er sie danach gefragt hätte, hätte Jac ihm gern ihre gesamte Arbeit überlassen. Ohne den Doktortitel konnte er kaum auf eine Stelle in der Feldforschung hoffen, und dorthin zog es ihn am meisten: hinaus aus dem Elfenbeinturm, in die Wüste, mit Sand unter den Fingernägeln. An der Uni hatte es niemand leicht, doch für Griffin war es besonders hart gewesen. Sein Mentor hatte gewusst, dass Griffin auf seine Assistentenstelle angewiesen war und keine andere in Aussicht hatte. Das hatte er weidlich ausgenutzt und Griffin eine Menge Arbeit und Verantwortung aufgebürdet.

Jac hatte am Boden sitzend die gesamte Dissertation durchgelesen, wobei sie manches überflog und dann wieder genauer hinsah. Was er getan hatte, machte ihr nichts aus, doch er hatte es getan, ohne mit ihr darüber zu sprechen.

Als Griffin aufwachte, stellte sie ihn zur Rede.

Statt ihr alles zu erklären, hatte er ihr Vorwürfe gemacht, weil sie, ohne zu fragen, an seinen Rucksack gegangen war.

»Wenn jemand das sieht, wird er dich des Plagiats verdächtigen. Dafür kannst du deinen Titel verlieren«, sagte Jac.

»Es kommt nur raus, wenn du es jemandem sagst. Hast du das etwa vor?« Er schrie beinahe.

Jac sah sich plötzlich einem Fremden gegenüber. »Wie kannst du das überhaupt fragen?«

Griffin war ins Badezimmer gestürmt, hatte sich geduscht und angezogen und war ohne ein weiteres Wort gegangen. Hatte sie mit ihren Schuldgefühlen alleingelassen. Jac hatte gestaunt, wie manipulativ er sein konnte. So hatte sie ihn noch nie erlebt.

Um vier Uhr nachmittags hatte er angerufen und sie gebeten, zum Bootshaus zu kommen.

Jac hatte eine Entschuldigung erwartet. Sie war mehr als bereit, ihm zu vergeben. Und jetzt wollte er sie, statt alles wieder geradezubiegen, einfach verlassen?

Am Morgen danach schleppte sie sich mühsam aus dem Bett und zum Flughafen. Sie wollte nach Südfrankreich zu ihrer Großmutter, an den einzigen Ort, wo sie sich wirklich sicher fühlte. Dort wartete sie eine Woche lang jeden Tag auf einen Anruf oder eine Mail von ihm. Jeden Abend weinte sie vor Verzweiflung und konnte nur einschlafen, indem sie sich einredete, dass er sich am nächsten Tag melden würde, ganz bestimmt.

Jeden Morgen ärgerte sie sich über ihre Anhänglichkeit. Darüber, dass sie einen Mann vermisste, der nicht einmal den Mumm hatte, um sie zu kämpfen. Sie begann den Tag mit dem Entschluss, nicht abzunehmen, wenn er anrief, und seine E-Mails zu löschen.

Und dann wartete sie.

Ende August war Jac am Ende ihrer Kräfte. Mit gebrochenem Herzen fuhr sie nach New York zurück.

Seit diesem Sommer hatte sie ein Ritual, mit dem sie sich jederzeit daran erinnern konnte, dass es ein Fehler gewesen war, sich jemandem so bedingungslos zu öffnen. Sie nahm eine Flasche seines Eau de Cologne aus dem Schrank. Ließ die Jalousien herab, löschte das Licht und setzte sich auf die Bettkante. Mit angehaltenem Atem träufelte sie die Flüssigkeit auf ihre Fingerspitzen, betupfte ihren Hals und ihre Schlüsselbeine und fuhr sich über beide Arme. Zuletzt hob sie die Hände vor ihr Gesicht und atmete tief ein.

Der kräftige Moschusduft umgab und durchdrang sie und gaukelte ihr vor, sie sei wieder bei Griffin – bei der einzigen Seele, der sie sich wahrhaft nahe fühlte.

Dann öffnete sie die Augen und blickte sich im Schlafzimmer um, sah die Damastvorhänge, das Rosenrelief an den Wänden und die glitzernden L'Étoile-Parfümflakons auf der Schminkkommode. Im Spiegel nahm sie weniger sich selbst wahr als die Leere neben sich, dort, wo sie einen kurzen Moment lang erwartet hatte, Griffin zu sehen.

Und dann erlaubte sie sich – weil das ganze Ritual eine Bestrafung ihrer selbst war, die sie daran erinnern sollte, wie töricht es war, an seine Träume zu glauben –, tiefer in die Erinnerung hinabzusteigen. Sie dachte an ihre erste gemeinsame Nacht im Haus ihrer Tante zurück. Als die Dämmerung in die Nacht überging, als sie miteinander geschlafen hatten, hatte ihr Griffin von Platons Vorstellung der zwei Hälften eines ganzen Menschen erzählt.

»So sind wir, wie zwei Hälften«, hatte er gesagt.

»*Âmes sœurs*«, hatte sie geantwortet, der französische Ausdruck für Seelenverwandte.

»Du warst zu verletzlich, als du ihn kennengelernt hast«, sagte Jacs Großmutter später, um sie zu trösten. »Du warst zu beeinflussbar und zu einsam. Und zu jung. Er ist dir viel zu nahegekommen. Es wird nicht leicht sein, über ihn hinwegzukommen. Aber du wirst es schaffen, hörst du? Irgendwann schaffst du es.«

Und Jac hatte es geschafft. Irgendwann war Griffin nur noch eine Lektion, die sie gelernt hatte, eine Karte der Untiefen, die sie besser mied.

Doch egal, wie glücklich sie in anderen Beziehungen seither gewesen war, verfolgte sie die Intensität der Verbindung mit Griffin nach wie vor.

Und jetzt war er hier in Paris. Warum? In Robbies Kalender stand neben seinem Namen eine Telefonnummer. Jac zögerte. Sollte sie ihn anrufen? Nach zehn Jahren wieder seine Stimme hören? Doch dann wischte sie ihre Bedenken beiseite. Ihre gemeinsame Zeit war lange, lange her. Hatte sich mit den Jahren verflüchtigt wie ein altes Parfüm. Robbie war verschwunden. Nur das zählte – nicht die Vergangenheit.

Sie wählte die Nummer.

»Hallo?«

Beim Klang seiner Stimme versagte ihre eigene. Ein Strudel

der Gefühle riss sie mit sich fort. Sie suchte verzweifelt nach Halt, um wieder an die Oberfläche zu kommen, um die richtigen Worte zu finden. Plötzlich erinnerte sie sich daran, wie er ihr den Rücken zugekehrt hatte und gegangen war.

»Griffin«, sagte sie. »Hier ist Jac.«

Sie hörte, wie er nach Luft schnappte. Immerhin, dachte sie zufrieden. Immerhin etwas.

Zweiundzwanzig

Loire-Tal, Frankreich
Mittwoch, 25. Mai, 12:55 Uhr

Der Wind war abgeflaut, und die Radfahrer, zwei Londoner Pärchen, die oft zusammen Touren unternahmen, machten am Flussufer ihre Mittagsrast. Seit drei Tagen erkundeten sie das vierzig Kilometer lange Mündungsgebiet der Loire mit seinen kleinen Inseln und ausgedehnten Marschen, das alles hielt, was der Reiseprospekt versprochen hatte: perfekte Voraussetzungen zum Angeln, eine vielfältige Vogelpopulation und pittoreske alte Dörfer, die sie besichtigen konnten, wenn sie vom Radfahren genug hatten. Sylvie, die französische Geschichte studiert hatte, unterhielt die anderen mit ihren historischen Anekdoten, die mal schlüpfrig, mal brutal waren. Ihr Ehemann Bob witzelte immer, sie sei eine wandelnde Enzyklopädie der Grausamkeiten.

»Während der Französischen Revolution«, sagte sie gerade, »haben die Jakobiner hier in der Gegend 1793 einen bedeutenden Sieg errungen, aber eigentlich bekannt geworden ist der Ort wegen tausender republikanischer Hochzeiten.«

»Klingt ungefähr so romantisch wie die Hochzeit zwischen einem Cheney und einem Bush«, sagte Olivia.

Alle lachten, und Sylvie fuhr fort: »So nannte man eine bestimmte Hinrichtungsmethode der Jakobiner. Die antireligiösen Revolutionäre nahmen den Opfern – hier meist Priester und Nonnen – die Kleider ab, stellten sie paarweise Rücken an Rücken und fesselten sie an den Handgelenken aneinander. Dann wurden sie von einem Boot aus in den Fluss geworfen und ertranken.«

Die vier blickten auf den rauschenden Strom hinaus, der an dieser Stelle nach Norden verlief. »Man nennt es nicht umsonst die Zeit der Schreckensherrschaft«, murmelte Sylvie, beugte sich vor und tauchte ihre Hände ins Wasser, wie um sich von der grausamen Geschichte zu reinigen. Neben ihr glänzte ein Stein in der Sonne, unter dem … Sie sah genauer hin. War das nicht eine Kreditkarte, die unter dem Stein hervorlugte? Sie griff danach. Es war kein Stein, sondern ein aufgeweichtes Portemonnaie.

»Was ist das?«, fragte Bob.

»Etwas, das irgendwer ganz schön vermissen muss«, sagte Sylvie und reichte es ihm.

»Wenn wir wieder im Ort sind, sollten wir es bei der Polizei abgeben.«

»Dann können wir das hier auch gleich mitnehmen«, rief John plötzlich. »Seht euch das an!« Er hielt einen schwarzen Lederschuh in der Hand.

»Der Schuh muss doch nichts mit dem Portemonnaie zu tun haben«, sagte seine Frau Olivia. »Du denkst immer gleich an das Schlimmste.«

Bob untersuchte das Portemonnaie genauer. »Kannst du bei dem Schuh den Hersteller erkennen?«

»Ja: J.M. Weston.«

»Dann gehören die Sachen bestimmt zusammen.«

»Jeder könnte sich Weston-Schuhe kaufen. Wir sind immerhin in Frankreich«, sagte Olivia.

»Ein teurer Schuh und ein teures Portemonnaie«, gab Sylvie zu bedenken, »und beides wurde keine zwei Meter voneinander entfernt ans Ufer geschwemmt.«

»Findest du seinen Namen im Portemonnaie?«, fragte John. »Hier unter der Zunge stehen nämlich Initialen. Wie reich muss man bitte sein, um seine Initialen in die Schuhe drucken zu lassen?«

»Reich genug, um in einer der hippsten Gegenden von Paris zu wohnen«, sagte Bob nach einem Blick in die Papiere. »Lauten die Initialen vielleicht R.L.E.?«

John hob die Augenbrauen und sah von einem zum anderen. »Also gehören die Sachen wirklich demselben Typen«, sagte er. »Wir sollten lieber zusehen, dass wir einen Polizisten finden.«

Dreiundzwanzig

Paris, Frankreich
Mittwoch, 25. Mai, 14:15 Uhr

Jac sah ihn sofort, als er das Café betrat. Er hatte noch immer denselben federnden Gang; trotz seiner Körpergröße bewegte er sich mit erstaunlicher Eleganz. Den Mund zusammengekniffen, blickte Griffin entschlossen geradeaus, die Augen graublau wie sturmgepeitschtes Meer. Doch als er Jac entdeckte, lächelte er – sein typisches, gewinnendes Lächeln, bei dem sich der rechte Mundwinkel mehr hob als der linke. Sein graumeliertes, aber noch immer volles Haar fiel ihm in die Stirn. Er neigte den Kopf leicht zur Seite und zog kaum merklich die Augenbrauen hoch. In diesem einen, ersten Blick lag schon seine ganze Sorge um Jac, und sie musste daran denken, wie es sich angefühlt hatte, als sie zusammengehörten.

Stundenlang hatte sie sich dieses Wiedersehen ausgemalt und war nie auf den Gedanken gekommen, dass sie einander umarmen könnten, doch jetzt schlang Griffin, noch ehe das erste Wort gewechselt war, die Arme um sie und zog sie fest an sich.

Sie atmete seinen Geruch – denselben, nach all den Jahren.

»Es tut mir so leid«, sagte er und löste sich von ihr. »Wir finden ihn, ganz bestimmt.«

Sie setzten sich. Trotz des Jetlag, trotz der Angst um Robbie und der Aufregung um den unbekannten Toten fühlte Jac sich erleichtert. Es war wahrhaftig Griffin, der ihr da gegenübersaß und ihr fest in die Augen blickte. Wie konnte er sie noch immer so tief berühren? Als wäre kein Tag vergangen – obwohl ein halbes Leben zwischen ihnen lag. Als er sie verließ, war sie so verzweifelt und wütend gewesen, dass sie ihn nie wiedersehen wollte. Doch jetzt brauchte sie seine Hilfe.

Der Kellner kam, und sie bestellten Kaffee.

»Es tut mir leid«, sagte Griffin noch einmal.

»Weshalb entschuldigst du dich dauernd? Hättest du etwa verhindern können, was passiert ist?«

Er zuckte mit den Schultern. »Nein, vermutlich nicht. Aber noch kurz bevor es passierte, war ich bei ihm. Ich war gerade erst losgegangen.« Er ließ sie nicht aus den Augen.

»Wie lange bist du schon in Paris?«, fragte Jac.

»Seit ein paar Tagen.« Er legte seine Hände auf den Tisch.

Die jahrelange Arbeit mit Sand und Gestein hatte ihre Spuren hinterlassen, und Jac stellte sich vor, wie rau seine Fingerspitzen sich anfühlen mussten.

»Beruflich?«

»Sozusagen. Als Robbie hörte, dass meine Frau und ich uns trennen, hat er mich gebeten, etwas für ihn zu erledigen.«

»Dann seid ihr Freunde geblieben? Das hat er nie erwähnt.«

»Wir sind in Kontakt geblieben. Und ich habe immer mitverfolgt, was du so treibst.« Wieder lächelte er, diesmal ein wenig wehmütig.

»Und was erledigst du hier für ihn?«

»Er hat etwas gefunden und wollte von mir wissen, was es ist.«

»Nicht so kryptisch bitte. Immer muss man dir alles aus der Nase ziehen.« Die Erinnerung daran, wie oft sie sich darüber geärgert hatte, entlockte ihr ein kleines Lächeln. Dann wurde sie wieder ernst. »Also, worum ging es?«

»Hat er dir nichts davon erzählt?«

Jac dachte an die letzte Begegnung mit Robbie in der Familiengruft zurück. »Vielleicht wollte er es, und dann haben wir uns wieder gestritten.«

»Das hat er erwähnt.«

»Wirklich?«

»Seit Donnerstag waren wir jeden Tag zwölf, dreizehn Stunden zusammen. Wir haben uns über alles Mögliche unterhalten.«

»Dann weißt du auch, wie es um die Finanzen unseres Hauses steht?«

Der Kellner brachte ihren Kaffee, und Jac trank zu schnell davon und verbrannte sich die Zunge. Der Schmerz war eine willkommene Ablenkung von ihren aufgewühlten Gefühlen.

»Er hat gehofft, mit seinem Fund einen Teil der Kredite tilgen zu können.«

»Worum geht es denn nun? Um was für einen Fund? Kannst du mir es nicht einfach sagen?«

»Als Robbie die Werkstatt übernommen hat, herrschte das vollkommene Chaos. Hast du sie gesehen?«

Jac nickte.

»Er hat einmal gesagt, es sei fast so, als hätte euer Vater dort nach seinem verlorenen Gedächtnis gesucht und dabei alles auf den Kopf gestellt. In einem der Stapel hat Robbie eine kleine Kiste voller Tonscherben entdeckt und mit ein wenig Recherche herausgefunden, dass sie aus dem Alten Ägypten stammen müssen. Deshalb ist er nach New York gekommen und hat mich um Hilfe gebeten. Ich habe für ihn ermittelt, dass die Scherben von einem kleinen runden Gefäß aus der späten Ptolemäerzeit stammen, das vermutlich mit einer Art Pomade gefüllt war. Auf dem Bauch dieses Tiegels war in Hieroglyphen die Geschichte zweier Liebender beschrieben, die sich mit Hilfe eines Parfüms an ihre früheren Leben erinnerten, um ihren *ba* zu finden, ihren …«

»Ihren Seelenverwandten«, ergänzte Jac und erinnerte sich an die Geschichte, die ihr Vater Robbie und ihr gern erzählt hatte und die sich um das alte Buch mit Rezepturen und das Parfüm drehte, das angeblich vor zweihundert Jahren von einem L'Étoile entdeckt worden war – der verlorene Schatz der Familie.

»Eure Familienlegende ist wahr, Jac. Robbie hat den Beweis gefunden.«

»Was für einen Beweis?« Sie fuhr mit den Fingerspitzen am Tassenrand entlang. »Solche Tonscherben können auch Fälschungen sein. Das war im neunzehnten Jahrhundert groß in Mode. Exotische Geschichten, die den Verkauf ankurbeln. Es gibt nun mal kein Parfüm, das …« Sie stockte, als ihr wieder einfiel, was sie kurz zuvor in der Werkstatt erlebt hatte.

Manche Psychotherapeuten gingen davon aus, dass es Gerüche gab, die psychotische Schübe auslösen konnten. Die Ärzte in der Schweizer Klinik hatten Jac auf solche olfaktorischen Überreaktionen getestet, hatten jedoch nichts feststellen können.

Griffins Blick verriet wieder seine Besorgnis um sie. Er hatte ihre wechselnden Launen und Gedanken schon immer sofort erspürt, und es erstaunte sie, dass er es nach wie vor konnte.

»Jac, was hast du?«

Eines Nachts hatten sie gemeinsam wach gelegen und einander ihre Geheimnisse gebeichtet. Griffin erzählte von seinem Vater und Jac davon, wie sie ihre Mutter gefunden hatte. Und von ihren Anfällen. Doch hier und jetzt, nach so vielen Jahren, hatte sie nicht vor, über ihre Probleme zu sprechen.

»Dieses Buch der Rezepturen gibt es nicht.«

»Aber Kleopatra hatte wirklich eine Parfümerie, Jac. Mark Anton hat sie ihr eingerichtet. Man hat die Überreste davon in der Wüste südlich des Toten Meers gefunden, dreißig Kilometer von En Gedi entfernt. Ein Teil der Parfüms war noch da.«

»Es gibt kein Parfüm der Seelenverwandten«, sagte sie. »Das ist doch alles pure Phantasie. Darum geht es in der Parfümherstellung: um die Magie, die Illusionen. Meine Vorfahren wollten mit dieser Geschichte das Image des Hauses aufwerten.«

Griffins Augen verdunkelten sich. Das hatte sie vergessen: wie in einem bestimmten Licht das Blau aus ihnen verschwand und einem kalten, undurchdringlichen Bleigrau wich. »Es war keine Fälschung«, sagte er bestimmt. »Die Tonscherben sind echt, und die chemische Analyse hat ergeben, dass sie antike Öle enthalten.«

»Dann hätte Robbie das Parfüm doch nachbilden und herausfinden können, was es kann und was nicht. Er hat dieselben Zutaten zur Verfügung wie die Alten Ägypter auch.«

»Aber einige waren nicht identifizierbar, Jac. Das Labor konnte sie nicht isolieren, und Robbie hat sie nicht erkannt. Doch die Inschrift enthält Angaben zu den Ingredienzien. Deshalb wollte ich sie übersetzen.«

Während Griffin weitersprach, kam Jac ins Grübeln. Was war dieser besondere Geruch, den sie aus der Werkstatt kannte? Dieser namenlose Duft, den weder ihr Bruder noch ihr Vater wahrnehmen konnten? Hatte er am Ende vielleicht etwas mit ihren Anfällen zu tun?

Vierundzwanzig

New York City
Mittwoch, 25. Mai, 10:30 Uhr

Malachai stieg die breiten Stufen zur New York Public Library hoch. Es war ein ungewöhnlich heißer Tag. Obwohl er nur den Weg vom Taxi bis zur Tür zurücklegen musste, war er dankbar für die kühle Dämmerung im Innern. Es war, als empfinge das Gebäude ihn mit offenen Armen. In all den Jahren, die er hier mit geheimnisvollen Dokumenten zur Reinkarnationstheorie verbracht hatte, hatte er jeden Saal und jeden Winkel kennengelernt. Dem interessierten Besucher enthüllte die Bibliothek ihre Geheimnisse gern – eine romantische Vorstellung, das wusste Malachai, aber eine, die ihm gefiel.

Am Ende der Eingangshalle, am Fuß der Treppe, blieb Malachai stehen, um Kraft zu sammeln. Seit einem Unfall vor zwei Jahren in Wien litt er an einem leichten, aber steten Schmerz in der Hüfte, der beim Treppensteigen schlimmer wurde.

Er sah hoch. Der Anblick der prachtvollen Gewölbedecke faszinierte und beglückte ihn. Ließ ihn vor Ehrfurcht den Atem anhalten. Diese Bibliothek war ein Ort der Einkehr, war der Kreativität und dem Streben nach Wissen gewidmet.

Im großen Lesesaal saß Reed Winston vor einem halben Dutzend aufgeschlagener Bücher. Er regte sich nicht, als Malachai an ihm vorüberging, und blickte nicht auf, als er sich kurz darauf ihm gegenüber an den Tisch setzte.

Malachai öffnete das Buch, das er sich aus dem Magazin hatte bringen lassen: die Briefe von H.D. Lawrence. Er blätterte, bis er eine bestimmte Seite gefunden hatte, zog eine in Leder gebundene Kladde hervor und begann sich Notizen zu machen.

Eine halbe Stunde lang saßen die beiden Männer am selben zerkratzen Holztisch, vor derselben grünen Leselampe. Jeder Beobachter wäre zu dem Schluss gekommen, dass sie einander gar nicht zur Kenntnis nahmen. Um kurz nach elf gab Malachai das Buch am Tresen wieder ab und ging.

An der Kreuzung Fifth Avenue/Fortieth Street wartete er an einer roten Ampel.

»Sie haben das hier in der Bibliothek vergessen.«

Malachai drehte sich um.

Schwer atmend hielt ihm Winston die Kladde hin.

»Stimmt. Vielen Dank.«

Winston schüttelte den Kopf. »Kein Problem.«

Wenn Winston ihm nicht gefolgt wäre, wäre das für Malachai das Zeichen gewesen, dass er sich beobachtet fühlte.

Die Ampel schaltete auf Grün. Die beiden Männer machten sich auf den Weg zur Madison Avenue und begannen ihr eigentliches Gespräch.

»Was ist da in Frankreich passiert?«, fragte Malachai. »Sie haben mir versichert, Sie hätten die richtigen Leute engagiert und es könnte nichts schiefgehen. Vor allem würden Sie das Zielobjekt nicht aus den Augen verlieren.«

»Es sind die richtigen Leute.«

»Und trotzdem ist Robbie L'Étoile verschwunden?«

»Ja. Es ist unglaublich, aber genau das hat mein Kontakt mir gemeldet.«

»Hat er die Informationen von der Polizei?«

»Ja. L'Étoile ist als vermisst gemeldet. Und er ist der Hauptverdächtige in dem Mordfall.«

»Dessen Opfer noch immer nicht identifiziert wurde?«

Winston nickte.

»Was ist mit seiner Schwester?«

»Sie wird beschattet.«

»Von wem?«

»Unserem besten Mann.«

Malachai sah ihn schweigend an.

»Wir hätten es durch nichts verhindern können«, sagte Winston. »Das war einfach nicht vorhersehbar.«

»Ich bezahle Sie und die Männer dafür, alles vorherzusehen.«

»Ich weiß. Aber das ist unmöglich.«

Trotz seiner Wut wusste Malachai, dass Winston recht hatte. Es gab immer wieder Dinge, die unkalkulierbar waren. Wie mit Ende fünfzig plötzlich die Welt der Düfte zu entdecken.

»Ich kann nicht zulassen, dass diese Angelegenheit außer Kontrolle gerät.«

»Natürlich. Ich fliege heute noch nach Paris.«

»Nicht Sie. Ich fliege.« Malachai verließ ungern kurzfristig seine Praxis. Die Behandlung der Kinder bedeutete ihm alles. Doch wenn die verschwundenen Tonscherben tatsächlich eine Erinnerungshilfe waren, hatte das Vorrang. Seine kleinen Patienten konnte er ein paar Tage lang von einer Vertretung betreuen lassen. In Frankreich konnte ihn niemand ersetzen.

»Gleich morgen«, sagte Malachai. »Und Sie feuern alle, die in Paris für Sie tätig waren, und finden mir jemanden, der das Wort *unmöglich* nicht kennt.«

Fünfundzwanzig

Paris, Frankreich
Mittwoch, 25. Mai, 15:45 Uhr

Als Jac und Griffin die Werkstatt betraten, wo er ihr die Fotos und seine Übersetzung zeigen wollte, wartete bereits Inspektor Marcher auf sie.

»Kollegen von der Loire haben mich kontaktiert«, sagte er ohne jede Einleitung.

»Ja?«, fragte Jac. Ihr war gar nicht bewusst, wie viel Anspannung selbst in diesem einzigen Wort hörbar werden könnte, bis Griffin sanft ihren Arm berührte.

»Die Schuhe und das Portemonnaie Ihres Bruders sind dort am Flussufer gefunden worden«, erzählte der Inspektor so gleichmütig, als plauderte er über das Wetter.

Jac musste sich setzen. Sie ließ sich auf den Stuhl vor der Duftorgel fallen. »Was heißt das genau?«

»Das wird sich erst herausstellen. Möglicherweise hat jemand die Sachen gestohlen und in den Fluss geworfen.«

»Gestohlen? Seine Schuhe?« Jac atmete tief durch, um der aufsteigenden Panik Herr zu werden. Und obwohl es um ihren verschwundenen Bruder ging, zog plötzlich etwas anderes ihre Aufmerksamkeit auf sich: Der mysteriöse Duft war wieder da. Wie eine Wolke umgab er die Orgel. Schon überkam sie wieder ein leichtes Schwindelgefühl.

»Wieso sollte jemand seine Schuhe stehlen?«

»Wir wissen noch nicht, was passiert ist. Vorerst lassen wir das Gebiet weiträumig durchsuchen«, sagte der Inspektor.

Jac betrachtete die Glasfläschchen, die im Nachmittagslicht funkelten. Sie waren alle blitzsauber. Robbie hatte kein einziges Staubkorn auf der Orgel geduldet.

»Sind Sie denn sicher, dass es seine Sachen sind?«

»Ich fürchte, da gibt es keinen Zweifel.«

Einige der Flaschenetiketten hatte Jacs Großvater von Hand beschriftet. Andere ihr Vater. Einige mussten auch von Robbie sein, wenn er seit drei Monaten hier arbeitete. Sicher hatte er neue Zutaten eingekauft. Doch so sehr sie auch suchte, sie konnte die Handschrift ihres Bruders nirgends entdecken. Er hatte an seiner letzten Wirkungsstätte keinerlei Spuren hinterlassen.

»Glauben Sie etwa, dass er ertrunken ist?« Wieder atmete sie tief ein. Die Luft war stickig geworden. »Das kann nicht sein. Mein Bruder ist ein hervorragender Schwimmer.«

Griffin trat hinter sie und legte ihr die Hände auf die Schultern. Einen Moment lang fühlte es sich an, als sei diese Berührung das Einzige, was sie daran hinderte, vom Stuhl fortzuschweben und sich in der Duftwolke zu verlieren. »Die Loire ist in der Gegend für ihre starke Strömung berüchtigt. Ich hoffe, dass Ihr Bruder irgendwo dort ist und sich womöglich nur leicht verletzt hat. Wenn ja, dann werden wir ihn finden. Wir durchkämmen die Umgebung von oberhalb der Fundstelle bis zur Mündung ins Meer.«

Jac rieb sich die Augen. Ihre Großmutter hatte Robbie und sie einmal in das Château eines Verwandten im Loire-Tal in der Nähe von Nantes mitgenommen. Trotz der wunderschönen Landschaft rund um den majestätischen Fluss fühlte sich Jac dort ruhelos, körperlich unwohl. Gleich in der ersten Nacht hatte sie entsetzliche Alpträume und erwachte erst, als Robbie an ihren Schultern rüttelte. »Es ist nur ein Traum«, versicherte er. »Nur ein Traum.« Die ganze Nacht saß er an ihrem Bett, redete mit ihr und lenkte sie ab, bis die Sonne aufging. Beim Frühstück überredete er ihre Großmutter, früher abzureisen als geplant. »Irgendwie passen Jac und diese Gegend nicht zueinander«, hatte er damals gesagt.

»Wo ist der Fundort?«, fragte Jac den Inspektor. »Wo genau wurden Robbies Sachen gefunden?«

»In der Nähe von Nantes.«

Jac verstand seine Worte und war dennoch heillos verwirrt. Nantes? Was für ein verrückter Zufall.

Sie brauchte frische Luft. Jac wollte aufstehen und die Flügeltür öffnen. Doch bevor sie den ersten Schritt getan hatte, riss der berauschende Duft sie mit sich fort.

Das Letzte, was sie wie aus weiter Ferne wahrnahm, war Griffins Stimme.

»Jac, was …«

Sechsundzwanzig

Nantes, Frankreich, 1793

Marie-Geneviève Moreau stand in der prallen Sonne und spürte, wie ihr der Schweiß über den Rücken lief. Trotz der Schönheit der Landschaft umgab sie ein grauenvoller Anblick. Hieronymus Boschs verrenkte, von innen nach außen gekehrte Höllenszenerie. Das war es, was sie durchlebte.

»Jetzt du.« Der Soldat mit der Warze auf der Nase zog sie zu sich heran. Sein Gefährte, ein stämmiger Kerl mit einer schreiend roten Narbe am Kinn, der nach Zahnfäule stank, riss ihr den Habit herunter, wie er es schon bei den anderen getan hatte. Dann nahm er ihr die Unterwäsche ab. Sie bedeckte ihre Brüste, doch das Dreieck zwischen ihren Beinen blieb nackt. Sie hatte nicht genug Hände für ihre Blößen. Marie versuchte, den Männern den Rücken zuzukehren, doch das ließen sie nicht zu.

»Verdirb uns nicht die schöne Aussicht, Schwester«, lachte der stinkende Mann und riss sie herum. Der andere betatschte mit seinen schmutzigen Händen ihre Brüste.

»Du hast hoffentlich nicht geglaubt, dass du als Jungfrau vor den Schöpfer trittst.« Er stieß sie zu Boden und knöpfte sich die Hosen auf. »Das hier kriegst du im Kloster nicht geboten, was?«

Marie-Geneviève zwang ihre Gedanken so weit fort sie es vermochte, als das Ungeheuer sich auf sie warf. Zumindest konnte er ihr nicht die Jungfräulichkeit rauben. Das nicht. Sie hatte sich freiwillig jemandem hingegeben, der dessen wert gewesen war.

Ihr Vergewaltiger war ungeschickt und bösartig, und sein Gestank widerte sie an, doch zumindest war es schnell vorüber. Als er fertig war, wappnete sich Marie gegen den Angriff seines Gefährten, der jedoch nicht kam.

Sie wurde auf die Füße gestellt und fühlte plötzlich kühle, glatte Haut, so nackt wie ihre eigene, an ihrem Rücken. An den Fersen, dem Gesäß, den Schultern. Doch dieser Mann bedrängte und betatschte sie nicht. Er betete. Marie-Geneviève, die nicht wegen ihrer Liebe zu Gott, sondern wegen ihrer Liebe zu einem Mann in den Orden eingetreten war, lauschte seinen leisen Worten.

»Bete mit mir, mein Kind«, sagte der Priester, als der Soldat ihre Leiber noch fester gegeneinander stieß. »Vater unser im Himmel …«

Wenn es ihr nur gelänge, sich von der Gegenwart zu lösen, wie sie es manchmal während der Messe tat – die gesungenen Worte nicht mehr zu hören, sondern sich von ihrer Melodie forttragen zu lassen –, dann könnte sie einen Zustand erreichen, in dem sie träumend ihren Körper hinter sich ließ. Sie wusste nicht, wie sie diese Zustände, diese geistigen Fluchten nennen sollte, und erzählte den anderen Schwestern nichts davon. Sie war nicht sicher, ob diese Fähigkeit in den Augen der anderen ein Fluch oder ein Segen war.

Der Soldat mit dem Mundgeruch schlang ein Seil um die Handgelenke seiner Opfer und band sie aneinander fest. Also stimmte es, was man sich erzählte. Sie verschleppten Nonnen und Priester an den Fluss, banden sie aneinander, folterten und töteten sie.

»So, Abmarsch«, feixte der Soldat und versetzte Marie einen Stoß. »Zeit für eine kleine Bootsfahrt.« Er wies auf das Ufer.

Es war nicht leicht, aneinandergefesselt zu laufen, doch Marie-Geneviève und der Priester schafften es, ohne hinzufallen.

»Wie heißt du, Schwester?«, fragte der Priester.

Sie wollte antworten, aber der Soldat ohrfeigte sie. »Vorwärts, weiter!«, bellte er. »Genug geschwatzt.«

Das ganze Tal war von Weinen und Geschrei erfüllt. Und dennoch nahm Marie-Geneviève auch tröstliche Gebete und Vogelgezwitscher wahr.

Ihre Henker – denn genau das waren sie zweifellos – schubsten sie und den Priester in eine hölzerne Barke. Er fiel auf das Gesicht und schrie vor Schmerz, während sie sich nur den Hinterkopf stieß.

Lachend schoben die Soldaten den Kahn auf den Fluss hinaus. Die starke Strömung riss ihn mit sich fort. Für wenige Augenblicke keimte in der jungen Nonne Hoffnung auf. Vielleicht konnte es ihnen gelingen, ihre Fesseln zu lösen. Vielleicht würden sie ans Ufer getrieben. Dann jedoch sah sie, wie rasch sich das Boot mit Wasser füllte.

Kurz nachdem die Nachricht von Giles' Tod überbracht worden war, hatte Vater Moreau eine neue Ehe arrangiert. Marie-Geneviève hatte ihn angefleht, ihr Zeit zu geben, Zeit zu trauern und sich an den Gedanken zu gewöhnen. Doch Albert Moreau war ein Geschäftsmann. Wenn der Sohn seines besten Kunden nicht mehr zur Verfügung stand, dann musste es eben der zweitbeste Kunde sein, der das zweitbeste Leder von ihm kaufte.

Dieser Kunde, ein Schuster, war seit kurzem verwitwet. Nein, er war nicht so jung und gutsaussehend wie Giles, aber das zählte nicht, wie der Vater betonte.

»Wir können nicht darauf warten, dass du dich ein zweites Mal verliebst«, sagte er. »Eine passende Ehe, die auch dem Herzen gefällt, ist das Beste, was einem passieren kann. Aber es sollte nicht sein. Du wirst nicht jünger, und ich will nicht riskieren, dass der Mann sich eine andere sucht. Außerdem steht er mit den Revolutionären im Bunde. Wenn diese Unruhen tatsächlich in einen Krieg münden, kann er uns von Nutzen sein.«

Als Marie-Geneviève untröstlich blieb, half ihre Mutter ihr zu fliehen und in einen Orden einzutreten.

Jetzt, da sie hilflos in dem sinkenden Boot auf dem Fluss dahintrieb, wurde ihr bewusst, wie widersinnig ihr Entschluss gewesen war. Angesichts der lüsternen Zerstörungswut, mit der sich die Revolutionäre auf alles stürzten, was mit der Kirche zu tun hatte, war das Kloster alles andere als ein sicherer Zufluchtsort gewesen.

Der Priester hörte nicht auf zu beten, als das Wasser höher und höher stieg und an ihren Beinen heraufkroch. Sie dachte an Giles und daran, wie er sein Taschentuch in den Fluss getaucht hatte, um ihr die Tränen fortzuwischen, an jenem Tag, als er ihr erzählte, dass er nach Ägypten wollte. Dass er alte Rezepturen erforschen wollte, mit denen er die parfümierten Handschuhe, die Seifen, Kerzen und Pomaden veredeln und das Haus L'Étoile zur größten Parfümerie von Paris erheben würde. Er freute sich auf das Abenteuer, doch Marie war außer sich vor Angst – zu stark war ihre Ahnung, dass er nicht wiederkäme.

Doch jetzt würde sie ihn bald wiedersehen. Das kalte Wasser trug sie ihm entgegen. Es nahm sie in sich auf und wusch die Spuren des schmutzigen Soldaten und seiner gierigen Hände fort. Giles erwartete sie, das wusste sie. Er hatte ihr versprochen, immer bei ihr zu sein. Sie gehörten zusammen, hatte er gesagt. Sie waren *âmes sœurs*.

Siebenundzwanzig

Paris, Frankreich
Mittwoch, 25. Mai, Mitternacht

Jac wusste, dass die Angst um ihren Bruder, die Sorge wegen der erneuten Halluzinationen – diesmal sogar in Inspektor Marchers Gegenwart – und die Verwirrung, in die Griffins Gegenwart sie stürzte, ihr keine Ruhe lassen würden. Sie zog sich aus und legte sich in ihrem ehemaligen Kinderzimmer zu Bett, doch sie versuchte gar nicht erst, gegen die Schlaflosigkeit anzukämpfen.

Schreckliche Vorstellungen von dem, was Robbie zugestoßen sein mochte, suchten sie heim. Wie ging es ihrem Bruder? War er wirklich in Nantes? Wie sonst hätte man dort seine Schuhe und sein Portemonnaie finden können? Und warum hatte er ausgerechnet den Ort gewählt, an dem sie sich damals so unwohl gefühlt hatte, den Ort, dessen Name allein bei ihr eine so grauenhafte Vision auslöste?

Wieder und wieder dachte sie an die Ereignisse in der Werkstatt zurück und versuchte zu begreifen, warum ihre Krankheit nach so vielen Jahren gleich mit zwei Anfällen zurückgekehrt war. Ihr graute davor, wieder dieses zerrissene Leben zu führen, in ständiger Angst vor dem nächsten Schub, immer auf der Hut vor den ersten Symptomen.

Beim zweiten Mal hatte sie das Gefühl gehabt, mindestens eine Stunde lang abwesend gewesen zu sein, doch als es endlich vorüber war, lagen noch immer Griffins Hände auf ihren Schultern. Die Visionen waren intensiver gewesen als die in ihrer Kindheit und ließen ein Gefühl nackter Angst in ihr zurück.

»Du bist noch da?«, hatte sie verwirrt gefragt.

»Ich bin nie fort gewesen«, hatte Griffin geantwortet.

Seine Gegenwart war tröstlicher, als es ihr lieb war. Wie konnten sie sich nach all den Jahren plötzlich wieder so nahe sein?

»Ist alles in Ordnung, Jac? Du warst mindestens eine Minute lang so weggetreten, als würdest du den Inspektor und mich überhaupt nicht mehr bemerken.«

Eine Minute? Mehr nicht? Was hätte sie dazu sagen sollen? Sie beschloss, es für sich zu behalten, bis sie es selbst besser begriff. Und in Marchers Gegenwart wollte sie schon gar nicht darüber sprechen.

Früh um acht Uhr kehrte Jac frisch geduscht und angezogen in die Werkstatt zurück. Über Nacht war die Kakophonie der Gerüche verstörend intensiv geworden. Trotz der morgendlichen Kühle öffnete Jac die Flügeltür zum Garten und atmete dankbar die frische Luft. Sie hatte Lust auf einen Kaffee und erinnerte sich, dass ihr Vater immer einen Wasserkocher und einen gläsernen Kaffeebereiter benutzt hatte. Wo konnten sie sein? Jac sah überall nur Kisten voller Papiere und Krimskrams. Wenn die Werkstatt nach Robbies monatelangen Aufräumarbeiten immer noch so aussah, wie musste es dann erst davor gewesen sein? Endlich fand sie, was sie suchte, in einem Regal neben einer Dose mit Kaffeepulver von derselben Marke, die ihr Vater am liebsten getrunken hatte.

Sie dachte selten an ihren Vater, doch hier in der Werkstatt kam sie nicht umhin. Unzählige Details führten Jac vor Augen, wer er gewesen war, bevor die Krankheit ihn erfasste – von der eindrucksvollen Sammlung von Spionageromanen, die in mehreren Reihen hintereinander im Regal standen, bis zu den Dutzenden geschmackvoll gerahmter Fotografien seiner zweiten Ehefrau Bernadette und ihrer beiden Kinder. Hinter diesen Bildern hatte er Fotos von Robbie und Jac in ebenso hübschen Rahmen aufgestellt. Zehn waren es, und auf einem war sogar ihre Mutter zu sehen. Jac nahm das Bild aus dem Regal, wischte den Staub fort, stellte es ganz nach vorn und berührte sanft Audreys Wange.

Das Foto war so viele Jahre alt. Eine Schönheit mit üppigem dunklem Haar saß darauf am Strand von Antibes unter einem roten Sonnenschirm und lächelte glücklich in die Kamera. Das Baby auf ihrem Schoß musste Robbie sein. Jac stand als Dreijährige mit ebenso vollem Haar neben ihrer Mutter und flüsterte ihr etwas ins Ohr.

Jac konnte sich weder an den Urlaub noch an den Tag oder den Moment der Aufnahme erinnern.

Sie schenkte sich einen Kaffee ein und betrachtete das Foto erneut. Was hatte es überhaupt mit Erinnerungen auf sich? Warum konnte sie sich kleinste Details aus dem Leben Verstorbener vorstellen, während sie sich an wichtige Augenblicke aus ihrem eigenen Leben nicht im Geringsten erinnerte?

Als Inspektor Marcher gegen neun die Werkstatt betrat, spürte Jac, wie das viele Koffein ihre Unruhe und ihre Sorge um Robbie noch verstärkte.

Sie setzten sich einander am riesigen Schreibtisch aus der Zeit Ludwigs XIV. gegenüber, der seit dem Tag seiner Herstellung in Familienbesitz war. Jacs Vater hatte im Lauf der Jahre in dem Versuch, den finanziellen Ruin abzuwenden, nach und nach alle wirklich wertvollen Antiquitäten verkauft. Was noch übrig war, wie eben dieser Schreibtisch, war zu abgenutzt, um noch Geld einzubringen.

»Erzählen Sie mir von Ihrer Auseinandersetzung mit Ihrem

Bruder«, sagte Marcher. »Wir wissen, dass Sie miteinander im Clinch lagen. Dass Sie unterschiedliche Vorstellungen von der Fortführung des Unternehmens hatten.«

»Wer hat Ihnen das gesagt?« Jac blickte zu Griffin hinüber.

Griffin hatte sie am frühen Morgen mit einem Anruf überrascht. Noch mehr überraschte es sie, wie froh sie war, seine Stimme zu hören. Als sie ihm erzählte, dass Marcher mit ihr sprechen wollte, hatte er angeboten, ihr Beistand zu leisten. Erschöpft und nervös wie sie war, hatte sie nicht nein gesagt.

Griffin schüttelte als Antwort auf ihre unausgesprochene Frage den Kopf. Nein, er hätte so etwas nicht weitererzählt. Woher wusste der Inspektor es also?

Jacs Blick fiel wieder auf die Familienfotos im Regal. Natürlich, dachte sie. Marcher musste mit Bernadette gesprochen haben. Diese Schlange, die den Geschwistern, so lange sie noch die bildhübsche Assistentin ihres Vaters war, immer Pralinen und Madeleines mitbrachte. Dann hatte Bernadette herausgefunden, dass Audrey eine Affäre hatte, und sie verraten. Ihre Mutter hätte diesen Mann sicher früher oder später von allein aufgegeben, und vielleicht wären ihre Eltern ein Paar geblieben, hätte Bernadette dem Vater nicht den Beweis ihrer Untreue präsentiert. Damit begann die Abwärtsspirale, der in Audreys Selbstmord endete.

»Was hat denn die derzeitige Madame L'Étoile noch alles über meinen Bruder und mich zu sagen?«

Der Inspektor senkte den Blick auf sein Notizbuch. Dass er den Anstand besaß, wegzusehen, gefiel Jac an ihm.

»Darüber darf ich leider nicht sprechen, Mademoiselle. Würden Sie mir helfen, die Fehde mit Ihrem Bruder zu rekonstruieren?«

»Fehde? In welchem Jahrhundert leben Sie denn? Wir sind dabei, intensiv zu diskutieren, wie die finanziellen Probleme unseres Unternehmens zu lösen sein könnten.«

»So intensiv, dass Sie einander kaum noch besuchen.«

»Ich lebe in New York und bin oft auf Reisen. Robbie lebt in Paris. Wir sind beide berufstätig. Wie oft können wir einander da schon besuchen? Und was hat das überhaupt damit zu tun, wo er sich jetzt aufhält und was hier passiert ist?«

»Kommen wir auf Ihre Fehde zurück«, sagte der Inspektor.

»Na gut«, gab sie auf. »Ich habe einen Käufer für zwei unserer bekanntesten Parfüms gefunden. Der Kaufpreis würde ausreichen, um unsere Schulden abzuzahlen, die Darlehen umzuschulden und wieder liquide zu werden.«

»Und Ihr Bruder war damit nicht einverstanden?«

»Ist. Er ist nicht einverstanden. Er hält an der Illusion fest, dass unsere Parfümklassiker unverzichtbar seien. Er glaubt, wir würden den Ruf unseres Hauses ruinieren, wenn wir auch nur zwei davon verkaufen.«

»Und brauchen Sie sein Einverständnis, um den Verkauf durchführen zu können?«

»Ja, wir sind gleichberechtigte Eigentümer.«

»Es sähe ganz anders aus, wenn Sie Alleineigentümerin wären, nicht wahr? Wenn Ihr Bruder zum Beispiel verstorben wäre.«

Jac entfuhr ein kehliger Laut, wie der Schrei eines Tiers, das in die Falle gegangen ist.

Griffin erhob sich. »Ich denke, das reicht jetzt, Inspektor.«

Doch Marcher ignorierte ihn. »Ich muss Sie darum bitten, keinesfalls das Land zu verlassen, Mademoiselle.«

»Aber warum?«

»Wir werden herausfinden müssen, ob Sie mit dem Verschwinden und dem möglichen Tod Ihres Bruders in Verbindung stehen.«

»Das ist doch lächerlich.« Jac stützte sich auf den Tisch und stand so abrupt auf, dass ein dicht an der Kante stehender Parfümflakon zu Boden fiel und zerbrach.

Sofort hüllte ein intensiver Duft sie ein und überwältigte Jac so sehr, dass sie kaum wahrnahm, wie der Inspektor sich verabschiedete und ging. Sie hatte dieses Parfüm seit Jahren nicht gerochen, dennoch erkannte sie es sofort. Es war eine der Rezepturen aus dem Spiel der unerhörten Düfte. In dem kleinen olfaktorischen Vokabular, das Robbie und Jac sich in ihrer Kindheit ausgedacht hatten, stand dieses Parfüm, Jacs liebstes, für Treue. Sie hatte dafür zu einer satten Basisnote aus Eichenmoos Bergamotte hinzugefügt und einen warmen, holzigen Duft erschaffen, eine Chypre, wie sie der legendäre Parfümeur François Coty 1917 erstmals populär gemacht hatte. Jacs Duft der Treue war weder ein Frauen- noch ein Männerparfüm, sondern konnte von beiden Geschwistern getragen werden. Und so musste es auch sein, fand sie, damit sie einander signalisieren konnten, dass sie die Hilfe des anderen brauchten. Meist bedeutete es, dass einer von ihnen Streit mit ihren Eltern hatte und des Beistands bedurfte. Jac hatte dieses Parfüm weit öfter aufgetragen als Robbie.

Sie hatte nicht gewusst, dass er ihre Kreationen von damals aufbewahrt hatte. Und warum stand dieser Flakon ausgerechnet an der Schreibtischkante?

»Hat Robbie dir von diesem Duft erzählt?«, fragte sie Griffin, während sie die Scherben aufsammelte.

»Nein.«

»Bist du sicher?«

»Ja, wieso? Was ist damit?«

»Ich glaube nicht, dass dieses Parfüm gestern schon hier gestanden hat. Sonst hätte ich es bestimmt gesehen oder gerochen. Seit ich hergekommen bin, habe ich Dutzende Male hier am Schreibtisch gesessen. Und der Flakon – die Sorte hat unser Vater schon seit Ewigkeiten nicht mehr benutzt. Alle, die damals noch übrig waren, hat er uns Kindern zum Spielen gegeben.«

»Das verstehe ich nicht. Was soll an einem zerbrochenen Flakon so wichtig sein?«

»Was, wenn Robbie lebt? Was, wenn er letzte Nacht hier war? Vielleicht hat er mir das Parfüm als Botschaft hingestellt. Die Schuhe und das Portemonnaie könnten auch eine Botschaft sein. Vielleicht hat Robbie sie am Fluss deponiert, damit jemand sie findet und mich benachrichtigt. Es kann doch kein Zufall sein, dass sie an einem Ort gefunden wurden, an dem Robbie und ich schon einmal waren. Einem Ort, der mich so verängstigt hat, dass er unsere Großmutter überreden musste, den Urlaub abzubrechen.«

Achtundzwanzig

Paris, Frankreich
Donnerstag, 26. Mai, 15:00 Uhr

Es nieselte, als Griffin die Metrostation Porte Dorée hinter sich ließ. Die Sonne war hinter einer Wolkenbank verschwunden, und der Eingang zum Bois de Vincennes war in dichten Nebel gehüllt. Hin und wieder durchdrang ein goldener Schimmer den Dunst, doch die Statue der Athene, die wie ein Leuchtfeuer aus dem Nebel ragte, war erst ganz zu sehen, als Griffin kurz vor ihrem Sockel stand. Der Springbrunnen zu ihren Füßen ergoss sich in ein langes Wasserbecken, in dessen glatter Oberfläche sich der graue Himmel spiegelte. Palmen flankierten das Becken wie dunkle Fahnenmasten.

An einem sonnigen Wochenende, dachte Griffin, war der Landschaftspark bestimmt ein beliebter Treffpunkt, doch jetzt begegnete er auf weiten Strecken keiner Menschenseele.

Plötzlich brach ein riesiger schwarzer Hund aus dem Nebel hervor und raste auf ihn zu. Ein ganzes Rudel folgte. Sekunden später war er von Hunden umzingelt, die ihn beschnüffelten und knurrend die Zähne bleckten.

Griffin wusste, dass er es mit einem ganzen Rudel Hunde nicht aufnehmen konnte, also hielt er so still wie möglich und bereitete sich innerlich auf einen Angriff vor. Doch wenige Augenblicke später schien das Leittier das Interesse zu verlieren. Der Hund wandte sich ab, und mit ihm verschwand das Rudel wieder im Dunst. Erst als sie weg waren, merkte Griffin, wie sein Herz raste.

Wenn er gewusst hätte, wie riesig der Stadtwald war, wie lange es dauerte, dort hinzugelangen, und wie einsam es hier war, hätte er einen anderen Treffpunkt vorgeschlagen. Doch der Lama hatte am Telefon nicht viel erklärt, außer dass er ein Freund von Robbie war und mit ihm sprechen wollte. Und er hatte sich Diskretion erbeten.

Griffin hätte gern gefragt, woher er seine Telefonnummer hatte, der Lama hatte jedoch zu schnell aufgelegt. Es war kein Geheimnis, dass Griffin hier in Paris an einem altägyptischen Artefakt arbeitete. Robbie hatte ein paar Tagen zuvor die Christie's-Kuratorin zu einem gemeinsamen Abendessen eingeladen. So etwas sprach sich im kleinen Kreis der Archäologen schnell herum. Und vielleicht hatte Robbie selbst dem Lama von dem Gespräch mit der Kuratorin erzählt.

Am Ufer des Lac Daumesnil fand Griffin endlich den Tempel, nach dem er suchte, und ging hinein. Vor ihm ragte eine mindestens acht Meter hohe goldene Buddhastatue auf. Sie beeindruckte Griffin so sehr, dass er die safrangelb gekleidete buddhistische Nonne zu ihren Füßen nicht gleich bemerkte.

»Mr. North, ich danke Ihnen, dass Sie so pünktlich sind«, sagte sie. Griffin fuhr zusammen. Die Nonne reichte ihm lächelnd die Hand. »Mein Name Ani Lodro.«

»Ich bin mit dem Lama verabredet. Ist er hier?«

»Der Lama lässt sich entschuldigen. Er ist leider verhindert und hat mich gebeten, das Gespräch mich Ihnen zu führen.«

Griffin nickte.

»Die Zeit drängt.« Die sehnige, kahlgeschorene Frau bot Griffin das Sitzkissen neben sich an. »Bitte setzen Sie sich doch.«

Aromatischer Rauch zog durch den Tempel, und Votivkerzen flackerten in roten, gläsernen Haltern.

»Ich komme mir gerade vor, als wäre ich nicht mehr in Frankreich, sondern in Indien«, sagte Griffin und setzte sich.

»Ja, es ist fast wie zu Hause. Es tut den Unsrigen gut, hier Rast zu machen und zu meditieren.«

»Dann sind Sie aus Indien?« Ihre Gesichtszüge schienen nicht recht dorthin zu passen. Sie war zu zierlich, ihre Augen zu schmal, und ihre Haut schimmerte gelblich.

Sie nickte. »Mehr oder weniger. Fast alle, die Seiner Heiligkeit ins Exil gefolgt sind, leben jetzt in McLeod Ganj in Indien. Es sind mehr als hunderttausend.«

»Sie sind wohl kaum alt genug, um 1959 aus Tibet geflohen zu sein«, bemerkte Griffin überrascht. Die Nonne sah aus wie Ende zwanzig.

»Meine Vorfahren sind ihm nach Indien gefolgt. Meine Hülle ist erst achtundzwanzig Jahre alt.«

Griffin hatte oft mit Buddhisten gesprochen, die den Körper als bloßen Wirt ihrer wiedergeborenen Seelen ansahen. *Meine Hülle* – wie diese Frau den Gedanken ausdrückte, hatte etwas Faszinierendes an sich.

»Lassen Sie mich erklären, warum wir Ihnen den weiten Weg zugemutet haben. Wir gehen davon aus, dass Sie ebenso um Monsieur L'Étoile besorgt sind wie wir.«

»Ja, natürlich.«

»Seine Heiligkeit hat sich bereits darauf gefreut, bei seinem Besuch in Paris seine Bekanntschaft zu machen«, sagte die Nonne. »Als wir in der Zeitung lasen, dass er vermisst wird, haben wir uns daher große Sorgen gemacht. Haben Sie das antike Artefakt gesehen, bevor Monsieur L'Étoile verschwunden ist?«

Also hatte Robbie tatsächlich den Lama auf dem Laufenden gehalten. »Ja, ich habe mich mehrere Tage lang damit befasst.«

»Und haben Sie die Übersetzung fertigstellen können?«

»Nicht ganz. Es gibt ganze Satzteile und inhaltliche Nuancen, die ich nicht ermitteln konnte.«

»Und deutet das, was Sie herausgefunden haben, darauf hin, dass der im Tiegel enthaltene Duftstoff dazu diente, sich an vergangene Leben zu erinnern?«

»Gewissermaßen. Es geht in dem Text darum, eine geliebte Person aus dem letzten Leben wiederzufinden. Einen Seelenverwandten.«

»Das ist interessant, wenn auch nicht besonders überraschend. In Texten über die Reinkarnation ist oft von Seelenverwandten die Rede.«

Ein Teekessel pfiff, und die Nonne erhob sich. »Entschuldigen Sie mich. Ich habe Tee vorbereitet.« Sie nahm in einer Nische neben der Statue den Kessel von einer kleinen Kochplatte und arrangierte das Teegeschirr auf einem kleinen Tablett.

»Tee im Tempel?«

»Es gibt sogar eine buddhistische Teezeremonie, Chan-Tee. Schon zur Zeit der Westlichen Jin-Dynastie entwickelten die Mönche des Tanzhe-Tempels diesen Weg zur Erleuchtung.« Sie goss die dampfende Flüssigkeit in die Tassen. »Sie pflückten und trockneten Blätter, deren Absud ihnen dabei half, besonders lange zu meditieren.«

Griffin nippte an dem duftenden Getränk. »Der schmeckt gut.«

»O ja. Aber ich vermisse den Buttertee, den meine Großmutter immer gemacht hat«, sagte die Nonne und ließ ihre eigene Tasse sinken.

Griffin nickte. »Yakbuttertee habe ich auch einmal probiert.«

»Das ist der beste. Und Butterkerzen geben ein schöneres, wärmeres Licht als die hier«, sagte sie wehmütig.

»Tibet ist ein wundervolles Land.«

»Das war es. Und das kann es wieder werden. Im Moment leidet es unter der politischen Situation. Es ist eine Tragödie.«

»Absolut«, sagte Griffin, der spürte, dass sich das Gespräch jetzt seinem eigentlichen Thema näherte.

»Monsieur North, bis zum Eintreffen Seiner Heiligkeit in Paris sind es nur noch zwei Tage. Ihm liegt sehr viel daran, diese Erinnerungshilfe an seine Anhänger weitergeben zu können. Wenn es irgend möglich ist, Monsieur L'Étoile zu finden, würden wir Ihnen gern unsere Hilfe anbieten.«

»Die Polizei tut, was sie kann.«

»Die Polizei?« Die Nonne klang überraschend sarkastisch. »Die ist zu bürokratisch, um ihn rechtzeitig zu finden. Wir können Ihnen und seiner Schwester zu Diensten sein.«

Heute Vormittag, nachdem Inspektor Marcher gegangen war, hatte Jac Griffin gebeten, ihr bei der Suche nach Robbie zu helfen. Sie war sich sicher, dass er lebte und versuchte, mit ihr Kontakt aufzunehmen. Der Anruf kurz nach ihrer Ankunft in Paris, bei dem sie nur Atemgeräusche gehört hatte, Robbies Schuhe im Loire-Tal, der Duft der Treue, der am Vortag noch nicht da gewesen war – das alles hielt sie für Zeichen von Robbie, mit denen er sagen wollte: »Ich lebe. Finde mich. Hilf mir.«

Aber wie konnten der Lama und diese Nonne wissen, was Jac und er vorhatten?

»Wir müssen Monsieur L'Étoile finden, bevor die chinesische Regierung es tut. Sie versuchen, die Macht Seiner Heiligkeit zu schwächen, indem sie die Reinkarnation gesetzlich so regeln, dass niemand ohne ihre Genehmigung Lama werden kann. Das heißt nicht etwa, dass sie an die Reinkarnation glauben, sondern sie wollen sichergehen, dass niemand, über den sie keine Kontrolle haben, Tibet regieren kann.«

»Verstehe.«

»Die Welt steht auf unserer Seite, aber sie handelt nicht danach. Was Monsieur L'Étoile gefunden hat, könnte sich als mächtige Waffe in unserem Kampf um Anerkennung erweisen. Selbst wenn nur noch die Legende übrig ist, sollte man die Macht der Worte nicht unterschätzen. Schon allein der Gedanke, dass es einen Weg geben könnte, die Wiedergeburten der Lamas unzweifelhaft zu identifizieren, könnte Zweifel am Vorgehen der chinesischen Regierung in Tibet wecken und unserer Sache nützen.«

»Es ist doch bloß ein Mythos, der auf ein Tongefäß geschrieben wurde.«

»Was ist ein Mythos?«, fragte die Nonne.

»Eine Geschichte.«

»Eine wahre Geschichte?«

»Nein. Eine emotionale und spirituelle Wegbeschreibung, an der man sich orientieren kann.«

Die Nonne schüttelte betrübt den Kopf.

»Wie kommen Sie darauf, dass Robbie lebt und seine Schwester ihn suchen will?«, fragte Griffin. »Woher kennen Sie ihre Pläne?«

»Wissen Sie, was eine Tulpa ist?«

»Ja«, sagte Griffin. Merkwürdig – auch Robbie hatte vor kurzem Tulpas erwähnt.

»Glauben Sie, dass es Tulpas gibt?«

»Nein.«

»Als mein Vater noch ein Junge war und in Tibet im Gebirge lebte, waren die Winter immer sehr hart. Doch einmal war es besonders schlimm, und mein Großvater wurde sehr krank. Meine Großmutter probierte alle Heilmittel aus, die sie kannte, doch nichts half. Wegen eines Schneesturms konnte sie keine Hilfe holen, und die ganze Familie war der Verzweiflung nahe. Als der Sturm am dritten Tag noch immer wütete, rechnete niemand mehr damit, dass mein Großvater ihn überleben würde. Das Fieber röstete ihn bei lebendigem Leib. Spätabends klopfte es an die Tür. Als meine Großmutter öffnete, stand ein Mönch davor. Er war sehr klein und dürr, nur sein Lächeln war groß. Trotz des Unwetters war er so bekleidet, wie ich es jetzt bin, und schien sich keinesfalls unwohl zu fühlen. Er war barfuß.« Die Nonne unterbrach sich, um an ihrem Tee zu nippen.

Griffin hatte im Laufe seines Lebens immer wieder talentierte Geschichtenerzähler kennengelernt, denen es gelang, ihr Publikum mit ihrem festen Blick und ihrer ausdrucksvollen Stimme in den Bann zu schlagen. Diese Frau gehörte definitiv dazu.

»Der Mönch setzte sich neben die Schlafstelle meines Großvaters und blieb dort bis zum Morgengrauen. Den Rest der Familie bat er, schlafen zu gehen, sogar meine Großmutter. Sie wollte nicht gehorchen, doch schließlich sah sie ein, dass sie sich ausruhen musste. Sie sind ein intelligenter Mann, Monsieur North, also ahnen Sie sicher, worauf ich mit dieser Geschichte hinauswill. Am nächsten Morgen ging es meinem Großvater besser. Es sollte noch ein paar Tage dauern, bis er wieder bei Kräften war, doch das Fieber war abgeklungen, und er war außer Lebensgefahr. Der Mönch wollte von der Familie nichts weiter annehmen als eine Tasse Buttertee. Dann ging er wieder in den Schneesturm hinaus. Er habe seinen Auftrag erfüllt, sagte er. Sechs Monate darauf besuchte meine Familie meinen Großonkel im Kloster. Als sie dort ankamen, fragte mein Großonkel gleich als Erstes, ob sich mein Großvater gut von seiner Krankheit erholt habe. Mein Großvater fragte zurück, woher er wüsste, dass er krank gewesen sei. ›Ich habe davon geträumt‹, sagte mein Großonkel. ›So stark ist die Verbindung zwischen uns.‹ Mein Großvater und seine Familie staunten«, erzählte die Nonne. »Sie hatten von der Macht der Träume gehört, doch erst jetzt hatten sie den Beweis.«

Bevor sie fortfuhr, füllte die Nonne die Teetassen auf. »Mein Großvater glaubte seinem Bruder sofort, dass er im Traum von seiner Krankheit erfahren hatte, und wollte den Mönch kennenlernen, den der Bruder zu ihm geschickt hatte, um sich bei dem heiligen Mann zu bedanken. Doch mein Großonkel erinnerte ihn daran, dass es zu der Zeit tiefster Winter gewesen war und niemand in der Lage gewesen wäre, das Gebirge zu durchqueren. Eine Tulpa hatte meinen Großvater besucht, eines jener Wesen, die entstehen, wenn ein besonders disziplinierter Mönch seinen Visionen durch pure Willenskraft physische Realität verleiht.«

»Und sind Sie auch so diszipliniert? Können Sie solche Gestalten erschaffen?«

»Leider bin ich noch nicht so weit. Aber mein Lehrer. Tai Yonten Rinpoche stammt aus einer der ältesten Linien reinkarnierter Lamas.«

»Und Sie wollen mir ernsthaft sagen, dass Ihr Lehrer eine Tulpa erschaffen hat, die Sie über unsere Pläne auf dem Laufenden hält?«

»Ja.«

»Oder war es einfach naheliegend, dass die Schwester eines vermissten Mannes auf die Idee kommen könnte, ihn zu suchen?« Griffin leerte seine Tasse mit einem Schluck. »Wie wollen Sie uns denn helfen? Wollen Sie die Tulpa damit beauftragen, Robbie zu finden?«

»Sie können daran glauben oder nicht, ganz wie Sie möchten. Aber die westliche Logik hat enge Grenzen. Sie scheinen ein Zyniker zu sein.«

»Ich bin kein Zyniker. Ich bin Wissenschaftler. Ich glaube an Tonscherben und Ruinen, die ich katalogisieren und analysieren kann.«

»Die Sie zu Staub unter unseren Füßen machen statt zu Leitgestirnen am Himmel.«

»Ein hübsches Bild.« Er hatte nicht vorgehabt, sarkastisch zu werden, doch wie seine Frau so gern betonte, war Sarkasmus seine typische Verteidigungshaltung, wenn er unsicher wurde.

Mit undurchdringlichem Ausdruck sah die Nonne Griffin fest in die Augen. »Wir glauben, dass Ihr Freund lebt und Schwierigkeiten mit der Polizei hat. Dass er es vermeiden will, verhaftet zu werden, bevor er sich wie vereinbart mit Seiner Heiligkeit treffen und ihm die Tonscherben überreichen kann.«

Griffin stutzte. »Dann hat Robbie schon einen festen Termin beim Dalai Lama?«

»Allerdings. Er hat nur noch auf unsere Bestätigung und auf die Details dazu gewartet, wo das Treffen stattfinden soll. Bevor wir es ihm mitteilen konnten, ist er verschwunden. Wir wissen – und er weiß es vermutlich auch –, dass die chinesischen Nationalisten alles daransetzen werden, dieses Treffen zu verhindern. Selbst wenn Sie oder Monsieur L'Étoiles Schwester ihn finden, wird er zuallererst mit mir sprechen wollen, weil nur ich ihm den Weg zu Seiner Heiligkeit weisen kann.«

Neunundzwanzig

16:09 Uhr

Jac saß in ihrem ehemaligen Kinderzimmer am Fenster, blickte in den Garten hinunter und versuchte, sich in Robbie hineinzuversetzen. Wohin würde er gehen, was würde er tun, wenn er in Schwierigkeiten war? Als ihr Handy klingelte und auf dem Display der Name Alice Delmar erschien, nahm sie ab.

»Das mit Robbie tut mir sehr leid«, sagte sie mit ihrem resoluten britischen Akzent.

Jac nickte, bis ihr einfiel, dass Alice sie nicht sehen konnte, dann bedankte sie sich.

»Gibt es Neuigkeiten?«, fragte Alice.

»Nein, nichts.«

Einen Moment lang schwiegen sie beide. Jac stellte sich ihre Freundin vor, wie sie auf der anderen Seite des Atlantiks in ihrem Büro saß und auf den Central Park hinuntersah. Alice und ihr Mann, der Eigentümer eines großen Kosmetikunternehmens, waren alte Freunde ihres Vaters. Sie hatten Jac immer wie ein Familienmitglied behandelt und in den Ferien zu sich eingeladen. Jac hätte alles dafür gegeben, jetzt bei Alice zu sein, mit ihr im Sant Ambroeus zu Abend zu essen, Wein zu trinken und sich ihre Klagen über viel zu teure Parfümzutaten und sinkende Verkaufszahlen anzuhören.

»Kann ich irgendetwas für dich tun? Mich in ein Flugzeug

setzen und einfach bei dir sein?« Ihr Vorschlag war wie eine warme, tröstliche Umarmung.

»Nein, das brauchst du nicht. Die Polizei tut schon, was sie kann.«

»Das ist nicht genug, oder? Schließlich haben sie Robbie noch nicht gefunden.«

»Das stimmt. Aber im Moment brauche ich nichts weiter, wirklich nicht.«

»Ich höre doch, dass da noch etwas ist. Was ist los, Jac? Machst du dir Sorgen wegen der Kredite? Wenn die französischen Banken euch die Daumenschrauben anlegen, können wir das bestimmt regeln.«

Alice leitete die Parfümabteilung der Firma ihres Mannes. Es war ihre Idee gewesen, Rouge und Noir zu kaufen, um die Krise des Hauses L'Étoile zu beenden.

»Danke, aber bis auf weiteres kommen wir schon klar.« Jac starrte aus dem Fester. Die Buchsbaumsträucher unter ihr, die sonst pyramidenförmig beschnitten waren, hatte lange niemand mehr gestutzt. Sie verloren allmählich ihre Form.

»Was ist es dann?«

»Die Polizei glaubt, ich hätte etwas mit Robbies Verschwinden zu tun, weil er den Verkauf abgelehnt hat, und ich …«

»Das ist ja grotesk.« Alices Stimme bebte vor Zorn. »Ausgerechnet du? Er ist dein Bruder. Du liebst ihn über alles.«

Jac presste die Stirn gegen die glatte, kühle Fensterscheibe. Einmal nichts riechen zu müssen war eine Erleichterung.

Draußen kam Wind auf, die Blätter tanzten nur für Jac, und ein Sonnenstrahl fiel auf den gut zwei Meter hohen Obelisk im Zentrum des Labyrinths. Angeblich war er ein Original aus der Zeit der altägyptischen Pharaonen. Es war eine der vielen Familienlegenden, dass Giles L'Étoile das steinerne Gebilde zusammen mit den anderen Kostbarkeiten aus Ägypten mitgebracht hatte. Jac wusste, dass es ebenso gut eine Fälschung aus dem neunzehnten Jahrhundert sein konnte. Niemand hatte das je überprüft. Ihre Familie glaubte lieber an die Geschichten, die das Fundament des Hauses L'Étoile bildeten. Und Jac wusste, dass der Obelisk von oben bis unten aus weißem Kalkstein bestand, doch jetzt, von hier oben gesehen, sah es aus, als sei die Spitze mit einer schwarzen Schicht bedeckt.

Sobald sie aufgelegt hatte, ging Jac in den Garten hinaus. In den Gängen zwischen den jahrhundertealten Zypressenhecken atmete sie tief durch und genoss den erfrischenden, würzigen Harzgeruch der Pflanzen. Als Kind war sie diese Wege hunderte Male gegangen. Der Geruch war ebenso ein Gestaltungselement dieses Kunstwerks wie die Kiesel, mit denen der Pfad gepflastert war.

Im Zentrum des Labyrinths angekommen, sah sie hoch. Es war also kein Schatten, keine optische Täuschung gewesen. Auf der pyramidenförmigen Spitze des Obelisken war etwas Dunkles. Jac reckte sich hoch, um es zu berühren. Etwas Schwarzes klebte an ihren Fingerspitzen. Sie roch daran. Es war Erde, wahrscheinlich aus diesem Garten. Wie kam Erde oben auf den Obelisk?

Jac setzte sich auf die Bank. Die Luft war feucht, und ihre Haare kräuselten sich. Plötzlich war ihr kühl, als hätte dieses neue Rätsel die Atmosphäre verändert. Jac hätte gern einen Pullover gehabt, wollte aber nicht ins Wohnhaus zurück. Sie musste herausfinden, was hier los war.

Warum klebte dort oben Erde? Jac sah sich nach möglichen Hinweisen um. Da bemerkte sie es: Das Yin-Yang-Symbol aus schwarzen und weißen Kieseln am Fuße des Steins war durcheinandergeraten. Die zwei tropfenförmigen Hälften des Kreises verliefen ineinander.

Das hatte jemand mit Absicht getan. Jac starrte die Kiesel an, als könnten sie das Rätsel für sie lösen. Eine Wolke zog vorüber, und als die Sonne wieder hervorkam, sah Jac vor sich am

Boden etwas schimmern. Metall? Sie sah genauer hin. Jemand hatte einige der Kiesel beiseite geschoben, und darunter … Was war das?

Jac ging in die Knie und schob noch mehr Steine zur Seite. Darunter kam eine große runde Platte zum Vorschein. Sie begriff nicht gleich, was es war, dann jedoch erkannte sie es: ein Kanaldeckel. Er lag nicht fest in seiner Verankerung, sondern stand einen Spaltbreit offen, als hätte ihn jemand in großer Eile schließen wollen. Jemand, der auf der Flucht war?

Jac beugte sich vor und beschnupperte den schmalen Spalt zwischen Deckel und Rand. Die kühle Luft dort unten roch säuerlich, nach Moder und vielleicht ein wenig nach Eichenmoos. Tatsächlich. Sie erkannte denselben Geruch, der vormittags die ganze Werkstatt erfüllt hatte, als sie den Flakon mit dem Duft der Treue zerbrach.

Dreißig

London, England
Donnerstag, 26. Mai, 18:30 Uhr

Xie saß in seinem Hotelzimmer in Kensington auf der Bettkante und starrte auf das Telefon. Es war so einfach. Er musste nur den Hörer abnehmen und eine Nummer wählen. Doch Xie blieb reglos sitzen und ließ die Arme hängen.

War das ein Notfall?

Er spürte, wie der Schweiß aus seinen Handflächen in das Laken sickerte. Zehn Sekunden vergingen. Zwanzig Sekunden. Langsam lief ihm die Zeit davon. Die Studenten waren zu einem Empfang im Victoria and Albert Museum eingeladen. In zehn Minuten musste er in der Lobby sein, sonst würden sie nach ihm suchen. Er konnte nicht zulassen, dass sie ihn so verängstigt und in Schweiß gebadet vorfanden.

Xie ging die sechs Schritte zum Fenster, entriegelte es und machte es weit auf. Der Straßenlärm wehte mit einem warmen Luftzug zu ihm herein. Verkehrsrauschen war ihm lieber als die Stille. Wenn es zu leise war, konnte er sein Herz schlagen hören.

Seit seiner Abreise aus China half ihm auch das Meditieren nicht mehr. Er war ständig in Sorge. So viele Jahre lang hatte er auf diese Reise gewartet, so viele Vorbereitungen getroffen. War so viele Risiken eingegangen, indem er Botschaften in seinen Werken verbarg. Hatte Calis Leben und das seines Lehrers riskiert. Und jetzt benahm er sich wie ein verängstigtes Kind. Man hatte ihn angewiesen, nur anzurufen, wenn ein Notfall eintrat. War es jetzt so weit?

Vor einer Stunde hatte er seinen Zimmergenossen dabei erwischt, wie er seinen Schrank durchwühlte. Ru Shan hatte behauptet, er hätte sich vertan.

Xie blickte das Telefon an wie einen schlafenden Drachen, den er lieber nicht wecken wollte. Was, wenn der Anruf zurückverfolgt wurde? Oder wenn die Regierung die Telefonate der Studenten abhören ließ? Konnten sie das hier in London? Was, wenn während des Gesprächs sein Mitbewohner ins Zimmer kam?

Vielleicht wartete Ru längst vor der Zimmertür, um ihm zu folgen, falls er irgendwo hinging, ohne dass es im Reiseplan vorgesehen war. Das war natürlich verboten. Die Studenten durften das Hotel nur als Gruppe und unter Aufsicht verlassen. Dennoch hatten sich die meisten spätabends heimlich davongestohlen. Bisher war niemand erwischt worden.

Xie hatte nicht vorgehabt mitzugehen. So neugierig er auf die fremde Stadt und ihre verbotenen Früchte war, wollte er dennoch jedes Risiko vermeiden. Ihm ging es nicht um die kleinen Fluchten, sondern um die eine, große. Doch wenn er zurückblieb, während die anderen ausgingen, konnte auch das verdächtig sein. Also hatte er sich ihnen angeschlossen und ein paar Bars besucht. Trotz seiner Ängste hatte ihn die westliche Kultur fasziniert.

Wie sehr hätte Cali den Ausflug genossen, die fröhlichen jungen Leute, die Freiheit, nicht beschattet zu werden. Einen ganzen Abend keine Militärpolizei zu sehen.

Aber seine Begleiter und er konnten diese Freiheit nur von außen betrachten, ohne an ihr teilzuhaben. Ihre Regierung schickte nicht einmal eine Gruppe von Künstlern ohne ihre Maulwürfe nach Europa. War Ru ein Spion? Peking bot Studenten, die ihre Kommilitonen denunzierten, Vergünstigungen an. Womit hatten sie Ru geködert?

Ohne Cali und ihr technisches Know-how konnte Xie nichts über den Studenten aus Tsinghua herausfinden. Doch mindestens ebenso sehr vermisste er sie ob ihres Muts und ihrer Leidenschaft.

Es klopfte an die Tür.

Xie hatte seine Chance verpasst. Er verfluchte seine zögerliche Art. Cali hätte ihn ausgelacht und ihn einen Feigling genannt. Zu Recht.

»Ja?«

»Ich bin es, Lan. Ich gehe jetzt runter. Kommst du mit?«

Er hätte nicht antworten sollen. Schon wieder so eine Dummheit. Seine Nervosität hinderte ihn, klar zu denken.

Er öffnete die Tür. »Komm rein. Ich bin gleich fertig, warte kurz.«

Die junge Frau von der Universität Peking war nicht nur die beste Kalligraphin in der Reisegruppe, sondern auch die schüchternste. Sie lächelte verhalten, als sie eintrat, und schlug die Augen nieder.

Lan und er hatten im Flugzeug nebeneinandergesessen. Als Xie auffiel, wie schweigsam sie war, hatte er alles getan, um ihre Schüchternheit zu respektieren, damit sie sich wohlfühlte. Seitdem suchte sie bei jeder Gelegenheit seine Nähe: auf der Busfahrt vom Flughafen zum Hotel, bei den Mahlzeiten und bei den Ausflügen.

Xie wusch sich im Badezimmer das Gesicht und sah in den Spiegel. Aus seinen Augen sprach die Angst.

Om mani padme hum.

Viermal intonierte er innerlich sein Mantra. Dann kämmte er sich die Haare, zupfte sein Hemd zurecht, nahm sein Jackett vom Haken und schlüpfte hinein.

In der riesigen Eingangshalle des Victoria and Albert Museum trafen die marmorne Pracht des neunzehnten Jahrhunderts und die klaren Linien zeitgenössischen Designs aufeinander. Lan trat neben Xie über die Schwelle und betrachtete die orangefarbenen, gelben und roten Transparente mit den Namen der aktuellen Ausstellungen.

»Ich hätte mir nie träumen lassen, dass meine Werke an so einem Ort ausgestellt werden könnten. Du etwa?«, sagte sie.

Erst da wurde es Xie bewusst, was diese Reise bedeutete. Nicht insgeheim, sondern ganz offiziell. Seine Arbeiten waren ausgewählt worden. Er hatte Kunstwerke geschaffen, die diese Auszeichnung wert waren. Was sonst noch auf dieser Reise geschehen würde, stand in den Sternen, doch Xie wusste, dass er es seinen Lehrern und sich selbst schuldig war, zumindest einen Augenblick innezuhalten und sich all das bewusst zu machen. Die Schwünge der Tinte auf dem Papier, die Konzentration, die nötig war, damit der Pinsel tanzte, statt zu holpern, all die entbehrungsreichen Jahre – sie hatten ihm nicht nur seine Identität wiedergegeben, nicht nur Seiner Heiligkeit genützt. Sie hatten einen Wert für sich. Die Botschaft auf dem Papier. Die friedvolle Poesie dieser Kunstform.

Auch das war bedeutend, was auch immer als Nächstes geschehen mochte.

Zusammen mit den anderen folgte Xie den Betreuern in die Abteilung für chinesische Bildhauerei. Die hohen Fenster wiesen auf einen Garten mit einem ovalen Teich hinaus. Buttrig goldgelbes Licht spiegelte sich im Wasser und tanzte an der Decke des Saals.

Ihre Kalligraphien hingen an dünnen Stellwänden aus Stoff, die die Kuratoren im Saal verteilt hatten. Lan und Xie wanderten durch die Gänge, die dadurch entstanden waren – ein Arrangement, das in sich selbst ein Kunstwerk war. Aus den Ausstellungsstücken an den Wänden und an den Raumteilern ergab sich ein ganzes Dorf der chinesischen Kunst. Alle Werke besaßen, aus welchem Jahrtausend sie auch stammten, dieselbe Schlichtheit und Kraft.

Ja, er würde noch viele sorgenvolle Stunden vor dem großen Tag verbringen, viel Zeit brauchen, um seine Furcht zu überwinden und sein Ziel zu erreichen. Heute jedoch ging es um die Kunst. Sie sprach zu ihm. Er hörte zu. Erwies ihr Respekt, so gut er konnte. So, wie er es als Kind von den Mönchen gelernt hatte, die dann im brennenden Kloster ihr Leben ließen. Mit Achtsamkeit.

Professor Wu winkte Xie und Lan zu sich und führte sie zur hinteren Wand des Saals. »Die Arbeiten könnt ihr euch später ansehen. Jetzt müssen wir uns bei unseren Gastgebern bedanken.«

Es gab ein kleines Büffet mit Nüssen, Schnittchen, Wein und Säften. Rechts davon hatten der chinesische Botschafter in Großbritannien und einige seiner Mitarbeiter Aufstellung genommen, um die Studenten und die Gäste zu begrüßen.

Als Xie an der Reihe war, seinen Landsleuten die Hand zu schütteln, verbeugte er sich tief und sprach so leise und einsilbig, wie er es sich in seiner Kindheit angewöhnt hatte. Keiner der Honoratioren schien sich für ihn mehr zu interessieren als für alle anderen Studenten. Xie war erleichtert. Er wollte es um jeden Preis vermeiden aufzufallen.

Umso mehr schmerzte es ihn, als Ru ihn kurz darauf in einem Ton, der nur von zu viel Wein in zu kurzer Zeit herrühren konnte, verbal attackierte.

»Du denkst, du bist uns allen so was von überlegen«, sagte Ru und zeigte mit dem Weinglas auf ihn. »Du denkst, deine Bilder sind die besten.« Wein schwappte über den Rand und fiel in roten Tropfen auf den weißen Marmorboden. »Aber du bist nicht besser. Deine Striche sind nicht feiner. Deine Schwünge sind nicht präziser.« Wie um das Gesagte zu bekräftigen, malte Ru mit seinem Glas eine energische Linie in die Luft. Wein spritze Xie ins Gesicht und in die Augen. Rote Burgundertränen liefen ihm die Wangen hinunter und tropften auf sein Hemd.

Ru stierte vor sich hin, erst selbstzufrieden, dann erschrocken, als ihm klar wurde, dass er bei einem so wichtigen Ereignis eine Szene verursacht hatte.

Bevor einer der beiden die Sprache wiedergefunden hatte, kam eine winzige alte Dame auf Xie zu und reichte ihm eine Serviette. »Nein, so geht es nicht«, murmelte sie, als er sich damit die Wangen betupfte, packte ihn am Arm und führte ihn weg.

Sie sah asiatisch aus, klang aber britisch. »Ich zeige Ihnen die Waschräume, da können Sie sich säubern.«

Sie steuerte auf die vordere Tür zu. »Es tut mir wirklich leid, dass so etwas passieren musste.« Sie trug einen leuchtend roten Anzug und dazu passenden Lippenstift und hielt seinen Arm überraschend fest umklammert. »So ein Pech. Ausgerechnet an einem Abend wie heute.« Hätte er ihr entkommen wollen, dann hätte er Mühe gehabt, ihren Griff zu lösen.

Als sie die Tür hinter sich ließen, wurde es schlagartig leiser. »Wissen Sie, Ihre Bilder sind tatsächlich besser als die anderen.«

»Sie beschämen mich.«

»Ich habe sie mir in den letzten Tagen sehr genau angesehen.«

»Es freut mich, dass sie Ihnen gefallen.«

»Sie haben einen subtilen Stil.«

»Sind Sie eine Kuratorin?«, fragte Xie.

»Ja. Kalligraphie ist mein Spezialgebiet.«

»Kommen Sie aus China?«

»Ursprünglich aus Tibet.«

Xie spürte, wie ihm ein Schauder über den Rücken rann.

»Ich habe mir Ihre Bilder sehr genau angesehen«, wiederholte sie und führte ihn einen schmalen, menschenleeren Gang entlang. »Mir ist da einiges aufgefallen.«

»Nur Gutes, hoffe ich.«

»Sie haben einige wenig beachtete Themen in Ihre Arbeit einfließen lassen. Leicht zu übersehen, aber nicht zu unterschätzen.«

Xie hatte so eine Begegnung erst in Paris erwartet. Er hatte nicht zu hoffen gewagt, dass jemand ihm helfen könnte.

»Da sind wir«, sagte sie vor der Tür zur Herrentoilette. »Finden Sie den Weg zurück allein?«

»Ja, danke. Ich danke Ihnen.«

»Also dann. Passen Sie auf sich auf, Xie Ping.«

Er nickte.

»Viele Menschen hoffen auf Ihren Erfolg«, flüsterte sie. »Sie werden unterwegs ein Auge auf Sie haben. Suchen Sie nicht nach ihnen. Man wird Sie schon finden. Sie sind ein mutiger junger Mann.«

»Danke«, sagte Xie noch einmal und verneigte sich.

Als er wieder aufblickte, war sie schon verschwunden.

Xie öffnete die Tür zu den Toiletten und steuerte auf ein Waschbecken zu. Den Mann bemerkte er erst, als er direkt hinter ihm war. Ein Schatten im Spiegel. Eine grobe Hand verschloss ihm den Mund. Xie wollte schreien, doch die Hand des Fremden erstickte jedes Geräusch.

Einunddreißig

PARIS, FRANKREICH
DONNERSTAG, 26. MAI, 19:15 UHR

Der Sonnenuntergang spiegelte sich auf der Seine. Gelbtöne wichen einem gedeckten Rosa, das bald darauf ins Lavendelfarbene verblasste. Die Farben tupften die Wasseroberfläche, als hätte ein impressionistischer Maler den Abend zu seiner Leinwand gewählt.

»Ich weiß nicht, ob das eine gute Idee ist«, sagte Jac.

»Über die Brücke zu gehen?«, fragte Griffin.

»Essen zu gehen.« Sie hatte ganz vergessen, wie gern er ihr die Worte im Mund herumdrehte. »Was, wenn die Suchteams etwas gefunden haben?«

Er legte ihr eine Hand auf den Arm und blieb stehen. »Marcher hat deine Handynummer und meine auch.«

Selbst durch die Jacke hindurch spürte sie den Druck seiner Fingerspitzen. Die jähe Wärme, die von ihnen ausströmte, löste etwas in ihr. Verärgert zog sie ihren Arm weg.

»Und Robbie würde es mir nie verzeihen, wenn ich zulasse, dass du hungerst«, sagte Griffin.

Jac fragte sich, ob er sich dabei an die Essenspakete erinnerte, die er ihr damals sonntagabends mitgegeben hatte, oder ob die Anspielung unbewusst war. Sie dachte an das ausgefranste alte Haarband in ihrem Schmuckkästchen in New York. Doch sie erwähnte es nicht. Er hätte es als Zeichen einer emotionalen

Nähe verstanden, die es nicht gab. Sie hatte das Band aufbewahrt, um sich daran zu erinnern, in Zukunft stark zu bleiben, nicht weil Griffin ihr noch etwas bedeutete.

Griffin lehnte sich auf die Brüstung und sah zur Notre-Dame hinüber. Jac blickte in die andere Richtung, zum Grand Palais. In der untergehenden Sonne leuchtete das Dach des Gebäudes, als stünde es in Flammen.

Rings um sie her überquerten andere Passanten die Pont du Carrousel auf ihrem Weg von der Rive Gauche zur Rive Droite und umgekehrt. Jac und Griffin waren nicht die Einzigen, die innehielten, um den Ausblick über die Stadt zu genießen. Links von ihnen stand ein Rentnerehepaar dicht beieinander am Geländer, unterhielt sich angeregt über die Sehenswürdigkeiten und machte Fotos. Rechts lag sich eine junges Pärchen in den Armen. Jac sah weg, auf das Wasser hinaus.

»Bist du in festen Händen?«, fragte Griffin leise.

Mit einer derart persönlichen Frage hatte sie nicht gerechnet und überlegte, ob sie überhaupt antworten sollte.

»Bis vor ein paar Monaten war ich es«, sagte sie, ohne sich nach ihm umzudrehen.

»Hat er dich verlassen oder du ihn?«

»Komische Frage.«

»Findest du?«

Sie zuckte mit den Schultern und biss sich auf die Lippe. »Ich habe es ihm ermöglicht, mich zu verlassen.«

»Wie meinst du das?«

»Er wollte, dass ich mit ihm zusammenziehe. Als ich das nicht wollte, da … Ach, weißt du, vielleicht will ich doch lieber nicht darüber reden.«

Griffin legte ihr eine Hand auf die Schulter und drehte sie zu sich herum.

»Wenn du darüber reden willst, höre ich dir zu.«

Jac zuckte wieder mit den Schultern. »Mir wird kalt«, sagte sie und zog ihre Jacke fester um sich. »Gehen wir.«

Schweigend erreichten sie das Ende der Brücke. Sie warteten an der Ampel und gingen unter dem steinernen Torbogen hindurch in Richtung Louvre. Als sie den Cour Napoléon überquerten, blieb Griffin vor Ieoh Ming Peis gläserner Pyramide stehen.

Hunderte Menschen waren im Innenhof des Louvre unterwegs, machten Fotos oder ruhten sich am Springbrunnen aus. Es war fast wie auf dem Rummelplatz. Die wenigsten schienen sich so lebhaft für die Architektur zu interessieren wie Griffin.

Die letzten Sonnenstrahlen schienen Jac ins Gesicht. Sie blinzelte. Alles verschwamm ihr vor Augen. Einen Moment lang sah sie eine Kutsche vor sich. Sah livrierte Diener die Türen öffnen. Eine in Goldbrokat gekleidete Dame mit hoher Perücke. Jac roch florales Parfüm und den Dunst ungewaschener Haut.

»Man hat nachgewiesen, dass die Form einer Pyramide Mikrowellenstrahlung aus der Umgebung aufnimmt und in elektrische Energie umwandelt.«

»Was hast du gesagt?«, fragte Jac. Sie hatte kein Wort verstanden.

»Angeblich nimmt die Form einer Pyramide Strahlung aus der Umgebung auf und wandelt sie in Energie um. Selbst neu errichtete Pyramiden sollen deshalb magische Orte sein.«

»Sag nicht, dass du jetzt angefangen hast, an Zauberei zu glauben. So sehr kannst du dich gar nicht verändert haben, oder?«

»Niemand könnte skeptischer sein. Aber ich habe einmal eine Nacht in einer Pyramide verbracht und Dinge erlebt, die ich mir nicht erklären kann.«

Sie schüttelte den Kopf. »Dann bin ich wohl doch skeptischer als du. Zynischer.«

»Früher warst du nicht zynisch. Als wir noch …« Griffin brachte den Satz nicht zu Ende. »Was hat dich so verändert, Jac?«

Fast hätte sie gesagt, »*Du* warst es«, doch dann hielt sie sich zurück. »Wir alle verändern uns. Nur Robbie ist immer noch unschuldig. Glücklich wie eh und je.« Jac unterdrückte ein Schluchzen. Sie wollte nicht, dass Griffin sie tröstete. Seine fürsorgliche Art konnte verführerisch sein. Er war so verdammt gut darin, sich um andere zu kümmern.

Das Café Marly war hinter einem Bogengang im Richelieu-Flügel des Palais. Weil es so dicht am Museum lag, kamen immer auch ein paar Touristen hierher, doch hauptsächlich wurde die Brasserie von den Parisern selbst besucht.

»Das ist eins von Robbies Lieblingsrestaurants«, sagte Griffin, als sie es betraten. »Stilvoll, aber unprätentiös.«

Der Oberkellner führte sie zu einem Tisch in der Ecke eines der Innenräume. Griffin bestellte Käse und Wein.

Der Teil des Palasts, in dem sie sich befanden, war so umgestaltet worden, dass er eine moderne Brasserie beherbergen konnte, ohne seine Pracht und Größe einzubüßen. Vergoldeter Stuck rahmte die hohen Decken. Unebenheiten im Marmorboden erinnerten an die vierhundertjährige Geschichte des Ortes. Die Sessel waren mit tiefrotem Samt bespannt.

»Entspann dich«, sagte er. »Trink deinen Wein.« Er bestrich ein Stück Baguette mit weichem Camembert und reichte es ihr. »Und iss das hier.«

»Erteilst du mir jetzt Befehle?«

»Ich mache Vorschläge. Du bist ganz schön unter Druck. Ich will dir nur helfen. Wann hast du zuletzt richtig gegessen?«

Jac ärgerte sich, dass er sie noch immer so gut kannte, und biss ein Eckchen von dem Brot ab, aber nur, um sich von unwirschen Kommentaren abzuhalten. Hungrig war sie nicht.

»Mir ist einfach nicht wohl dabei, hier im Restaurant zu sitzen, während Robbie …«

Griffin unterbrach sie. »Wir müssen beide essen, und das können wir genauso gut da tun, wo es schmeckt. Und wo niemand vor der Tür Wache hält.«

»Wie meinst du das?«

»Marcher lässt dich observieren.«

»Um mich zu schützen oder zu bewachen?« Jac sah sich instinktiv um. Ihr war noch gar nicht aufgefallen, wie unheimlich leer es im Restaurant war. Alle anderen Gäste saßen draußen und genossen die Aussicht.

»Zum Schutz, hoffe ich. Aber sicher bin ich mir nicht. Deshalb wollte ich unbedingt ausgehen, damit wir reden können. Im Haus, in der Werkstatt oder im Laden sind wir nicht sicher.«

»Sicher?«

»Vielleicht werden wir auch abgehört.«

»Woher weißt du das alles?«

»Ein Mann ist uns gefolgt. Ich habe ihn auf der Brücke gesehen, und dann hat er sich in der Pyramide gespiegelt. Deshalb gehe ich davon aus, dass er dich beschützen soll. Weil er sich so wenig Mühe gegeben hat, nicht aufzufallen.«

Plötzlich war es unerträglich heiß im Saal. Jac wollte aufstehen. Davonlaufen. Sie konnte hier nicht einfach sitzen, wenn Robbie irgendwo da draußen war. Es war verrückt gewesen zu denken, sie käme damit zurecht.

Als hätte er ihre Gedanken erraten, legte Griffin eine Hand auf die ihre, und diese leichte Berührung reichte aus, dass Jac blieb, wo sie war.

»Es ist okay. Wirklich.«

Mit der anderen Hand hob Griffin sein Glas.

»Auf Robbie«, sagte er leise.

Jac spürte Tränen in sich aufsteigen, doch sie hielt sie zurück.

Sie setzte das Glas an die Lippen. Aus Gewohnheit atmete sie erst das Bouquet ein, bevor sie trank. All die subtilen Aromen verschmolzen zu einem weichen, vollen Duft: Kirsche, Veilchen und Rosen auf der Basis von Leder und Eichenholz. Jac nippte daran. Der Geschmack tanzte ihr auf der Zunge. Es kam ihr so unpassend vor, den Feinheiten eines guten Weins nachzuspüren, wenn Robbie möglicherweise in Gefahr war.

»Was hast du mit deinen Händen gemacht?«, fragte Griffin.

Jacs Knöchel waren gerötet und von feinen Linien aus Schorf überzogen, wo sie sich bei ihren Versuchen, den Kanaldeckel im Labyrinth anzuheben, die Haut aufgeschürft hatte. Sie rieb daran herum, wie um sie wegzuwischen, doch davon wurde die Rötung nur noch schlimmer.

»Jac?« Griffin klang besorgt.

»Meinst du, dass uns jemand belauschen könnte, obwohl hier niemand ist?«

Er schüttelte den Kopf. »Ich denke nicht, nein.«

Sie beugte sich über den Tisch und bemerkte nicht einmal, wie verführerisch diese Bewegung wirken musste, bis sie an Griffins Augen seine Reaktion ablas.

»Ich glaube, ich weiß, wo Robbie ist«, flüsterte sie hastig.

»Hattest du Kontakt mit ihm?«

»Nein. Aber er hat mir wieder ein Zeichen gegeben. Ich weiß jetzt, wo er sein müsste. Aber ich komme nicht allein dorthin.« Sie hielt zum Beweis ihre Hände hoch. »Ich hab's versucht.«

»Wolltest du es mir erzählen?«

Jac runzelte die Stirn. »Ich habe es dir erzählt.«

»Nur weil ich nach deinen Händen gefragt habe.«

Es war naiv von ihr gewesen, zu glauben, sie könnten die Vergangenheit außen vor lassen, ohne sie je zu erwähnen oder von ihr beeinflusst zu werden. »Also, bringen wir es hinter uns, okay? Ich bin nicht diejenige, die Schluss gemacht hat.«

Griffin war anzusehen, dass er diesen Vorstoß nicht erwartet hatte. Er nippte schweigend an seinem Wein und rückte sein Besteck hin und her. »Nein, bist du nicht.«

»Warum bist du dann so wütend auf mich?«

»Ich bin nicht wütend.«

Sie zog die Augenbrauchen hoch.

»Du wärst mit mir nicht glücklich geworden«, sagte Griffin leise.

»Das hast du beschlossen. Nicht ich.«

»Ich wusste es.«

»Du dachtest, du wüsstest es.« Sie nahm den nächsten Schluck Wein.

»All die Jahre … und trotzdem haben wir einander nie ganz vergessen, oder?« Er hatte eine Frage gestellt, doch sie klang wie ein Geständnis.

Jac wusste nicht, ob sie darauf antworten sollte. Und wenn ja, wie. Ihre Gefühle hatte sie so tief in sich vergraben, und sie waren so persönlich, dass es ihr fast obszön vorgekommen wäre, darüber zu sprechen.

Griffin beugte sich vor. Sie roch seinen Duft. Das Parfüm der Bestrafung.

»Dieses Eau de Cologne wird schon seit Jahren nicht mehr verkauft. Und du trägst es immer noch?«

»Ich habe nie eins gefunden, das mir besser gefallen hätte, also hat dein Bruder die Zusammensetzung analysieren lassen und es für mich neu zusammengemischt. Immer wenn mein Vorrat zur Neige geht, füllt er ihn wieder auf.«

Jac hörte selbst, dass ihr Lachen ein wenig hysterisch klang. Während sie all die Jahre halbleere Flaschen auf Flohmärkten aufgestöbert und Erinnerungen nachgejagt hatte, hatte Robbie Griffin getroffen und ihn ständig mit frischem Nachschub versorgt.

»Was hast du, Jac? Sag es mir.«

Jac hob die Hände. Sie konnte ihre Gedanken nicht ordnen, wusste selbst nicht, was sie dachte. Sie schüttelte den Kopf.

Griffin rückte seinen Stuhl ein Stück um den Tisch herum

und stellte sein Weinglas neben ihres. Dann beugte er sich vor, als wollte er ihr ein Geheimnis erzählen.

Dann, plötzlich, berührten seine Lippen die ihren, und sie atmete nicht nur seinen Geruch, schmeckte nicht nur den Wein, sondern erinnerte sich in allen vergessen geglaubten Einzelheiten daran, wie es sich anfühlte, mit ihm zusammen zu sein. Wie er, wenn sie sich küssten, mit beiden Händen ihren Kopf umschloss. Wie seine Lippen sich auf ihren bewegten. Ihre Nähe, ihre Zweisamkeit war untrennbar in Jacs innerstes Wesen eingewoben. Die Erinnerung saß so tief, dass Jac kaum daran zu denken wagte, wo es sie hinführen würde, wenn sie diesen Faden aufnahm und ihm folgte. Seine Hände auf ihren Wangen, sein Atem, sein Haar auf ihrer Haut – all das war ihr auch auf andere Weise vertraut. Daran hatte sich Marie-Geneviève erinnert, als man sie im Fluss ertränkte. Daran dachte die ägyptische Prinzessin am Flussufer, als ihr Geliebter ihr sagte, dass man ihn töten würde.

Ertränken? Töten?

Jac schob Griffin so heftig von sich, dass er gegen seine Stuhllehne prallte. Er blickte sie erst erschrocken, dann fragend an.

»Du sahst so verängstigt aus, Jac. Ich wollte nicht …«

Sie schüttelte den Kopf. »Es geht hier nicht um mich. Es geht um Robbie.«

»Nein. Gerade ist irgendetwas mit dir passiert. Das habe ich dir angesehen. Was war es?«

»Vergiss das endlich!« Jac schrie fast. »Alles, was jetzt zählt, ist, dass wir Robbie finden.«

Der Kellner kam und servierte Jac ein Paillard vom Huhn und Griffin ein Croque Monsieur.

Eine Weile aßen und tranken sie, ohne viel zu sagen, bis Jac ihr Besteck beiseite legte. Ihr Teller war noch fast voll.

»Magst du wirklich nichts mehr essen?«

Sie schüttelte den Kopf.

»Wenn meine Tochter nicht essen will, besteche ich sie immer.«

»Ich bin nicht deine Tochter, und ich wüsste wirklich nicht, womit du mich bestechen könntest.« Jac hatte es im Scherz sagen wollen, doch ihre Antwort klang verbittert.

Sie schob den Teller weg.

»Würdest du mir jetzt helfen, Robbie zu finden?«

»Ja«, sagte Griffin, ohne zu zögern.

Als Griffin und Jac das Restaurant verließen, bemerkte keiner von beiden die blasse junge Frau, die mit Kopfhörern in den Ohren an einem Tisch auf der Terrasse saß, Wein trank und Foie gras mit Weißbrot aß. Sobald sie durch die Tür traten, warf Valentine Lee ein paar Euros auf den Tisch und setzte ihnen nach.

Wie die Champs-Élysées war auch der Innenhof des Louvre immer voller Menschen. Es war leicht, sich in der Menge unsichtbar zu machen und dem Zivilpolizisten aus dem Weg zu gehen, der Jac und Griffin ebenfalls verfolgte. Valentine schlängelte sich im Zickzack zwischen den Passanten hindurch. Ohne ihre Beute aus den Augen zu lassen, umrundete sie eine Gruppe von Teenagern, die vor der Pyramide rauchten, SMS schrieben und telefonierten, und wich Touristen aus, um nicht auf ihre Fotos zu geraten.

Ihre Kopfhörer behielt sie wohlweislich auf. Eine Frau mit iPod war hier kein ungewöhnlicher Anblick. Doch sie hörte keine Musik. Die Richtantenne an ihrem Gürtel spielte ihr Motorgeräusche und Umgebungslärm zu. Das Gespräch zwischen Jac und Griffin konnte sie hier draußen nicht weiter mitverfolgen, beim Abendessen war der Empfang jedoch tadellos gewesen.

Wohin wollten sie jetzt? Wo vermutete Jac L'Étoile ihren Bruder? Sie hatte den Ort nicht genannt.

Auf der Brücke hielt Valentine reichlich Abstand von dem Paar. Als die beiden an einer Ampel warten mussten, hielt sie an, zog eine Kamera hervor und knipste Bilder von der Seine.

Die Dunkelheit hatte sich über Paris gesenkt. Die Lichter der Stadt spiegelten sich in der Wasseroberfläche. Ein Touristendampfer glitt unter der Brücke hindurch, von dessen Deck Fetzen eines Stücks von Django Reinhardt heraufwehten. Der vertraute Klang dieser Musik umschlang Valentine und ließ sie nicht wieder los. Jede Gegenwehr war zwecklos. Eine Welle der Emotionen spülte über sie hinweg. Das war François, sein Rhythmus, sein Groove. François hatte diese Musik gespielt, dazu getanzt, sie geatmet und gelebt. Reinhardt war sein größtes Idol gewesen. Der Verlust, den Valentine verdrängt hatte, traf sie nun mit voller Wucht. Härter, als sie es je geglaubt hätte. In gewisser Weise war sie sogar dankbar für den Schmerz. Es war falsch gewesen, nach seinem Tod einfach weiterzumachen. François war ihr ein Vater gewesen. Sie hätte innehalten sollen. Einfach nur weinen. Sich von dem Schmerz, von der Trauer überwältigen lassen. Jetzt, auf der Brücke, als die Musik sich langsam flussabwärts verlor, konnte sie nicht mehr so tun, als sei alles unter Kontrolle.

Niemand schien die Frau zu bemerken, die weinend auf die Lichter der Stadt hinuntersah. Tränen, stellte sie fest, waren die beste Tarnung überhaupt. Es war die erste Lektion, die sie ohne François gelernt hatte, die erste nach über zwölf Jahren.

Zweiunddreißig

20:58 Uhr

Jac trat auf die Terrasse und streckte die Hand nach dem Lichtschalter aus.

»Warte«, sagte Griffin. »Vielleicht reicht uns das Licht auch so.«

»Man kann von keinem der anderen Häuser in das Labyrinth hineinsehen.«

»In das Labyrinth? Glaubst du, Robbie ist im Labyrinth?«

Sie nickte. »Ich zeige es dir.«

Griffin reckte sich hoch auf und sah sich um. »Kann uns wirklich niemand sehen? Was ist mit dem Fenster da?«

»Das gehört zu unserem Haus. Die Bäume sind extra so gepflanzt worden, dass niemand außer uns in das Labyrinth hineinsehen kann. Vielleicht ändert sich das, wenn eines Tages in der Nähe ein Hochhaus gebaut wird, aber bis jetzt ist es nicht möglich.«

»Es ist trotzdem besser, das Licht auszulassen. Selbst wenn man uns nicht direkt sehen kann, bemerkt vielleicht jemand den Lichtschein. Sie müssen nicht unbedingt wissen, dass du spätabends noch im Garten bist.«

»Ich könnte ja frische Luft schnappen«, sagte Jac. »Es ist mein Garten. Was sollte daran verdächtig sein?«

»Versuchen wir es doch ohne.«

So stur Jac auch sein konnte, Griffin war schlimmer. Zorn wallte in ihr auf. Wie konnte es sein, dass sie nach all den Jahren wieder in die alten Rollenmuster verfielen? Die guten und die schlechten, die tröstlichen und die ärgerlichen. Jac hatte gedacht, die Kerben, die sie in der Seele des anderen hinterlassen hatten, könnten sich mit der Zeit glätten. Aber das hatten sie nicht. In kaum mehr als vierundzwanzig Stunden hatten sich Griffin und sie wieder genauso aufeinander eingespielt wie vor einem Jahrzehnt.

Es war Neumond und stockdunkel. Doch Jac hätte sich in den Gängen und Verzweigungen auch mit verbundenen Augen zurechtgefunden – mit ihrem Geruchssinn. Im Zentrum des Labyrinths wuchsen Rosen und Jasmin, und an der Intensität ihres Dufts erkannte sie immer, wo sie war.

Im Zentrum angekommen, ließ sich Jac auf die Knie nieder, schob die Kiesel beiseite und legte die Metallplatte frei, die sie am Nachmittag gefunden hatte.

In der Parfümerie gab es keine Taschenlampe, zumindest hatte Jac keine gefunden. Griffin hatte zwar immer eine kleine LED-Leuchte in seiner Aktentasche, doch die hatte er im Hotel gelassen. Alles, was sie hatten auftreiben können, waren die dicken, teuren, mit den Klassikern des Hauses aromatisierten Votivkerzen aus dem Laden.

Griffin hockte sich neben sie und riss ein Streichholz an. Als die Kerze brannte, ließ er ihr Licht auf den Kanaldeckel fallen.

»Der ist ja Hunderte von Jahren alt.« Er fuhr mit den Fingern die eingeprägte Jahreszahl nach.

1808.

»Wie konnte ich das vorhin nur übersehen?«, fragte Jac ärgerlich.

»Weil du nicht danach gesucht hast. Du hast nach Robbie gesucht.«

Was Jac allein unmöglich gewesen war, schafften sie zusammen beim ersten Versuch. Sie hoben den Deckel an und schoben ihn zur Seite, bis die fast einen Meter breite Öffnung freilag.

»Was ist da unten?«, fragte Griffin.

Jac versuchte, die in ihr aufsteigende Panik zu ignorieren, und wagte einen Blick in die Tiefe. Die Luft, die ihr entgegenwehte, roch nach Staub und Erde, fauligem Laub und feuchten Steinen.

Griffin hielt die Kerze in die Öffnung. Die Flamme erhellte nur die metallene Einfassung und ein wenig Mauerwerk. Darunter war unendliche Dunkelheit.

»Riechst du den Duft der Treue?«, fragte Griffin.

»Nein, jetzt nicht mehr.«

Die Suche war beendet, bevor sie richtig begonnen hatte.

Griffin hob die Kerze wieder, doch seine schnelle Bewegung löschte die Flamme, und der Garten wurde so dunkel wie das Loch im Boden.

»Keine Sorge. Wir finden ihn.«

Jac konnte Griffin nicht sehen. Sie hörte nur seine Stimme. Wie eine kühlende Brise, die von weit her zu ihr herüberwehte. Sie jagte Jac mit ihrer Vertrautheit Schauder über den Rücken und brachte sie dazu, ihre Jacke fester um ihre Schultern zu ziehen. Als könnte sie sich so vor ihm schützen.

Griffin zündete wieder ein Streichholz an. Der Docht fing zischend Feuer. Behutsam senkte er die Kerze wieder, damit sie nicht noch einmal erlosch.

Obwohl Griffin die Kerze noch tiefer hielt, konnte Jac nicht auf den Grund sehen. Ihr Herz klopfte so heftig, dass sie es hören konnte. Die Panik packte sie immer fester und drohte sie zu lähmen.

»Ist alles in Ordnung?«, fragte Griffin. »Das muss für dich die Hölle sein.«

Jac nickte. Einen Augenblick lang war die Überraschung, dass er sich daran erinnerte, größer als die Angst.

Jac hatte Angst vor Kanten. Eine merkwürdige Phobie, und sehr selten, wie einer ihrer Therapeuten in der Schweiz angemerkt hatte. Große Höhen störten Jac nicht weiter. Sie lebte in New York im siebenundzwanzigsten Stock. Doch wenn sie nur in die Nähe einer Bahnsteigkante kam, schlug ihr das Herz bis zum Hals. Was, wenn sie stolperte, wenn sie ausrutschte oder, noch schlimmer, gelähmt am Abgrund stehen bleiben musste?

Jac wusste, wie alles begonnen hatte, doch die Entstehungsgeschichte ihrer Angst zu kennen half nicht viel gegen den Zustand selbst. Sie hatte mit dem acht Jahre alten Robbie Verstecken gespielt. Er war aus einem Giebelfenster auf das Dach hinausgeklettert. Jac bemerkte auf der Suche das offene Fenster und folgte ihm. Das Dach war groß und bot mit seinen Schornsteinen und Winkeln viele gute Verstecke. Jac begann sie einzeln abzusuchen, als sie plötzlich Stimmen hörte. Sie lief zur Dachkante vor und sah hinab. Ihre Eltern standen unten auf der Straße und stritten sich. Das taten sie oft, und Jac litt jedes Mal daran. Es war ihr unerträglich, die beiden unglücklich zu wissen.

Diesmal war ihre Auseinandersetzung besonders derb und laut. Jac war von den Beleidigungen und Drohungen so schockiert, dass sie nicht hörte, wie Robbie sich von hinten näherte. Als er sie ansprach, fuhr sie zusammen und drehte sich um, wobei ihr Fuß über die Kante rutschte. Sie stürzte. Robbie erwischte sie im Fallen, hielt sie fest und zog sie über die Dachziegel wieder zu sich herauf, was ihr tiefe Schrammen einbrachte, aber Knochenbrüche oder Schlimmeres verhinderte.

Atmen. Das half immer. Tief durchatmen, sagte sie zu sich selbst. Wenn Robbie da unten ist, musst du ihm helfen.

Jac wusste, wie sie sich beruhigen konnte. Sie konzentrierte sich darauf, die Gerüche ihrer Umgebung zu unterscheiden. Erde. Verrottendes Holz. Staub und Flechten. Das frische, reine Harz der Zypressen im Labyrinth. Der nachtblühende Jasmin und die frühen Rosen. Und Gras. Zusammen ergaben sie ein erdiges, dunkles *Oud*, einen geheimnisvollen, verstörenden Duft, der an dichte Wälder denken ließ, in deren Tiefen nur selten ein Lichtstrahl drang. In denen ein Kind bis in alle Ewigkeit umherirren konnte, ohne je einen Ausweg zu finden.

Von dem, wonach sie suchte, fand Jac keine Spur.

War ihr Bruder hier oder nicht? Hatte er ihr Zeichen geben wollen? Und wenn nicht, warum war dann der Obelisk mit Erde beschmiert? Wie waren die Kiesel durcheinandergeraten? Hatte eine Katze hier gewütet?

»Robbie?«, rief sie in die Tiefe und lauschte angestrengt.

Nur ihr eigenes Echo kam wie zum Spott zu ihr zurück.

So ein Unsinn, dachte sie. Als würde er da unten herumsitzen und auf sie warten.

»Robbie?«, rief sie trotzdem zum zweiten Mal.

Nichts.

»Was *ist* da unten bloß?«, flüsterte sie, mehr an die Nacht um sie herum gerichtet als an Griffin. Sie schämte sich dafür, wie ängstlich es klang.

Griffin lockerte seinen Griff und ließ die Kerze fallen. Einige Augenblicke lang beleuchtete sie das tiefer liegende Mauerwerk, dann erlosch sie wie eine Sternschnuppe.

Jac zitterte. Sie bebte am ganzen Körper, als sei sie ohne Winterkleidung in einen Schneesturm geraten. Ihr war klar, dass es nur ein Symptom ihrer Phobie war, doch sie konnte es nicht unterdrücken. Weit, weit unten war leise der Aufprall der Kerze zu hören.

»Warum hast du das gemacht?«, fragte Jac.

»Ich wollte messen, wie lange es dauert, bis sie unten aufkommt. Damit ich weiß, wie tief der Schacht ist.«

»Wie lange hat es gedauert?«

»Fast dreißig Sekunden. Der Schacht muss über dreißig Meter tief sein.«

Griffin zündete eine zweite Kerze an, beugte sich über den Rand und leuchtete erneut in die Tiefe.

»Es ist nur eine mit Moos und Flechten bewachsene Wand.«

»Nein, schau mal hier«, sagte Griffin.

Zögernd schob sich Jac ein Stück vor. Ihr Herz schlug schneller. Sie konnte nicht erkennen, worauf Griffin zeigte. »Wo denn?«

»Siehst du die Einkerbung da?«

Jetzt sah sie einen halben Meter tiefer eine Einbuchtung im Mauerwerk. »Und was ist das?«

»Das sind Stufen.«

Er streckte sich noch tiefer hinab. »Da ist die nächste, siehst du? Wie eine Wendeltreppe. Wahrscheinlich führt sie bis ganz nach unten.«

»Wir müssen da runter. Wir müssen ihn suchen.«

»Ich weiß, aber nicht jetzt.«

»Warum nicht?«

»Wir sind nicht vorbereitet.« Er wies auf Jacs Schuhe und ihre Kleidung. »Wir brauchen Schuhe zum Klettern und Helme mit Beleuchtung. Ein Seil. Und natürlich einen Erste-Hilfe-Kasten, falls Robbie verletzt ist.«

Jac war alles andere als einverstanden, doch seine Erfahrung wog mehr als ihre Ungeduld.

»Wir steigen erst runter, wenn wir richtig ausgerüstet sind. Wenn uns etwas zustößt, können wir Robbie auch nicht helfen.«

»Selbst wenn ich wüsste, wo man die Sachen bekommt, hat doch jetzt nichts mehr auf.«

»Es tut mir leid, aber wir werden bis morgen warten müssen. Wir können ja nicht einmal sehen, wo wir hintreten. Können unseren Rückweg nicht markieren. Wir wissen überhaupt nicht, wie es da unten aussieht; vielleicht verläuft man sich dort.«

Trotz der kühlen Abendluft brach Jac der Schweiß aus. Sie hatte Angst, doch das war ihr jetzt egal. Robbie hatte ihr eine Botschaft hinterlassen. Er war alles, was sie hatte. Sie hatte schon gegen mächtigere Dämonen gesiegt, gegen Visionen und Alpträume, die sie fast den Verstand gekostet hatten. Man hatte sie in Kliniken eingewiesen, mit Elektroschocks behandelt und mit Medikamenten vollgepumpt. Mit einem Schacht würde sie schon fertig werden.

Obwohl sie gerade noch Griffin zugestimmt hatte, dass sie warten mussten, ging sie in die Knie und kroch rückwärts auf die Öffnung zu.

Griffin packte sie am Handgelenk, so stark, dass der Schmerz ihren ganzen Arm durchfuhr, und zog sie weg.

»Du tust mir weh!«, japste sie.

Er ließ sie los. »Bist du jetzt total übergeschnappt?«, fragte er aufgebracht. »Warum hörst du nicht ein einziges Mal auf mich?«

Jacs Herz raste, und sie rang nach Luft. Zitternd setzte sie sich auf den feuchten Boden und lehnte sich an die Hecke. Ihr Arm schmerzte. Mühsam hielt sie die Tränen zurück. Vor Griffin loszuheulen war das Letzte, was sie jetzt wollte.

»Wenn Robbie nach da unten geflüchtet ist, ist er dort mindestens so sicher wie anderswo«, sagte Griffin. »Niemand kann von dem Versteck wissen. Er wird noch eine Nacht ohne uns zurechtkommen. Morgen gehen wir runter.«

Sie nickte stumm.

»Versprochen«, sagte Griffin.

Die Erinnerungen, die dieses letzte Wort in ihr wachrief, waren zu viel für Jac. Eine erste heiße Träne lief ihr die Wange hinunter. Sie wandte sich ab. Noch eine Träne.

Sie spürte Griffins Hand auf ihrer Schulter.

»Komm, ich helfe dir auf. Tut mir leid, dass ich so fest zugepackt habe. Ich hatte Angst, dass du fällst.«

Ohne die Hand zu nehmen, die er ihr hinhielt, rappelte Jac sich auf, wischte sich die Hände an der Jeans ab und ging zurück zum Haus.

Dreiunddreißig

21:15 Uhr

Wenn Malachai in Paris war, buchte er immer dieselbe Suite im »L'Hotel«. Dort fühlte er sich zu Hause. Die rot-goldenen Brokatvorhänge und der passende Bettüberwurf gingen noch auf die Zeiten der Monarchie zurück. Die Kristalllüster waren immer auf Hochglanz poliert, die Bettbezüge frisch gebügelt.

Malachai öffnete ein Fenster und sah über die Dächer zum Glockenturm der Kirche Saint-Germain hinüber. Die Aussicht hatte sich seit Hunderten von Jahren nicht verändert. Der Turm stammte aus dem zehnten Jahrhundert und war einer der ältesten der ganzen Stadt. Malachai sah auf die Uhr: fünfzehn Minuten nach neun. Er entkorkte eine Flasche Krug, die eisgekühlt für ihn bereitstand – ein Kärtchen mit einem Willkommensgruß stand an den silbernen Kühler gelehnt –, goss sich ein Glas davon ein und trat mit dem Champagner in der Hand auf den kleinen Balkon hinaus. Gerade in dem Moment läuteten die Kirchenglocken. Malachai beugte sich über das Geländer und lauschte den Tönen. Denselben Glocken waren die Gemeindemitglieder schon im Mittelalter gefolgt und in all den Jahrhunderten danach. Malachai nippte an dem sanft perlenden Getränk, schloss die Augen und versuchte, sich die vergangenen Zeiten vorzustellen. Es gelang ihm nicht. Wie sehr wünschte er sich, die Vergangenheit sehen, schmecken, hören zu können. Ihre Geheimnisse zu entdecken.

Das Glockengeläut verklang. Verkehrslärm drang zum Balkon herauf. Eine Taube gurrte. Malachai setzte sich auf einen Metallstuhl und holte eines seiner Handys hervor. Er gebrauchte immer zwei – eins, um selbst Anrufe zu tätigen, und eins, um für andere erreichbar zu sein. So war er schwerer aufzuspüren.

So schön die Suite auch war – der wahre Grund, warum Malachai sie buchte, war dieser Balkon. Hier konnte er sich ohne Sorge um Abhörgeräte frei unterhalten. Und er konnte unter seinem eigenen Namen reisen, wie es ihm am liebsten war. Sein Pseudonym sicherte ihm zwar die nötige Anonymität, brachte ihn aber um die Aufmerksamkeiten und die Vorzugsbehandlung, die er unter seinem eigenen Namen genoss.

Er wählte Winstons Nummer.

»Ich bin da«, sagte er dem Ex-Agenten.

»Gut. Wie war die Reise?«

»Ereignislos. Ist im Büro alles in Ordnung?«

»Ja, alles wie immer.«

Vor seiner Abreise aus New York hatte Winston Malachai noch keine Neuigkeiten zu ihrem Fall mitteilen können. Die Tonscherben, die zusammen mit Robbie L'Étoile verschwunden waren, waren in den Augen der Ermittlungsbehörden weder historisch noch finanziell von besonderer Bedeutung. Man hatte ihren Wert auf höchstens fünftausend Dollar geschätzt. Die französische Polizei hatte zwar eine Suchmeldung bei Interpol aufgegeben, doch da sie nicht ahnten, dass es sich um eine Erinnerungshilfe handeln könnte, waren die Scherben nicht als solche deklariert, und niemand war auf die Idee gekommen, Malachai vorsorglich zu beschatten. Jedes Mal, wenn er das Land verließ, bekam die Abteilung Kunstraub des FBI Meldung davon, doch seine enge Bekanntschaft mit der Familie L'Étoile ließ einen Besuch in Paris unverdächtig wirken. Da die Schwester des Verschwundenen eine ehemalige Patientin von ihm war, lag es nahe, dass er ihr helfen wollte, den psychischen Stress zu verarbeiten, um Rückfällen vorzubeugen.

»Wie geht es Ihrem Neffen?«, erkundigte sich Malachai und fragte damit verschlüsselt nach Lucian Glass. Glass hatte bei den letzten zwei Diebstählen von Erinnerungshilfen die Ermittlungen geleitet. Er trug Schuld daran, dass Malachais Beziehung zu seiner Familie zerrüttet war, und hatte ihn bei der Phoenix Foundation in Verruf gebracht.

»Mein Neffe ist sehr beschäftigt. Hat überhaupt keine Zeit mehr für mich. Er hat einen neuen Job und eine neue Freundin; da kann ich wohl nicht mithalten.«

Malachai lächelte. Gut zu wissen, dass Glass ihm nicht nachspionierte. Zumindest noch nicht. »Wie schön für ihn.«

Nach dem Telefonat ging Malachai in das Wohnzimmer der Suite zurück und setzte sich an ein antikes Schreibpult. Er hatte noch zwei Stunden Zeit bis zu dem Treffen mit Winstons Mitarbeiter.

Er nahm seinen Montblanc-Füller und das schwere Briefpapier des Hotels zur Hand, um Jac mitzuteilen, dass er hier war und ihr helfen würde, wenn sie ihn brauchte. Doch der Tonfall stimmte nicht. Malachai zerriss seinen ersten Versuch und ließ die Fetzen in den Papierkorb fallen.

Als er Jac kennenlernte, war sie ein schlaksiges junges Mädchen und er ihr Therapeut. Ihr Altersunterschied hatte sich seitdem nicht verringert, spielte aber keine so große Rolle mehr wie damals. Sie war jetzt eine erfolgreiche Frau. Und noch immer einsam, verängstigt und hilfsbedürftig.

Der zweite Entwurf las sich schon besser. Malachai faltete den Brief und steckte ihn in einem Umschlag. Er rief bei der Rezeption an, um zu fragen, ob der Gepäckträger bereit wäre, am nächsten Morgen früh einen Botengang für ihn zu übernehmen.

Der Concierge zögerte keinen Augenblick. *»Bien sûr, Monsieur Samuels.«*

Alles hatte eben seinen Preis. Fast alles zumindest. Malachai hatte Robbie L'Étoile für die Tonscherben weit mehr Geld geboten, als es jeder andere tun würde. Und der Parfümeur brauchte das Geld. Dringend sogar. Dennoch hatte er abgelehnt. Warum? Was hatte er mit den Scherben vor? Kannte Jac seine Pläne? Nun, immerhin war er nun in Paris. Er hatte bei seiner Bank in New York eine Hypothek auf seinen Anteil des Hauptsitzes der Phoenix Foundation ausgehandelt, damit er L'Étoile doch noch dazu bewegen konnte, ihm das Tongefäß zu verkaufen. Wenn er noch lebte – und die Scherben noch besaß.

Malachai sah auf die Uhr. Er hatte unten im Hotelrestaurant einen Tisch reserviert. Er verschloss den Briefumschlag und steckte ihn in die Brusttasche seines Maßanzugs.

Ja, es war besser, ihr zu schreiben, als sie anzurufen. Sicher wurden die Apparate in der Parfümerie abgehört. Malachai musste der Polizei ja nicht selbst Bescheid geben, dass er hier war. Sie würden es früh genug vom FBI erfahren. Außerdem würde er Jac so die Ängste ersparen, die sie bei jedem Telefonklingeln ausstehen musste, wenn sie sich fragte, ob es Neuigkeiten von ihrem Bruder gab.

Er unterhielt nie persönliche Beziehungen zu seinen Patienten. Warum dachte er dann so intensiv an sie? Beinahe schon emotional.

Auf dem Weg zum Fahrstuhl versuchte sich Malachai darüber klarzuwerden. Da er sich offen mit seinen Schwächen auseinandersetzte, wusste er, dass er aus demselben Grund ein exzellenter Therapeut war, der ihn als Freund oder Liebhaber disqualifizierte: Es fehlte ihm an Empathie. Die jahrelange Analyse seiner eigenen Psyche hatte seine narzisstischen Züge an den Tag gebracht, die ihn davor bewahrten, allzu mitfühlend zu sein. Er hörte denen, die seine Hilfe brauchten, mit objektiver Distanz zu. So konnte er durch ihre emotionalen Untiefen navigieren, ohne selbst darin unterzugehen.

Die Aufzugtüren öffneten sich. In der Kabine standen ein Mann und eine Frau. Malachai stieg ein und drehte ihnen den Rücken zu. In dem glänzenden Bedienfeld aus Messing sah er ihr Spiegelbild. Die beiden standen so dicht beieinander, dass sich ihre Arme berührten, und hielten Händchen.

Malachai wandte den Blick ab und betrachtete sein eigenes Spiegelbild. Achtundfünfzig Jahre war er alt und jagte immer noch denselben Träumen nach. Hatte nie geheiratet, keine Kinder bekommen und wenige langjährige Beziehungen gehabt. Seine Tante, die mit ihm die Phoenix Fundation leitete, hatte einen erwachsenen Sohn, und mit ihm stand Malachai in engem Kontakt. Doch ein Cousin war nicht dasselbe wie ein eigener Nachkomme.

Der Fahrstuhl hielt. Das Pärchen stieg aus. Malachai folgte ihnen, plötzlich von Erschöpfung gepackt, in die imposante Lobby im Stil der Belle Époque. Er betrachtete das Sonnenmotiv auf dem Marmorboden, den sechs Stockwerke hohen altgriechischen Fries. Die kostbaren Stoffe und opulenten Sessel. Die warme, gedimmte Beleuchtung. L'Hotel war ein romantischer Ort. Er musste es immer gewusst haben und hatte sich doch nie fehl am Platz gefühlt. Bis heute.

Vierunddreißig

22:05 Uhr

Sie gingen auf demselben Weg wieder hinein, den sie gekommen waren: nicht durch die Werkstatt, sondern über die Terrasse in das Wohnzimmer des Wohnhauses. Marineblaue Jacquard-Vorhänge mit weißen Sternen und Monden und mit goldenen Sonnen rahmten die Fenster zum Hof. Das Motiv hatten Jacs Urgroßeltern im frühen neunzehnten Jahrhundert selbst entworfen und es immer wieder aufgegriffen: An der nachtblauen Zimmerdecke leuchteten goldene Sterne, und in den Teppich waren astrologische Symbole eingewoben. Das Mobiliar war kunstvoll aus verschiedenen Epochen zusammengestellt, ebenso stilvoll wie bequem.

Bevor Jac irgendetwas sagen konnte, fragte Griffin sie, wo die Hausbar sei.

»Ich weiß nicht recht, was wir dahaben. Robbie trinkt nur Wein.« Jac drückte gegen ein verspiegeltes Wandpaneel über einem kleinen Tresen. Es drehte sich, und ein glitzerndes kleines Kabinett voller Kristallglasflaschen und prachtvoller antiker Dekanter kam zum Vorschein.

»In diesem Haus ist immer eins hinter dem anderen verborgen«, sagte Griffin. Er goss Cognac in zwei Gläser und reichte eins davon Jac. »Trink das. Als Schocktherapie.«

»Mir geht es gut.«

»Klar geht es dir gut. Trink trotzdem.«

Jac nippte an der bernsteinfarbenen Flüssigkeit. Es brannte ihr in der Kehle. Sie hatte sich nie so recht mit Cognac anfreunden können, selbst wenn er so lange gereift war wie dieser.

»Ist hier irgendwo auch eine Stereoanlage versteckt?«, fragte Griffin.

Jac deutete auf ein weiteres verspiegeltes Wandpaneel auf der anderen Seite des Tresens. »Willst du etwa Musik hören?«

Griffin schüttelte den Kopf und legte einen Finger an die Lippen. Sie erinnerte sich an das, was er im Restaurant gesagt hatte: Wenn die Polizei sie beobachtete, belauschte man sie vielleicht auch.

Griffin drückte auf die rechte obere Ecke des Spiegels, und die Stereoanlage drehte sich nach vorn. Er sah nach, ob eine CD eingelegt war, und drückte auf »Play«.

Schweigend wartete er, bis die Musik einsetzte. Die ersten Takte von Saint-Saëns' *Danse macabre* erfüllten den Raum.

Jac erkannte das Stück sofort. »Volltreffer.« Ihre Stimme troff vor Sarkasmus.

Sie nahm mit ihrem Drink auf dem Sofa Platz.

Er griff sich einen Stuhl und setzte sich ihr gegenüber. »Ich weiß, wie wichtig es dir ist, ihn zu finden«, sagte er leise. »Aber du musst mir vertrauen. Wir dürfen nichts überstürzen.«

»Ich kann einfach die Vorstellung nicht ertragen, dass er allein und in Angst da unten festsitzt.«

Griffin nahm einen Schluck Cognac. »Wir haben keine Wahl, als bis morgen zu warten.«

»Du verstehst das nicht.« Es klang härter, als sie es gemeint hatte.

Griffin stellte sein Glas ab und stand auf. »Wenn es dir lieber ist, gehe ich ins Hotel zurück.«

Am liebsten hätte sie gesagt, dass es ihr tatsächlich viel lieber war. Doch sie schüttelte den Kopf, rieb sich die Handgelenke und sagte: »Nein. Entschuldige.«

»Vielleicht habe ich nicht so viel Angst um ihn wie du«, sagte er mit einer Stimme, die Jac berührte wie eine Umarmung. »Aber ich will ihn genauso sehr finden. Also hör bitte auf, gegen mich zu kämpfen. Ich stehe auf deiner Seite.«

Jac schloss die Augen.

»Weißt du irgendetwas über den Schacht da draußen?«, fragte Griffin.

»Es ist wieder eine dieser Legenden, die meine Familie gesammelt hat wie andere Leute Porzellanfigürchen. Hast du mal von den *Carrières de Paris* gehört?« Ihr fiel auf, dass sie den französischen Ausdruck gebraucht hatte. »Von den Steinbrüchen von Paris?«

»Ja. Die ganze Stadt ist auf Minenschächten erbaut, die teilweise noch aus dem dreizehnten Jahrhundert stammen, oder? Das Baumaterial für ganz Paris wurde damals von da unten heraufbefördert, und so entstanden die Stollen und Höhlen, die man heute die Katakomben nennt. Als Archäologe hört man früher oder später davon.«

»Siebzehnhundertsiebenundsiebzig fing man damit an, Tote von den überfüllten überirdischen Friedhöfen zu exhumieren, wo die hygienischen Verhältnisse unhaltbar geworden waren, und sie in die Tunnel umzubetten«, fuhr Jac fort. »Also kurz bevor die Revolution Fahrt aufzunehmen begann. Damals war das Haus L'Étoile schon gegründet. Mein Großvater witzelte manchmal, unsere Vorfahren seien nicht oben im Himmel, sondern unten im Keller. ›Die ganze Stadt ist auf einem Höllenschlund erbaut‹, sagte er immer. Wenn ich als kleines Mädchen nicht bekam, was ich wollte, stampfte ich manchmal mit dem Fuß auf, und …«

»Warum wundert mich das nicht?«

Jac ignorierte Griffins Einwurf. »Und dann sagte Großvater

Charles, ich sollte lieber vorsichtig sein. ›Wenn du zu fest aufstampfst, trittst du ein Loch in die Erde und fällst hinein. Dann musst du dich da unten mit den Gerippen unterhalten.‹«

Jac vermisste ihren Großvater bis heute. Er war gestorben, als sie schon in Amerika lebte. Alle Verwandten, die ihr etwas bedeuteten, waren tot – außer Robbie.

»Ich habe ihm nicht geglaubt«, fuhr sie fort. »Ich fragte ihn immer, woher er wüsste, dass da unten Leute begraben waren. Als ich alt genug war, erzählte er mir, dass sein Bruder und er im Zweiten Weltkrieg in der Résistance waren und das Tunnelsystem nutzten, um alliierten Soldaten und Piloten zur Flucht zu verhelfen.« Jac stand auf und stellte sich an die Glastür zum Garten. Die Büsche da draußen hatte ihr Großvater selbst gepflanzt. Er hatte alte Rosensorten aus ganz Frankreich und England importiert und sie gekreuzt, um an neue, einzigartige Duftnoten zu gelangen.

Ein feiner Nieselregen senkte sich wie ein schimmernder Vorhang. Jac öffnete die Tür und atmete die halbsüßen, grünen Geruchsnoten in der kühlen Abendluft. »Großvater hat behauptet, er hätte einen eigenen Zugang zu den Katakomben. Einen geheimen Einstieg, den wegen seiner versteckten Lage niemand so leicht entdecken würde. Robbie bettelte immer, er solle ihn uns zeigen.«

»Und hat er das?«

»Nein.«

Griffin stand auf, um sein Glas aufzufüllen. Jac hätte nie gedacht, dass sie ihm einmal hier begegnen würde. Doch er passte hierher. Schließlich war der ganze Raum eine Fundgrube der Erinnerungen. Auf den Tischen und Regalen standen Antiquitäten, die teilweise noch aus dem achtzehnten Jahrhundert stammten. Silberne Parfüm-Châtelaines zum Umhängen, die Jacs Ururgroßmutter gesammelt hatte. Eine große Auswahl emaillierter Schnupftabakdosen, zu der in jeder Generation neue hinzugekommen waren. Jacs Großmutter hatte eine Schwäche für mit Edelsteinen besetzte emaillierte Bilderrahmen gehabt. Überall an den Wänden sah man in Blumenranken gefasste Kristalle, gewellte Rahmen mit Markasitbesatz und durchbrochenes Gold mit Perlen. Einige der älteren Familienporträts hatten sogar Fabergé-Rahmen gehabt, die jedoch längst verkauft waren.

Auf dem Kaminsims stand eine goldene Uhr, auf deren Zifferblatt die Erde, der Mond, die Sonne, die Planeten und die Tierkreiszeichen zu sehen waren. Sie zeigte nicht nur die Uhrzeit an, sondern auch die Auf- und Untergangszeiten von Sonne und Mond.

Als Jac dieses Kunstwerk in einer abgelegenen Ecke eines Flohmarkts entdeckt hatte, war es kaputt gewesen. Obwohl Audrey sicher war, dass man die Uhr nicht reparieren konnte, hatte Jacs Großmutter sie gekauft. Sie hatte in einer ihr eigentümlichen Geste Audreys Hand getätschelt. »Es ist ein wunderschönes Stück«, hatte sie gesagt. »Wir kriegen sie schon wieder hin.« Und so war es.

Rechts und links der Uhr standen die von Robbie zusammengetragenen kleinen Obelisken aus Malachit, Bergkristall, Lapislazuli und Jade. Daneben stand eine Lalique-Schüssel voller grüner, blauer und milchig weißer Glasstücke, die das Meer rundgeschliffen hatte. Jac und ihre Mutter hatten sie von ihren Sommerurlauben in Südfrankreich mitgebracht. Alles hier steckte voller Erinnerungen.

»Könnte es sein, dass dein Großvater Robbie später doch den Eingang gezeigt hat?«

»Ja, natürlich. Nach meiner Abreise nach Amerika hat mein Großvater noch sechs Jahre gelebt und war bis zum Schluss sehr rüstig.«

»Wann wurde denn das Labyrinth angepflanzt?«

»Wann genau, meinst du? Das weiß ich nicht, aber hier drüben sind Grundrisse von den Gebäuden und dem Hof.« Sie zeigte auf sechs gerahmte Stiche an einer der Wände. »Die sind von 1816, und auf dem Zweitletzten ist das Labyrinth zu sehen.«

»Also wäre es möglich, dass der Kanaldeckel im Labyrinth jener geheimnisvolle Eingang ist und dass dein Großvater ihn Robbie gezeigt hat?«

»Ja, ich denke schon.« Diese Idee überzeugte Jac. Und wenn ihr Bruder Zugang zu den Katakomben hatte, war er vielleicht wirklich in Sicherheit. »Wenn es unter unserem Haus eine Stadt der Toten gibt, wäre das ganz klar eins jener Mysterien, zu denen es Robbie immer hinzieht.«

Griffin starrte in sein leeres Glas. »Als ich ein Kind war«, sagte er, »habe ich mir immer gewünscht, als Erwachsener von Menschen umgeben zu sein, die voller Geheimnisse stecken.«

»Wirklich?«

Er nickte. »Inzwischen habe ich begriffen, dass wir alle unsere Geheimnisse haben. Meine kennst du größtenteils.«

»Das war einmal so, aber ...« Jac brachte den Gedanken nicht zu Ende.

In das Schweigen hinein sagte Griffin: »Wir sollten ins Netz gehen und dort weitersuchen. Hast du hier einen Computer?«

Jac holte ihren Laptop von einem Schreibtisch in der Ecke. »Robbie hat dafür gesorgt, dass es im ganzen Haus WLAN gibt. Was brauchst du denn?« Sie gab ihm den Computer.

»Zunächst mal Lagepläne der Katakomben. Die werden sich schon finden. Wir müssen herausbekommen, was uns da unten erwartet, damit wir uns vorbereiten können. Je mehr wir im Voraus wissen, desto besser sind unsere Chancen auf Erfolg.«

Die nächste Stunde über saßen sie nebeneinander auf der Couch, sprachen wenig und lasen viel. Die meisten Informationen gab es auch auf Englisch, so dass Jac nicht viel übersetzen musste.

Anfangs hatte der unterirdische Steinbruch Paris mit dem Kalkstein für all die prachtvollen Villen, Boulevards und Brücken versorgt. Dann wurden die Hohlräume zur letzten Ruhestätte für über sechs Millionen Tote, die die überlasteten Friedhöfe nicht mehr aufnehmen konnten. In den Jahren darauf wurden die Katakomben als Gefängnis und als Fluchtweg, als Schlupfwinkel der Résistance oder als Galerien für die künstlerische Avantgarde genutzt. Zuletzt war bis auf anderthalb Kilometer Tunnelstrecke, die als Touristenattraktion dienten, alles abgesperrt worden. Doch die Verbote hinderten die Kataphilen nicht daran, aus den verschiedensten Gründen in den Untergrund zu gehen.

»Es ist verboten, die anderen Tunnel zu betreten«, las Jac vor. »Die Artikel hier über Leute, die sich verirrt haben und nie wieder aufgetaucht sind, lese ich lieber gar nicht erst. Insgesamt ist das Wegenetz fast fünfhundert Kilometer lang. Es ist nicht vollständig kartiert, nicht gekennzeichnet und teilweise gefährlich.«

»Ich bin durch Pyramiden gekrochen. Ich weiß, was ich tun muss, um auf uns aufzupassen.«

»Und weißt du auch, wie wir Robbie finden? In so einem riesigen Netz?«

»Er hat dir den Weg zum Eingang gewiesen. Also wird er es auch schaffen, dich zu ihm zu führen.«

Als Jac von der Seite Griffin ansah, wunderte sie sich über den merkwürdigen Zufall, dass er in diesem Augenblick neben ihr saß. In der griechischen Mythologie erschienen sieben Tage nach der Geburt jedes Kindes die Moiren, um das Schicksal des Neugeborenen zu bestimmen. Klotho spann den Lebensfaden, Lachesis maß ihn, und Atropos entschied, wie alt das Kind werden und woran es sterben sollte, und schnitt den Faden ab. Trotz der Macht, die den drei Göttinnen zugeschrieben wurde, blieb den Menschen die Freiheit, ihr Schicksal zu verändern. Jac verstand die Mythen metaphorisch und glaubte nicht an die Vorsehung. Dennoch ließ es sie aufmerken, dass gerade er jetzt in Paris war – Griffin, der als Archäologe genau die Fähigkeiten besaß, die man brauchte, um ihren Bruder zu finden.

»Es gibt keinen Zufall«, hörte sie ihren Bruder sagen. Und noch jemand hatte vor kurzem dasselbe gesagt. Richtig, Malachai Samuels.

Jac sah wieder auf den Bildschirm. »Hier steht, dass die meisten Tunnel in einer Tiefe von über dreißig Metern liegen. Hattest du das nicht geschätzt, als du die Kerze reingeworfen hast? Dass der Schacht dreißig Meter tief ist?«

»Der Fallzeit nach zu urteilen, ja.«

»Das sind, je nach Höhe, fünf bis sieben Stockwerke, oder?«

Griffin nickte.

»Über doppelt so hoch wie unser Haus.«

»Du musst da nicht runter, wenn es dir unangenehm ist. Ich kann allein gehen. Ich war schon tiefer unter der Erde und finde es nicht schlimm.«

»Es geht um Robbie. Ich schaffe das.«

»Es gibt ein paar Tricks, um mit der Angst fertigzuwerden. Man darf zum Beispiel nie an das denken, was vor einem liegt. Dass man nicht erkennen kann, wie tief es noch hinuntergeht, ist für viele das Schlimmste dabei.«

»Ich habe keine Angst vor Höhen, also werde ich wohl keine Angst vor der Tiefe haben.«

»Und vor der Dunkelheit?«

»Die Dunkelheit mag ich. Sie ist tröstlich.«

Griffin lachte. »Dann wirst du es da unten mögen. Dunkel ist es ganz bestimmt. Natürliches Licht dringt in solche Tiefen nicht vor.«

Sie stellten für den nächsten Morgen eine Einkaufsliste zusammen.

Jac sah auf die Uhr auf dem Kaminsims. Es war zehn Uhr. »Noch zwölf Stunden, bis die Geschäfte aufmachen.«

Griffin folgte ihrem Blick. »Du solltest versuchen zu schlafen.«

»Das kann ich sowieso nicht.«

»Du tust Robbie keinen Gefallen, wenn du morgen völlig erschöpft bist.« Griffin stellte sein Glas auf dem Tresen ab. »Aber du solltest besser nicht allein sein. Ich schlafe auf der Couch.«

»Ich habe keine Angst vor dem Alleinsein.«

»Nein, ich weiß.« Griffin klang beinahe traurig. »Aber ich habe Angst um dich, und ich kann besser schlafen, wenn ich weiß, dass du nicht allein hier bist.«

»Ich bin nicht in Gefahr, Griffin.«

Er nickte nur.

»Oder glaubst du doch?«

»Ich will einfach kein Risiko eingehen.«

Jac sah ihn an. Ließ seinen Blick nicht los. Früher hatte sie sich für ihre Zukunft so vieles ausgemalt, und in allen Geschichten war Griffin vorgekommen. Sie hatte gedacht, sie würden ihr Leben zusammen verbringen. Sie hatte so fest an ihn geglaubt, wie man an niemanden glauben sollte, das wusste sie jetzt. Ja, sie hatte große Erwartungen an ihn gehabt. An ihn und an Robbie und auch an sich selbst. Vielleicht hatte er sich unter Druck gesetzt gefühlt. Vielleicht war es falsch gewesen, zu glauben, dass ein Mensch sich über seine Erfolge definiert. Aber er hatte Erfolg gehabt, oder?

»Warum schüttelst du den Kopf?«, fragte Griffin.

»Habe ich das?«

»Als ob du dich mit jemandem streiten würdest.«

»Du hast alles erreicht, was du wolltest, oder?«, fragte Jac.

»Größtenteils, ja.«

»Und ich wusste, dass du es schaffen würdest.« Sie lächelte.

»Du wusstest genau, was ich werden wollte.«

»Wo war dann das Problem, Griffin?«

»Ich konnte die Vorstellung nicht ertragen, zu versagen.«

»Zu versagen?«

»Und dich zu enttäuschen.«

»Mich? Oder doch eher dich selbst?«

Griffin schwieg einen Moment. »Dich, dachte ich. Aber ich bin mir nicht mehr sicher.«

Er setzte sich wieder zu ihr auf die Couch, legte ihr die Hand auf die Schulter und drehte sie zu sich herum. »Du stellst unmögliche Fragen, weißt du das? Solche, die man einfach nicht fragt. Du fragst direkt, schonungslos. Du hast dich kein bisschen verändert.« Er lachte, doch es war kein glückliches Lachen. »Du willst immer noch ein Stück weiter. Willst so viel wissen. Zu viel. Du bist so verdammt neugierig.«

»O nein. Neugierig bin ich schon lange nicht mehr.«

»Du lügst«, sagte Griffin. Dann zog er sie zu sich heran und küsste sie.

In Jacs Kopf schwirrten noch viel mehr Fragen herum. Doch das Gefühl seiner Lippen auf ihren lenkte sie ab. Sie war müde. Und ja, Angst hatte sie auch. Wenn sie jetzt nicht nachdachte, wenn sie eine Weile in Griffins Armen zur Ruhe kam, würde es ihr besser gehen. Oder?

Griffins Geruch umfing sie. Wenn sie es zuließ, konnte sie sich darin verlieren. Wenn sie vergaß, was zwischen ihnen gewesen war – nein, vergessen nicht, aber wenn sie es auf sich beruhen ließ. Nur für eine Weile. Es war so lange her, dass sie dieses übermächtige Verlangen gespürt hatte. Und sie wollte ihm nachgeben.

Nur nicht mit Griffin.

Nicht mit ihm.

Es hatte so viel Kraft gekostet, von dem Abgrund loszukommen, den er in ihr aufgerissen hatte. War sie stark genug, sich jetzt von ihm zu holen, was sie brauchte, ohne hinterher wieder zusammenzubrechen? Zorn und Verlangen pulsierten durch ihre Adern. Sie zog ihn an sich und grub ihre Finger tief in seine Arme. Wollte ihm weh tun. Doch so, wie er ihr entgegenkam, war sie nicht sicher, ob es ihr gelungen war. Dann spürte sie seine Finger an ihren Handgelenken, an denen morgen der Abdruck seines Griffs von vorhin zu sehen sein würde. Tiefblaue Spuren seiner Berührung. Damals, als er sie verließ, hatte er innere Wunden hinterlassen, die nie ganz verheilt waren. Doch dieser Schmerz war oberflächlich und wäre schnell vergessen.

Ihr Körper verriet sie. Jac hatte sich jahrelang gegen jede Erinnerung an diesen Mann, gegen jede Versuchung gewehrt. Und jetzt? Jetzt gab sie sich jeder seiner Berührungen hin. Verdammt. Ihr Körper hatte nichts vergessen. Seinen Geruch nicht, seinen Geschmack. Nicht sein gekräuseltes Nackenhaar. Die Wärme seiner Haut. Nicht die Art, wie er ihren ganzen Körper mit seiner Umarmung umfing, so dass die Welt um sie herum versank und die beiden ganz allein mit ihren Lippen die Minuten auskosteten. Wie sehr es sie danach verlangte, seine nackte Haut zu berühren, beschämte sie. Dieser Drang war elementarer und dringender als alles, was sie kannte. Heftiger als der Wunsch zu atmen. Sie tastete nach seinen Hemdknöpfen.

Griffin hielt sie weder auf, noch half er ihr. Er ließ sich von ihr ausziehen. Sah ihr zu. Es war, als würde sie mit jeder ihrer Bewegungen ein Geständnis ablegen, das er hören wollte, das er brauchte.

»Weißt du noch, wie wir damals waren?«, flüsterte Jac.

Griffin antwortete nicht.

Sie wollte, dass er redete. Dass er sie wieder ins Gleichgewicht brachte. Wenn er davon sprach, wie sie gewesen waren, vielleicht musste sie dann keine neue Geschichte mit ihm beginnen. Die Vergangenheit wieder aufleben zu lassen, war das eine, doch einen gemeinsamen Weg in die Zukunft wollte sie ganz sicher nicht beschreiten. Nicht mit dem Mann, dem sie so viel gegeben hatte und der ihr Geschenk vergeudet hatte.

»Waren wir so wie jetzt?«, fragte sie wieder.

Er brachte sie mit einem Kuss zum Schweigen.

Sie zog ihm das Hemd aus und knöpfte ihre Bluse auf. Öffnete ihren Büstenhalter. Dann presste sie sich an ihn. Spürte die Kühle an ihrem Rücken und die Hitze an ihrer Brust.

»Weißt du es noch?«

Griffin ließ seine Lippen über ihren Hals und ihre Brüste wandern und hinterließ überall Küsse wie kleine Botschaften in einer Sprache, die sie nicht lesen konnte. Er erzählte ihrer Haut Geheimnisse. Ihr Körper verstand. Ihr Kopf nicht.

Sie wollte Griffin dazu benutzen, sich von ihrer Sorge um Robbie abzulenken. Es konnte nicht falsch sein, das zu tun. Er hatte sie verletzt. Er war es ihr schuldig.

Griffin küsste ihre Schultern. Er fand die Stelle, die er als Erster entdeckt hatte, als sie siebzehn war. Wenn er hineinbiss, rasten Hitzeschauer über ihre Wirbelsäule.

Alles war in weiches, warmes Dunkel gehüllt. Nicht die kalte Schwärze des Schachts da draußen, wo Robbie auf sie wartete, nein. Dies war eine lüsterne, warme Finsternis. Wenn man dieses Dunkel sehen könnte, dachte Jac, wäre es satt rotbraun und röche nach Rosen, Zimt und Moschus.

Niemand außer Griffin hatte ihren Körper je dazu bewegt, diesen speziellen Geruch von sich zu geben. Als gäbe es einen Teil ihres Selbst, der sich nur unter seiner Berührung öffnete und erblühte, unter seinen Händen, seinen Fingern und Zähnen, seiner Zunge, seinem Schwanz.

Nackt landeten sie in Jacs altem Zimmer und ließen sich auf das Bett fallen. Unter sich spürte sie die weiche taubenblaue Tagesdecke, auf sich seine rauen Hände.

Sie hatten immer Gründe gehabt, leise zu sein. Auf dem

College und an der Uni lebten sie auf engstem Raum mit ihren Mitbewohnern zusammen. Wenn er sie nach Grasse zu ihrer Großmutter begleitete, mussten sie sich nachts vorsehen, niemanden aufzuwecken. Tagsüber unternahm Griffin mit Robbie und ihr Ausflüge zu archäologischen Fundstellen aus den Zeiten der Römer und Katharer. Wenn sie hungrig wurden, setzten sie sich in den Schatten, aßen Lavendelhonig auf Baguette mit Ziegenkäse und tranken fruchtigen Rosé. Wenn Robbie sich dann allein auf die Suche nach weiteren Entdeckungen begab, legten Jac und Griffin sich ins Gras und liebten einander, stets ein wenig hastig, damit sie fertig waren, ehe Robbie wiederkam.

Jetzt mussten sie auf niemanden Rücksicht nehmen. Hier im Haus waren nur die Geister der L'Étoiles aus den vergangenen drei Jahrhunderten. Sie würden sicher keinen Anstoß daran nehmen, was zwischen Jac und Griffin war. Sie hatten Schlimmeres gesehen und getan.

Plötzlich stieg ein Bild in ihr auf: eine Frau und ein Mann, die sich hier, in diesem Haus, in diesem Zimmer liebten, fast wie ein Doppelbild von Griffin und ihr. Sie rochen anders. Sauer, stechend. Nach altem Schweiß, nach Puder und Kerzenwachs. Gerüche, die Jacs Vater nie hergestellt hatte. Kombinationen, mit denen selbst Robbie und sie nicht experimentiert hatten. Vergessene Gerüche aus einer längst vergangenen Zeit.

Die Frau – war es die aus Jacs Visionen? – weinte. Sie klammerte sich an den Mann und vergrub den Kopf an seiner Schulter. Ihre Tränen nässten seine Haut. Selbst als der Mann in sie eindrang, sie von innen so erfüllte, wie sie es längst nicht mehr für möglich gehalten hatte – wie auch Jac vergessen hatte, dass nur Griffin sie erfüllen konnte –, bat er sie noch flüsternd um Verzeihung. Sagte, es täte ihm so leid. Er habe sie nie verletzen wollen.

Oder sagte Griffin diese Worte? Jac konnte die Gerüche, die Bilder, die Worte nicht mehr auseinanderhalten.

Aus der Ferne nahm sie Geschrei und das Krachen zersplitternden Holzes wahr, dann schwere Schritte und einen neuen Geruch – den Geruch der Angst. Ein Schuss peitschte. Panik durchzuckte sie stärker als die Lust. Die Angst, dies könnte das letzte Mal sein, dass sie einander nahe waren. Würden sie einander verlieren, kaum, dass sie sich gefunden hatten?

»Nicht jetzt, wo ich endlich weiß, dass du lebst«, schluchzte Marie-Geneviève. Oder war es Jac? Weinte sie? Waren es ihre Tränen, ihre Worte? Sie spürte Griffins Bewegungen. Es waren doch Griffins? Nicht die von Giles?

Wieder trugen ihre Sinne sie davon. Wieder umgaben sie Gerüche. Rosen, Zimt, Moschus. Sie schmeckte ihre eigenen salzigen Tränen und die Süße seiner Lippen. Nichts trennte sie mehr. Nichts gab mehr zu erkennen, wo ihr Körper endete und seiner begann. Sein Duft war eine Droge. All dies und mehr hatten sie einander bedeutet. Mit ihren Körpern hatten sie eine ganze Welt erschaffen und waren doch nicht dort geblieben. Er nicht. Er hatte diese Welt verlassen. Hatte den Zauber hinter sich gelassen, jene alchemistische Magie, die mächtiger war als jeder Duft, den je ein Parfümeur erschaffen hatte. Dies war das Parfüm der Geheimnisse, und wer es roch, der konnte ewig leben.

Jac hob sich ihm entgegen. Sie spiegelte seine Bewegungen, so dass ihre Knochen hart aufeinandertrafen. Sein Kopf war an ihrem Hals vergraben, sein Mund fand wieder ihre Schulter. Es durchzuckte sie. Seine Finger gruben sich tief in ihre Haut. Er war in ihr und umgab sie doch ganz. Jede Erinnerung weggewischt, war doch alles Erinnerung.

»Weinst du?«, flüsterte er.

Jac wusste es nicht. Sie wollte es nicht wissen. War das einer ihrer Anfälle? Was konnte es sonst sein? Dieser merkwürdige

Wachtraum. So bitterschön. So voller Trauer. Eine andere, vergessene Zeit. Eine verlorene, wiedergefundene Liebe. Leidenschaft. Und Leid angesichts einer schrecklichen Gefahr.

Jac fröstelte. Griffin glaubte, sie erschauerte vor Lust, und drang noch einmal in sie ein. Wieder verlor sie sich darin. Es war noch dunkler, noch weicher. Alle Gerüche vereinten sich zu einem einzigen üppigen, hitzigen Duft. Sie war im Labyrinth. Er im Mittelpunkt. Sie wiegten einander – geübte Liebende, die diesen Tanz seit Jahrhunderten vollführten.

Nie gäbe es mehr Trauer, nie mehr Verlangen, weil sie sich nie mehr trennen würden. Dieser Akt besiegelte ihr Schicksal. Sie waren zwei Hälften, die sich gefunden hatten. Das Ganze, das sie bildeten, ließ keinen Raum für Luft oder Feuer, für Wasser, für den Atem. Sie waren zusammen. Fern der Gedanken, der Weisheit und der Worte. Zusammen, wie sie es immer gewesen waren, ewig, dachte Jac in einem Augenblick der Klarheit, bis eine Welle vollkommenen Vergessens über ihr zusammenschlug, wie es nur ein tiefer, schmerzhafter Höhepunkt schenken kann.

Fünfunddreißig

Auf der gegenüberliegenden Seite der Rue des Saints-Pères, im Hof eines Mietshauses aus dem neunzehnten Jahrhundert, parkte der dunkelblaue Smart im Schatten eines Kastanienbaums. William hatte diesen Parkplatz besorgt, hatte dem Concierge dreihundert Euro geboten, damit der ihm den Zahlencode für das Eingangstor gab. Nur zwei der Familien besaßen Autos, so dass drei Plätze immer frei blieben.

Trotz des Sichtschutzes, den der Baum ihr bot, ließ Valentine die Innenbeleuchtung aus und die Fenster geschlossen. Ihr Abhörgerät war so umgebaut, dass keine Lämpchen aufleuchteten. Die Kopfhörer waren eine Spezialanfertigung – selbst wenn William neben ihr saß, konnte er nicht mithören. Valentine hatte gelernt, vorsichtig zu sein.

Seit sie hier saß, war niemand gekommen oder gegangen. Offenbar blieben heute Abend alle zu Hause.

Valentine räkelte und streckte sich. Sie joggte jede Woche zehn Stunden. Dazu kamen fünf Stunden Kampfsporttraining. Sie ernährte sich makrobiotisch. Mit François' Hilfe hatte sie ihren Körper in ein Werkzeug verwandelt, das ihr niemand nehmen konnte. Ihr einziges Laster waren die Zigaretten, von denen sie sich nie mehr als acht am Tag erlaubte.

Vier Stunden im Auto machten ihr nichts aus. Sie hatte

schon neun Stunden ausgehalten. Doch damals hatte sie Erfolg gehabt. Heute sah es nicht danach aus.

Nach dem Abendessen im Café Marly war Valentine Griffin North und Jac L'Étoile zurück zur Parfümerie gefolgt. Zuerst hatte sie ihr Gespräch deutlich gehört, dann war es still geworden. Erst nach einer Stunde hatten die beiden wieder ein paar Sätze gesprochen, dann hatte Griffin Musik angemacht. Von da an hatte sie nur einzelne Fetzen des Gesprächs aufschnappen können. Nichts Verwertbares, wie es schien. Doch vielleicht würde sie später mehr verstehen, wenn sie die Aufnahme noch einmal abspielte.

Im Auto war es heiß und stickig, doch Valentine war darauf trainiert, sich von so etwas nicht ablenken zu lassen. Sie lauschte. Weil ihre Zielobjekte nur Englisch sprachen, musste sie sich dabei besonders konzentrieren. Und verstand besonders wenig. Valentine spürte selbst, dass ihr bei dem Wenigen, das sie hören konnte, die Nuancen entgingen.

Dass die beiden übereinander hergefallen waren, hatte sie dagegen deutlich herausgehört. Es hatte sie sogar ein wenig peinlich berührt. Sie selbst war vor vier Jahren zuletzt mit einem Mann zusammen gewesen – dem einzigen, seit François sie auf der Straße gefunden und ins Krankenhaus gebracht hatte.

Als es an die Scheibe klopfte, schrak Valentine zusammen und griff instinktiv nach ihrem Messer. Wie die Soldaten der chinesischen Bewaffneten Volkspolizei hatte sie viele Tötungstechniken mit und ohne Waffen gelernt. Und wie François zog sie das Messer den Schusswaffen vor. Das Messer, das sie jetzt am Gürtel trug, hatte ihr François bei ihrem Eintritt in die Triaden geschenkt. In die Klinge waren Drachen eingraviert. Die Lederbänder, die den Griff polsterten, waren mit den Jahren weich geworden.

Solche Messer hatten Mönche vor Jahrtausenden unter ihren Kutten getragen und sie nur an der Spitze geschärft, um sie zur Selbstverteidigung einzusetzen. Valentines Klinge war von der Spitze bis zum Heft tödlich scharf.

Als sie sah, dass es nur William war, entspannte sie sich wieder und entriegelte die Türen.

William stieg ein und reichte ihr einen Pappbecher mit heißem Tee. Valentine bedankte sich. Sie hatte eine lange Wache hinter sich, und der Tee würde ihr guttun. Als sie den Deckel abnahm, beschlugen die Scheiben.

»War viel los?«, fragte William.

Sie nippte an ihrem Tee und begann zu erzählen. Es war merkwürdig, ohne François in Williams Nähe zu sein, zu zweit statt zu dritt. Vielleicht hätte sie jemand Drittes dazuholen sollen. Das Team bestand noch aus vier weiteren Leuten, die sie jederzeit herbeordern konnte.

»Was glauben sie, wo Robbie L'Étoile ist?«, fragte William. »Haben sie was gesagt?« Er wirkte fahrig und hatte dunkle Ringe unter den Augen.

»Nein, aber sie waren eine Weile unterwegs, um ihn zu suchen.«

»Ich habe auf dem Weg hierher unsere Männer gefragt. Seit sie vom Essen gekommen sind, haben sie das Haus nicht wieder verlassen.«

»Dann haben sie einen anderen Ausgang benutzt.«

»Wir haben vor beiden Zugängen Leute postiert. Ich weiß schon, wie man jemanden observiert.«

»Aber sie waren weg.«

»Es gibt keinen anderen Ausgang«, sagte William. »Ich bin mir sicher.«

»Nach dem, was die beiden gesagt haben, ist es eindeutig, dass sie unterwegs waren und ihn gesucht haben. Du musst herausfinden, wo.«

»François würde nie so herumdiskutieren. Ich weiß schon, was ich tue.«

Die Trauer. Der Verlust. Valentine wusste, wie er sich fühlen musste. »Ich vermisse ihn auch.«

»Was willst du damit sagen?«, fragte William.

»Es ist nicht leicht, sich auf seinen Job zu konzentrieren, wenn einem die Gefühle in die Quere kommen. Aber dass du ihn vermisst, gibt dir nicht das Recht, Mist zu bauen.«

»Moment mal. Ich habe keinen Mist gebaut.«

»Und wo waren sie dann?«

»Du hast doch überhaupt keine Ahnung. Was weißt du schon von Liebe? Du kleine Nutte! Wenn François dich nicht von der Straße geholt hätte, wärst du längst tot. Er hat mir gesagt, wie emotional verkrüppelt du bist. Eine Soziopathin, die …«

Valentine kippte William den Tee ins Gesicht. Er hustete und spuckte.

»Du bist doch irre«, schnaubte er.

Valentine kramte ihre Zigaretten aus dem Rucksack und steckte sich eine an. »Es ist spät. Geh nach Hause, William. Heul dich aus. Ich komme allein zurecht. Und ich werde nicht zulassen, dass du mit deinen Überreaktionen alles vergeigst.«

William wischte sich den Rest Tee ab. »Wenn es wirklich noch einen Ausgang gibt«, sagte er, »dann finde ich ihn.«

»Wir verschwenden unsere Zeit. Warum schnappen wir uns nicht einfach seine Schwester? Dann kommt L'Étoile von allein. Er würde alles tun, um sie zu retten.«

»Woher willst du das wissen?«, fragte William.

»So ist das in einer Familie. Oder habe ich davon etwa auch keine Ahnung?«

»Selbst wenn das funktionieren würde, hätten wir keine Chance, an sie heranzukommen. Sie wird Tag und Nacht von der Polizei observiert.«

»Seit wann ist das ein Problem?« Valentine betrachtete Williams Profil. Die vorstehende Nase. Das fliehende Kinn. Hängendes Fleisch, wo sein Alter sich bemerkbar machte. François war immer hager geblieben. Hungrig. Valentine sog Rauch in ihre Lungen. »Du Weichling.«

»Fick dich!« William hieb mit der Faust auf das Armaturenbrett. »Das reicht jetzt.«

Sie atmete aus. »Da warten Leute auf uns, die es nicht mögen, wenn man sie warten lässt. Je länger wir rumlavieren, desto größer wird die Gefahr, dass die Scherben in die falschen Hände geraten. Und dann stehen wir dafür grade.«

Blauer Rauch füllte den Wagen. Blau wie François' Musik.

Sechsunddreißig

London, England
Donnerstag, 26. Mai, 22:00 Uhr

Innerhalb der letzten Stunde hatte Xie eine Beatles-Ballade und einen Song von Green Day erkannt, aber sonst nichts. Er hatte keine Ahnung, was der DJ gerade spielte. Auch in China gab es westliche Musik, doch es dauerte lange, ehe sie dort ankam. Was jetzt aus den Lautsprechern dröhnte, musste neu sein. Xie war dankbar für die ohrenbetäubende Lautstärke der Musik – so musste er keinen Smalltalk betreiben. Er konnte einfach dasitzen, an seinem Bier nippen und sich bemühen, einen entspannten Eindruck zu machen. Das Ale in seinem Glas war viel besser als Yanjing-Bier. Eine zweite Flasche könnte seine Nerven beruhigen. Doch er zwang sich, langsam zu trinken. Diszipliniert zu sein. Er konnte sich nur diese eine Flasche erlauben. Er durfte keine Risiken eingehen.

Xie hatte es die zwei Nächte davor vermieden, sich mit den anderen Studenten aus dem Hotel fortzuschleichen, doch der heutige Nachtclubbesuch war Teil einer von der Botschaft arrangierten Exkursion. Der Sohn des Botschafters zeigte den Künstlern das Nachtleben der Stadt. Sie hatten in einem typischen Pub gegessen und genossen jetzt den Abend in diesem Club.

Jedenfalls schienen die meisten ihn zu genießen. Xie machte sich Sorgen. Das zweihundert Gramm schwere Elektrogerät in seiner Tasche lastete auf seiner Seele. Genauso gut hätte er eine geladene Waffe mit sich herumtragen können. Der Besitz eines Handys war ihm verboten. Keiner der anderen Studenten hatte eins. Wenn jemand es fand, wäre er, wie Cali es aus alten amerikanischen Filmen im Internet aufgeschnappt hatte, ein toter Mann. Doch Xie hatte ebenso viel Angst davor, es loszuwerden, wie es zu behalten.

Er trank sein Bier aus und horchte auf, als die ersten Töne eines Rolling-Stones-Songs erklangen. Den kannte er. *I can't get no … satisfaction …*

Würde man das Handy am Flughafen überprüfen? Musste er es wie seine Schlüssel und sein Kleingeld bei der Sicherheitskontrolle in eine Wanne legen? Noch so eine Frage, die er unbedingt hätte stellen sollen. Doch Xie hatte sich so sehr erschrocken, als der Fremde ihm in der Herrentoilette des Museums den Mund zuhielt, ihn schweigen hieß und ihn in eine der Kabinen zerrte.

»Ich bin auf deiner Seite«, hatte der Mann gesagt und ihm das Telefon in die Hand gedrückt. »Wenn du in Schwierigkeiten bist, kannst du damit schnell Hilfe holen. Du musst nur, je nachdem, wo du bist, im Nummernverzeichnis London, Paris oder Rom wählen.«

»Ich darf …«

»Keine Zeit zu reden. Versteck das Telefon. Sei vorsichtig. Wir haben uns auf deiner ganzen Reiseroute verteilt. Um dir zu helfen. Also wasch dir jetzt die Hände und versuch ein bisschen von dem Rotwein wegzukriegen, damit alle sehen, warum du hier warst.«

Dann ließ der Mann Xie allein in der Kabine zurück.

Nun hatte er selbst in einem riesigen Saal voller Menschen, voller Rauch und Musik und Alkohol das Gefühl, das Handy würde ihm die Luft zum Atmen nehmen. Es konnte ihm das Leben retten, das wusste er. Doch es konnte auch dafür sorgen, dass er Paris nicht lebend erreichte. Wenn sein Zimmergenosse in seinen Sachen herumwühlte und es fand … wenn das Flughafenpersonal es herausholte und die anderen es sahen …

»Du siehst so ernst aus«, sagte Lan und setzte sich neben ihn. So offensiv kannte Xie sie gar nicht. Aber er hatte sie auch noch nie nach ihrem dritten Bier erlebt.

»Ich sehe ein bisschen zu. Höre Musik.«

Lan rückte näher an ihn heran. Der Geruch ihres Haars erinnerte ihn an irgendeine Frucht, aber er wusste nicht, welche.

Jetzt wurde wieder ein Beatles-Song gespielt: *Here Comes the Sun.* Den kannte Xie ebenfalls und mochte ihn. Cali hätte sich jetzt sicher gefragt, ob die Botschafter den Club angewiesen hatten, ein paar ältere Stücke einzustreuen, damit die Chinesen sich wohlfühlten. Es überraschte ihn, wie sehr ihm ihre skeptische Art in Fleisch und Blut übergegangen war. Immer wieder stellte er sich vor, wie sie auf seine Erlebnisse reagieren, was sie an seiner Stelle fragen würde. Diese Reise war die erste längere Trennung von Cali seit zwei Jahren. Er war so lange ohne enge Freunde ausgekommen, dass es ihm erst jetzt auffiel, wie viel sie ihm bedeutete – zu spät. So sicher er auch war, dass er den Weg gehen musste, der ihm vorgezeichnet war – er würde seine Freundin vermissen.

»Ich glaube, ich hätte Lust zu tanzen«, sagte Lan verlegen.

Sie rückte so dicht heran, dass Xie das Bier in ihrem Atem roch.

»Mit dir«, fügte sie hinzu. »Ich habe noch nie mit jemandem getanzt.«

Xie hatte nichts dagegen zu tanzen, aber Lan war ziemlich angetrunken. Was, wenn sie ihm zu nahe kam und das Telefon in seiner Tasche spürte? Was, wenn er ausrutschte oder sich zu weit vorbeugte und es herausfiel? Aber was hätte er Lan antworten sollen? Wenn er es ablehnte, würde sie ihm vielleicht eine Szene machen. Sie war sonst ein ruhiges, vernünftiges Mädchen, doch heute mochte sie anders reagieren.

Egal, was er tat, es konnte falsch sein. Also würde er es halten wie so oft und den Weg des geringsten Widerstands gehen. Sich anpassen. Keine Aufmerksamkeit auf sich ziehen.

Als er Lan auf die Tanzfläche folgte, bemerkte Xie, dass Ru Shan ihnen nachsah. Bildete er es sich nur ein, oder beobachtete Ru ihn? Er war einer der besten Kalligraphen, die Xie kannte, ein Wunderkind, dessen Werke so außergewöhnlich waren, dass er schon mit zwölf entdeckt worden war. Xie bewunderte seine Arbeit schon lange. Und das hatte er ihm auch gesagt, als den beiden ein gemeinsames Zimmer zugewiesen worden war. Ru hatte nur genickt. Cali wollte von Xie immer viel detailliertere Beschreibungen hören, als er sie von sich aus geliefert hätte. Er stellte sich vor, wie sie ihn drängte, ihr alles über Ru zu erzählen. Er war schlank, fast zierlich. Seine Handbewegungen waren stets anmutig, selbst wenn er nur eine Tür öffnete oder ein Glas hob. Seine Augen sprühten vor Intelligenz. Und er redete gern. Nicht über Kunst, was Xie gefreut hätte, sondern über Frauen.

»Die haben mir schon gesagt, dass du den Mund nicht aufkriegst«, beschwerte Ru sich, als Xie zu seinem brühwarmen, von Obszönitäten gespickten Bericht über eine aus der Hotelbar abgeschleppte Britin nicht viel beizusteuern hatte.

»Wer hat das gesagt?«, hätte Xie gern gefragt. Hatte Ru sich verplappert? Oder hatte er nur die anderen Kunststudenten gemeint, die Xie von der Hochschule kannten? Doch er durfte nicht fragen. Ihm blieb nichts übrig, als den Verdacht für sich zu behalten und darunter zu leiden.

Xie begann mit Lan zu tanzen und behielt dabei Ru im Auge.

Lan kam ihm immer näher. Xie registrierte geistesabwesend die Berührungen ihrer Schenkel und Brüste, am meisten beschäftigte ihn jedoch das Telefon. Lan hatte den Kopf dagegengelehnt und presste es gegen seine Brust.

Mit halb geschlossenen Augen sah sie zu ihm auf.

»Du bist ein toller Tänzer«, sagte sie mit einem Lächeln. »Soweit ich weiß jedenfalls. Ich habe ja keinen Vergleich.« Lan kicherte.

»Danke sehr«, sagte Xie und vollführte eine Drehung, um sie abzulenken. Spürte sie das harte Rechteck in seiner Tasche? Und wenn ja, würde sie ihn danach fragen? Was sollte er dann sagen?

Als er sich umsah, bemerkte er, dass auch Ru sich mit seiner Partnerin gedreht hatte, so dass er Xie wieder sehen konnte. Ein Zufall vermutlich. Oder nicht? Xie wusste es nicht.

Siebenunddreißig

Paris, Frankreich
Donnerstag, 26. Mai, 23:15 Uhr

Es war zu einer Art Ritual geworden, dass Malachai am ersten Abend seines Aufenthalts in Paris die Hemingway Bar im Ritz besuchte. Sein Vater hatte ihn an seinem achtzehnten Geburtstag hierher ausgeführt, um ihm seinen ersten Drink und seine erste Zigarre zu spendieren. Es war eine der wenigen positiven Erinnerungen an den distanzierten alten Herrn, der sonst kein gutes Haar an seinem Jüngsten ließ.

An jenem Abend hatte Malachais Vater es sogar geschafft, den von ihm vergötterten älteren Bruder aus dem Spiel zu lassen, der viel zu jung gestorben war. Bis es Zeit wurde, aufzubrechen, und er sagte: »Dein Bruder hätte sich hier sehr wohlgefühlt.«

Heute war es in der Bar nicht so voll wie sonst. Die Rezession, dachte Malachai. Der kleine, holzvertäfelte Raum wirkte behaglich und exklusiv. Auf den Regalen standen Ausgaben von Hemingways Romanen. Gerahmte Zeitungsausschnitte und Fotografien von »Papa«, wie die Fans den Schriftsteller nannten, hingen an den Wänden. Es war fast wie ein einziger großer Heiligenschrein, aber nicht nur dem Mann gewidmet, sondern auch seiner Liebe zu guten Drinks. Colin Field, seit über zwei Jahrzehnten der Barchef, war für seine großzügigen Opfergaben berüchtigt – darunter ein Cocktail mit einem äußerst selten Cognac, der mehr kostete als manches Menü eines Drei-Sterne-Restaurants.

Malachai schob sich auf einen der mit Leder bezogenen Barhocker und begrüßte den Mann hinter dem Tresen.

»Dr. Samuels, ich freue mich, Sie wiederzusehen.«

»Gleichfalls, Colin.«

»Was darf ich Ihnen bringen?«

»Ich hatte im Hotel schon ein Gläschen Krug«, sagte Malachai. »Also überlasse ich Ihnen die Wahl.«

Kurz darauf stellte Field ein Cocktailglas vor Malachai ab, der es anhob und andächtig daran nippte.

»Grapefruitsaft, Champagner und … ich komme nicht drauf.«

Der Barchef lächelte. »Ein Schuss Gin.« Er servierte Malachai einen kleinen Teller mit Oliven, Nüssen und Kartoffelchips. »Was führt Sie nach Paris? Sind Sie geschäftlich oder zum Vergnügen hier?«

Malachai hatte über die Jahre festgestellt, dass Field stets bestens informiert war. Er kannte nicht nur die Lieblingsdrinks seiner Kunden, sondern hielt sich auch über ihre Karriere auf dem Laufenden.

»Eine Patientin.«

»Ein Kind?«

»Ein kleines Mädchen mit wirren Erinnerungen.«

»An frühere Leben?«, fragte Field.

»Sie glaubt es nicht. Ich schon.«

»Vor ein paar Wochen habe ich gerade an Sie gedacht. Da stand in der Zeitung etwas über das Reinkarnationsverbot der Chinesen. Was halten Sie davon?«

»Eine absurde Regelung. Politische Kraftmeierei. Eine reine Machtdemonstration.« Malachai aß ein paar Nüsse. »Was mit Tibet und seinen Traditionen geschieht, ist eine Tragödie.«

Malachai trank aus, bezahlte und ging. In dem langen Flur

zur Hotellobby sah er sich die Schaukästen mit Antiquitäten, Porzellan und Accessoires an. Es gab Seidenkrawatten, goldene Manschettenknöpfe, teure Mobiltelefone, Uhren und Füllfederhalter, aber auch Schmuck, Schals, Unterwäsche und Handschuhe.

Vor einer der Schmuckvitrinen blieb er stehen. Er betrachtete die Armreife aus Gold und etwas, das wohl Weißgold oder Platin sein musste, mal mit Brillanten besetzt, mal schlicht. Ganz unten entdeckte er ein Armband. Kettenglieder aus geschwärztem Gold. Keine Steine, nur wuchtige Kettenglieder, fast fünf Zentimeter breit. Er stellte sich vor, wie es Jacs schlanke Handgelenke betonen würde.

In der Lobby angekommen, bemerkte er plötzlich einen Geruch, der ihm noch nie aufgefallen war. Er hielt inne und schnupperte. Es war ein würziger, warmer Duft. Sehr einnehmend. Ja, Jac hatte recht. Je mehr man sich mit Gerüchen beschäftigte, desto mehr entwickelte man auch ein Vokabular dafür.

»Verbrennen Sie hier Räucherstäbchen?«, fragte Malachai den Portier.

»*Non, Monsieur.* Das ist unser Hausparfüm. Es heißt Ambre. Tagsüber können Sie es hier käuflich erwerben.«

Malachai dankte ihm und trat auf den Vorplatz des Hotels hinaus.

»*Un taxi?*«, fragte ihn der Wagenmeister.

In dem Moment hielt ein großer schwarzer Mercedes mit verdunkelten Scheiben vor ihnen. »Ich glaube, ich werde gerade abgeholt.«

Der Hotelangestellte fragte den Fahrer, wen er abholen wollte, und wandte sich dann wieder Malachai zu. »Dr. Samuels?«

Erst als sie die Place Vendôme hinter sich gelassen hatten und in die Rue de Tivoli einbogen, begannen die Männer im Wagen miteinander zu sprechen.

»Danke, dass Sie so pünktlich gekommen sind, Leo.« Malachai sah in den Innenspiegel. Der Fahrer erwiderte seinen Blick. Er trug eine schwarze Uniform, ein weißes Hemd und eine Chauffeursmütze, unter der dichte dunkle Locken hervorquollen. Er hatte eine Sonnenbrille auf und schien Anfang dreißig zu sein, doch das konnte auch täuschen.

»Aber selbstverständlich«, sagte Leo mit einem deutlichen italienischen Akzent.

»Winston hält große Stücke auf Sie. Sie haben also zusammen bei Interpol gearbeitet?«

»Genau.«

»Und wie lange sind Sie jetzt selbständig?«

»Seit ein paar Jahren.«

Leo schien nicht sehr gesprächig zu sein. Das war Malachai nur recht. Er wollte keinen Smalltalk, sondern Ergebnisse.

»Haben Sie irgendwelche neuen Erkenntnisse?«

»Ja. Etwas mehr, als wir heute Morgen Winston mitteilen konnten.«

Malachai hoffte, dass sie Robbie gefunden hatten. »Über L'Étoile?«

»Nein. Die Polizei hat noch keine Anhaltspunkte, wo er sein könnte, und …«

»Also, was dann?«, unterbrach Malachai ihn.

»Sie haben den Mann identifiziert, der tot in der Parfümerie auf der Rue des Saints-Pères aufgefunden wurde. Er war kein Reporter, sondern Jazzmusiker. Ein ziemlich erfolgreicher.«

»Und warum hat er sich als Reporter ausgegeben?«

»Es sieht danach aus, als habe er noch einen Nebenberuf gehabt.«

Malachai verstand. »Für wen hat er gearbeitet?«

»Für die hiesige chinesische Mafia.«

Wie sonderbar, dass auch Colin Field gerade noch auf die Chinesen zu sprechen gekommen war.

»Das sind ausgesprochen schlechte Neuigkeiten«, sagte Malachai mehr zu sich selbst als zu Leo. »Das bedeutet, dass sie wissen, was L'Étoile gefunden hat. Sie werden nichts unversucht lassen, es zu bekommen.«

Achtunddreißig

Freitag, 27. Mai, 8:30 Uhr

Als Jac und Griffin am nächsten Morgen gerade aufbrechen wollten, überbrachte der Gepäckträger des L'Hotel Malachais Brief. Jac überflog ihn. Während sie Robbies Citroën auf die Straße manövrierte, erzählte sie Griffin, was darinstand.

»Er glaubt, dass der Tiegel echt ist und dass es das Parfüm wirklich gibt. Er ist ein brillanter Wissenschaftler, aber … Findest du nicht, dass wir eine ziemlich klägliche Spezies sind?«

»Weil wir immer etwas suchen, an das wir glauben können?«

Jac nickte. »Mythologie ist die Bezeichnung des einen für die Religion des anderen.«

»Ah, dein alter Freund Joseph Campbell.«

Sie lachte, aber nicht freudvoll, sondern resigniert.

»Die Hoffnung stirbt zuletzt«, sagte Griffin. Jetzt klang er ebenso bedrückt wie sie.

Der Himmel war bedeckt, und es war ein wenig zu kalt für Ende Mai. Melancholisches Wetter. Doch die Melancholie stand Paris gut zu Gesicht. Die Stadt trug die Wolkendecke mit derselben Selbstverständlichkeit wie ihre Bewohnerinnen die Haute Couture. Jac öffnete ihr Fenster. Draußen roch es nach dem nahen Fluss, dem Straßenverkehr, den Rosenkübeln vor dem Blumenladen an der Ecke und dem frischen Brot vom Bäcker. Wie verschiedene Stimmen in einer Symphonie vereinigten sich die Gerüche zu einem einzigartigen Aroma, das keine andere Stadt hervorbringen konnte – vielleicht sogar keine andere Tages- und Jahreszeit.

»Hinter uns ist ein dunkelblauer Wagen. Er folgt uns, seit wir losgefahren sind«, sagte Griffin.

»Die Polizei?«

»Ich weiß nicht … Meinst du, sie sind wirklich so ungeschickt? Aber keine Sorge. Wir haben über eine Stunde Zeit, in einen Laden zu kommen, der fünf Minuten entfernt ist. Die werden wir schon los.«

An der nächsten Ecke bog Jac links ab, und das Auto fuhr geradeaus.

»Okay, es ist weg«, sagte Griffin. »Und ich glaube nicht, dass sonst noch jemand hinter uns her ist. Noch jedenfalls nicht. Fahr hier einmal um den Block. Schön langsam.«

»Du scheinst dich ja mit so was gut auszukennen.«

»Alles, was ich weiß, habe ich aus Filmen, die ich im Flugzeug sehe, und meiner Lektüre nach der Arbeit. Ich nehme mir immer wieder vor, Bücher zu lesen, die in der *New York Times* rezensiert werden, aber ich kann mir nicht helfen – hochtourige Thriller sind mir immer noch am liebsten. Wenn meine Lieblingsautoren gut recherchiert haben, sollte alles glattgehen. Wenn nicht – tja …«

»Das klingt nicht gerade beruhigend.«

»Nein, vermutlich nicht.«

Sie schwiegen eine Weile, dann sagte Griffin: »Es könnte natürlich ein zweites Auto geben. Vielleicht haben sie jemanden angerufen, der die ersten Verfolger ablösen soll. Aber fürs Erste sieht es aus, als hätten wir sie abgeschüttelt.«

»Abgeschüttelt. Wie dramatisch.«

»Besser kann ich's nicht. Also sei nett zu mir, okay?«

Jac nickte. »Griffin?«

Sie sah aus dem Augenwinkel, dass er sich ihr zuwandte.

»Glaubst du, Robbie geht es gut?«

»Ja. Er ist einfallsreich. Und clever. Aber vor allem glaubt er an das, was er tut. Wenn es jemanden gibt, der aus bloßer Willenskraft alles übersteht, dann Robbie.«

Ein paar Straßen weiter schlug Griffin vor, frühstücken zu gehen. »Wir haben noch viel Zeit, bis der Laden aufmacht. Lass uns etwas suchen, wo wir einen guten Blick auf die Straße haben.«

Jac bog einmal links und einmal rechts ab und hielt vor einem Café.

Sie wählten einen Tisch am Fenster mit Blick auf den breiten Boulevard.

Zum Frühstück bestellten sie Café au Lait und Croissants, die sie wortkarg und mit wenig Appetit zu sich nahmen. Keiner von beiden sprach über die Nacht davor, doch Jac hatte das Gefühl, dass es in ihrem Schweigen mitschwang. Sie wusste selbst nicht, ob es bei ihrer nächtlichen Begegnung um sie und Griffin gegangen war oder nur um eine Auszeit von der schrecklichen Situation. Das würde sie noch herausfinden müssen, aber erst, wenn Robbie wieder da war. In Sicherheit.

»Ich habe ungefähr zweihundert Euro«, sagte Griffin. »Das sollte eigentlich für unsere Ausrüstung reichen. Wenn nicht, hast du noch Bargeld?«

»Ich habe eine Kreditkarte.«

»Mit Karte sollten wir besser nicht bezahlen. Das kann man zurückverfolgen.«

»Wenn wir die Sachen erst einmal haben, wie kriegen wir sie dann ins Haus zurück, ohne dass die Polizei merkt, was wir vorhaben?«, fragte Jac.

Griffin nippte an seinem Kaffee. »Hat Malachai dir in dem Brief seine Telefonnummer geschickt?«

Jac holte den Umschlag aus ihrer Handtasche und reichte ihn über den Tisch.

Griffin tippte die Nummer in sein Handy. »Malachai, hier ist Griffin. Jac und ich, wir brauchen deine Hilfe.«

Am späten Vormittag hielt Jac vor dem Haus L'Étoile. Falls sie jemand beobachtete, konnte er sehen, wie drei Menschen aus dem Wagen stiegen: Jac, Griffin und Malachai Samuels mit einem Koffer in der Hand. Offenbar ein Besucher, der über Nacht bleiben würde. Ohne viele Worte zu wechseln, gingen die drei ins Haus.

Malachai hatte vom Hotel aus ein Taxi genommen und war zu dem Sportartikelladen gefahren, wo er gemeinsam mit Jac und Griffin ihre Einkäufe in den leeren Koffer gepackt hatte.

Im Haus machte Griffin Musik an und stellte den Koffer in der Küche ab. »Entschuldigt mich kurz«, sagte er. »Ich muss Elsie anrufen. Ich bin ihr Weckdienst.«

»Machst du das jeden Morgen?«, fragte Jac.

»Egal, wo ich bin«, sagte Griffin und ging ins Wohnzimmer.

»Er ist ein guter Kerl«, sagte Malachai. »Robbie kann sich glücklich schätzen, ihn zum Freund zu haben.«

Jac nickte nur. Sie traute ihrer Stimme nicht ganz. Es rührte sie, wie hingebungsvoll sich Griffin um seine Tochter kümmerte.

Sie öffnete den Koffer und breitete mit Malachais Hilfe die Höhlenforscherausrüstung auf dem Tisch aus.

»Danke«, sagte Jac. »Du warst ein exzellenter Strohmann.«

»Gern geschehen. Dazu bin ich hergekommen. Um zu helfen, wo ich nur kann.«

Jac griff nach einem der Helme und schnitt mit der Küchenschere das Preisschild ab. »Dafür ist es ein ziemlich weiter Weg. Nach allem, was Griffin mir erzählt hat, glaube ich nicht, dass du Robbie dazu bringen wirst, dir die Scherben zu verkaufen.«

»Ich habe ihm über eine Viertelmillion geboten.«

Jac schüttelte den Kopf. »Robbie hat vielleicht jemanden

vergiftet. Geld spielt für ihn keine Rolle.« Sie seufzte. »Das ist doch verrückt. Schon als Kind ist er für seine Ideale viel zu große Risiken eingegangen. Einmal ist er inmitten der Unruhen nach Tibet gefahren, um den Mönchen zu helfen, ihre Heiligtümer zu retten, und wäre fast umgekommen. Aber diesmal …«

»Er setzt sich eben für das ein, woran er glaubt.«

»Ja, für einen Haufen Scherben, für ein Märchen. Mythen sind Metaphern.«

»Der Tiegel ist kein Mythos. Es gibt ihn wirklich. Die Reinkarnation gibt es wirklich«, sagte Malachai.

»Das heißt nicht, dass man dafür sein Leben riskieren muss.«

»Wofür es sich zu leben lohnt, dafür lohnt es sich auch zu sterben.« Aus Malachais Stimme sprach eine Sehnsucht, die Jac stutzen machte.

»Du klingst wie Robbie.«

»Wir haben viele gemeinsame Ideale.«

»Ich hätte nicht gedacht, dass du so romantisch veranlagt bist.«

»Kein Wunder. Ich habe dich viel besser kennengelernt als du mich.«

»Ich habe dich überhaupt nicht kennengelernt.«

»Jac, ich will unbedingt wissen, was auf den Tonscherben steht und ob es ein Parfüm gibt, mit dem man einen Weg zurück in die Vergangenheit finden kann. Aber ich bin nicht nur hier, um an eine Erinnerungshilfe zu kommen, sondern auch, weil ich mir Sorgen um dich mache. Ich wollte für dich da sein, falls du Hilfe brauchst. Ich hatte einen Bruder …« Er brach ab. »Ich will dir helfen, deinen Bruder zu finden.« Er fasste sie am Arm.

Die blauen Flecken am Handgelenk, wo Griffin sie von dem Schacht weggezogen hatten, ließen sie zurückzucken. Malachai sah irritiert darauf herab.

»Ich habe mir wehgetan. Halb so wild«, sagte Jac.

Griffin kam ins Zimmer zurück, ließ sein Handy zuschnappen und steckte es ein. Jac bemerkte, wie Malachai die Stirn runzelte.

»Wie geht es Elsie?«, fragte sie.

»Sie trägt Trauer. Letzte Nacht ist einer ihrer Goldfische gestorben. Ich musste ihr zwei neue Fische und ein Unterwasserschloss versprechen.«

Bevor Jac antworten konnte, klingelte das Telefon. Sie stürzte hin und nahm noch vor dem zweiten Klingeln ab.

Es war Inspektor Marcher.

Jacs Herz raste; sie hielt den Atem an. »Gibt es Neuigkeiten?«

»Nein. Aber könnte ich kurz vorbeischauen und mit Ihnen reden?«, fragte Marcher.

Jac nahm das Telefon mit in den kleinen Vorratsraum, um ungestört zu sein. »Können wir uns nicht einfach am Telefon unterhalten?«

»Es dauert bestimmt nicht lange.«

Die Gerüche in dem weiß gekachelten kleinen Raum weckten lange verschüttete Erinnerungen. Jac hatte es geliebt, mit ihrer Großmutter zu kochen und für sie die Zutaten zusammenzusuchen. Die Vorräte gaben einen warmen Duft von sich. Jacs Herz zog sich zusammen.

»Haben Sie Fortschritte gemacht?«

»Nichts Belastbares, Mademoiselle.«

Auf einem der Regale standen Dutzende schwarze Packungen mit Schwarz- und Grüntees von Mariage Frères, Robbies Lieblingssorten. Sie fuhr mit den Fingerspitzen über die goldenen Aufschriften, die suggestiven Namen. Aiguilles de Jade. Bouddha Bleu. Thé du Dragon.

»Worüber wollen Sie dann reden?«

»Ich weiß, dass das alles nicht einfach ist«, begann Marcher.

»Ich brauche kein Mitgefühl. Ich will nur wissen, was Sie tun, um meinen Bruder zu finden.«

Jac lehnte sich gegen die Tür und schloss die Augen. Der Duft von Robbies Teesammlung ließ ihr seine Abwesenheit schmerzlich bewusst werden.

»Mademoiselle L'Étoile, wir würden wirklich gern persönlich mit Ihnen sprechen. Ein paar Minuten nur.«

»Warum lassen Sie mich verfolgen?«

»Wir verfolgen Sie nicht, sondern beschützen Sie. Genau darüber möchte ich mit Ihnen reden.«

»Beschützen? Vor wem denn?«

»Ich fürchte, das kann ich Ihnen nicht sagen.«

»Oder Sie wollen es nicht?«

»Ich habe im Augenblick nicht die Möglichkeit …«

»Es geht um meinen Bruder!« Ihre Stimme hallte von den Wänden der Kammer wider.

»Dessen bin ich mir voll und ganz bewusst. Und es tut mir leid, nicht mehr für Sie tun zu können. Glauben Sie mir, wenn wir Näheres über seinen Verbleib wüssten, würden wir Sie sofort informieren.«

»Wissen Sie denn zumindest, wer hier gestorben ist?«

»Nicht genau.«

»Also haben Sie eine Vermutung?«

»Wir haben Anhaltspunkte.«

»Anhaltspunkte? Was soll das denn wieder heißen? Wissen Sie jetzt, wer es ist, oder nicht? Hier ist jemand gestorben, verdammt noch mal.«

»Jac?«, fragte Griffin vor der Tür.

Jac öffnete.

»Alles okay?«

Sie nickte.

»Wir haben Anhaltspunkte, die wir erst noch verifizieren müssen«, sagte Macher.

Jac war es egal, ob sie sich unmöglich verhielt oder ob sie hysterisch klang. »Mein Bruder ist seit Montagabend verschwunden. Heute ist Freitag. Freitag! Ich will wissen, was Sie herausgefunden haben.«

»Ich verstehe ja, dass das unbefriedigend für Sie ist …«

Jac atmete tief durch. Sie sah zur Decke hoch und starrte die schlichte Lampenfassung an. Wie lange hing sie wohl schon dort? Vierzig Jahre? Sechzig? Hundert? Es war erstaunlich, wie lange manche Dinge hielten. Wie sie sich nie veränderten. Andere veränderten sich viel zu rasch.

»Sobald ich etwas weiß, das ich Ihnen mitteilen kann, rufe ich Sie an. Heute wollte ich nur mit Ihnen sprechen, um Sie zu bitten, unseren Schutz anzunehmen. Versuchen Sie nicht, ihn zu umgehen, wie Sie es heute Morgen mit Monsieur North getan haben.«

»Wollen Sie damit sagen, ich sei in Gefahr?« Machers Warnung beängstigte Jac nicht, sondern verärgerte sie. Sie verlor die Geduld.

»Wir wissen nicht, wie es zu dem Vorfall in der Werkstatt gekommen ist. Wenn es persönliche Motive waren – Eifersucht, geschäftliche Differenzen oder dergleichen –, sind Sie nicht in Gefahr.«

Jac war das Gespräch allmählich leid.

»Aber wenn es dem Eindringling um die Tonscherben ging, mit denen sich Ihr Bruder und Monsieur North beschäftigt haben«, fuhr Marcher fort, »sind Sie es sehr wohl. In großer Gefahr sogar. Solange Ihr Bruder fort ist, weiß niemand, wo sich das Gefäß befindet. Jemand könnte vermuten, dass Sie es wissen. Oder dass Ihr Bruder es auf Ihrem Grundstück versteckt hat und dass man Sie dazu bewegen könnte – oder dazu zwingen –, es zu finden.«

Jac lief ein Schauder über den Rücken. Jetzt hatte er es doch geschafft, ihr Angst zu machen. Der Mistkerl. Aber davon würde sie sich nicht ablenken lassen. Sie musste Robbie finden, koste es, was es wolle.

Neununddreißig

11:30 Uhr

Noch hatte Jac keinen Blick in die Tiefe gewagt. Dort unten erwarteten sie kilometerlange stockfinstere Tunnel, Weltkriegsbunker, satanische Kultstätten. Die Knochen von sechs Millionen ihrer Landsleute, die man ihrer ursprünglichen Ruhestätte entrissen hatte. Brüchige Stollen, die noch heute einstürzen konnten. Und hoffentlich, irgendwo in dem bedrohlichen Gewirr, ihr Bruder Robbie.

Am meisten fürchtete sie jedoch die obere Kante der Tunnelöffnung. Sie war weder scharfkantig noch schartig. Jac würde sich nicht daran verletzen. Aber wenn sie nur einen Fuß darüber hinausschob, lief sie Gefahr, in den Abgrund zu stürzen. In die feuchtkalte Dunkelheit. Die bodenlose Tiefe. Ins Unbekannte.

»Die Stufen sind zwar hoch, aber ziemlich breit«, rief Griffin ihr zu. Er war vorausgeklettert und wartete einige Meter weiter unten auf sie.

Malachai war im Haus geblieben. Seit seinem Unfall vor zwei Jahren konnte er nicht mehr klettern, und außerdem war es gut, wenn jemand für den Notfall in Bereitschaft blieb. Über Handys würde man in der Tiefe nicht kommunizieren können, doch die Funkgeräte, die Griffin gekauft hatte, konnten mit etwas Glück funktionieren.

»Lass dir Zeit, Jac. Ich bin bei dir.«

Jac atmete tief ein und spürte den trockenen, abgestorbenen Gerüchen nach. Dann blickte sie in den Schacht. Ihre Stirnlampe beleuchtete das Mauerwerk viel besser als die Kerze am Abend davor. Das machte den Abstieg, der vor ihr lag, allerdings nicht weniger bedrohlich.

Griffin verharrte dort unten auf den Stufen, blickte hoch und versuchte, ihr Mut zu machen. Unter ihm die vollkommene Finsternis. »Ich sichere dich ab«, sagte er. »Tu einfach den ersten Schritt.«

»Wie weit ist es bis zu dir?«

»Ich habe vierzig Stufen gezählt. Nimm einfach eine nach der anderen. Ganz in Ruhe. Du schaffst das schon.«

Vielleicht. Vielleicht auch nicht. Jede dieser Stufen war eine Kante. Ein ins unermessliche verlängerter, gesteigerter Auslöser ihrer Phobie, die sie leicht in eine ausgewachsene Nervenkrise stürzen konnte. Jac hatte in jahrelangen Therapien ihre eigene Seelenlandschaft erkundet und wusste, wie sie die Gefahrenzonen umgehen musste. Sie hatte gelernt, mit ihren Ängsten umzugehen, hatte sich Tricks angeeignet. Aber würden sie auch funktionieren?

Einatmen. Riechen. Die Gerüche analysieren.

Kreide.

Eine Stufe.

Erde.

Noch eine Stufe.

Als sie die ersten zwei Meter bezwungen hatte, kletterte Griffin weiter.

»Ich bin unten«, rief er nach einer Weile. Seine Stimme hallte hohl, fast unmenschlich verzerrt von den Wänden wider.

Jac fröstelte und sah hinab. Griffins Stirnlampe erleuchtete den Grund des Schachts. Jac konnte die Entfernung nicht einschätzen; es verblüffte sie, wie weit entfernt er zu sein schien.

»Wie viele Stufen sind es?«

»Fünfundsiebzig.«

Wie viele hatte sie schon geschafft? Sie hatte nicht mitgezählt. Fünfundsiebzig waren viel zu viele.

»Du bist schon bei der vierzigsten«, rief Griffin, als hätte er ihre Gedanken gelesen.

Noch fünfunddreißig.

Lehm.

Vierunddreißig.

Staub.

»Es ist hier ziemlich schlammig. Pass auf, wenn du unten ankommst«, sagte Griffin, als sie bis acht heruntergezählt hatte.

Schweißnass und mit wild pochendem Herzen setze Jac die Füße auf den Grund und sah sich um. Der Raum, in dem sie gelandet waren, hatte einen Durchmesser von anderthalb Metern und war von allen Seiten von grob behauenen grauen Kalksteinblöcken umschlossen.

Sobald sie sich ein wenig beruhigt hatte, schnupperte sie, schloss die Augen und konzentrierte sich ganz darauf, das Parfüm der Treue zu finden.

Nichts, keine Spur.

»Schätze, wir müssen hier durch.« Griffin zeigte auf eine schmale Öffnung.

Jac trat näher heran. Der Spalt war keinen halben Meter breit und zerklüftet.

»Das sieht eher wie ein Riss aus. Meinst du wirklich?«

»Außer dem Schacht nach oben gibt es keinen anderen Weg hier raus. Ich gehe vor.«

Drei Sekunden darauf rief er: »Alles klar, komm durch. Aber pass auf, die Steine sind sehr rau.«

Jac stieg durch den Riss. Er mündete in einen Tunnel, der zu schmal war, um nebeneinander zu gehen. Griffin schritt voraus. An mehreren Stellen mussten sie sich drehen und sich mit dem

Rücken zur Wand seitwärts voranschieben. Trotzdem streifte der Fels der anderen Wand ihre Gesichter.

Die Ruhe dieses Ortes war überwältigend. Außer ihren Atemgeräuschen und Schritten gab es absolut nichts zu hören. Jac hatte noch nie eine so vollkommene Stille erlebt. Doch sie war alles andere als beruhigend. Selbst wenn die Welt unterging, würden sie hier nichts davon merken.

Nach etwa hundert Metern führten zwei uralte Steinstufen zu einem Absatz hoch, über dem sich die Decke plötzlich drei Meter hoch wölbte. Dahinter ging es über zwei ähnliche Stufen wieder in einen Tunnel hinab. Er war genauso schmal wie der erste, aber mehrere Handbreit mit Wasser gefüllt. Höher als Jacs Stiefel.

»Packen wir's?«, fragte Griffin.

Das Wasser war eiskalt. Jac spürte Schlamm unter ihren Sohlen. Ihre Jeans begannen sich vollzusaugen, und schon nach wenigen Schritten waren sie bis zu den Knien tropfnass. Schließlich erreichten sie einen Torbogen. Griffin richtete seine Stirnlampe auf den Sturz, wo jemand von Hand etwas auf den Stein geschrieben hatte.

Verblichene, ungelenke Buchstaben, die aussahen, als seien sie dort seit langer Zeit.

»Was steht da?«, fragte Griffin.

Jac übersetzte. »Der richtige Weg ist oft der beschwerlichste.«

»Vielleicht hat Robbie das ja geschrieben und ein bisschen abgewetzt, damit es alt aussieht. Ist es seine Handschrift?«

»Nein … aber …« Jac dachte an die Glasbehälter in der Werkstatt. »Es könnte die meines Großvaters sein.«

»Bis jetzt gab es keine einzige Abzweigung, nur den direkten Weg von eurem Labyrinth hierher. Wenn dein Großvater Robbie den Eingang gezeigt hat, müssen sie also hier vorbeigekommen sein. Meinst du, du schaffst noch ein Stück?«

»Sicher.«

»Ist dein Großvater je ausgezeichnet worden?«

»Ausgezeichnet?«

»Hat die Regierung ihm nach dem Krieg einen Orden verliehen oder so?«

»Nicht dass ich wüsste. Er hat nicht viel über seine Kriegserlebnisse gesprochen. Nur ein paar Geschichten darüber, wie sie Leute in den Tunneln versteckt haben.«

»Dann war dir gar nicht bewusst, dass er ein Held war?«

Griffin wollte auf irgendetwas hinaus, doch Jac kam nicht dahinter.

»Meine Großmutter hat immer gesagt, er sei ein Held, aber das war ihm ziemlich unangenehm. Wieso?«

»Du suchst doch immer nach Helden. Ich habe mich nur gefragt, ob du gemerkt hast, dass du mit einem von ihnen aufgewachsen bist.«

Ganz kurz flackerte eine Erkenntnis in ihr auf: Was Griffin da sagte, war wichtig. Doch sie konnte nicht weiter darüber nachdenken, vor ihnen ging es nun steil aufwärts. Fünf hohe Stufen führten in einen Tunnel, der so niedrig war, dass sie auf Händen und Knien weiterkriechen mussten. Zum Glück hatten sie Handschuhe, sonst hätte ihnen der raue Untergrund die Haut aufgerissen. Nach drei Metern endete der Tunnel, diesmal nicht an Stufen, sondern an einer glatten steinernen Röhre.

»Wo führt die hin?« Jac hörte, wie ihre Stimme schwankte.

»Keine Ahnung.«

»Wir können da nicht hinein.«

»Einen anderen Weg gibt es nicht.«

Zum ersten Mal seit Inspektor Marchers Anruf in New York verfluchte Jac ihren Bruder.

»Lass mich zuerst gehen«, sagte Griffin und kletterte in die Röhre.

»Davon war ich eigentlich ausgegangen.«

»Also, hier ist ein kleiner Tunnel …« Seine Stimme wurde

leiser, während er behutsam weiter hineinkroch. »Eine Rutsche!«

Jac hörte Wasser aufspritzen.

»Alles klar bei dir?«, rief sie.

Seine Stimme kam aus weiter Ferne. Seit dem Abstieg in den Schacht waren sie nicht so weit voneinander entfernt gewesen.

»Ich stehe bis zur Hüfte im Wasser. Es ist ganz klar. Und kalt. Süßwasser. Das muss Quellwasser sein.«

Jac wollte nicht weiter. Wollte Griffin sagen, dass das hier zu viel für sie war. Dass sie um ihren Verstand fürchtete.

»Erst rutschst du ein Stück, und dann fällst du einen Meter runter. Ich warte hier auf dich.«

Jac kletterte in den Tunnel. Unter sich sah sie die Kante, wo die Röhre in die Rutsche überging. Einen halben Meter entfernt. Näher ging es nicht. Das würde nicht leicht werden. Sie atmete ein. Pilze. Gestein. Erde.

Jetzt war sie kurz vor der Kante.

Sie kroch die nächsten Zentimeter. Nahm den nächsten tiefen Atemzug, kroch das nächste Stück. Jac versuchte, sich vorzustellen, wie Robbie vor zwei Tagen hier vorbeigekommen war. Was hatte er seitdem getan? Hatte er einen Weg durch die Tunnel gefunden und sich irgendwie nach Nantes durchgeschlagen? Hatte er dort das komplizierte Täuschungsmanöver mit den Schuhen ausgeheckt und war dann wieder zurückgekehrt, und das alles, damit die Polizei ihn für tot hielt? Um die Tonscherben zu schützen? Oder hatte Jac sich geirrt? Vielleicht hatte ein Tier den Kies durcheinandergebracht und den Obelisk beschmiert. Vielleicht hatte sie sich nur eingebildet, den Duft der Treue zu riechen. Hatte von vornherein alles falsch verstanden und dann Griffin davon überzeugt.

»Vergiss es! Gehen wir zurück!«, rief sie. »Robbie ist gar nicht hier.«

»Komm schon, Jac. Du kannst es. Ich bin ja hier. Und du bist der zielstrebigste Mensch, den ich kenne. Was hast du immer gesagt? ›Was soll schon passieren?‹ Oder?«

Jac war ein Kind, ein kleines Mädchen. War mit ihrer Großmutter und Robbie in Cannes am Strand. Das türkisfarbene Wasser sah einladend aus, doch als sie prüfend ihre Zehen hineinstreckte, war es kalt. Robbie planschte schon glücklich kreischend darin herum. Jacs Großmutter beobachtete sie. »Lauf einfach rein. Denk gar nicht darüber nach. Tauch ab, so schnell du kannst. Im ersten Moment tut es weh, und dann gewöhnst du dich daran. Du musst tapfer sein, *ma chérie*«, sagte sie. »Es ist bloß kaltes Wasser. Was soll schon passieren?«

Sei tapfer, ma chérie, sagte Jac zu sich selbst. *Was soll schon passieren?*

Jac gab sich einen Stoß und rutschte die glatte Rinne hinunter. Als sie im Wasser landete, glitt ihr rechter Fuß unter ihr weg, und sie geriet ins Stolpern.

Griffin fing sie auf.

»Alles okay?«

Jac nickte nur, damit sich ihre Angst nicht verriet.

Griffin hob die Hand und strich ihr eine Strähne aus dem Gesicht, die sich aus ihrer Haarspange gelöst hatte. »Sag ehrlich. Kommst du zurecht? Du machst das großartig. Als hättest du nie etwas anderes getan. Und dein Bruder kann schon auf sich aufpassen. Das könnt ihr beide gut, Jac. Ihr seid hart im Nehmen.«

Jac und Griffin wateten einige Meter durchs Wasser, bis fünf Stufen sie auf einen trockenen Absatz führten. Von dort aus blickten sie in eine majestätische, in den Steinbruch gehauene Kathedrale. Die Gewölbedecke war fast sieben Meter hoch. Anstelle der Fenster waren Vertiefungen in den Stein geschlagen worden, durch die weiteres Gestein zu sehen war. In schwarzen Druckbuchstaben stand an einer der Wände: *Rue de Sèvres, 1811.*

Jac hatte am Abend davor in einem Artikel im Internet gelesen, dass die Tunnel teilweise mit Straßenschildern versehen waren, die dem Straßenverlauf der überirdischen Stadt entsprachen. Das half den Arbeitern nicht nur, ihren Weg zu finden, sondern gab ihnen auch eine viel grundsätzlichere Form der Orientierung. Es half gegen die Angst, wie der Autor des Artikels betonte. Und Jac begriff jetzt, warum. Das Straßenschild wirkte auch auf sie beruhigend. Sie konnte zwar nicht dreißig Meter durch den Fels nach oben graben, doch zumindest wusste sie, wo sie war.

An der Wand rechts vom Eingang waren weitere Aufschriften zu sehen: Männernamen waren in weißer Farbe an die Wand gemalt und mit Daten von 1789 bis 1799 versehen worden. Links ging es mit Namen und Daten bis in das frühe neunzehnte Jahrhundert hinein weiter. Auf einer Art großem Wandgemälde erkannte sie, wie der Teufel von einer Gruppe von Menschen in schwarzen Kutten verjagt wurde, und unweit davon war mit Kreide eine Guillotine auf den Fels gekritzelt worden. Außerdem entdeckte Jac Symbole und Sprüche in einer altertümlichen Schrift, die aussahen, als hätte jemand sie mit dem Ruß einer Kerze oder Laterne geschrieben. Andere, neuere Schriftzüge waren mit fluoreszierender Farbe gemalt.

Und sie sahen drei Torbögen vor sich. Die erste Weggabelung.

Jac ging zu jedem der Durchgänge und schnupperte. Sog die Luft tief in sich ein. Doch von dem Parfüm, nach dem sie suchte, war nichts zu spüren.

»Robbie hat uns ganz sicher einen Hinweis hinterlassen«, sagte Griffin. Er sah sich die Torbögen näher an. An dem rechten und linken waren keine Markierungen zu sehen. Doch über dem mittleren Durchgang waren Worte in den Stein gemeißelt worden. Ganz sicher nicht von Robbie – die Inschrift anzubringen musste viel Zeit gekostet haben, und sie war offensichtlich Hunderte von Jahren alt.

Arrête! De l'autre bord de la vie est la mort.

Jac übersetzte: »›Halt ein. Am anderen Ufer des Lebens wartet der Tod.‹ Wie ich meinen Bruder kenne, sollten wir hier durchgehen. Bestimmt hat er sich königlich darüber amüsiert, was für ein guter Hinweis das ist.«

»Sieh mal hier.« Griffin zeigte auf eine der Säulen, die den mittleren Torbogen stützten. Er hatte einen mit Kohle gezeichneten Halbmond mit einem Stern darin entdeckt.

Die beiden gingen durch die Öffnung in den nächsten Raum. Dessen gelbliche Wände waren uneben und feucht. Jac hörte Griffin nach Luft schnappen.

Sie wollte ihn fragen, was los sei, da sah sie es selbst.

Alles um sie herum bestand aus Knochen. Wände aus Knochen. Borde und Winkel aus Knochen. Altäre aus Knochen. Stützpfeiler und Bögen. Sogar Kreuze aus Knochen. Keine bleichen, sauberen Knochen, sondern halb verrottete, feuchte. Hunderte, nein, tausende. Schädel, Oberschenkelknochen, Hüften. In perfekter Symmetrie aufeinandergeschichtet, die runden Enden nach außen. Knochen, die Muster ergaben und architektonische Elemente.

Sie hatten den Friedhof betreten, das Ersatzlager für die überfüllten überirdischen Ruhestätten. Sie waren in der Stadt der Toten.

»Das ist schon merkwürdig, oder?«, sagte Jac und ging fasziniert von einem Gebilde zum nächsten. »Sie wirken gar nicht wie Menschen. Nicht gleich jedenfalls. Man sieht nur die Muster.«

Zwischen den Knochen waren hier und da zerborstene Grabsteine zu sehen, die meisten davon aus dem achtzehnten Jahrhundert. Sie waren ebenso hier abgeladen worden wie die sterblichen Überreste, die sie einmal hatten identifizieren sollen.

»Ich habe so viele Gräber gesehen«, sagte Griffin. »Aber an

eines werde ich mich nie gewöhnen: dass es so viele schweigende Tote gibt, deren Namen wir nie erfahren werden.«

»Als ich klein war«, sagte Jac, »hat meine Großmutter mich immer mitgenommen, wenn sie sich um die Gräber ihrer Verwandten kümmerte. Einmal im Monat brachte sie ihren Eltern Blumen oder Immergrün. Und ein Kind von ihr, das nur eine Woche lang gelebt hatte, bekam eine einzelne Blüte. Irgendwann fiel mir auf, dass es keine Grabsteine aus der Zeit vor 1860 gab. Sie erklärte mir, dass die Leichen von damals alle in den Katakomben abgeladen worden waren.« Jac wandte sich wieder den Toten zu, den endlosen Reihen von Knochen. Je genauer sie hinsah, desto mehr entdeckte sie. Ein Einschussloch in einem der Schädel. Einen Riss in einem Zweiten. Eine zertrümmerte Schädeldecke.

Irgendwo in der Ferne tropfte Wasser herab. Langsam. Gleichmäßig. Jac glaubte aus dem Rhythmus den Namen der Frau aus ihren Halluzinationen herauszuhören: Ma-rie, Marie, Ma-rie.

Dann ein zweites Geräusch.

Jac erkannte nicht gleich, woher es kam. Es klang, als sei es über ihnen. Oder um sie herum.

Sie sah Griffin an, wollte ihn fragen, was das war. Doch Griffin hielt den Finger an die Lippen.

Da war es wieder. Lauter diesmal. Lauter als rollender Kies. Eher wie fallende Knochen. Oder stürzende Steine.

Vierzig

12:49 Uhr

Valentine hatte keine Eile. William hielt im Auto Wache. Sie hatte Pause und vertrat sich die Beine, um das Gefühlsdurcheinander in ihrem Inneren zu beruhigen.

In einem kleinen Eckladen kaufte sie zwei Äpfel und zwei Bananen, einen Liter Wasser. Und Zigaretten – ihren einzigen Luxus.

Im Weitergehen lauschte sie den Gesprächsfetzen und Geräuschen. Sie versuchte, ihre Umgebung auf sich einwirken zu lassen, um wenigstens einige Augenblicke zu vergessen, wie nervös und besorgt sie war. Wie groß ihre Angst war, zu versagen. Wie sehr sie François vermisste. Um zu glauben, dass sie der Herkulesaufgabe gewachsen war, diese Mission allein zu erfüllen. Eine sehr persönliche Mission.

In den spiegelglatten Schaufenstern überprüfte Valentine, ob ihr jemand folgte. Es war unwahrscheinlich, aber sie blieb wachsam.

Hier und da blickten ihr Passanten geistesabwesend nach. Manchmal auch interessiert. Doch sie sahen Valentine nicht wirklich. Es war nur ihr Outfit, das die Aufmerksamkeit der Menschen auf sich zog und sie zugleich von allem ablenkte, an dem man sie hätte wiedererkennen können.

Der Look, den sie sich im Laufe der Jahre zugelegt hatte, war gerade nuttig genug, dass jeder, der zweimal hinsah, nur auf ihr Äußeres achtete. Schulterlanges schwarzes Haar mit Pony. Eine Sonnenbrille, die ihr halbes Gesicht bedeckte. Nachts trug sie stattdessen eine getönte Brille in derselben Größe, obwohl sie keine brauchte. Hautenge Jeans. Kniehohe Lederstiefel. Weißes oder schwarzes T-Shirt ohne BH darunter, so dass ihre Brustwarzen zu erahnen waren. Und, je nach Wetter, eine ihrer beiden alten Lederjacken: eine beigefarbene, die sie vor Jahren aus François' Fundus übernommen hatte, oder eine schwarze Bomberjacke aus dem Secondhandladen, beide mit dutzenden Taschen. So hatte sie immer die Hände frei. Um die Hüfte trug sie den Gürtel, in dem ihr Messer steckte. Sie spürte immer, dass es da war. Und im rechten Stiefel hatte sie eine kleine Automatikwaffe versteckt.

Valentine tippte den Code ein und öffnete das Tor. William saß nach wie vor in dem blauen Smart.

»War was los?«, fragte sie.

»Musik. Küchengeklapper. Schweigen im Walde.«

Am Morgen waren Valentine und William dem kleinen Citroën bis zu dem Café gefolgt. Während Jac und Griffin frühstückten, hatte Valentine einen GPS-Sender unter dem Wagen befestigt. Ein Routinejob: Sie hatte in der Bäckerei Croissants gekauft und war die Straße hinuntergeschlendert. Direkt neben dem Auto hatte sie vorgetäuscht zu stolpern und hatte den Beutel fallen lassen. Dann hatte sie sich danach gebückt, rasch den Arm ausgestreckt und – voilà.

Aber das verdammte Ding hatte sie nur zu einem Parkplatz geführt, der zu einem Einkaufszentrum mit zahllosen Läden gehörte. Zu viele, um herauszufinden, was die beiden wo eingekauft hatten. Und zu viele, um überall Leute zu postieren, ein Ablenkungsmanöver in die Wege zu leiten und Jac L'Étoile zu entführen. Sie würden auf die nächste Gelegenheit warten müssen.

In der Rue des Saints-Pères hatten sie Jac und Griffin wieder einparken sehen. Mit ihnen war ein Mann mit einem Reisekoffer aus dem Auto gestiegen. Aus den Gesprächsfetzen, die sie in der folgenden halben Stunde mit dem Richtmikrophon aufschnappten, hatten sie seinen Namen erschlossen – er hieß Malachai – und dass sie wieder versuchen wollten, Robbie zu finden. Doch seitdem hatte niemand das Grundstück verlassen.

Bei jedem Auftrag gab es Erfolge und Rückschläge, bis irgendwann der nächste Durchbruch kam. Diesmal folgte ein Rückschlag auf den anderen.

Sie nickte zu dem Laptop auf Williams Knien.

»Hast du was über den Typen?«

»Jede Menge. Malachai Samuels heißt er. Reinkarnationsforscher und Therapeut aus New York.«

»Noch einer, der scharf auf die Tonscherben ist«, sagte Valentine. »Meinst du, er ist immer noch allein?«

»Definitiv. Es ist zu leise für drei, selbst wenn sie alle nur rumsitzen würden.«

»Wo sind sie hin, William? Wo suchen sie nach L'Étoile?«

Er reichte Valentine den Computer. »Das hier habe ich auch gefunden. Wird dir nicht besonders gefallen.«

Er sah fast ein bisschen selbstzufrieden aus. Valentine sah sich den Grundriss auf dem Bildschirm an, der zu dem Grundstück gegenüber gehörte. Es gab nur zwei Zugänge: die Ladentür und die Tür zum Wohnhaus. Dazwischen war der von hohen Mauern umschlossene Garten.

»Außer den beiden, die wir im Blick haben, gibt es keinen Weg da raus«, sagte William.

Valentine biss in den glänzenden roten Apfel. »Sie sind wohl kaum mit dem Hubschrauber unterwegs.« Die Frucht schmeckte mehlig. Sie warf sie in den Fußraum zu dem anderen Abfall, der sich dort angesammelt hatte, und rieb sich die

Augen. »Wir müssen sie irgendwie aufscheuchen. Die Schwester aus dem Haus treiben. Und dann holen wir sie uns.«

»Die Polizei lässt sie nicht aus den Augen.«

Valentine hatte William so satt. Seinen Pessimismus. Seine hohe, weinerliche Stimme. Sein ständiges Räuspern. Und seine verheulten Augen.

Der Falsche hatte überlebt. Valentine wollte François wiederhaben. Was hätte er in ihrer Situation getan? Selbst wenn die Melodie feststand, war François immer in der Lage, die Tonlage zu wechseln. Oder das Tempo. Er konnte improvisieren.

Zwischen den Haaren und dem Jackenkragen staute sich die Hitze. Schweiß lief ihr den Nacken herab. *Improvisieren.*

Einundvierzig

13:10 Uhr

Durch einen Mauerspalt sahen Jac und Griffin, wie vier Frauen und zwei Männer, alle in dunklen Kutten, einen Gang hinunterschritten. Ihre Gesichter blieben im Schatten der Kapuzen verborgen.

Jac hielt den Atem an und stand ganz still. Sie hatte im Internet manches über die Kataphilen gelesen, die bunte Mischung aus Künstlern und Musikern, Drogenabhängigen und Abenteurern, die sich in den Tunneln herumtrieb. Auch Satanisten gehörten dazu, die seit Jahrhunderten im Untergrund ihre Rituale vollzogen. Waren das hier Satanisten? Was, wenn sie bemerkten, dass sie beobachtet wurden? Waren sie gefährlich? Hatten sie Robbie entdeckt und ihm etwas getan?

Quälend langsam zog die Prozession an dem Mauerspalt vorüber.

Endlich war der Gang wieder frei, das Echo ihrer Schritte verklungen. Jac wollte weitergehen, doch Griffin legte ihr die Hand auf die Schulter.

»Lass uns erst sicher sein, dass sie weg sind«, flüsterte er.

Fünf Minuten später nickte er Jac zu. »Okay, gehen wir.«

Der Weg, dem sie folgten, war breit, aber niedrig und verwinkelt. Jac und Griffin krochen nebeneinander auf Knien durch das Geröll. Endlich kamen sie wieder an eine Öffnung.

Sobald sie sich in den nächsten, tiefer gelegenen Raum fallen ließ, spürte Jac es. Und schon bevor sie sich umsehen und ihn entdecken konnte, hörte sie seine Stimme von den Wänden widerhallen.

»Ich wusste es!«, rief Robbie und stürzte lachend auf sie zu. »Du warst schon immer gut darin, Rätsel zu lösen.«

Jac warf sich ihrem Bruder in die Arme. Sie waren einem vagen Hinweis an einen gefährlichen Ort gefolgt und hatten ihn tatsächlich gefunden! Robbie hielt sie genauso fest wie sie ihn.

Robbie roch nach den Katakomben. Nach den Pilzen, dem Staub und dem Verwesungsdunst, der Jac seit ihrem Abstieg umgab. Und säuerlich. Ziemlich unangenehm. Doch das zählte jetzt nicht. Griffin und sie hatten Gefahren auf sich genommen, um ihren Bruder zu finden, waren über Steine und Knochen gestolpert, doch jetzt hatten sie es geschafft.

Als Jac sich von Robbie löste, bemerkte sie im Schein der Lampe an ihrem Helm blutige Kratzer auf seiner Wange. Sein Hemd war schmutzig und zerrissen. »Bist du verletzt?«

Er schüttelte den Kopf. »Nein, warum?«

»Du hast Schrammen im Gesicht.«

»Von den Wänden wahrscheinlich. Ich hatte es am Anfang so eilig.«

»Geht es dir gut?« Jac konnte den Blick nicht von ihm lassen. Sie hätte am liebsten seinen Puls gefühlt, um sich zu vergewissern. Sie hatte solche Angst um ihn gehabt.

»Ja, mir geht es gut.« Er legte einen Arm um sie. »Es ist alles in Ordnung, Jac.«

Sie lehnte ihren Kopf an seine Schulter und schloss die Augen.

»Du kannst jetzt aufhören, dir Sorgen zu machen.« Er streichelte ihr den Rücken. »Ich wollte dir keine Angst machen, aber ich hatte einfach keine andere Möglichkeit, dir eine Nachricht zu hinterlassen.«

Jac lächelte. Er hatte schon immer genau gewusst, was in ihr vorging.

»Kanntest du den Mann in der Werkstatt? Er ist tot, Robbie, weißt du das überhaupt?«

»Ich wollte nicht, dass er stirbt. Er hatte eine Waffe und wollte mich erschießen, wenn ich ihm die Tonscherben nicht gebe. Ich wollte ihn nur davon abhalten.« Robbies Stimme zitterte.

Griffin holte eine Flasche Wasser aus seinem Rucksack und gab sie ihm.

»Hier, trink erst mal. Dann können wir immer noch in Ruhe reden.«

Dankbar nahm Robbie die Flasche entgegen und trank sie in tiefen Zügen halb leer.

»Wie bist du hierhergekommen?«, fragte Jac.

»Kommt nach nebenan, da gibt es einen Tisch und Stühle. Dann kann ich alles erklären, und ihr könnt mir erzählen, was oben los ist. Es ist ziemlich aufreibend, auf der Flucht zu sein.«

»Tisch und Stühle?«, fragte Griffin.

»Kommt, ich zeige es euch. Es gibt hier auch Betten. Und Kochstellen. Alles, was man braucht, wenn man nur weiß, wo man suchen muss.«

Im Nebenraum stand eine große aufgebockte Steinplatte, von improvisierten Bänken umgeben, die jemand aus Grabsteinen aufgeschichtet hatte. Jac wollte sich erst nicht setzen. Das waren geweihte Steine. Mahnmale. Doch als Griffin und Robbie es ihr vormachten, hockte sie sich so dicht wie möglich neben ihren Bruder. Während sie redeten, tastete sie immer wieder nach ihm. Befühlte den Riss in seinem Ärmel, streichelte seinen Arm.

»Bist du seit Montagabend hier unten?«, fragte Griffin.

»Mehr oder weniger. Erst war ich hier und bin dann mit dem Zug nach Nantes gefahren.«

»Wir dachten erst, jemand … Wir dachten, du wärst ertrunken«, sagte Jac.

Robbie legte ihr die Hand auf den Arm. »Es tut mir leid«, sagte er. »Ich wusste nicht, was ich sonst tun sollte. Ich wollte die Polizei auf eine falsche Fährte bringen.«

»Zu einem Ort, der gleichzeitig eine Nachricht an mich enthielt?«

Robbie nickte. »Glauben sie, dass ich tot bin?«

»Sie sind sich nicht sicher. Marcher, der für den Fall zuständig ist, scheint eher nicht davon überzeugt zu sein. Also, wie hast du hierhergefunden? Hat Großvater dich damals hergeführt?«

Robbie nickte, zog ein gefaltetes Stück Papier aus seiner Tasche und breitete es behutsam auf dem Tisch aus. Er ging immer so sorgsam mit den Dingen um.

Die Karte war unhandliche sechzig mal sechzig Zentimeter groß, zerknittert, abgewetzt und fleckig. »Wir haben mit unseren Exkursionen angefangen, nachdem du nach Amerika gegangen bist. Großvater hat mir immer die Karte in die Hand gedrückt und sich führen lassen, damit ich lernte, mich zurechtzufinden. Er hat gesagt, jeder bräuchte mal einen sicheren Rückzugsort. Manchmal waren wir stundenlang hier unten. Er hatte die Tunnel seit Kriegsende nicht mehr betreten und erzählte mir, während er alles wiederentdeckte, lauter Geschichten von der Résistance.«

»Dann ist er den Schacht runtergestiegen? Er war über siebzig!«, staunte Jac.

»Ja, er war unglaublich agil.«

»Ein gemeinsames Abenteuer«, sagte Griffin. Jac erkannte die Wehmut in seiner Stimme wieder. Griffin war über seine eigene Familiengeschichte verbittert. Seine Großeltern waren früh gestorben, und seinen Vater hatte er ja kaum gekannt.

Robbie nickte. »Ich hätte nie gedacht, wie wichtig es einmal für mich werden könnte, mich hier auszukennen. Damals, als

Teenager, habe ich mich mit einigen Kataphilen angefreundet, mit Musikern, die hier unten ab und zu Konzerte gegeben haben. Es ist eine ganze Welt für sich, in der es einfach alles gibt. Kunst und Geschichte, das Grausige wie das Göttliche. Und eine Million Verstecke. Früher gab es noch viele Zugänge, aber inzwischen hat die Stadt die meisten abgesperrt. Ich habe drei Versuche gebraucht, bis ich einen Weg nach draußen gefunden habe.« Er zeigte auf der Karte auf einen Punkt im vierzehnten Arrondissement. »Den hier.«

»Geht die Polizei hier Streife?«, fragte Griffin.

»Die haben überirdisch genug zu tun. Außerdem sind die Leute hier unten harmlos. Rebellische Künstler, Hobbyforscher, Sonderlinge. Menschen, die nirgendwo sonst hingehören.«

Dann sollte ich mich ja wie zu Hause fühlen, dachte Jac. Sie erzählte Robbie von den Gestalten in den schwarzen Kutten.

»Wo sind wir jetzt?«, fragte Griffin mit einem Blick auf die Karte.

Robbie setzte seinen Finger darauf. »Hier.«

»Wie wahrscheinlich ist es, dass man uns hier findet?«, fragte Griffin.

»Unwahrscheinlich. Es gibt nur zwei Wege hier raus.« Robbie fuhr einen der Wege entlang. »Den hier, den ihr gekommen seid, und diesen.« Er zeigte auf den anderen. »Der führt zu einer dieser engen Spalten. Man kommt durch, aber nicht ohne sich Schrammen zu holen. Und wenn man es geschafft hat, landet man auf einer Art Abfallkippe für Knochen – tausende davon liegen da übereinander. Um die Kammer zu durchqueren, muss man darüberklettern. Sie bewegen sich, wenn man drauftritt, oder zerfallen zu Staub.« Robbie hielt inne. Die Erinnerung an den Weg hatte ihn sichtlich aufgewühlt.

»Und wie geht es dahinter weiter?«, fragte Jac.

»Dann kommen ein paar Gewölbekammern, die eher uninteressant sind, und wieder eine sehr flache Höhle, die ich auf dem Bauch durchkriechen musste. Es gibt genug andere Tunnel. Kaum jemand würde auf die Idee kommen, ausgerechnet diesen schwierigen Weg zu nehmen.«

»Aber jeder könnte es«, sagte Jac. »Jeder, der gezielt danach sucht. Wenn er zum Beispiel einen Spürhund dabeihätte, der auf dich angesetzt wäre.«

»Ja, schon«, sagte Robbie. »Aber das ist wohl ziemlich weit hergeholt.«

»Nein, ist es nicht. Du bist zur Fahndung ausgeschrieben.« Jacs Stimme schwankte zwischen Zorn und Angst.

»Was hätte ich denn tun sollen? Fauche hatte eine Waffe. Er war ganz sicher kein Journalist.«

»Er hätte nicht gezögert, dich umzubringen«, sagte Griffin. »Du hast das Richtige getan.«

»Warum hätte er dich wegen der Tonscherben umbringen sollen?«, fragte Jac. »Und wo sind sie überhaupt?«

Robbie nahm ein purpurrotes Band ab, das er um den Hals getragen hatte. Daran hing ein ebenso purpurfarbener Beutel, wie ihn das Haus L'Étoile als Verpackung für seine kleineren Flakons verwendete.

»Also hattest du sie die ganze Zeit. Marcher hat mich gelöchert, ob ich nicht wüsste, wo sie sind«, sagte Griffin.

Robbie öffnete eine Schicht Luftpolsterfolie und zeigte ihnen die weiß, türkis und korallenrot gemusterten Scherben.

Jac, die sie noch nie gesehen hatte, rückte näher. Sie hatte bei ihrer Suche nach den Ursprüngen der Mythen oft mit kostbaren Artefakten zu tun gehabt, und dieses Tongefäß war bei weitem nicht so spektakulär wie manch andere Funde. »Das sind ganz normale Tonscherben«, sagte sie.

»Überhaupt nicht normal«, widersprach Robbie.

»Ach, Robbie.« Jac spürte plötzlich die ganze Last der letzten zwei Tage. Sie hatte vor lauter Anspannung kaum geschlafen und gegessen. Jetzt holte die Erschöpfung sie ein, und der Idealismus ihres Bruders ärgerte sie.

»Das ist doch verrückt. Dieser kleine Tiegel ist es wohl kaum wert, sein Leben zu riskieren. Es ist bloß ein Märchen. Eine Einbildung, verdammt noch mal.« Sie war wütend auf ihren romantischen Bruder mit seinen verstiegenen Träumereien. Doch während sie ihrem Ärger Luft machte, spürte sie, dass noch etwas anderes vor sich ging. Irgendetwas an diesen Scherben zog sie unwiderstehlich an. Es war ihr Geruch.

Jac schloss die Augen und konzentrierte sich ganz auf den fremdartigen und doch vertrauten Duft. Es war derselbe, den sie so oft in der Werkstatt bemerkt hatte. Dort mischte er sich mit hunderten anderen Noten. Hier, in der steinernen unterirdischen Kammer, erlebte sie ihn zum ersten Mal unverfälscht.

Wie die elf Parfüms in Malachais Kuriositätenkabinett hatte auch dieses eine dichte harzige Basisnote. Doch es war viel komplexer als die anderen.

»Kannst du es riechen?«, flüsterte Robbie.

Sie sah ihn an und nickte. »Und du?«

Er schüttelte bekümmert den Kopf. »Nicht richtig.«

Jac wandte sich an Griffin. »Riechst du es?«

»Ich rieche nur Staub. Dein Bruder hat schon gesagt, dass ich eine ziemlich unsensible Nase habe.«

Jac lächelte.

»Wenn überhaupt jemand herausfinden kann, woraus der Duft besteht, dann du«, sagte Robbie. »Vier Ingredienzien kennen wir schon. Meinst du, du kannst herausfinden, was noch darin ist?«

»Was hätten wir davon? Unsere Vorfahren haben das Tongefäß mit irgendeinem Parfüm getränkt, um sich wichtigzumachen. Du jagst einem Traumgebilde nach.«

»Jedes Parfüm ist ein Traumgebilde. Also, was riechst du?«, drängte Robbie sie.

Jac schloss die Augen und atmete noch tiefer ein. Füllte ihre Nase mit allem, was sie umgab. Griffins Eau de Cologne. Robbies strengem Geruch. Der uralten Duftmixtur auf dem zerbrochenen Ton. Sie begann sie zu analysieren. »Weihrauch. Blauer Lotus.«

In weiter Ferne hörte sie Wassertropfen mit einem leisen Ploppen in eine Pfütze fallen. In einem gleichmäßigen Rhythmus, einen nach dem anderen. Wasser. Tropfen. Wasser. Ein stetiges, beruhigendes Geräusch.

Zweiundvierzig

Alexandria, Ägypten, 32 v. Chr.

Im Hauptraum seiner Werkstatt gab es einen Brunnen, an dem Iset gern lag, wenn sie und Thot sich geliebt hatten. Sie verlor sich in Wolken aus Parfüm. Lauschte dem Plätschern des Wassers. Manchmal schlief sie ein, während er sich wieder an die Arbeit machte. Er ließ sie ruhen, bis es Zeit war, seine abendlichen Rituale zu beginnen. Dann wusch sie sich und eilte nach Hause. Wenn man dort je ihr Fehlen bemerkte, wenn ihr Ehemann Diener aussandte, wenn man sie hier fand und ihre Untreue entdeckte, könnte ihr Ehemann sie töten lassen. Als Adligem gebührte ihm dieses Privileg.

Plötzlich schreckte das Geräusch vieler Schritte sie auf.

»Wer kommt da?« Ängstlich wandte sie sich an ihren Geliebten. »Erwartest du Besuch?«

Thot schüttelte den Kopf. »Lauf in den Lagerraum. Warte dort«, flüsterte er. Iset sprang auf, streifte sich ihr Leinenkleid über, rannte zum Lagerraum und schlüpfte hinein.

Ein überwältigendes Durcheinander aus Gerüchen schlug ihr entgegen. Hier bewahrte der Hofparfümeur die Öle und Pasten auf, aus denen er die Parfüms für seine Königin schuf. Iset schob ein paar Tonbehälter auf einer steinernen Bank beiseite und setzte sich. Sie bebte vor Angst. Die Schritte näherten sich. Es waren viele.

Um sich zu beruhigen, begann Iset die Gefäße zu öffnen und an ihrem Inhalt zu schnuppern. Es gab Zimt, Balsamöl und Extrakte von Iris, Lilien, Rosen und Bittermandelblüten. In einem Alabastertiegel war ein Parfüm, ein üppiger, komplexer und runder Duft, in dem kein Einzelelement zwischen den anderen hervorstach.

Plötzlich überkam Iset tiefe Trauer. Eine Vorahnung ihres eigenen tragischen Schicksals. Diese Leidenschaft würde in einer Katastrophe enden. Und sie wäre schuld daran. War sie das nicht immer? Schon als sie ein Mädchen war, hatte ihre Mutter oft im Scherz gesagt, dass sie immer wusste, wo sie ihre Iset finden konnte, wenn es irgendwo Probleme gab.

Jetzt kamen Leute in die Werkstatt. Thot begrüßte sie. Doch Iset konnte sich nicht konzentrieren. Sie sah einen Fluss. Barken, die rasch flussabwärts strebten. Starke, frisch geölte Männer ruderten aus Alexandria davon. Soldaten hielten Wache. Frauen klagten, Kinder klammerten sich an ihre Beine.

Ein Teil ihres Geistes verlor sich in der Vision, doch zugleich war ihr bewusst, dass sie wahrscheinlich auf einen der Duftstoffe reagierte. Thot hatte ihr erzählt, dass es Parfüms gab, die Halluzinationen auslösen konnten.

Sie musste ihr Gleichgewicht wiederfinden, musste aufmerksam sein, um sich nicht zu verraten. Also kämpfte Iset gegen den inneren Nebel an und begann die Deckel und Stopfen wieder zu schließen. Eins der Gefäße entglitt ihr und zerbrach.

Iset hielt den Atem an und lauschte. Vor der Tür herrschte noch immer reges Treiben; vielleicht hatte niemand das Geräusch gehört. Ihre Benommenheit wich allmählich wieder.

In der Werkstatt legte sich der Lärm.

»Wirkt die Mixtur, die Euch beim Einschlafen helfen soll?«, fragte Thot einen seiner Gäste.

»Ja, viel besser als der Wein. Ich habe am nächsten Morgen keine Kopfschmerzen wie von den vergorenen Trauben.«

Iset schlug die Hand vor den Mund, um nur ja keinen Laut von sich zu geben. Die Stimme da vor der Tür war die ihrer Königin. Warum war Kleopatra persönlich in die Werkstatt ihres Parfümeurs gekommen?

»Braucht Ihr mehr davon?«

»Wahrscheinlich bald, Charmion wird dir Bescheid geben.« Das war Kleopatras Bediensteter, der sie überallhin begleitete. »Hast du neue Mixturen kreiert?«

»Ja, zwei. Die erste auf einer Basis von Rosen. Hier, das ist sie …«

Kleopatra galt als kluge Frau, als ebenso gebildete wie gerechte Königin. Doch wenn es um Parfüms ging, konnte sie sehr fordernd sein. Ihre Liebe zu duftenden Tinkturen grenzte an Besessenheit. Ihr zu Gefallen hatte Mark Anton diese Parfümerie erbauen und auf den Feldern ringsum die Zutaten pflanzen lassen, die ihre Lieblingsdüfte hervorbringen sollten – die seltenen Balsambäume und riesige Flächen voller duftender Blumen.

Kleopatra besaß eine große Sammlung von Parfüms. Viele dienten der Huldigung der Götter, mit anderen salbte man die Toten für ihre Reise in die nächste Welt. Und sie besaß Duftstoffe für ihre Haut, ihr Haar, ihr Bett und ihre Kleider.

Dazu sammelte sie Tinkturen, die auf vielerlei Weise den Geist beeinflussen konnten: Sie steigerten die Leidenschaft, beruhigten ein ängstliches Gemüt, zerstreuten Trauer und schenkten Freude. Thot hatte Iset erklärt, dass er für diese komplexeren Rezepturen das Extrakt des Blauen Lotus als Basis verwendete.

»Und nun«, sagte Kleopatra, »geht alle und lasst mich mit meinem Priester allein.«

Hastige Schritte waren zu hören, als das königliche Gefolge die Werkstatt verließ.

Warum wollte Kleopatra mit Thot allein sein?

»Wie kommst du voran?«, fragte sie, als es still geworden war.

»Sehr langsam, meine Königin. Es gibt keine Rezeptur, an die ich mich halten könnte. So etwas ist noch nie dagewesen …«

»Aber du wirst es schaffen, oder? Du sagtest, du könntest es.«

»Ich tue, was ich kann.«

»Es muss einen Weg geben, Erinnerungen an unsere früheren Leben wachzurufen, Thot. Caesar hat daran geglaubt, und ich tue es ebenso.«

Iset war schockiert. Jeder wusste, dass die Seelen mit dem heiligen Rauch ins Jenseits reisten. Das Räucherwerk der Priester war wie eine Leiter in die Unsterblichkeit. Wollte Kleopatra damit sagen, dass man diese Leiter auch wieder herabsteigen konnte? Daran glaubten die Ägypter nicht.

»Ich muss die Vergangenheit kennen, um in die Zukunft sehen zu können. Ich muss wissen, wer ich war. Wer bei mir war. Was ich erfahre, wird meine Herrschaft festigen …« Sie brach ab und sprach dann leiser, nachdenklicher weiter. »Und es wird mir Frieden geben. Wenn ich wissen könnte, dass Caesar und ich schon einmal zusammen waren, dass wir es wieder sein könnten …«

Thot hatte Iset einmal erklärt, dass allein die griechischen Philosophen glaubten, die Seele könne hier auf der Erde wiedergeboren werden. Doch die Vorfahren der Königin kamen schließlich aus Griechenland.

»Wenn wir wiederkehren … Wenn ich wiederkehre und auch jene, die mir nahe waren, wie sollen wir einander dann ohne deine Hilfe finden?«

Es gab Gerüchte, dass Cleopatra Caesar noch immer nachtrauerte. Dass Mark Anton im Vergleich zu dem großen Staatenlenker ein Einfaltspinsel war. Die Königin, sagte man hinter vorgehaltener Hand, mache das Beste aus ihrem Schicksal, doch ihr Herz habe sie auf ewig an den ersten römischen Eroberer verloren.

»Wenn die Götter es erlauben, meine Königin, werde ich die Rezeptur finden.«

»Das Parfüm der Seelen, Thot. Ich will es haben.«

Iset fragte sich, wie die Königin aussehen mochte, wenn sie so eindringlich und vertraut mit jemandem sprach. Und ob sie Thot die Hand auf den Arm legte. Wenn sie ihn begehrte, würde sie ihn sich nehmen. Die Königin war für ihre leidenschaftlichen Gelüste bekannt. Aber Thot würde sie nicht dazu ermuntern. Oder doch?

Iset spürte Eifersucht in sich aufkeimen. Die Königin sprach jetzt so leise, dass sie nur mit Mühe zu verstehen war. Auf Zehenspitzen näherte sich Iset der Tür des Lagerraums.

»Niemand darf wissen, woran du arbeitest. Ein solches Parfüm wäre ein mächtiges Werkzeug, das nicht in die Hände meiner Feinde gelangen dürfte. Stell dir vor, wir könnten alle sehen, wer wir vor diesem Leben einmal waren, könnten uns an all unsere vielen Vorleben erinnern, unser Schicksal begreifen. All das Wissen, das uns plötzlich zugänglich wäre – was glaubst du, was das wert wäre?«

»Es wäre wert, dafür zu töten, meine Königin.«

»Außer, wenn niemand davon erfährt.«

»Niemand wird davon erfahren.«

»Was ist mit deinen Gehilfen? Und deiner Geliebten?«

Iset erstarrte. Hatte Kleopatra Gerüchte gehört? Wusste jemand am Hof von Thot und ihr? Oder war sie nur davon ausgegangen, dass die meisten Männer eine Geliebte hatten?

»Dies ist Eure Werkstatt, meine Königin«, sagte Thot. »Dies sind Eure Öle und Kräuter, Eure Blumen, Euer Weihrauch, Eure Salben. Ich spreche mit keinem der anderen Priester über das, was ich für Euch tue. Eure Rezepturen stehen auf Papyri, die niemand zu sehen bekommt.«

»Schwöre mir, dass du nicht aufgeben wirst, ehe du die Rezeptur gefunden hast«, sagte Kleopatra.

Thot murmelte eine Antwort.

Iset hatte sich bis zur Tür vorgewagt und lugte durch einen Spalt.

Thot kniete vor der Königin, den Kopf tief gebeugt. Kleopatra fuhr ihm durchs Haar, blickte ihn jedoch nicht an. Sie starrte geradeaus, als suchte sie nach etwas, das in weiter Ferne lag. Dann richtete die Königin sich auf und sprach wieder in ihrem herrschaftlichen, unpersönlichen Ton. »Lass mich beizeiten wissen, wie es vorangeht.«

Iset stand im Dunkeln und lauschte auf die sich entfernenden Schritte der Königin. Thot würde sie holen, wenn die Luft rein war. Bis dahin dachte sie über das nach, was sie gerade gehört hatte. Warum hatte Thot ihr nicht erzählt, woran er arbeitete? Wenn es wirklich ein Parfüm gab, das es einem erlaubte, in frühere Existenzen zurückzufinden, wollte sie es riechen. Was, wenn sie schon einmal mit Thot zusammen gewesen war? Und was war dann geschehen? Hatte sie etwas Schlimmes getan? Das könnte erklären, warum sich so oft Trauer in ihre Leidenschaft mischte, wenn sie bei ihm war.

»Du kannst rauskommen.« Ihr Geliebter erschien auf der Schwelle des kühlen Lagerraums und streckte die Arme nach ihr aus, in die sich Iset sogleich fallen ließ. Er zog sie an sich und streichelte sie. »Wo waren wir gleich stehengeblieben?«

»Kann es das wirklich geben?«

»Was, meine Liebste?«

»Das Parfüm, von dem unsere Königin gesprochen hat? Mit dem man in seine früheren Leben sehen kann?«

»Ich weiß es nicht.«

»Aber du hast gesagt, du würdest es finden.«

»Ich habe gesagt, wenn es so etwas gibt, tue ich mein Bestes, um es zu finden.«

»Ich will es riechen.«

»Es ist für die Königin.«

Iset entzog sich ihm. »Und mir würdest du es nicht geben?«

»Lass uns nicht jetzt darüber reden.« Er vergrub seine Nase an ihrem Hals. »Es gefällt mir hier drin. So schön dunkel und kühl. Genau richtig für …«

»Wer ist dir wichtiger?«

»Iset …« Thot ließ seine Hände ihren Rücken hinuntergleiten und zog sie an sich.

Zum ersten Mal, seit sie einander kannten, blieb Iset von seinen Berührungen unbewegt. Seine Küsse brannten nicht auf ihrer Haut.

»Antworte mir.«

»Du stellst mich vor eine schreckliche Entscheidung. Ich kann meine Königin nicht verraten.«

Iset verkrampfte sich.

»Und ich kann dich nicht verraten.«

Sie atmete den Duft seiner Haut. Bergamotte, Zitrone, Honig, Ylang-Ylang und Moschus. Sein eigener Geruch gefiel ihr weit besser als alle Düfte, die er erschuf.

»Ich bewahre dein Geheimnis, Thot. Tue ich das nicht immer?«

Dreiundvierzig

Paris, Frankreich
27. Mai, 13:36 Uhr

Der Nebel war feucht und kalt wie ein Winterregen. Jac fröstelte. Sie fühlte sich orientierungslos und schwindlig. Irgendwo in der Ferne hörte sie Stimmen. Vielleicht konnte sie ihnen folgen, um aus diesem Dunkel herauszukommen. Sie versuchte sich zu konzentrieren. Wo waren sie?

»Was hast du mit der Schusswaffe gemacht?«, fragte Griffin Robbie.

Jac fand sich in der unterirdischen Kammer wieder. Das Wasser tropfte beharrlich. Die Luft roch nicht mehr nach exotischen Ölen und Gewürzen, sondern nach Ton und Erde. Wie lange hatte diese Halluzination gedauert? Jac war es wie eine halbe Stunde vorgekommen, doch vermutlich war wie beim letzten Mal keine Minute vergangen.

»Sie ist im ersten Tunnel hinter einem Stein versteckt«, antwortete Robbie auf Griffins Frage.

Jac fiel es schwer, ihrer Unterhaltung zu folgen. Sie fühlte sich völlig zerschlagen, als habe sie lange und unruhig geschlafen.

Ja, schlafen … Ihre Therapeuten hatten Jac damals beigebracht, sich ihre Träume zu merken, um sie analysieren zu können. Letzte Nacht hatte sie geträumt, sie habe sich im Gartenlabyrinth verlaufen. Von der Mitte her rief jemand nach ihr. Jemand, der nicht um Hilfe bat, sondern ihr selbst welche anbot. Jac würde alles verstehen, wenn sie nur den Weg in die Mitte fand, versprach ihr die Stimme. War es ein Mann oder eine Frau gewesen? Jac hatte es nicht erkannt, oder sie hatte es vergessen. Das kleine Labyrinth im Garten ihres Hauses hatte so gewaltige Ausmaße angenommen, dass sie sich verirrt hatte.

Nicht jeder Traum hatte eine symbolische Bedeutung. Das Labyrinth war früher ihr liebstes Versteck gewesen, der Rückzugsort für sie und ihren Bruder. Kein Wunder, dass sie davon träumte.

»Jac. Lass mich das einpacken«, sagte Robbie.

Was wollte ihr Bruder von ihr? Er deutete auf ihre Hände. Sie sah hinunter und stellte fest, dass sie noch immer die Tonscherben umschlossen hielt. Robbie nahm sie an sich.

»Hast du eine Ahnung, warum sie jemand so dringend haben wollte?«, fragte Griffin Robbie.

Robbie wickelte die Scherben sorgfältig wieder ein. »Finanzielle Motive kann man wohl ausschließen, also muss es um ihren symbolischen Wert gegangen sein.«

Griffin nickte. »Ja, oder … oder es geht gerade darum, zu verhindern, dass sie zum Symbol werden. Zu verhindern, dass du sie dem Dalai Lama gibst.«

»Warum sollte jemand etwas dagegen haben, wenn du sie an den Dalai Lama verschenkst?«, fragte Jac.

»Natürlich!«, sagte Robbie zu Griffin. »Daran habe ich überhaupt nicht gedacht.«

»Ich verstehe gar nichts mehr. Könnt ihr mir mal sagen, worum es hier geht?«, fragte Jac die beiden Männer.

»Trotz all ihrer Bemühungen ist es den Chinesen bis heute nicht gelungen, die tibetische Kultur zu zerstören«, sagte Robbie. »Ihr neuester Versuch ist ein Gesetz, nach dem man Wiedergeburten registrieren lassen muss. Lächerlich, ich weiß. Aber sie haben es tatsächlich so verabschiedet. Sie wollen damit verhindern, dass Kinder aus den heiligsten Orten Tibets – wo am ehesten eine wirkliche Wiedergeburt zu erwarten ist – als Lamas anerkannt werden können. Wenn die Chinesen die Deutungshoheit über die Wiedergeburten erlangen, werden sie eines Tages bestimmen können, wer der nächste Dalai Lama wird.«

»Aber was hat das Tongefäß damit zu tun?«, fragte Jac.

»Mit diesen Tonscherben hält man einen Hinweis in der Hand, dass sich die Reinkarnation womöglich beweisen lässt.«

Robbie steckte die eingewickelten Scherben in den purpurroten Beutel zurück.

»Und deshalb der ganze Ärger?«, fragte Jac. »Die Scherben selbst beweisen doch gar nichts.«

»Nein«, sagte Robbie. »Aber sie verkörpern eine Möglichkeit, die extrem wichtig ist. Dem tibetischen Glaubenssystem nach kann nur ein Karmapa oder ein Panchen Lama den neuen Dalai Lama anerkennen. Die letzten drei in Tibet gefundenen Panchen Lamas sind alle verschwunden. Die Chinesen haben die Suche nach hochrangigen Lamas sabotiert, um ihre Macht zu festigen. Tibets Zukunft ist in Gefahr, und das hier ist ein kleines Stück Munition für den spirituellen Kampf.« Er klopfte auf seinen Brustbeutel.

»Aber wie weit willst du gehen, um diese Munition zu übergeben?«, fragte Jac. »Jemand ist gestorben. Und du, Robbie, lebst auf einem unterirdischen Friedhof. Kannst du die Scherben nicht in irgendeinem Loch bei den Knochen verstecken? Wir sollten zur Polizei gehen. Du hast schließlich in Notwehr gehandelt, und …«

»Nein, Jac. Nein.« Robbie legte den Arm um sie. »Ich muss das hier zu Ende bringen.«

»Aber warum?«

»Was hast du jetzt vor?«, fragte Griffin.

»Ich kann es nicht riskieren, festgenommen zu werden, bevor ich Seiner Heiligkeit die Scherben überreicht habe. Er wird morgen in Paris sein, und dann …«

»Willst du bis dahin etwa hier bleiben?«, unterbrach ihn Jac.

»Ja.«

»Das ist zu gefährlich«, beharrte sie.

»Das ist für mich der sicherste Ort in ganz Paris. Weißt du überhaupt, wie komplex dieses Labyrinth ist? Wenn irgendjemand kommt, den ich nicht erwartet habe, kann ich innerhalb kürzester Zeit verschwinden.«

Jac konnte Robbies Gottvertrauen weder verstehen noch teilen. Doch sie konnte es spüren, selbst hier, dreißig Meter unter der Erde, in einem riesigen Friedhof, und konnte sehen, wie viel Gelassenheit es ihm verlieh. Oft hatte sie ihn um seine Spiritualität beneidet, doch heute nicht.

»Hier könnten sich Kriminelle herumtreiben oder Verrückte. Du bist einfach nicht sicher.«

»Und da oben war ich es?«

»Robbie, ich habe mit einer buddhistischen Nonne gesprochen«, warf Griffin ein. »Sie sagte, sie käme vom Buddhistischen Zentrum und dass sie dir dort weiterhelfen können.«

»Das heißt, der Lama kann für mich ein Treffen arrangieren?«

Griffin nickte. »Sie hat angeboten, Jac und mir bei der Suche nach dir zu helfen. Dazu wollte sie sogar irgendwelche mythischen Kräfte mobilisieren.«

»Wenn du das Angebot angenommen hättest, hättet ihr mich vielleicht schneller gefunden. Sie ist aus dem Zentrum hier in Paris?« Robbie klang begeistert.

»Ja, und sie wollte sich mit dir treffen.«

»Gut. Bringt sie her.«

»Hierher?«, fragte Jac. Sie schüttelte den Kopf, stand auf und ging zum Ausgang der Kammer. Mit einer Hand auf den kühlen Torbogen gestützt, sah sie hinaus. Sie hatte ihren Helm mit der Lampe abgenommen, und alles, was sie sah, war ein dunkler Tunnel, der in der unendlichen Finsternis verschwand. Sie atmete den Geruch von porösem Gestein und Pilzen und stellte sich vor, sie würde nie wieder etwas anderes riechen. Ohne es selbst zu bemerken, begann sie, das alte Spiel ihrer Kindheit zu spielen. Sie drehte sich nach ihrem Bruder um.

»Wenn ich ein Parfüm der Vergeblichkeit erschaffen sollte, wüsste ich schon, wie es riecht.«

Robbie kam zu ihr und legte einen Arm um sie. »Es wird schon alles gutgehen.«

»Nein, Robbie, wird es nicht. Wir sind keine Kinder mehr, die so tun können, als ob.« Sie riss sich von ihm los. »Überhaupt nichts wird gut. Jemand hat dich überfallen und war bereit, dich umzubringen. Die Polizei hält dich für einen Mörder. In zwei Wochen läuft unsere letzte Frist bei den Banken ab. Wir müssen Rouge und Noir verkaufen. Es gibt keine Geister und wiedergeborenen Seelen. Du bist in Gefahr, und ich habe diese …« Sie brach ab. Ihm von den Anfällen zu erzählen, würde niemandem weiterhelfen. »Du kannst nicht noch länger hier unten bleiben.«

Robbie sah sie eindringlich an. »Als du an dem Tiegel gerochen hast, ist etwas mit dir passiert, oder?« Er hatte unvermittelt ins Französische gewechselt und sprach sehr schnell.

»Wie meinst du das?«

»Du hast eine viel sensiblere Nase als ich und als jeder andere, den ich kenne. Was ist passiert, als du daran gerochen hast?«

»Nichts. Du steigerst dich in etwas rein«, sagte Jac. »Wie Papa.« Das letzte Wort spuckte sie aus wie etwas Giftiges. »Wir haben jetzt keine Zeit für Phantastereien.«

»Was hast du gesehen?«, beharrte Robbie.

»Du hast etwas gesehen?«, fragte Griffin.

Sie vermied es, einem der beiden in die Augen zu blicken. Eigentlich wollte sie es zugeben, wollte flüstern, was sie gesehen hatte, um der Vision nicht durch laute, klare Worte zu viel Glaubwürdigkeit zu verleihen. Doch sie konnte es nicht. Ein psychotischer Schub ließ sich leicht in eine Erinnerung an frühere Leben umdichten, wenn man unbedingt daran glauben wollte. Malachai hatte in der Schweizer Klinik nach genau solchen Geschichten gesucht. Bestimmt hatte er Robbie und Griffin davon erzählt. Wahrscheinlich würden sie versuchen, ihre Visionen zu überprüfen. Es würde nur weiter das Feuer anfachen, das schon viel zu hell in ihnen brannte.

»Gar nichts habe ich gesehen.«

Aber was, wenn es tatsächlich einen Zusammenhang gab? Jahrelang war sie von diesen schrecklichen Schüben verschont geblieben, und seit sie wieder in Paris und in der Werkstatt war, waren sie stärker denn je. Wie hing das eine mit dem anderen zusammen? Ganz sicher war es keine paranormale oder spirituelle Verbindung. Doch die Halluzinationen konnten eine Reaktion auf einen bestimmten Geruch sein. Vielleicht auf eine Kombination von Zutaten, die es sowohl in der Werkstatt als auch in diesen Tonscherben gab? Das hatte sie sich schon am Mittwoch gefragt. Jetzt schien es ihr noch wahrscheinlicher. Es war bekannt, dass Reizüberflutung starke mentale Reaktionen auslösen konnte. Warum nicht auch olfaktorische Reizüberflutung?

Griffin hatte begonnen, seinen Rucksack auszupacken und die Vorräte vor sich auszubreiten, die sie am Vormittag eingekauft hatten. Eine Rolle Toilettenpapier. Eine leistungsstarke Lampe. Batterien.

Um die Diskussion zu beenden, griff auch Jac nach ihrem Rucksack und öffnete ihn. Sie brachte ein Baguette zum Vorschein, ein Stück Käse, ein Messer, vier Äpfel, hartgekochte Eier, Energieriegel und Wasser.

»Kinder, das ist zu viel des Guten«, lachte Robbie. »Da fehlt ja nur noch der Wein.«

Griffin lachte mit. »Wein gibt es auch. Er ist sogar dekantiert.« Er zog eine Plastikflasche hervor. »Hier drin ist Bordeaux aus deinem Keller, also gehe ich mal davon aus, dass es ein edler Tropfen ist. Trink aber nur, wenn du ein sicheres Plätzchen hast, um dich anschließend auszuschlafen.«

»Ich gehe nicht wieder hoch. Ich bleibe hier bei dir«, verkündete Jac plötzlich. »Allein bist du einfach nicht sicher.«

»Das hilft bestimmt weiter, wenn die Polizei feststellt, dass du auch noch verschwunden bist.« Robbie schüttelte den Kopf. »Auf keinen Fall! Wenn du mir wirklich helfen willst, gehst du besser da rauf und hältst das Observationsteam der Polizei ein bisschen in Atem. Und wenn es irgendwie möglich ist, könntest du für mich herausfinden, wem die Kuratorin bei Christie's von dem Tiegel erzählt hat. Außer Griffin wusste nämlich niemand, was ich gefunden hatte.«

»Das stimmt nicht«, sagte Jac.

Die beiden Männer sahen sie erwartungsvoll an.

»Malachai Samuels wusste davon. Du hast es ihm selbst gesagt, Robbie, weißt du noch?«

Robbie nickte. »Er hält die Scherben für eine Erinnerungshilfe. Aber du hast ihn nicht in Verdacht, oder? Du kennst ihn seit deiner Kindheit.«

»Er ist exzentrisch, aber nicht gefährlich. Er ist schließlich Arzt und behandelt kleine Kinder.«

»Schon«, sagte Griffin, »doch er will unbedingt einen Beweis für seine Theorien finden. Das ist sein Lebensziel. Er war in Rom, als dort eine Erinnerungshilfe gefunden und anschließend gestohlen wurde. Und als man in Wien die Flöte aus Menschenknochen gefunden hat, war er ebenfalls da. Vielleicht hat er nicht selbst damit zu tun, aber jemand, der ihn verfolgt.«

Sie hörten ein Geräusch. Weit weg.

»Licht aus, schnell«, zischte Robbie.

Sekunden später war es stockfinster.

»Was denkst …«, begann Jac.

»Psst!«

Jetzt näherten sich Schritte. Und Stimmen.

»Sollten wir nicht verschwinden?«, wisperte Jac.

»Keine Zeit«, sagte ihr Bruder.

Die Stimmen sangen etwas. Es war weder Französisch noch Latein noch überhaupt irgendeine Sprache, die Jac kannte, ein unverständlicher, monotoner Gesang, der harmonisch und jenseitig zugleich klang. Mit den Geräuschen wehten Gerüche zu ihnen herein: Paraffin, Schwefel und Rauch.

Plötzlich war in der westlichen Wand der pechschwarzen Kammer ein stecknadelgroßer Lichtpunkt zu sehen.

Robbie schlich sich näher heran. Jac und Griffin folgten ihm.

Robbie legte sein Auge an ein kleines Loch in der Wand, durch das nicht einmal eine Maus gepasst hätte. Ein paar Sekunden verharrte er so, dann trat er zurück und bedeutete Jac, durchzusehen.

Es waren wieder die sechs Kuttenträger – vier Frauen und zwei Männer –, die Jac und Griffin zuvor schon gesehen hatten. Doch nun schienen sie ihr Ziel erreicht zu haben.

Die sechs Gestalten stellten sich im Kreis um ein Pentagramm aus Kerzen. Ihre Gesichter blieben unter den Kapuzen verborgen. Sie wiegten sich im Takt ihrer unverständlichen Gesänge hin und her.

Jac drehte sich nach Robbie um. »Und was jetzt?«, flüsterte sie.

»Jetzt warten wir«, antwortete er.

Warten war noch nie Jacs größte Stärke gewesen.

Vierundvierzig

14:05 Uhr

Jac und Griffin arbeiteten sich schweigend durch einen gewundenen Tunnel voran. Schon auf ihrem Hinweg war die Zeit langsam vergangen, doch der Rückweg schien endlos. Beim Abstieg war Jac so sehr darauf fixiert gewesen, ihren Bruder zu finden, dass sie die Hindernisse kaum beachtet hatte. Jetzt wusste sie, dass Robbie lebte, doch die Schwierigkeiten, in denen er steckte, waren komplexer und vielfältiger, als sie es sich hätte vorstellen können. Und es war noch lange nicht vorbei. Sie mussten erst die nächsten vierundzwanzig Stunden überstehen.

»Robbies Plan klingt für mich eher nach einer Selbstmordmission«, sagte Jac.

»Er muss es tun.«

»Ohne Rücksicht auf die Konsequenzen?«

»Gerade wegen der Konsequenzen«, sagte Griffin.

»Und du willst ihm dabei helfen.«

»Du nicht?«

»Jemand hat versucht, ihn umzubringen«, sagte Jac. »Ist das nicht bedeutsamer als ein Märchen auf einem Tontopf?«

»Für Robbie nicht.«

Den Rest des Weges über schwiegen sie, und als sie im Garten aus dem Schacht auftauchten, traf die Nachmittagssonne Jac mit solcher Wucht, dass sie taumelte.

Griffin stützte sie. »Es ist immer schwierig, sich wieder an das Licht zu gewöhnen, wenn man so lange im Dunkeln war.«

Er hielt Jac einen Augenblick länger fest, als es nötig gewesen wäre. Sie ließ es zu. Eine Weile standen sie nur da und atmeten den Duft des Labyrinths um sie herum. Jac hatte Kopfschmerzen und eine schmerzhaft trockene Kehle. Der Gedanke an ihren Bruder schnürte ihr die Luft ab.

Als die Polizei ihr mitgeteilt hatte, dass Robbie verschwunden war, hatte sie Angst gehabt. Doch die Geschwister waren einander so nah, dass sie wusste: Wenn ihm wirklich etwas zugestoßen wäre, hätte sie es gespürt. Es war nur darum gegangen, logisch zu agieren und ihn zu finden. Jetzt führte Logik nicht mehr weiter.

In den mythischen Geschichten, die sie gelesen, erforscht und weitererzählt hatte, wies das Schicksal den Menschen ihren Weg. Jeder konnte selbst entscheiden, ob er diesem Weg folgte oder sich in die Büsche schlug. Als Archetypen durch die Generationen weitergereicht wurden nur die Geschichten derjenigen Menschen, die ihrem Weg trotz aller Gefahren bis zum Ende folgten. Sie wurden zu siegreichen oder tragischen Heldengestalten. Ihre Lebenswege taugten am besten als Metaphern und gewährten die tiefsten Einblicke in das Wesen des Menschen. Doch es musste auch andere Geschichten gegeben haben, längst vergessene, in denen jemand vom vorgezeichneten Pfad abgewichen war und nichts Dramatisches erlebt hatte. In denen das Leben einfach weitergegangen war wie zuvor. Diese Geschichten wurden nicht überliefert. Sie enthielten keine universelle Moral. Keine Höhenflüge oder Höllenfahrten.

Jac wünschte sich, Robbies und ihr Leben könnte ebenso ereignislos verlaufen. Robbie könnte sein Versteckspiel aufgeben und die ganze Sache der Polizei überlassen. Könnte die Tonscherben einem Museum übergeben. Oder Malachai. Oder sie einfach zu Staub zertreten und endlich wieder an seinen herrlichen Parfüms arbeiten.

Malachai Samuels erwartete sie im Wohnzimmer. Er hörte ein Concerto von Tomaso Giovanni Albinoni und ließ sein Buch sinken, als er Jac und Griffin eintreten sah.

»Habt ihr ihn gefunden?«, fragte er hastig, als könnte er dadurch die Antwort schneller bekommen.

Griffin nickte. »Ja, es geht ihm gut.«

»Gott sei Dank.«

»Ist irgendetwas passiert, während wir weg waren?«, fragte Jac.

Malachai schüttelte den Kopf. »Ein paarmal hat das Telefon geklingelt, sonst nichts. Habt ihr alles gut überstanden?«

»Überstanden?« Jac schüttelte den Kopf. »Ich habe solche Angst. Ich weiß gar nicht, was schlimmer ist – was schon alles passiert ist oder was uns noch bevorsteht.«

»Jac, für dich ist immer das am bedrohlichsten, was noch kommen könnte«, antwortete Griffin. »Deine Vorstellungskraft ist dein größter Gegner.«

»Man braucht nicht viel Vorstellungskraft, um sich Sorgen um Robbie zu machen«, sagte Jac. »Mit Argus und seinen hundert Augen am ganzen Körper bin ich noch klargekommen. Und mit Zerberus, dem dreiköpfigen Wächter der Unterwelt. Mit dem menschenfressenden Minotaurus. Aber das hier …« Jac war flau im Magen. Sie spürte, wie der Staub ihr alle Poren verstopfte. »Ich brauche jetzt eine Dusche. Griffin kann dir alles erzählen«, sagte sie zu Malachai. »Von meinem starrsinnigen Bruder und der angeblichen Kostbarkeit, für die er unbedingt sein Leben riskieren will.«

Im Hinausgehen hörte Jac noch, wie Malachai fragte: »Hatte Robbie die Scherben denn dabei, Griffin? Sind sie noch da?«

Fünfundvierzig

15:45 Uhr

Die kahlgeschorene Asiatin in der safrangelben Robe blickte auf das Display ihres Handys, erkannte die Nummer und nahm ab. Eine Nonne mit einem hochmodernen Mobiltelefon in der Hand – kein sehr harmonischer Anblick. Mit Achtsamkeit oder Einkehr hatte das Bild wenig zu tun.

»Was gibt's?«, fragte der Mann am anderen Ende, ohne zu grüßen.

»Der Archäologe war hier und hat mich um Hilfe gebeten.«

Der Tempel war leer. Es war nur ein einziger Besucher dagewesen, der vor zehn Minuten wieder aufgebrochen war. Dennoch ging die junge Frau hinaus und stellte sich hinter ein Dickicht aus Robinien, damit sie es bemerkte, wenn sich jemand näherte.

Jeden Morgen nach dem Erwachen und jeden Abend vor dem Einschlafen meditierte sie, um ihre Ängste zu überwinden. Wenn sie ihr Selbst hinter sich lassen wollte, musste sie eins mit sich sein. Die Tiefenmeditation, die sie im Retreat erlernt hatte, hatte sich dabei als ausgesprochen nützlich erwiesen. Es hätte den Lamas wohl kaum gefallen, wozu sie sie nutzte, doch deren Vorstellungen waren längst Geschichte. Die Zukunft musste man ehren, nicht immer nur die Vergangenheit.

»Was hat er gesagt?«, fragte der Mann kurz angebunden.

»Robbie L'Étoile ist in Sicherheit und möchte ein Treffen mit Seiner Heiligkeit arrangieren.« Sie lächelte. »Und er hat mir eine Liste der Ausrüstung gegeben, die ich für den Weg zu ihm brauche.«

»Ausrüstung?«

Es war ein sonniger Tag. Nur wenige Schäfchenwolken segelten über den blauen Himmel. Es waren keine Vögel zu sehen, doch ihr Gezwitscher drängte sich beharrlich in das Bewusstsein der jungen Frau.

»Ja, Ausrüstung. Er hat es nicht näher erklärt.«

»Was steht denn auf der Liste?«

Die Nonne zählte es ihm auf.

»Also ist er in den Katakomben«, stellte der Anrufer fest.

»Sieht ganz danach aus.«

»Wir sollten unser Vorgehen absprechen.«

Die Vögel gaben einfach keine Ruhe. Sie waren so laut, dass jede Konzentration unmöglich wurde. Zähneknirschend nahm sie eine Handvoll Kies vom Boden auf und warf ihn in den Baum zu ihrer Rechten. Dann noch eine Handvoll nach links. Die Plagegeister flatterten auf und verschwanden. Stille. Jetzt konnte sie wieder ungestört denken.

Je detaillierter sie den Plan ausarbeiteten, desto sicherer war die Frau, dass er funktionieren würde.

»Du brauchst Überzeugung, keine Gewissheit«, konnte sie ihren Mentor sagen hören. »Stolz bringt dich nicht weiter. Er stört die Konzentration. Vermindert deinen Einsatz.«

Das war eine der Lektionen, die er ihr hatte beibringen wollen – und eine, die sie nie ganz gemeistert hatte. Den Stolz auf ihre Arbeit in Stolz auf das gemeinsame Ergebnis umzuwandeln. Wahrhaft selbstlos zu sein. Immer wieder stand ihr Ego ihr im Weg. Und es war paradox – jedes Mal, wenn sie Fortschritte machte, wurde ihr Ego damit nur noch größer.

»Wir verlassen uns auf dich«, sagte ihr Vorgesetzter. »Was L'Étoile gefunden hat, ist äußerst wichtig für uns.«

»Ich weiß.«

»Es darf keinesfalls in die falschen Hände geraten.«

»Ich weiß.« Doch darüber hinaus wusste sie so gut wie nichts. Man hatte ihr beigebracht, ihre Unwissenheit hinzunehmen. »Es würde mich nur interessieren, was daran so bedeutsam ist.«

Einen Augenblick lang blieb es still. Sie fragte zu viel. Auch das hatte ihr Mentor damals gesagt.

»Es geht hier nicht um deine Interessen, sondern um Gehorsam.«

Auch an ihrer Neugier würde sie also noch arbeiten müssen.

»Bist du sicher, dass du es schaffen wirst?«, fragte der Mann.

»Ich habe jede noch so schwierige Aufgabe angenommen. Und sie alle erfüllt«, sagte die Frau so unterwürfig und doch überzeugend wie möglich. Allerdings hatte sie noch nie allein agieren müssen. Jetzt wurde es Zeit für Phase zwei. Sie spürte, wie ihr Puls beschleunigte. Seit Jahren hatte sie auf diesen Moment hingearbeitet. Jetzt konnte sie endlich zeigen, was in ihr steckte.

Nachdem sie aufgelegt hatte, lehnte sie sich einen Moment lang an den Stamm einer Robinie und spürte die solide, unbewegliche Masse des Baums in ihrem Rücken. Der Wind fuhr raschelnd durch die Zweige. Ein Lama hatte ihr einmal gesagt, bei jeder Windbö verneigten sich die Blätter vor Dankbarkeit.

Die Nonne kehrte in den Tempel zurück und sah sich um. Sie würde hier aufräumen, alles wieder an seinen Platz stellen müssen. Doch zunächst tat sie, was jede gute tibetische Nonne getan hätte: Sie kochte Tee und meditierte. Sie musste sich auf die Aufgabe vorbereiten, die vor ihr lag.

Sechsundvierzig

16:51 Uhr

Es war ein anderer Weg als der vom Vormittag. Immerhin darauf hatten sich Jac und Robbie einigen können: Sie wollten verhindern, dass jemand etwas von dem Zugang zu den Katakomben in ihrem Garten erfuhr. Also hatte Robbie ihnen eine Alternativroute herausgesucht, die bei einem von vielen Kataphilen genutzten Kanaldeckel in einer kleinen Seitenstraße im vierzehnten Arrondissement begann.

Die drei Amateur-Höhlenforscher hatten gerade ihre Abzweigung in den sechsten Tunnel hinter sich. Es schien feuchter zu sein als am Vormittag. Und noch stiller, wenn das überhaupt möglich war. Die Gerüche wirkten verstörender. Jac fragte sich, ob die Feuchtigkeit sie intensiver machte oder sie selbst sensibler darauf reagierte.

Auch ihre Nervosität war stärker. Lag es daran, dass die Nonne bei ihnen war? Oder waren es die schmalen Durchgänge und gefluteten Tunnel, die vor ihr lagen, die Kanten, die sie würde überwinden müssen?

Sie stiegen eine steile, schmale Treppe aus grob behauenen Steinstufen hoch.

»Das erinnert mich an die Geschichten meiner Familie über die Gebirgshöhlen, in denen sie sich auf der Flucht ins Exil verstecken mussten«, sagte Ani Lodro.

Jac fiel auf, wie ungeheuer athletisch die zierliche Frau war. Es wirkte umso überraschender, wenn man unter ihrer Jacke die gelbe Kutte sah, die sie in den Stiefelschäften festgesteckt hatte.

Jac hatte einmal mit ihrem Kamerateam in Tibet nach den Ursprüngen des Shangrila-Mythos geforscht. Auf der Suche nach dem verlorenen Paradies zu Füßen eines schillernd weißen schneebedeckten Berges hatte sie viele Mönche und Nonnen kennengelernt, die auf sie friedvoll und inspirierend gewirkt hatten. Die Reise war eine der schönsten ihrer Karriere gewesen, so fern der modernen Zivilisation und ihrer Erfindungen, dass sie fast selbst an den Mythos zu glauben begann. In der dünnen, klaren Gebirgsluft, die ihren Lungen zu schaffen machte, in einer Landschaft, die seit Hunderttausenden von Jahren unverändert geblieben war, hatte sich Jac ernsthaft gefragt, ob Shangrila existierte. Und ob sie je von dort zurückkehren würde, wenn sie es fand.

In gewisser Weise hatten die Katakomben, durch die sie jetzt wanderte, Ähnlichkeit mit jenen heiligen Bergen. Dieselbe Stille und Einsamkeit. Das Abgeschnittensein von jeder Form von Kommunikation, außer der mit den Reisegefährten. Und auch hier war Jac wieder einem Mythos auf der Spur. Doch diesmal war es der ihres Bruders. Die Suche war nicht weniger beschwerlich, doch sie kam ihr viel aussichtsloser vor.

Wieder bogen sie in einen neuen Tunnel ein. Hier waren die Wände zu beiden Seiten von einem dünnen Film aus Wasser überzogen. Die Stirnlampen zeichneten silbrige Lichtreflexe auf die rauen Steine.

»Darf ich Sie etwas fragen, Ani?«, fragte Jac.

»Natürlich.«

»Denken Sie, mein Bruder hat recht? Denken Sie, dass der Dalai Lama mit seinem Geschenk etwas anfangen kann?«

»Ich bin nur die Überbringerin. Es steht mir nicht zu, darüber zu urteilen.« Sie sprach Französisch, und Jac war sich sicher, dass es ihre Muttersprache war. Die Haarstoppel auf ihrem geschorenen Schädel waren schwarz, ihre Gesichtszüge asiatisch – eher chinesisch als tibetisch, fand Jac. »Zweifeln Sie an der Entscheidung Ihres Bruders?«, fragte die Nonne.

»Nach allem, was ich über die Probleme Ihres Volkes gehört habe, kommt es mir vor, als würde man dem Papst einen Splitter des Kreuzes bringen wollen.«

»Vielleicht ist es so.« Die Nonne ging hinter ihr, so dass Jac ihr Gesicht nicht sehen konnte, doch es klang, als hätte sie gelächelt. »Aber die Rettung kommt nicht immer aus der Richtung, in der man sie vermutet. Und die Macht geht unerwartete Wege.«

Der Tunnel endete mit einem schlichten vier Meter hohen Torbogen. Dahinter war eine hohe Kammer mit einem steinernen Altar in der Mitte. Laut ihrer Karte war dies der Raum, in dem Robbie sie erwarten wollte, doch er war nirgends zu sehen.

»Haben wir etwas falsch gemacht? Sind wir irgendwo verkehrt abgebogen?«, fragte Jac Griffin.

»Nein, wir sind hier richtig. Sieh mal.« Er zeigte auf ein Kreuz aus Schädeln über dem Torbogen und eine Plakette darunter, auf der stand: »*Croyez que chaque jour est pour vous le dernier. Horace.*«

»Robbie hat erwähnt, dass es in dem Raum ein Horaz-Zitat gibt. Was bedeutet es?«, fragte Griffin.

»Nimm jeden Tag, als sei es dein letzter«, übersetzte Jac die Worte des römischen Dichters.

»Wie wahr«, murmelte die Nonne.

»Glaubst du, ihm ist etwas passiert?«, fragte Jac Griffin.

»Nein. Wahrscheinlich ist er anderen Höhlenforschern über den Weg gelaufen und wollte nichts riskieren.«

»Und was machen wir jetzt?«

Diesmal antwortete nicht Griffin, sondern die Nonne. »Wir warten.« Sie klang schicksalsergeben, wie jemand, der das Warten gewohnt ist.

Als Robbie eine halbe Stunde darauf noch immer nicht gekommen war, schlug Jac vor, nach ihm zu suchen.

»Das nützt nichts. Wir haben keine Ahnung, wo er sein könnte«, sagte Griffin.

»Immerhin wissen wir, dass er hier unten ist«, sagte Jac.

»Hier gibt es Tunnel von einer Länge von hunderten Kilometern, hunderte Höhlen und tausende Durchgänge. Wir könnten in ein paar Metern Entfernung aneinander vorbeilaufen, ohne es zu merken.«

»Und wenn er sich verletzt hat? Oder wenn irgendjemand, der hinter ihm her ist, ihn hier gefunden hat?«

»Wie denn? Außer uns weiß niemand, dass er hier ist«, sagte Griffin.

Jac wandte sich der Nonne zu. »Wem haben Sie erzählt, dass Sie hierher gehen würden?«

»Ich musste es meinem Vorgesetzten sagen, der das Treffen arrangieren wird, dem obersten Lama des Buddhistischen Zentrums Paris. Aber wir sind alle bestrebt, Ihrem Bruder zu helfen, Mademoiselle.«

»Außerdem habe ich Ani nur den Treffpunkt genannt, Jac, und nicht, wohin wir gehen würden.«

»Aber du hast ihr gesagt, dass sie Gummistiefel und eine warme Jacke mitbringen soll, und das an einem sonnigen Tag mitten im Frühling.«

»Selbst wenn sich das jemand zusammengereimt hätte, könnte er Robbie hier unten nicht finden. Er bräuchte immer noch diese Karte.«

Jac wollte widersprechen, doch ihr war klar, dass er recht hatte – es waren nicht genug Informationen, um Robbie zu finden. »Aber wo ist er jetzt?«, fragte sie.

»Er wird schon kommen.«

»Versprich mir, dass wir ihn suchen, wenn er in einer halben Stunde nicht hier ist. Vielleicht ist ein Stollen eingestürzt. Oder die Polizei war wegen der Kataphilen hier und hat ihn zufällig entdeckt.«

»Dann hätte Marcher dich angerufen.«

»Nicht wenn Robbie ihnen nicht verraten hat, wer er ist.«

Jac blickte zu der Nonne hinüber, die im Lotussitz auf dem nackten Boden saß. Sie hatte die Augen geschlossen. Ihr Gesicht sah aus, als sei sie in einem Zustand tiefer Meditation versunken. Jac beschloss, ihrem Vorbild zu folgen und sich auszuruhen. Sie setzte sich und lehnte sich an die Wand. Griffin ließ sich neben ihr nieder und nahm ihre Hand. Trotz dieses Ortes, dieses Zeitpunkts, trotz all ihrer Ängste elektrisierte seine Berührung Jac wie eh und je. Vom ersten Augenblick an hatte Griffin ihr das Gefühl gegeben, sich näher und näher auf einen Abgrund zuzubewegen. Nach der Trennung hatte sie manchmal selbst gestaunt, wie viel ruhiger sie ohne ihn war. Warum hatte sie ihn dennoch so vermisst? Warum hatte sie sich nach dieser verstörenden Aufregung gesehnt? Da war dieses Gefühl, dass sie zu ihm gehörte, egal, was geschah. Es hatte nur nachgelassen, hatte wie ein Bär einen langen, langen Winterschlaf gehalten.

»Machst du dir wirklich keine Sorgen?«, fragte sie Griffin nach ein paar Minuten.

»Doch, natürlich. Alles andere wäre ja verrückt. Aber ich vertraue auf Robbie. Und ich glaube nicht, dass ihm etwas Ernstes zugestoßen ist.«

Als Robbie nach weiteren fünfzehn Minuten noch immer nicht gekommen war, tauchte Jac ihren Finger in eine kleine schlammige Pfütze und malte einen Halbmond mit einem Stern darin auf den Torbogen.

»Schreib noch dazu: siebzehn Uhr, achtzehn Uhr zurück«,

sagte Griffin. »Dann geht er nicht selbst los, um uns zu suchen, wenn er zwischendurch hier vorbeikommt.«

»Wo sollen wir suchen?«, fragte die Nonne.

»Wir sollten versuchen, die Kammer wiederzufinden, wo wir ihn beim ersten Mal getroffen haben. Findest du die auf der Karte?«, fragte Jac Griffin.

Griffin betrachtete das Blatt eine Weile und faltete es wieder zusammen. »Da lang«, sagte er und ging voran.

Ihr Weg war verwinkelt und voller Abzweigungen, doch relativ mühelos zu bewältigen, bis sie an eine Kammer kamen, die über einen Meter hoch mit Knochen gefüllt war. Sie waren nicht sorgsam gestapelt, sondern schienen einfach auf einen Haufen geworfen worden zu sein. Um zu dem gegenüberliegenden Durchgang zu gelangen, musste man den Knochenberg überqueren.

»Ist das die Kammer, von der Robbie erzählt hat?«, fragte Jac.

»Sieht ganz so aus.«

»Ich kann das nicht«, sagte Jac. »Ich kann nicht einfach so über die Knochen all dieser Menschen drübertrampeln.«

»Sie sind nicht hier«, sagte die Nonne gleichmütig. »Das hier sind nur körperliche Hüllen, ihre Seelen sind längst weitergewandert.«

»Wir können auch umkehren. Möchtest du das, Jac?«, fragte Griffin.

Jac schloss die Augen und dachte an ihren Bruder. Und schüttelte den Kopf. »Nein. Gehen wir.«

Griffin reichte ihr seine Hand, und Jac nahm sie. Sie taten die ersten Schritte über die bewegliche Masse hinweg. Das Geräusch, mit dem die Knochen sich aneinanderrieben und sich verschoben, war ihr unerträglich.

»Du machst so was wahrscheinlich dauernd, oder?«, fragte sie Griffin. »Besuchst Gräber und Gruften und siehst die Toten nur noch als historische Artefakte an. Wie kann man sich daran gewöhnen?«

»Ich habe kein einziges Mal eine Mumie, ein Skelett oder sonst irgendwelche Überreste erforscht, ohne mir vollauf bewusst zu sein, dass ich einen Menschen vor mir habe, der einmal Teil einer Familie war. Der Hoffnungen und Träume hatte. Wenn mir das verloren ginge, wäre ich nur noch eine Art Monster.«

Sie hatten den Ausgang erreicht. Sechs Stufen führten in die nächste große Höhle hinab.

Als das Licht ihrer Stirnlampen in das Dunkel der Kammer fiel, schnappte Jac nach Luft. Säulen und Stützpfeiler, ein Altar, Kirchenbänke – alles aus Knochen zusammengefügt. Ein atemberaubendes Werk, eine Totenkapelle, aus den Toten selbst gestaltet. In Nischen, die in einer überirdischen Kirche die Buntglasfenster enthalten hätten, erzählten Mosaike aus Knochenfragmenten die Geschichten der Heiligen. Jemand hatte sogar die Fensterrose von Notre-Dame aus Knochen nachgeahmt.

Doch so wunderschön der Ort auch war – er stank. Der Verwesungsgeruch war überwältigend. Nirgendwo sonst im Stollensystem hatte Jac etwas derart Abstoßendes gerochen. Doch obwohl sie den Geruch deutlich erkannte, verstand sie nicht, woher er rührte – es konnte kein faulendes Fleisch sein. Die Knochen waren mehrere Jahrhunderte alt.

Jac richtete den Lichtstrahl ihrer Lampe auf eine der Wände und trat näher heran. Jemand hatte in eine breite Felsplatte eingraviert, von welchem Friedhof die Toten in diesem Raum stammten: Saints Innocents. Darunter waren in sechs Spalten hunderte Namen aufgelistet. Als Jac sie durchlas, spürte sie, schon bevor sie es sah, wen sie dort finden würde. Dennoch überraschte es sie, den Namen vor sich zu sehen.

L'Étoile.

Jac rechnete. Ihr Großvater war 1915 geboren. Sein Vater war damals über zwanzig gewesen, musste also in den späten 1880er Jahren geboren sein. Und Jacs Ururgroßvater vielleicht 1860. Sein Vater musste wiederum in den 1830ern oder 1840ern zur Welt gekommen sein, und die Generation vor ihm, die sechste, in den 1820ern. Der L'Étoile, der hier begraben lag, war also die siebte oder achte Generation vor ihrer eigenen.

Jac berührte die tief eingekerbten Lettern.

Der Raum verschwamm vor ihren Augen. Sie roch Weihrauch und Myrrhe. Als sie tiefer einatmete, ahnte sie einen Hauch von Lotus und Mandel. Und noch etwas, etwas Flüchtiges, schwer Fassbares: den Duft aus Robbies Tonscherben. Jac war sich sicher, sie erkannte ihn genau.

Vor ihren Augen tauchten geisterhafte Schemen auf. Marie-Geneviève als junges Mädchen. Und Giles. Die beiden sprachen flüsternd miteinander. Er sagte, er hätte ihr zum Abschied ein Parfüm mitgebracht.

Jac wollte daran riechen, doch stattdessen roch sie die Loire, wo die Jakobiner johlend Marie-Genevièves Tod erwarteten.

»Jac? Wir müssen weiter.« Die Bilder lösten sich auf.

Jac drehte sich zu Griffin um. Sie wollte es ihm erzählen. Doch dann fiel ihr die Nonne wieder ein. Vor einer Fremden konnte sie unmöglich darüber reden.

Fünf Minuten später fanden sie Robbie dort, wo sie ihn am Vormittag getroffen hatten.

»Endlich«, rief Jac. Sie fiel ihrem Bruder um den Hals und drückte ihn lange fest an sich. Die vergangenen Stunden hatten ihr sehr zugesetzt.

»Warum kommt ihr erst jetzt?«, fragte er scherzhaft.

»Hattest du Schwierigkeiten?«, fragte Griffin. »Oder warum hast du hier gewartet?«

Jac bemerkte, dass sich die Nonne zögernd zurückhielt und im Dunkeln stehen blieb.

»Ich wurde von ein paar ziemlich gesprächigen Kataphilen aufgehalten. Tut mir leid, dass ich euch habe warten lassen.«

Der Raum, in dem sie sich befanden, war rund, und der Boden schien zu einer Wand hin steil abzufallen. Jac konnte im Licht der Stirnlampen nicht erkennen, wie tief die Spalte hinabging. Die Luft, die von dort herüberwehte, war feucht. Aus der Dunkelheit war das Geräusch tropfenden Wassers zu hören.

»Freunde von dir?«, fragte Jac.

»Künstler, die hier einmal im Monat herkommen und die Wände bemalen«, erklärte Robbie. »Sie wollten mir unbedingt ihre neuesten Werke zeigen und haben mich ewig nicht gehen lassen. Aber seid ihr allein gekommen? Wolltet ihr nicht …«

Griffin wies auf den dunklen Eingang.

»Doch, ja. Robbie, das ist Ani Lodro. Ani, das ist Robbie L'Étoile.«

Robbie trat auf die Nonne zu, die unbeweglich stehen blieb. Doch ihre Augen wirkten plötzlich viel strahlender und weicher als zuvor. Ani bewegte sich unwillkürlich, als hätte sie sich gerade noch zurückgehalten, die Arme nach ihm auszustrecken.

Robbie starrte die Frau vor ihm ungläubig an. »Bist du es wirklich?« Sein Tonfall war sanft und vertraulich.

Kannten sie sich etwa?

»Was ist mit deinem Haar passiert?« Robbie hob die Hand, als wollte er die verschwundene üppige Pracht berühren, und strich Ani dann über den geschorenen Kopf. Eine ungeheuer intime Geste.

»Ich bin jetzt eine Nonne.« Ani sprach so leise, dass Jac sie fast nicht verstand.

»Was ist passiert? Ich habe auf deinen Anruf gewartet und mich dann bei dem Retreat gemeldet. Aber sie wollten mir nichts sagen.«

Ani senkte schweigend den Kopf, um seinem Blick auszuweichen.

»Was war los?«, fragte er noch einmal. »Ich habe überall nach dir gesucht. Monatelang.«

»Es tut mir leid … meine Ausbildung … Mein Mentor fand, dass unsere Beziehung meine Entwicklung beeinträchtigt. Das musste ich respektieren. Was zwischen uns beiden war, war mir genauso wichtig, aber ich habe keinen Weg gefunden, das eine mit dem anderen zu verbinden.«

Aus Anis geflüsterten Worten sprach so viel Leid, dass Jac den Blick abwandte, um ihr Gesicht nicht sehen zu müssen.

»Und nun bist du hier«, sagte Robbie. Er klang nicht erstaunt, sondern so, als hätte er nichts anderes erwartet.

Ani richtete sich auf, wie um den Schock der Begegnung abzuschütteln. In einem gefassten, fast unpersönlichen Tonfall sagte sie: »Seine Heiligkeit lässt dir etwas ausrichten.«

Diesmal senkte Robbie leicht den Kopf.

»Es wäre ihm eine Ehre, dein Geschenk anzunehmen.«

»Das ist eine wunderbare Nachricht. Besonders, wenn du sie überbringst.«

Nach vier Tagen in den Katakomben sah Robbie furchtbar aus. Er hatte einen Stoppelbart. Auf seinen Händen, seinem Hals und im Gesicht waren verschorfte Kratzer zu sehen. Und er hatte dunkle Ringe unter den Augen. Dennoch erstrahlte in diesem Moment sein Gesicht vor Seligkeit.

Jac war verblüfft, wie vollkommen verwandelt er wirkte.

»Wann darf ich ihn sehen? Wo soll das Treffen stattfinden?«, fragte Robbie.

Ani schüttelte den Kopf. »Ich habe den Auftrag, das Geschenk von dir entgegenzunehmen und es Seiner Heiligkeit zu überbringen.«

Bevor Robbie antworten konnte, sagte Griffin: »Mir gegenüber haben Sie etwas anderes gesagt.«

Ani wandte sich ihm zu. »Wir hatten zuerst vor, ein persönliches Treffen zu arrangieren. Aber das ist aus Sicherheitsgründen leider nicht mehr möglich. Davon wusste ich noch nichts, als wir beide gesprochen haben, Dr. North.« Sie sah wieder Robbie an. »Ich werde Seiner Heiligkeit die Tonscherben selbst überreichen. Er bekommt sie also ganz bestimmt.«

Robbie schüttelte den Kopf. »Das geht nicht, tut mir leid.«

Die Nonne wirkte überrascht. »Aber du kennst mich doch.«

»Der Tiegel hat einen so weiten Weg hinter sich. Hat so viele Jahrhunderte überstanden. Ich kann ihn niemand anderem mehr geben.«

»Robbie«, sagte Jac. »Gib ihr doch die Scherben. Dann sind sie in Sicherheit, und du kannst dich der Polizei stellen und erklären, was passiert ist. Du hättest ein Problem weniger.«

»Einstein hat einmal gesagt, er sei gar nicht besonders klug, er würde sich nur länger mit seinen Problemen befassen«, sagte Robbie und wandte sich wieder Ani zu. »Es tut mir wirklich leid, dass du so viel Mühe auf dich nehmen musstest, um herzukommen. Aber ich kann dir das Gefäß nicht geben. Damit würde ich dich in Gefahr bringen.«

»Robbie«, sagte Jac entnervt. »Das ist doch Unsinn.«

»Deine Schwester hat recht. Du hast keine Chance, Seine Heiligkeit zu treffen. Man hat mich hergeschickt, um das Geschenk entgegenzunehmen. Bitte gib es mir.«

Robbie schüttelte den Kopf.

»Bitte.« Die Nonne klang fast flehentlich.

»Es geht wirklich nicht.«

Ani fasste Robbies Hände. »Bitte«, sagte sie noch einmal.

»Es tut mir leid.«

Jac hörte, wie die Nonne einen gequälten, fast animalischen Laut von sich gab. Dann stieß sie Robbie mit erstaunlicher Kraft und Präzision zu Boden und drehte sich zu Jac. Während

Griffin Robbie aufzuhelfen versuchte, packte Ani sie um die Hüfte und zerrte sie von den Männern weg.

Jac war von dem plötzlichen Angriff und von der Kraft dieser zierlichen Person so verblüfft, dass sie sich widerstandslos ans andere Ende der Höhle ziehen ließ. Griffin kniete noch immer neben Robbie, der an der Wange blutete.

Anis Manöver war so schnell vor sich gegangen, dass weder Griffin noch Robbie bemerkt hatte, was in der Dunkelheit geschah.

»Ich muss leider darauf bestehen, dass du mir die Scherben übergibst«, rief Ani. »Sonst kann ich nicht dafür garantieren, dass deine Schwester nicht zu Schaden kommt.«

Siebenundvierzig

17:55 Uhr

Robbie und Griffin sahen sich um, und ihre Stirnlampen beleuchteten die Szene am anderen Ende der Höhle. Blankes Entsetzen zeichnete sich auf ihren Gesichtern ab, als sie begriffen, dass Jac in Gefahr war.

»Ani? Was tust du denn?«, fragte Robbie. »Lass meine Schwester los.«

»Gib mir die Scherben. Sofort.«

»Und ich dachte, ich würde dich kennen.«

Ani zuckte mit den Achseln, als bedeutete ihr seine Bemerkung nichts. Doch Jac spürte, wie die Frau in ihrem Rücken zitterte.

»Es muss nichts Schlimmes geschehen«, sagte Ani. »Ich habe hier ein Seil und eine Knarre. Es hängt von dir ab, welches von beiden ich benutzen werde. Am liebsten wäre mir die zivilisierte Variante: Du gibst mir die Tonscherben, ich fessle euch drei, und sobald ich das Geschenk abgeliefert habe, rufe ich die Polizei und sage denen, wo sie euch finden.«

»Wir sind zu dritt, Sie sind allein«, sagte Griffin mit schneidender Stimme.

»Sagen wir, ihr seid zu zweit. Und ich habe eine Geisel. Und eine Waffe.«

Jac spürte, wie ihr erneut alles vor Augen verschwamm. Ein

Geruch nach Altertum, nach Statuen, die bei der geringsten Berührung zu Staub zerfallen würden. Dann die Gerüche des Nildeltas. Palmenhaine. Machttrunkene Frauen. Lüsterne Männer. Eine überwältigende, Übelkeit erregende Kakophonie. Keine Frage – der geheimnisvolle Duft raubte ihr wieder den Verstand.

Sie atmete durch den Mund und sah zu ihrem Bruder hinüber. Er presste einen Ärmel gegen seine blutende Wunde und sah Ani so verdattert an, dass er Jac leidtat. Griffin hockte schwer atmend neben ihm und versuchte, ihr mit den Augen irgendetwas zu verstehen zu geben.

Jac wandte sich an ihren Bruder. »Gib ihr den Tiegel, Robbie. Er ist wertlos«, sagte sie.

»Ist er nicht. Und du weißt es. Ich habe dein Gesicht gesehen, ich weiß …«

»Robbie!«, rief Griffin. Jac wusste, dass er Robbie nur unterbrach, damit er keine wichtigen Informationen preisgab.

»Die Bedenkzeit ist um«, sagte Ani. »Vielleicht braucht ihr noch eine kleine Ermunterung.«

Plötzlich spürte Jac einen Pistolenlauf an ihrer Schläfe.

»Wenn hier unten ein Schuss abgefeuert wird, kann das alles zum Einsturz bringen«, sagte Griffin zu Ani. »Wir könnten verschüttet werden. Sie auch.«

»Ich bin schon ganz andere Risiken eingegangen.«

»Und wer führt Sie wieder zurück, wenn Sie uns etwas antun?«

Die Nonne lachte leise und kehlig. Jac spürte ihren Atem im Nacken.

»Ich habe den Weg mit UV-Farbe markiert. Robbie, gib mir die Scherben.«

Griffin wandte sich an Robbie. »Tu, was sie sagt. Leg die Scherben hin, da vorn auf den Boden. Dann komm rückwärts wieder zurück.«

Robbie schüttelte den Kopf. »Ich kenne sie. Sie würde Jac nie etwas tun. Dazu wäre sie gar nicht imstande.«

Jac fühlte, wie die Frau schauderte.

»Vielleicht ist sie nicht mehr die, für die du sie hältst«, sagte Griffin und zeigte ein Stück vor sich auf den Boden. »Leg die Scherben da hin.«

Die Nonne hielt Jac noch fester umklammert. Jac starrte ihren Bruder an. Robbie trat ein paar Schritte vor und legte den kleinen Beutel behutsam vor sich auf den unebenen Untergrund.

»Und jetzt geh zurück, mach ihr Platz«, sagte Griffin.

Robbie tat einen Schritt rückwärts. Ein Lichtstrahl aus Griffins Stirnlampe streifte sein Gesicht, und Jac sah, dass ihm Tränen die Wangen herunterliefen. Am liebsten wäre sie zu ihm gegangen und hätte ihn umarmt, ihn getröstet, wie sie es als Kinder gegenseitig getan hatten. Sie sah Griffin an. Er schien ihr wieder etwas sagen zu wollen, doch was immer es auch war, sie konnte seinen Blick nicht deuten.

Ani begann sich langsam, Stück für Stück mit ihr auf den Beutel zuzubewegen.

Warum hatte Griffin so genau bezeichnet, wohin Robbie die Scherben legen sollte? Jac sah sich um. Vielleicht gab es einen Grund, warum er genau diese Stelle ausgewählt hatte? Was hatte er entdeckt, das ihr entgangen war?

Je mehr sie sich dem Beutel näherten, desto intensiver wurde der Duft der Scherben, der nach Jacs Verstand zu greifen schien. Trotz ihrer Situation fühlte sie sich von dem rätselhaften, uralten Geruch seltsam angezogen. Ein Strom der Trauer, unendliche Verheißung. Vertraute, würzige Aromen mischten sich verlockend mit unbekannten, unlesbaren Duftnoten. Doch Jac wollte bei Verstand bleiben und wehrte sich. Weigerte sich, dem Duft nachzugeben. Und dieses eine Mal gelang es ihr tatsächlich.

Jac schätzte, dass sie noch einen Meter von dem Beutel entfernt waren. Um ihn aufzuheben, würde Ani sich hinunterbeugen müssen. Oder sie würde Jac auffordern, ihn zu nehmen. So oder so würde die Nonne ihren Griff einen Moment lang lockern. Was sollte Jac dann tun? Ihr die Waffe abzunehmen versuchen? Aber wenn sich ein Schuss löste, konnte die Decke einstürzen, hatte Griffin gesagt.

Jacs Bruder verharrte noch immer dicht hinter dem Beutel und brachte es nicht über sich, zurückzutreten.

»Robbie«, sagte Griffin sanft, wie um ihn mit seinen Worten von dem Beutel fortzuziehen. »Lass es gut sein. Lass es los.«

Doch Robbie rührte sich nicht, er konnte es nicht.

Ausgerechnet in diesem schrecklichen Augenblick – mit Anis Arm um sich, der sich ihr in die Seite bohrte, mit einer Pistole an der Schläfe, mit hundert Sorgen und Ängsten – musste Jac daran denken, was für ein Wunder der unerschütterliche Glaube ihres Bruders war. Wie mochte es sich anfühlen, so fest an etwas zu glauben, etwas so wichtig zu nehmen, dass es einem selbst angesichts all dieser Gefahren schwerfiel, davon zu lassen? Merkwürdig – das Einzige, an dem Jac immer festhielt, war ihr Unglaube. Ihr Entschluss, Geschichten stets nur als das zu nehmen, was sie waren, sie zu analysieren, bis nur noch eine Metapher übrig blieb. Jac war Realistin: Sie wusste, dass der Mensch sich den Glauben geschaffen hatte, um Licht ins ewige Dunkel zu bringen. Um im Abgrund des Nichts Fuß fassen zu können.

Jetzt war der Beutel in Reichweite. Jac spürte, wie Ani zögerte. Fragte sie sich, wie sie an ihn herankommen sollte?

Griffin durchbohrte Jac von der anderen Seite der Höhle aus mit Blicken. Was zur Hölle wollte er bloß von ihr? Er legte den Kopf ein wenig schief. Was sollte das heißen?

Jac würde nur eine Chance haben, um …

Ani ließ locker, und Jac riss sich los. Blitzschnell zog sie sich rückwärts zurück.

Ani bückte sich. Griffin ebenfalls. Er riss den Arm hoch und schleuderte etwas ins Dunkle, das Jac nicht erkennen konnte. Dann hallte ein lautes Krachen von den Wänden wider, und Ani stürzte zu Boden. Ihre Schusswaffe schlitterte davon.

Griffins Wurfgeschoss, ein hohläugiger, gelblicher Schädel, rollte Jac vor die Füße.

Schon war Griffin über Ani, nahm ihre Handgelenkte und drehte ihr die Arme nach hinten, sein Knie auf ihrem Rücken. Die Nonne wehrte sich heftig, doch Griffin war stärker. Sie versuchte, ihn abzuschütteln. Er stieß sie wieder zu Boden und bekam sie mit einem Klammergriff zu fassen.

»Jac, nimm die Waffe«, rief Griffin.

Jac tastete danach.

»Robbie, greif dir …« Doch er musste den Satz nicht zu Ende sagen. Robbie hatte den Beutel mit den Scherben schon an sich gerissen.

Ani gab nicht auf, und Griffin erhöhte den Druck auf ihre Arme, um sie zu bändigen. Sie wand sich und versuchte wieder, ihn abzuschütteln, nach ihm zu treten. Griffin packte ihre Arme fester. Ani schrie auf. Schweißperlen glänzten im Lichtschein von Griffins Lampe auf ihrer Stirn und ihrem Gesicht. Er musste sie verletzt haben; vielleicht war eine Schulter ausgerenkt.

»Jac, durchsuch ihre Kutte. Sie hat gesagt, sie hätte ein Seil dabei.«

»Nicht nötig«, dröhnte plötzlich eine zornige Stimme hinter ihnen. »Sie hat vor allem mich mitgebracht. Also lasst sie los. Tretet zurück.«

Achtundvierzig

17:55 Uhr

Die meisten Kunststudenten und ihre Begleiter nutzten die erste Zeit nach dem Flug, um im Hotel ihre Sachen auszupacken und sich auszuruhen. In einer Stunde würde ein Bus sie abholen, um sie zu einem Empfang mit chinesischen und französischen Würdenträgern ins Musée de l'Orangerie im Jardin des Tuileries zu bringen.

Xie wusste, dass er sich in dem winzigen Hotelzimmer, das er wieder mit Ru Shan teilte, nicht würde entspannen können. Also schlug er Lan und Professor Wu vor, die Koffer später auszupacken und sich ein wenig die Stadt anzusehen. Er wollte von dem kleinen Hotel auf der Île Saint-Louis zu Fuß zum Museum gehen. Der Professor, der selbst so viel wie möglich von Paris sehen wollte, war gern bereit, die Aufsicht zu führen.

Vor dem Hotel blieben die drei kurz stehen, um sich zu orientieren. Zu beiden Seiten war die Straße von kleinen Läden mit liebevoll eingerichteten Schaufenstern gesäumt.

»Es ist alles so wunderschön«, flüsterte Lan, als sie an einem Blumenladen vorübergingen. Die überquellende Auslage voller Rosen, Mohn und Pfingstrosen reichte bis auf den Gehweg hinaus. Feuriges Rot, Orange und Rosa in allen Schattierungen wetteiferten miteinander und ergänzten sich zugleich.

Xie war zu nervös, um den Anblick zu genießen. Er musste sich anstrengen, um überhaupt zu verstehen, was Lan zu ihm sagte.

»Wo man auch hinschaut – es gibt überall so viel zu sehen.« Lan zeigte auf das Schaufenster eines Süßwarenladens. Die Inhaber hatten gelbe Keksschachteln zu einem kleinen Eiffelturm aufgestapelt.

Xie hatte sich schon bei der Landung vollkommen ausgelaugt gefühlt. Die Sorge, wie er mit dem verbotenen Telefon durch die Sicherheitskontrolle kommen sollte, hatte ihn viel Kraft gekostet – unnötigerweise, denn es hatte keinerlei Schwierigkeiten gegeben. Das Handy war unentdeckt in seiner Tasche geblieben, und Xie war wohlbehalten in Paris gelandet.

Lan schlenderte auf der Kaimauer voraus, blieb stehen, um einem Touristendampfer nachzusehen, und führte die anderen über eine kleine Brücke auf die Île de la Cité hinüber.

»Sieh mal, wie der Fluss glitzert. Wie die Wolken vorüberziehen. Wie bei Monet«, sagte Lan. »Oder bei Pissarro. Oder Sisley.«

Xie sah nur die Schatten der Bäume, wo Menschen, deren Gesichter er nicht erkennen konnte, ihm aufzulauern schienen.

Paris war eine lebende Leinwand, und der Künstler in ihm wollte die vielen Eindrücke genießen, die auf ihn einströmten. Doch Xie machte sich zu viele Sorgen um das, was kommen würde, was ihm unklar war. Wie würde die Begegnung ablaufen? Was sollte er tun?

Er wusste selbst, wie unklug das war. Seine Emotionen würden ihn nur schwächen, würden eine Aura um ihn schaffen, die negative Ereignisse auf sich zog. Solange er diesen Spaziergang machte, sollte er nicht an die Zukunft denken. Er sollte im Hier und Jetzt leben, in Paris.

Als er noch im Kloster lebte, hatten ihm die Mönche neben

den Fähigkeiten der Tiefenmeditation einen Satz mit auf den Weg gegeben, einen kleinen Rätselspruch:

Der Nicht-Geist nicht-denkt Nicht-Gedanken über Nicht-Dinge.

Auf dem Weg zur Notre-Dame wiederholte Xie diesen Satz im Geiste und spürte, wie er allmählich seine Energie zurückgewann. Die majestätische Kathedrale vor ihnen war ein Ehrfurcht gebietendes, Stein gewordenes Gebet, versprach Beistand und Schutz. Hunderte Menschen umschwirrten das Gebäude. Jugendliche rauchten, fuhren Skateboard, tippten auf ihren Handys und genossen ihre Freiheit.

Gerade als die drei vorübergingen, begannen die Glocken zu läuten. Ein machtvolles, dröhnendes Geläut, das Xies ganzen Körper durchdrang.

Xie hielt inne. Drehte sich langsam einmal um sich selbst. Betrachtete die Dächer und Giebel, die Brücken, den Fluss. »Professor«, sagte er.

Der ehrwürdige Kalligraph wandte sich ihm zu.

»Ich danke Ihnen für all das.«

»Du hast es dir verdient.« Wu senkte leicht den Kopf, und Xie sah, wie ein Lächeln um seine Lippen spielte.

Wenn Xie versagte, war Professor Wu in größter Gefahr. Dieser große Künstler riskierte sein Leben, um seinem jungen Schützling zu helfen.

Lan hatte bemerkt, was zwischen den beiden vorging, und nahm Xie einen Moment lang schüchtern bei der Hand. Auch sie lächelte ihr stilles Lächeln.

»Kannst du dir vorstellen, wie es wäre, als Künstler hier zu leben?«, fragte sie.

Xie schüttelte den Kopf.

»Wie es wäre, nicht wieder zurückzugehen? Einfach wegzulaufen, jetzt gleich, in Frankreich zu bleiben und zu malen?«

»Das sind gefährliche Gedanken, mein Kind«, sagte Professor Wu.

Bevor Xie sich ihm anschließen konnte, erregte etwas anderes seine Aufmerksamkeit.

Nicht weit entfernt, neben einer Gruppe Jugendlicher, entdeckte Xie Ru Shan. Es konnte nur einen Grund dafür geben, dass Ru dort allein abseits stand. Er war ihnen gefolgt.

Neunundvierzig

18:08 Uhr

Der Eindringling trug eine Schutzbrille und einen Helm mit einer so hellen Stirnlampe, dass Jac einen Moment lang geblendet war.

Als sie einen Blick auf sein Gesicht erhaschen konnte, sah sie, dass es dreckverschmiert war, ob zur Tarnung oder wegen des beschwerlichen Wegs hierher, und seine Züge waren kaum zu erkennen. Aber er wirkte asiatisch, fand Jac. Wie Ani.

Niemand regte sich.

Griffin hielt Ani noch immer fest. Ihr war anzusehen, dass sie starke Schmerzen haben musste, doch sie gab keinen Ton von sich. Robbie hatte schützend den Arm um Jac gelegt.

Der Eindringling verharrte am Eingang der Kammer.

»Loslassen, habe ich gesagt«, dröhnte er.

Griffin blieb, wo er war.

»Ich habe eine Waffe.«

»Ich weiß, aber wir auch«, sagte Griffin. »Und wenn einer von uns schießt, lösen wir einen Einsturz aus. Das hier sind alles brüchige alte Stollen. Ein lautes Geräusch, und sie brechen in sich zusammen.«

»Das ist ein Bluff.«

»Probieren Sie's«, sagte Griffin.

Jac lief ein Schweißtropfen den Rücken hinab.

Der Mann kam auf sie und Robbie zu. Er ignorierte Jac und wandte sich an ihren Bruder. »Ich habe mich schon darauf gefreut, dir persönlich zu begegnen«, sagte der Mann. Er spuckte aus. Ein dicker schmieriger Klecks landete auf Robbies Wange. »Als kleinen Gruß von …« Er zögerte. »Fauche.« Dann hieb er Robbie mit der Waffe gegen den Kopf.

Jac versuchte, ihren Bruder aufzufangen, als er stürzte, doch sie erwischte ihn im falschen Winkel. Robbie schrammte an der Felswand entlang, und der Riss in seinem Gesicht öffnete sich wieder. Blut lief ihm in den Kragen.

»Hören Sie auf, ihm weh zu tun!«, rief Jac und kniete sich neben ihn.

»Schnauze. Sonst bist du die Nächste.«

Jac nahm Robbies Kopf in beide Hände. »Robbie?«

»Alles okay«, murmelte er benommen.

»Wenn Sie die beiden noch einmal anrühren, ist Ihre Freundin dran«, rief Griffin. Er riss Ani am Arm, die sichtlich Mühe hatte, nicht laut aufzuschreien.

»Mach mit ihr, was du willst. Mich interessiert nur das Tongefäß.«

»Und Sie würden ihren Tod in Kauf nehmen, um es zu kriegen?«

Der Mann ignorierte Griffin und hockte sich neben Robbie. »Also, *Monsieur le Parfum*, wo ist es?«, fragte er beinahe freundlich.

Als Robbie keine Antwort gab, hob der Mann die Pistole und ließ sie wie einen Hammer auf seinen Kopf niedergehen.

»Nein!«, schrie Jac und versuchte, ihn festzuhalten. Der Mann schüttelte sie ab. Dabei drehte er Griffin den Rücken zu, der sofort Ani losließ und sich auf den Eindringling stürzte.

Ani stieß einen Warnschrei aus. »William!«

»Halt sie fest!«, rief Griffin Jac zu.

Ani begann sich aufzurichten. In einem Satz war Jac bei ihr. So stark die junge Asiatin auch war, der Schmerz schwächte sie. Fast hätte sie sich freigekämpft, doch als es Jac gelang, sie an der Schulter zu packen, heulte Ani zum ersten Mal laut auf. Jac warf sich mit ihrem ganzen Gewicht auf sie und drückte sie zu Boden.

Sofort traf eine Wolke von Gerüchen auf Jacs empfindliche Sinne. Anis Geruch. Schweiß, Haut und Atem. Jac registrierte Schwarztee und Wacholderbeeren, Baumwolle und Talkumpuder. Einen Hauch Salz. Und noch etwas.

Den Gestank eines Mannes, der auf Marie-Geneviève losging. Der sie vergewaltigen wollte. Der spottete, ihr Gott könne sie jetzt auch nicht mehr retten. Jener Mann und diese Frau – sie hatten denselben Geruch.

Nein, nicht jetzt. Jac konnte es nicht zulassen, dass ihr Bewusstsein sich spaltete.

Jac sah sich um. Die Ecke, in der Robbie eben noch gelegen hatte, war leer. Gebückt bewegte sich ihr Bruder auf Griffin zu. Wahrscheinlich, um ihm zu helfen. Doch er torkelte vor Schmerz.

Griffin kämpfte weiter mit dem Eindringling. Dessen helle Stirnlampe veranstaltete eine irrsinnige Lasershow auf den Höhlenwänden, während die Männer sich über die Knochenreste und Steine wälzten.

Einen Moment lang gelang es Griffins Gegner, seinen rechten Arm freizubekommen. »Vorsicht!« rief Jac.

Griffin warf sich gerade rechtzeitig zur Seite, dass die heruntersausende Waffe ihn verfehlte. Er packte den Mann fester und drängte ihn zurück.

Die beiden waren jetzt ganz am anderen Ende des Raums. Jac konnte nicht mehr erkennen, was vor sich ging. Sie hörte jemanden aufstöhnen. Griffin? Dann noch einmal.

Ein heller Lichtstrahl fuhr im Zickzack über die Wände. Der

Eindringling richtete sich auf. Griffin lag am Boden. »Genug gespaßt. Wo ist der verdammte Tiegel?«

Griffin sah zu Jac herüber. »Okay, Jac, gib ihm den Beutel.«

Sie wollte gerade sagen, dass sie ihn nicht hatte, doch das wusste er selbst. Was hatte er vor? Was sollte sie tun?

»Wirf ihn rüber. Wir haben keine andere Wahl«, sagte Griffin.

Was hatte er bloß vor?

»Zu dir?«, fragte Jac.

»Nein, nicht zu mir, wirf ihn zu ihm, Jac.«

Also konnte Griffin nur eins meinen. Er wollte, dass Jac den Mann ablenkte. Sie griff nach dem Schädel, den Griffin vorhin als Waffe genutzt hatte, und bemühte sich, nicht auf den Mann zu zielen, sondern höher, ein wenig außerhalb seiner Reichweite. Er sollte glauben, dass er ihn fangen konnte, und ihn doch verfehlen.

Jac warf.

Der Mann hob die Hände, streckte sich in die Höhe. Und in dem Moment versetzte Griffin ihm einen Stoß, so dass er über die Kante fiel und in der Tiefe verschwand. Nur das Licht seiner Lampe erhellte noch die Höhlendecke.

Einen Sekundenbruchteil herrschte Stille. Dann war ein Aufprall im Wasser zu hören, dann wütende Flüche.

Griffin lehnte sich über den Rand. »Ich hoffe, Sie haben sich nicht wehgetan. Muss mindestens sieben Meter tief sein.«

Es kam keine Antwort.

Zunächst fesselten Griffin und Jac die Nonne mit dem Seil aus ihrer Kutte. Dann kümmerten sie sich um Robbie, der bis auf eine riesige Beule am Kopf keine weiteren Verletzungen hatte.

»Kümmern wir uns mal um die Dame hier«, sagte Griffin zu Jac.

»Was sollen wir mit ihr machen?«

»Hilf mir, sie aufzurichten.«

Als die Nonne auf den Beinen war, führten Griffin und Jac sie gemeinsam in Richtung der Spalte. Vorsichtig beugte Jac sich vor. Der Mann mit der Schutzbrille stand tief unter ihr bis zur Hüfte in einem der vielen Brunnen, die es in den Katakomben gab.

»Okay«, sagte Griffin. »Spring. Es ist nur Wasser. Wir wollen dich nicht verletzen, nur eine Weile aus dem Verkehr ziehen.«

Ani regte sich nicht.

»Wenn du nicht selbst springst, werde ich nachhelfen müssen. Und dabei könnte ich aus Versehen deine Schulter berühren.«

Ani stieß sich ab und sprang.

Gleich darauf waren zwei Geräusche zu hören: das Aufspritzen des Wassers und ein unterdrückter Schrei.

»Zu zweit müsst ihr euch jedenfalls nicht langweilen.« Griffin holte seinen Rucksack und öffnete ihn. »Hier, damit ihr nicht verdurstet.« Er warf zwei Plastikflaschen in die Tiefe. »Sobald wir unsere Fracht abgeliefert haben, sagen wir der Polizei, wo ihr zu finden seid. Macht es euch so lange gemütlich. Ganz besonders du, Schwester. Das ist bestimmt der perfekte Ort für meditative Übungen.«

Fünfzig

20:15 Uhr

Noch nie war Jac das Wohnzimmer ihres Elternhauses so wunderschön vorgekommen wie jetzt. Die alten, verwaschenen Polster und Teppiche, leise Musik von Prokofjew und der Duft süßen Tees hießen sie willkommen.

Malachai stand vom Sofa auf, als Griffin und sie hereinkamen. »Was ist passiert? Ist alles in Ordnung? Geht es Robbie gut?«

»Ja, es geht ihm gut.« Jac schüttelte in Erinnerung an ihr Streitgespräch den Kopf. Robbie hatte darauf bestanden, in den Katakomben zu bleiben, und versichert, er wüsste hunderte Verstecke. Sie hatten beschlossen, sich in zwei Stunden wiederzutreffen. Bis dahin wollte Griffin das Buddhistische Zentrum besuchen und versuchen, jenes Treffen zu arrangieren, für das Robbie sein Leben riskierte. »Aber er weigert sich, mit hochzukommen.«

Während Griffin Malachai erzählte, was geschehen war, ließ Jac sich auf das Sofa sinken. Ihre Hand streifte das Buch, das Malachai gelesen hatte. Es war einer der dicken, ledergebundenen Bände aus der Bibliothek ihres Großvaters: *Magie in der Erzählkunst des Alten Ägypten,* Teil seiner umfassenden Sammlung zum Thema Zauberei.

In Jacs Kindheit hatte sie mit ihrem Großvater ein festes

Ritual gehabt. Am ersten Tag jedes Monats hatte er ein neues Buch aus seiner Bibliothek für sie ausgesucht und es ihr nach dem Abendessen feierlich überreicht, ganz so, als hätte sie bei der Initiation in eine Geheimgesellschaft die nächste Stufe erreicht. Jeden Abend, wenn sie ihre Hausaufgaben erledigt hatte, pilgerte sie dann mit dem Buch zu ihm in die Bibliothek, um mit ihm zusammen darin zu lesen. Einige der Bücher waren sehr alt und aus dünnem, brüchigem Papier. Jacs Großvater war aufgefallen, wie achtsam sie damit umging, um die Seiten nicht einzureißen. »Ja, die Bücher sind sehr kostbar, Jacinthe«, hatte er gesagt – er und Jacs Vater waren die Einzigen, die manchmal ihren vollen Namen gebrauchten –, »aber ihr wahrer Wert liegt in dem Wissen, das sie enthalten.«

Jac hatte im Licht einer Daum-Glaslampe mit Rosendekor auf dem sanft geschwungenen Schirm am Mahagonischreibtisch gesessen und gelesen. Dann hatten sie und ihr Großvater aus dem alten Limoges-Porzellanservice Kakao genippt und über das Gelesene diskutiert.

Großvater hatte diese Lektüre sehr ernst genommen. Er glaubte, dass die Wissenschaft der untergegangenen altägyptischen Zivilisation in diesen Büchern darauf wartete, zu neuem Leben erweckt zu werden.

Jacs Lieblingsbuch, das einzige, das sie damals unbedingt noch einmal hatte lesen wollen, handelte von Dedi, einem altägyptischen Magier, der Tote wiedererwecken konnte. Es war 1920 erschienen, zu jener Zeit, als alle Welt sich für die Ägyptologie und für die Funde Howard Carters begeisterte. Auf jeder Seite gab es Randnotizen – Jac hatte nicht nur den ursprünglichen Text, sondern auch die Anmerkungen ihres Großvaters gelesen. Er hatte jeden Hinweis auf Kräuter, Öle, Gewürze oder Blumen markiert, als könnte er die lebensrettende Zauberformel des alten Heilers wiederfinden.

Und an noch etwas erinnerte sich Jac: an Großvaters Notizbuch aus schwarzem Kalbsleder. Es enthielt nicht nur Entwürfe von Dedis magischer Rezeptur, sondern alle möglichen alchemistischen Ideen und Experimente aus den verschiedensten Epochen. Auf dem Schreibtisch stand noch immer ein schweres gläsernes Tintenfass. Jac konnte ihren Großvater vor sich sehen, wie er mit dem Füllfederhalter über die Seiten kratzte und spinnenbeinige Worte darauf hinterließ. Wo war sein Notizbuch jetzt?

Griffin war noch immer dabei, von ihrer Begegnung im Labyrinth zu erzählen.

»Sind die Frau und ihr Komplize tot?«, fragte Malachai.

»Nicht einmal verletzt«, sagte Griffin. »Bis auf eine ausgerenkte Schulter.«

»Sie hätten euch umgebracht«, sagte Malachai ernst.

Jac schauderte.

Malachai wandte sich ihr zu. »Ich bin so erleichtert, dass euch nichts passiert ist.« Dann schob er noch nach: »Und was ist mit den Tonscherben?«

»Robbie wollte sie nicht hergeben«, sagte Jac. »Er hat sie immer noch bei sich.«

Malachai beugte sich zu Jac herüber, griff nach ihrem Handgelenk und fühlte ihren Puls. Die Berührung war ihr angenehm. Sie hatte durchaus nichts dagegen, wenn sich jetzt jemand um sie sorgte und kümmerte. Der Kampf mit Ani hallte noch in ihr nach, und einzelne Momente ihrer unterirdischen Wanderung: die knirschenden Knochen, die Namen der Toten an der Wand.

»Du bist sehr angespannt«, sagte Malachai und ließ ihre Hand los. Er stand auf und machte sich auf den Weg in die Küche. »Am besten mache ich dir einen heißen Tee mit einem Schuss von Robbies gutem Cognac.«

»Vaters Cognac«, berichtigte Jac ihn. »Robbie trinkt nur Wein.«

»Nun, dein Vater hat jedenfalls einen exzellenten Geschmack.«

Jac antwortete nicht.

Griffin sah Malachai stirnrunzelnd nach, als der in der Küche verschwand.

»Was ist los?«, fragte Jac.

»Nichts.« Griffin schüttelte den Kopf.

»Ich wünschte, wir hätten Robbie nicht allein zurückgelassen. Bist du sicher, dass die beiden nicht aus dem Wasserloch rauskönnen?«

»Ich wüsste jedenfalls nicht, wie. Aber selbst wenn, würden sie Robbie nicht wiederfinden. Er wäre längst in der nächsten abgelegenen Höhle verschwunden. Robbie ist da unten sicherer als an jedem anderen Ort.«

»Das hat er dir zu verdanken, Griffin. Du hast uns da unten das Leben gerettet.«

Jac hatte noch immer Schmerzen an der Stelle, wo Ani sie gepackt hatte. Die Frau hätte nicht gezögert, sie zu töten, daran zweifelte Jac keine Sekunde. Das sagten ihr Anis Blick, ihre Stimme und, ja, ihr Körpergeruch. Unbarmherzig. Kalt. Sie hatte gerochen wie der Vergewaltiger. Auch der Komplize hätte keine Skrupel gehabt, sie zu töten. Als Jac an ihn dachte, fiel ihr noch etwas anderes ein. Rasch bückte sie sich nach ihrem Rucksack und zog ihn zu sich auf das Sofa. Sie nahm die Serviette, die neben Malachais Tasse lag, griff damit in den Rucksack und angelte die Pistole heraus. Sie hielt den Kolben weit von sich weg, als könnte die Waffe sie jeden Moment anspringen. »Vielleicht kann die Polizei aus den Fingerabdrücken schließen, wer uns verfolgt.«

»Die Polizei?«, fragte Malachai, der gerade mit einem Teetablett und einer Flasche Cognac wieder hereinkam. »Willst du etwa die Polizei rufen?«

»Hier sind Fingerabdrücke drauf. Hinweise darauf, wer diese

Leute waren«, sagte Jac. Sie stand auf, ging zu der Bombay-Kommode neben dem Kamin und legte die Waffe in die oberste Schublade.

»Wenn Robbie mir die Scherben doch verkaufen würde, dann hätte dieses gefährliche Abenteuer endlich ein Ende«, sagte Malachai.

»Nach allem, was heute passiert ist, glaube ich nicht, dass er seine Meinung ändern wird. Je näher die Übergabe an den Dalai Lama rückt, desto unwahrscheinlicher wird es«, sagte Jac. »Er glaubt so fest an seinen Plan.« Sie hörte selbst, wie wehmütig diese Worte klangen. »Ich fürchte, du bist den ganzen weiten Weg umsonst hergekommen«, sagte sie zu Malachai.

»Ich bin gekommen, um dir zu helfen.«

Jac wollte etwas einwenden, doch es lag eine verblüffende Aufrichtigkeit in seiner Stimme.

»Eins verstehe ich immer noch nicht«, wandte sich Griffin an Malachai. »Gibt es nicht längst andere Methoden, um Rückführungen zu bewirken? Selbst wenn in den Scherben noch genug Duftstoff enthalten wäre, um Erinnerungen zu wecken – braucht man das überhaupt noch?«

»Wir setzen bisher die Hypnose ein, und das ist bei vielen Patienten tatsächlich sehr wirkungsvoll«, erklärte Malachai. »Doch die Erinnerungshilfen sind mehr als nur ein Mittel der Therapie. Sie sind ein Stück Geschichte, der Stoff, aus dem die Legenden sind. Gerade du, Griffin, solltest doch verstehen, was daran so verlockend ist.«

»Aber die Vergangenheit zu kennen und zu wissen, wer man ist – das sollte man auch nicht *zu* wichtig nehmen, oder?«, sagte Jac.

»Zu wichtig? Wir leben in völliger Finsternis. Stolpern durch unser Leben, ohne zu ahnen, wo es hingehen soll. Erinnerungen an unsere Vergangenheit würden uns helfen, den Weg in die Zukunft zu erhellen.«

Bei Malachais Worten sah Jac die labyrinthischen Tunnel vor sich, in denen sie heute umhergewandert waren. Roch wieder die dunklen Ecken und den Staub der unzähligen Knochen. Erinnerte sich an die kalte, tote Unterwelt. Die Irrwege, die verschütteten Stollen. Die schroffen Kanten am Rand der Finsternis.

»Wenn jemand dir sagen könnte: ›Das warst du damals, und diesen Fehler hast du gemacht‹, dann hättest du die Wahl, den Fehler nicht noch einmal zu machen«, fuhr Malachai fort. »Du könntest dich für das nächste Leben von der Last deiner Schuld befreien. Wenn jemand dir diese Möglichkeit bieten würde, inneren Frieden zu finden, würdest du dann etwa nein sagen?«

Seine Stimme klang so tröstlich. Jac wusste noch, wie heilsam es gewesen war, damals mit ihm zu sprechen. Sie glaubte nicht an die Reinkarnation und das Karma. Doch sie sehnte sich nach Malachais Hilfe als Therapeut. Sehr sogar. Wenn sie ihm von den furchtbaren psychotischen Schüben erzählte, die sie wieder heimsuchten, vielleicht könnte er ihr helfen. Vielleicht könnte sie mit ihm gemeinsam die Bedeutung ihrer Halluzinationen entschlüsseln. Doch wenn sie ihm verriet, was mit ihr passiert war, würde sie wieder das Mädchen von damals werden: anders als die anderen. Nirgendwo zugehörig. Die ewige Außenseiterin.

Malachai musterte nachdenklich ihr Gesicht. »Jac, du hast schon einmal Dinge aus der Vergangenheit vor dir gesehen, oder?«

»Also glaubst du, dass wir dazu verdammt sind, unsere Fehler der Vergangenheit immer wieder zu wiederholen?« Jac stellte lieber Fragen, als sich zu offenbaren.

»Nein, ich glaube an den freien Willen. Jeder kann seine eigenen Entscheidungen treffen. Aber wenn wir eine Landkarte unserer Vergangenheit hätten, könnten wir mit mehr Bedacht entscheiden. Wir könnten uns die alten Irrwege ersparen und in jedem Leben ein Stück weiter voranschreiten.«

Die Bilder, die Jac heimgesucht hatten, als sie mit Griffin und ihrem Bruder in den Katakomben war, kehrten jetzt, ohne jeden Anlass, zu ihr zurück und streiften mit ihren Geisterschwingen ihre Haut. Jac schloss die Augen.

»Du bist erschöpft«, sagte Malachai. »Das ist nicht gut für dich. Es kann ein Auslöser sein.«

Jac schielte zu Griffin hinüber. Mist. Er hatte bei der Bemerkung gleich aufgehorcht. »Stimmt etwas nicht mit dir, Jac?«, fragte er.

»Alles bestens«, sagte Jac, bevor Malachai antworten konnte.

»Was hat Robbie denn gemeint, als er dich da unten gefragt hat, ob du etwas gesehen hättest?«, fragte Griffin.

»Etwas gesehen? In den Katakomben? Jac, was war da los?« Malachai klang sehr besorgt. Als Jac nicht gleich antwortete, wandte er sich an Griffin. »Was ist passiert?«

»Als Jac sich Robbies Scherben angesehen hat, da … da hat sie darauf reagiert. Ihre Augen wurden glasig, und sie war mindestens eine halbe Minute lang nicht mehr ansprechbar. Hat nur vor sich hingestarrt, als wäre da irgendetwas, das wir nicht sehen konnten.«

»Hör auf!«, schrie Jac plötzlich und sprang auf. »Überhaupt nichts ist passiert! Ich bin kein bisschen anders als du«, sie wandte sich erst an Griffin, dann an Malachai, »oder du. Mir geht es bestens. Es war nur beängstigend dort unten, das ist alles. Robbie war schon als Teenager in den Tunneln und ist daran gewöhnt.« Sie drehte sich wieder zu Griffin um. »Du hast dein halbes Leben in ägyptischen Grabkammern verbracht.« Und zu Malachai. »Und du willst meine Hirngespinste als Beweise irgendeiner Theorie benutzen, an der du seit Ewigkeiten forschst. Aber da gibt es nichts zu erforschen. Mit mir ist alles in Ordnung, außer, dass mein Bruder in Lebensgefahr ist.

Dass irgendein Fremder in unserer Werkstatt gestorben ist und zwei Verrückte uns angegriffen haben, um uns eine Handvoll wertloser Scherben wegzunehmen, die Robbie in dem Trümmerhaufen gefunden hat, den mein Vater aus unserem Leben gemacht hat.«

Griffin und Malachai sahen Jac besorgt und mitfühlend an. Sie hasste diesen intensiven, forschenden Blick. Genau so hatte ihr Vater sie in ihrer Jugend angesehen, wenn sie Dinge hörte und sah, die nicht da waren. Wenn Jac, wie ihre Mutter es ausdrückte, »ver-*rückt*« war. Audrey gebrauchte diesen Ausdruck sowohl für Jac als auch für ihren Vater und lachte dabei: »ver-*rückt*«, mit einem lustigen Kiekser auf der zweiten Silbe, als sei es wundervoll, so ganz anders zu sein. Und nicht die Tragödie ihres Lebens.

»Ich brauche jetzt ein Bad.« Jac stürzte den Rest ihres Tees hinunter. »Wir müssen heute noch ins Buddhistische Zentrum. Robbie hat uns den Namen des Lamas gegeben, der ihn dort unterrichtet hat. Er war schon dabei, das Treffen zu arrangieren. Wenn wir das hinter uns haben, wird hoffentlich endlich wieder alles normal.«

Jac drehte sich um und lief zur Treppe ins Obergeschoss. Ihr ging es gut, sagte sie sich. Alles war unter Kontrolle. Sie hätte nur gern gewusst, warum ihr bei dem Wort *normal* die Stimme versagte.

Auf der Treppe wurden ihr die Beine so schwer, dass jeder Schritt ihr Mühe machte. Der Rücken tat ihr weh. Jac klammerte sich an das Geländer wie eine alte Frau.

Im Badezimmer drehte sie die Wasserhähne auf und gab eine ordentliche Portion Badesalz in die Wanne. Und dann noch eine. Sie musste den Gestank der Katakomben und den Geruch der Tonscherben loswerden.

Als die Kristalle sich aufzulösen begannen, berührte ihr Duft Jac wie eine Umarmung. Sie hatte nicht auf das Etikett geachtet – es war Rouge. Jacs Mutter mochte Noir lieber, doch für Jac gab es nichts Schöneres als Rouge. Es war das erste wahrhaft bedeutende Parfüm des Hauses, erschaffen von Giles L'Étoile, den, wie Jacs Großvater ihnen erzählte, seine Ägyptenreise in den 1790er Jahren zu der Kreation inspiriert hatte. Rose und Lavendel mit Zibet, einem der geheimnisvollsten Duftstoffe, die es gab.

Diesen moschusartigen Duft hatte man seit Tausenden von Jahren aus Zibetkatzen gewonnen, bis Tierschützer dagegen protestierten und die Branche dazu überging, synthetische Alternativen zu verwenden. Die meisten Menschen bemerkten keinen Unterschied. Jac schon, nicht jedoch bei dem Badesalz.

Plötzlich fiel ihr etwas auf. In ihren Visionen war Giles L'Étoile in Ägypten gestorben. Marie-Geneviève hatte es das Herz gebrochen. Ihr Vater hatte eine zweite Ehe arrangiert, vor der sie ins Kloster geflohen war. Wie konnte Giles dieses Parfüm also nach seiner Rückkehr erschaffen haben?

Jac setzte sich auf den Wannenrand und zog ihre Schuhe und Socken aus. Was kümmerten diese Tagträumereien sie überhaupt? Sie war krank. Ihre Anfälle waren wieder da. Sie konnte ihren Einbildungen genauso wenig trauen wie damals, als sie vierzehn war. Jac schlüpfte aus ihren Jeans und streifte sich den Pullover über den Kopf. Zog ihre Unterwäsche aus. Dann stopfte sie alles in den Rucksack, machte den Reißverschluss zu, warf ihn in eine Ecke und schnupperte.

Er war immer noch da. Irgendwo unter dem Dunst von Staub und Gestein, unter Anis Wacholdergeruch, war noch immer das Parfüm aus den Tonscherben zu spüren.

Jac schlüpfte in einen Bademantel, packte den Rucksack und riss die Tür auf. Im Flur stieß sie fast mit Griffin zusammen.

»Was hast du vor? Stimmt etwas nicht?«, fragte er.

»Ich muss die dreckigen Sachen loswerden. Am besten in die

Küche damit. Dieser Katakombengestank ist unerträglich. Er hängt in meinen Haaren, auf der Haut …«

Griffin nahm ihr den Rucksack aus der Hand. »Steig in die Wanne, ich kümmere mich darum.«

Das Badezimmer war inzwischen von Schwaden aromatischer Dämpfe erfüllt. Jac atmete tief ein, als sie sich ins Wasser gleiten ließ. Sie konzentrierte sich ganz auf den Wohlgeruch, der sie umgab. Anklänge von Myrrhe und Benzoe. Und Rosen mit ihrem unermesslich sinnlichen, üppigen Duft.

Das Wasser wäre ihr zu heiß gewesen, hätte sie nicht den Gestank und den Schmutz und die Erschöpfung abwaschen wollen.

Jac schloss die Augen und versank in einen angenehmen Dämmerzustand, wie ihn nur die plötzliche Entspannung nach einer großen Anstrengung erzeugt. Sie hielt die Augen selbst geschlossen, als die Tür auf- und zuklappte und Griffin ihr das Haare schamponierte und ihr den Kopf massierte, den Nacken, die Schultern. Als er mit sanften Bewegungen alle Anspannung aus ihren Muskeln vertrieb.

Seine Hände waren wie Seide, die sie streichelte und umschloss. Die ihre Erschöpfung in Erregung verwandelte. Alles, was sie roch, waren in Harz getränkte Rosen, alles, was sie sah, war Wasserdampf. Als sei Griffin gar nicht wirklich da. Nur Nebel und Erinnerung, Duft und Magie.

Es war nicht nur ein Mann, der Jac berührte. Auch Griffin, ja, aber auch die Männer aus ihren Visionen. Der junge Pariser Parfümeur, den Marie-Geneviève so liebte. Und Thot, der starke ägyptische Priester, der Düfte für seine Königin schuf.

Jac wusste nicht mehr, wessen Hände sie auf sich spürte, wessen Atem an ihrem Hals. Alles war nur noch Gefühl, eine berauschende Mischung aus Erschöpfung, Lust und Verlangen. Dem verzweifelten Verlangen, ihm nahe zu sein. Das Schicksal oder die Umstände hatten sie wieder und wieder voneinander getrennt. Doch nur zusammen ergaben sie ein Ganzes. Wie jetzt, in diesem magischen Moment.

Er kam ins Wasser und hielt ihre Hände, die Finger ineinander verschränkt. Sie würde ihn nicht mehr loslassen. Nichts konnte sie mehr voneinander trennen. Jac zerging in seiner Hitze und der des Wassers. Ging in ihn über. Ihre Lebensfäden verflochten sich. So konnten sie sterben: einander umschließend, umschlossen …

Plötzlich sah sie den ägyptischen Priester und seine Geliebte einander umarmen, mit letzter Kraft. Wusste, dass sie Gift genommen hatten, dass sie gemeinsam sterben würden. Sie lagen einander in den Armen und küssten sich ein letztes Mal, ohne jede Angst, denn Thot hatte versprochen … er hatte ihr versprochen, dass sie sich im nächsten Leben wiederfinden würden. Und wieder und wieder und wieder.

»Jac …«, flüsterte Griffin.

Ihr Name klang fremdartig. Weckte sie aus ihrem Traum und jagte ihr elektrisierende Schauer über den Rücken.

»Jac …« Er sagte es noch einmal, und dann war nichts mehr, keine Luft, kein Wasser mehr, das sie trennte. Sie tanzten den ewigen Tanz, den ihre Körper kannten und ihre Seelen liebten. Dies war ihr wahres Selbst. Selbst wenn es in die Katastrophe führte. In den Tod. Dieser Augenblick war es alles wert. War alles.

Einundfünfzig

22:17 Uhr

Robbie saß, den Rücken an die Felswand gelehnt, in der stockdunklen Höhle. Seine Stirnlampe hatte er ausgeschaltet. Seine Augen waren geschlossen, sein Geist blieb wachsam. Robbie war müde, besorgt, nervös. Er lauschte auf das gleichmäßige Geräusch von Wassertropfen in einer Pfütze und glich seinen Atem ihrem beständigen Rhythmus an.

Er war drei Meter vom Rand des Brunnens entfernt. Von den zwei Menschen darin war kein Laut zu hören. Wahrscheinlich wussten sie nicht einmal, dass er dort war.

Ani hatte offenbar nicht geblufft, als sie von ihren UV-Farbmarkierungen erzählte, denn ihr Mitstreiter war der Spur gefolgt.

»Das bedeutet«, hatte Griffin zu bedenken gegeben, als sie sich vor zwei Stunden verabschiedeten, »dass auch andere sich auf dieselbe Fährte setzen könnten. Geh bloß nicht dahin zurück, okay?«

Noch bevor Robbie sich einverstanden erklären konnte, hatte Jac ihm das Versprechen abgenommen, sich von dem Brunnen fernzuhalten.

Er hatte ihr sein Versprechen gegeben. Und es gebrochen. Doch ihm konnte nichts passieren: Er hatte sich einen Fluchtweg überlegt. Zwei Meter neben ihm gab es einen Durchschlupf, durch den er sofort verschwinden konnte, wenn Gefahr drohte.

Robbie hatte Freunde, die zu Geliebten geworden waren, und Geliebte, die seine Freunde blieben. Mit Männern war er häufiger zusammen, weil er unter ihnen Weggefährten fand, die ihn glücklich machten. Meist waren es neugierige Intellektuelle und Abenteurer wie sein Großvater. Doch die Frauen, zu denen er sich hingezogen fühlte, waren immer zerrissene Charaktere. Es waren rebellische Frauen mit tiefen Narben auf ihrer Seele wie seine Mutter oder seine Schwester. Frauen, die der Heilung bedurften und doch unheilbar blieben. Wie Ani Lodro.

Jeden Sommer besuchte Robbie ein paar Stunden von Paris entfernt ein Retreat. Vor vier Jahren war Ani zur selben Zeit dort gewesen wie er. Beziehungen zwischen den Schülern wurden nicht gern gesehen und nicht begünstigt. Bei den Mahlzeiten wurde geschwiegen, und es gab keinen Gruppenunterricht, keine gemeinschaftlichen Aktivitäten. Dennoch sah Robbie Ani, wo er ging und stand, als verfolgten sie einander. Wann immer er den Tempel betrat, kam sie gerade heraus. Wenn er spazieren ging, tat sie es auch. Er wanderte zum Fluss hinunter, von dem sie gerade zurückkam. Eine Woche lang wechselten sie kein Wort. Ani hielt den Blick immer gesenkt. Robbie hielt sich zurück.

Eines Nachmittags folgten sie beide demselben Meditationspfad im Garten, als ein Unwetter über sie hereinbrach. Beide suchten Schutz in einer Gartenlaube.

Während um sie her der Regenschauer niederrauschte, sah Robbie Ani zum ersten Mal direkt in ihre schwarzen mandelförmigen Augen und erschrak darüber, wie viel Schmerz daraus sprach. Er spürte die Dämonen, die ihr im Nacken saßen, sah die Anspannung in ihrer sehnigen Halsmuskulatur. Fühlte, wie dringend sie Ruhe und Frieden brauchte. Ohne ein Wort zu sagen, kamen sie einander nahe. Sie lagen mitten im Unwetter auf dem Boden des Pavillons, rochen Nadelholz und den Duft ihrer Haut und liebten sich. Robbie hatte Sex immer mit allen Sinnen genossen, sich ganz hingegeben. Er hatte sogar manches über tantrischen Sex gelernt, die hinduistische Praxis, in der Mann und Frau sich lustvoll vereinigten, ohne zum Orgasmus zu kommen. Doch bis zu diesem Tag hatte er eine solche Vereinigung noch nicht selbst erlebt.

Robbie stand auf und trat an den Rand des Brunnens. Er schaltete seine Stirnlampe an, ließ sie jedoch am Boden liegen. Er wollte ihren Schmerz nicht noch einmal sehen.

»Ich habe nach dir gesucht«, flüsterte er in den Abgrund hinein.

Er hörte Ani seufzen.

»Was war los? Warum hast du dich nicht gemeldet?«

»Wegen meiner Ausbildung.«

»Aber nicht zur Nonne, oder?«

»Nein.«

»Wozu dann?«, fragte Robbie.

Es kam keine Antwort.

»Ani?«

Stille.

»Wer war der Mann, der in meiner Werkstatt gestorben ist?«

»Mein Mentor. So etwas wie ein Vater für mich.«

»Er wollte mich töten«, sagte Robbie. »Wusstest du das?«

Wieder herrschte Stille. Von irgendwoher war noch immer das stete Tropfen des Wassers zu hören. Und ein weit entferntes Krachen. Ein geborstener Knochen vielleicht? Ein heruntergefallener Stein?

Robbie trat noch näher an die Kante heran und sah hinab. Er konnte in der Dunkelheit gerade eben zwei Gestalten ausmachen, von denen eine zu ihm hochsah. Es war nicht genau zu erkennen, doch er vermutete, dass es Ani war, die dort im Schatten ihren Blick auf ihn richtete.

Zweiundfünfzig

Samstag, 28. Mai, 9:40 Uhr

Xie schnappte hier und da die unter den Regenschirmen hervordringenden Gesprächsfetzen auf. Englisch, deutsch und spanisch. Kunstliebhaber und Touristen, die im Regen darauf warteten, dass die Orangerie ihre Tore öffnete. Die meisten, vermutete Xie, waren hier, um sich Monets *Nymphéas* anzusehen, die Seerosengemälde, die er gegen Ende seines Lebens geschaffen hatte und von denen acht hier zu sehen waren. Die Kalligraphieausstellung würden diese Menschen nur zu Gesicht bekommen, wenn sie sich zufällig ins Untergeschoss verirrten.

Gestern Abend waren die Monet-Ausstellungsräume geschlossen gewesen und das Museum nur von den Besuchern des Empfangs bevölkert. Lan hatte gesagt, es sei der größte Tag ihres Lebens – der Tag, an dem ihre Bilder in Paris ausgestellt wurden. In der Orangerie, wenige Meter entfernt von den größten Meisterwerken des Impressionismus.

Xie hatte ihr zugestimmt, obwohl sich ihm fast der Magen umdrehte und ihm der Angstschweiß den Nacken hinunterlief. Obwohl er die meiste Zeit fieberhaft versucht hatte, sich seine Umgebung einzuprägen. Für ihn war der Empfang die Generalprobe für den heutigen Tag gewesen. Er hatte sich die Kontrollposten gemerkt, die Ausgänge, die Fenster, die Lage der Toiletten, Türen, Fahrstühle und Treppen. Hatte beobachtet, wie sich die Besucherströme durch die Säle bewegten, alles in sich aufgesogen, als hinge sein Leben davon ab. Denn das tat es.

Heute Morgen beim Frühstück hatte Professor Wu dann vorgeschlagen, die Orangerie ein zweites Mal zu besuchen. »Es kann sehr lehrreich sein, die Reaktion von Menschen auf eure Werke zu erleben, die nicht wissen, wer ihr seid«, hatte er gesagt. »Es wird euch neue Perspektiven eröffnen.«

Nun warteten sie also gemeinsam mit den anderen Besuchern. Xie betrachtete die anderen Studenten. Lan. Ru Shan. Die Touristen. Keiner von ihnen ahnte, was heute hier geschehen würde. Hoffentlich jedenfalls.

Bei der Einlasskontrolle zeigte Xie seine leeren Hände vor. Da er weder Rucksack noch Aktenkoffer bei sich trug, ließ man ihn einfach weitergehen. Es gab keine Metalldetektoren wie am Flughafen. Xie hätte ein Messer, eine Schusswaffe oder Plastiksprengstoff mitbringen können, ohne dass jemand es merkte. Also konnte auch Ru Shan bewaffnet sein.

Xie wurde flau im Magen. Er war ein Künstler. Seine größten Heldentaten hatten bisher darin bestanden, winzige Botschaften in seinen Kunstwerken zu verbergen und mit Calis Hilfe verschlüsselte Nachrichten über das Internet zu verschicken. Konnte er das hier wirklich schaffen?

»Ich habe noch keine Gelegenheit gehabt, Monets berühmte Seerosen zu sehen«, sagte Wu zu Xie, Lan und den anderen acht Künstlern, die sich um ihn versammelt hatten. »Möchte jemand von euch mich begleiten?«

Die ganze Gruppe folgte ihm in den ersten der zwei großen ovalen Ausstellungsräume.

»Er hatte schon zu erblinden begonnen, als er diese Gemälde schuf«, erzählte Wu, als sie inmitten der Bilder standen, die ringsum die Wände zierten. »Sie sind eine Schenkung an die Stadt Paris, die im Austausch dieses Museum erbaute.«

Obwohl Xie nur allzu gut wusste, wozu er hier war und was ihm bevorstand, beeindruckte ihn die Kraft der Gemälde zutiefst. Zwei der Bilder waren zwei Meter hoch und über zehn Meter lang. Die anderen beiden halb so breit, aber ebenso hoch. In der Mitte des ovalen Raums fühlte sich Xie, als hätte er sich wahrhaftig in den Garten des Meisters verirrt. Die Menschen um ihn herum verschwanden. Er sah nur noch Blau- und Grüntöne, Lavendel und gedämpftes Rosa. Die abstrakten Bilder der Seerosenteiche und die Reflexionen des Himmels, der Blumen und Bäume darin erfüllten Xie mit einem solchen Zauber, dass er andächtig den Atem anhielt. Zum zweiten Mal, seit er in Paris war, kamen ihm die Tränen. Diese Gemälde waren der reine, perfekte Ausdruck der Schönheit der Natur. Es war, als stünde er mit dem Künstler, der vor fast neunzig Jahren gestorben war, in direktem Kontakt.

Xie wusste, dass er seiner Berufung als Panchen Lama folgen musste. Wenn er Glück hatte, würde er heute die Chance bekommen, sein Schicksal zu erfüllen. Doch er musste einen Weg finden, dass die Kunst auch ein Teil sein neuen Lebens bliebe. Seine Kalligraphien verblassten neben den Werken Monets, doch es ging in der Kunst nicht darum, sich mit anderen zu messen. Das hatte Cali ihm gesagt. Es ging um die Wirkung des kreativen Akts, um die machtvolle positive Energie, die er in den Kosmos entließ.

Ach, Cali. Wie viel es ihr bedeutet hätte, diese Gemälde zu sehen. Wie tief bewegt sie davon wäre. Xie würde sie so vermissen. War es das wirklich wert? Sie zu verlassen, seinen Lehrmeister und seine Arbeit?

»Wir gehen weiter«, sagte Lan. »Kommst du?«

»Ich komme nach.«

Lan ging voraus und ließ Xie in einem Raum voller Fremder zurück. So dachte er jedenfalls. Dann entdeckte er Ru Shan am anderen Ende des Raums. Der Pekinger Student schien voll und ganz in den Anblick der Gemälde versunken zu sein.

Xie bezweifelte jedoch, dass er überhaupt hinsah. Er war sicher, dass Ru Shan ihn allein im Auge behielt.

Dreiundfünfzig

9:56 Uhr

Jac und Griffin verließen gemeinsam das Wohnhaus in der Rue des Saints-Pères. Es regnete. Sie spannten ihre Schirme auf und wandten sich ohne jede Eile nach links, in Richtung Seine.

Regentropfen wühlten die Oberfläche des Flusses auf, der eine stumpfe grünbraune Färbung angenommen hatte. Es herrschte reger Autoverkehr, doch auf dem breiten Uferboulevard waren wegen des Wetters nur wenige Passanten unterwegs.

»Hast du den Polizisten gesehen?«, fragte Jac Griffin.

»Ja.«

Um die Polizei machten sie sich heute Morgen jedoch am wenigsten Gedanken. »Sonst noch irgendwen?«

»Ich bin mir nicht sicher.«

Sie hatten am gestrigen Abend und heute früh schon mit Malachai darüber gesprochen: Anis Auftraggeber hatten, als die Nonne und ihr Begleiter nicht zurückkamen, sicher neue Pläne geschmiedet. Sie mussten jederzeit damit rechnen, ausspioniert, belauscht und verfolgt zu werden.

Jac stellte sich im Weitergehen die Karte vor, die Robbie ihnen gezeigt hatte. Er musste die Katakomben inzwischen über einen Kanalzugang im sechsten Arrondissement verlassen haben.

Griffin und Jac hatten sich um sieben Uhr morgens aus dem Haus geschlichen, waren in den Schacht hinabgestiegen und hatten sich mit Robbie in der ersten Kammer getroffen. Das war noch immer der sicherste Ort für ihn. Sie hatten ihm frische Kleidung und die Anweisungen des Lamas aus dem Buddhistischen Zentrum mitgebracht.

Als sie ihn fragten, wie seine Nacht gewesen war, hatte er nur mit den Schultern gezuckt.

»Hast du mit Ani geredet?«, fragte Griffin ihn.

»Nur kurz.«

»Hast du was herausgefunden?«

Robbie schüttelte den Kopf. Jac schmerzte es, ihren Bruder so leiden zu sehen. An seinen dunklen Augenringen war ihm anzusehen, wie sehr ihn der Verrat schmerzte, an den Falten um seinen Mund, die sich über Nacht tiefer eingegraben hatten.

Jac und Griffin erreichten die Pont de la Concorde, die Brücke, die das linke Seine-Ufer mit dem Place de la Concorde verband. Für diesen Weg hatten sie sich am Abend zuvor entschieden. Mitten über der Seine nahm Griffin Jacs Arm und zog sie zum Geländer. Seite an Seite sahen sie auf den Fluss hinab.

»Wir könnten ganz normale Touristen sein«, sagte Jac.

»Oder Liebende.« Griffin küsste sie.

Ein Manöver? Wollte er potentielle Verfolger verwirren?

»Ich will dich nicht noch einmal verlieren«, sagte er, als er sich endlich von ihr löste.

Griffin hatte Jac erzählt, dass seine Frau und er in Trennung lebten. Doch das war etwas anderes, als geschieden zu sein. Und immer, wenn er von Elsie und Therese sprach, lag etwas in seiner Stimme, das Jac an einem endgültigen Bruch zweifeln ließ.

»Wir beide müssen reden, Jac, wenn Robbie erst in Sicherheit ist.«

Am anderen Seine-Ufer spazierten sie unter dem Schutz

der Arkaden die Rue de Rivoli entlang. Als sie das Hôtel de Crillon erreichten, blieb Jac unvermittelt stehen. »Was hältst du von einem Kaffee?«, fragte sie, als sei ihr gerade ein spontaner Einfall gekommen. Nicht so, als hätten Malachai, Griffin und Jac zwei Stunden damit verbracht, auszutüfteln, wie sie unbeobachtet in die Orangerie gelangen konnten.

Eine halbe Stunde darauf hatten sie ihr kurzes *petit déjeuner* im Hotelrestaurant beendet. Griffin zahlte, und sie schlenderten durch die Lobby auf den Fahrstuhl zu.

In der Kabine drückte Jac den Knopf für das Untergeschoss.

Dort erwartete sie ein geschäftiges Durcheinander. Kellner, Handwerker, Zimmermädchen und andere Hotelangestellte eilten mit ihren Tabletts, Wäschewagen und Werkzeugen hin und her.

»Wohin jetzt?«, fragte Griffin.

Im Internet hatten sie keinen Grundriss gefunden. Und Jac war zum ersten und letzten Mal mit dreizehn Jahren hier gewesen. Sie erinnerte sich an alles Mögliche, nur nicht daran, wo der Ausgang war.

Ein berühmter Musiker und seine Frau hatten damals im Haus L'Étoile eine größere Menge parfümierter Produkte bestellt – Seifen, Kerzen und vieles mehr – und darum gebeten, sie direkt in ihr Hotel zu liefern. L'Étoile wusste, wie sehr seine Tochter den britischen Rockstar verehrte. Also hatte er beschlossen, die Bestellung persönlich vorbeizubringen und Jac mitzunehmen. Vater und Tochter hatten das Hotel durch den Haupteingang betreten, den einzigen, den Louis bis dahin kannte. Doch der Concierge hatte sich geweigert, die Lieferung anzunehmen. Er hatte den Parfümeur nicht einmal zu Ende angehört, sondern sie zur Tür geleitet und ihnen erklärt, wo der Lieferanteneingang war.

Louis L'Étoile war empört. Wutentbrannt stürmte er, leise vor sich hin fluchend, aus dem Hotel. Jac hatte Mühe, mit ihrem Vater Schritt zu halten. Doch bis sie am Hintereingang angekommen waren, hatte er sich wieder beruhigt.

Kurz darauf klopften sie an die Tür der Suite, in der der Musiker wohnte. Jac war von dem hochgewachsenen Mann mit dem markanten Gesicht hingerissen. Sein Autogramm auf der Rückseite des Lieferscheins hing bis heute gerahmt an ihrer Schlafzimmerwand in der Rue des Saints-Pères.

Für Jac – hör nie auf, hinzuhören. Du weißt nie, was du dabei entdecken wirst.

Eine resolute Reinemachfrau riss Jac aus den Gedanken. »Kann ich Ihnen helfen?«, fragte sie fast schon barsch. Sie schien sich nur für den Fall zurückzuhalten, dass sie verirrte Hotelgäste vor sich hatte.

»Wir haben gerade etwas abgeliefert und uns irgendwie verfranst«, sagte Jac. »Wo geht es noch mal raus?«

Mit Hilfe der Hotelangestellten fanden Griffin und Jac den Hinterausgang auf die Rue Boissy d'Anglas, eine ruhige Seitenstraße hinter der Place de la Concorde.

Auch wenn sie ziemlich sicher waren, dass niemand mit ihrem Umweg durch den Hintereingang gerechnet hatte, gingen sie vorsichtshalber erst einmal weiter bis zur Rue Saint-Honoré, bummelten gemächlich bis zur nächsten Ecke und dann nach rechts auf die Rue Royale, die sie wieder zur Rue de Rivoli führte. Bei einer Buchhandlung überquerten sie die Straße und betraten den Jardin des Tuileries. Jetzt waren es nur noch ein paar Minuten Spazierweg bis zum Musée de l'Orangerie, wo sie sich in eine kurze Schlange vor dem Eingang einreihen mussten. Weder Robbie noch Malachai waren dort, es sei denn, sie waren schon hineingegangen.

Sie hatten vereinbart, bis spätestens elf Uhr fünfzehn einzutreffen. Jetzt war es kurz nach elf.

Die Besucherschlange kam nur langsam vorwärts. An Samstagen waren die Museen immer sehr voll. Sieben Minuten später standen sie drinnen in der nächsten Schlange, diesmal, um ihre Eintrittskarten zu kaufen.

Jac war oft mit ihrer Mutter hier gewesen, die Monets Malerei liebte, doch seitdem war das Museum umgebaut worden. Der ehemals dunkle, fast ein wenig schäbige Eingangsbereich war jetzt lichtdurchflutet. Die Veränderung verunsicherte Jac. Sie fühlte ihr Herz pochen. Sie vergrub ihre Nase in dem weißen Schal, den sie morgens umgelegt hatte und auf den sie das Parfüm ihrer Mutter aufgetragen hatte. An einem schwierigen Tag wie heute brauchte sie Audreys Beistand.

Auch diese Warteschlange bewegte sich nur langsam. Jac blickte sich um, doch von Robbie oder Malachai war noch immer nichts zu sehen. »Wo bleiben sie bloß?«, fragte sie.

Griffin legte ihr den Arm um die Schultern. »Es wird schon alles gutgehen.«

Doch Jac konnte nicht aufhören, sich Sorgen zu machen. »Was, wenn Robbie auf dem Weg hierher erkannt und festgehalten wird?«

»Du wirst sehen, es geht alles glatt.«

»Das kannst du gar nicht wissen.«

Griffin schüttelte den Kopf. »Natürlich kann ich das. Dein Bruder hat zur Genüge bewiesen, wie findig er ist. Er hat das alles hier aus dreißig Metern Tiefe organisiert.«

Endlich standen sie kurz vor der Kasse. Vor ihnen war nur noch eine Frau mit ihren zwei halbwüchsigen Töchtern. Die drei unterhielten sich auf Niederländisch. Jac senkte wieder den Kopf und sog den Duft aus ihrem Schal ein. Vielleicht war es sogar besser, wenn die Polizei Robbie abfing und in Untersuchungshaft nahm. Dann war er zumindest in Sicherheit.

»Aber hier ist überhaupt nichts los – müssten nicht viel mehr Aufseher da sein, wenn der Dalai Lama kommt?«

»Ich vermute, dass sie verdeckte Sicherheitsmaßnahmen ergriffen haben.«

Sie kauften ihre Eintrittskarten, passierten die ziemlich nachlässige Taschenkontrolle und betraten den ersten Ausstellungsraum.

Jac blickte sich suchend nach Malachai und Robbie um. »Sie sind nicht da«, sagte sie.

»Ich weiß, Jac. Keine Sorge.«

»Merkwürdig«, sagte sie. »Sehr merkwürdig.«

Sie sah auf die Uhr.

»Hör auf damit«, sagte Griffin.

»Womit denn?«

»Wir sind hier im Museum. Da verhalten sich Leute normalerweise nicht so nervös. Beruhige dich. Schau dir die Bilder an.«

Jac setzte zu einer wütenden Erwiderung an.

»Atme tief durch.« Griffin hakte sich bei ihr unter. »Sieh dir diese wundervollen Gemälde an. Es wird alles gut.«

Langsam umrundeten sie den Saal. Jac versuchte, sich an seinen Rat zu halten und sich auf die Wandgemälde zu konzentrieren. Monets Farbenspiele wirkten tatsächlich beruhigend.

Vor dem letzten Bild neben dem Ausgang blieben Jac und Griffin bei einer Gruppe von Schülerinnen stehen. Die Mädchen unterhielten sich nicht über die grünen und blauen Farbwirbel und die violetten Akzente, sondern über Markenschuhe.

Ein Museumswärter, der gelangweilt auf den Fersen wippte, beobachtete die Teenager sichtlich amüsiert.

Griffin führte Jac weiter in den nächsten Raum. So sehr sie auch versuchte, sich natürlich zu verhalten, konnte Jac es sich nicht verkneifen, den Wärter im Vorübergehen verstohlen zu mustern. Er bemerkte es und sah ihr nach.

Vierundfünfzig

10:49 Uhr

Der Fahrer holte Malachai von der Haustür ab. Er hielt seinen Schirm hoch, um den Psychologen vor dem Regen zu schützen. Auf dem Weg zum Wagen kippte er den Schirm kurz nach vorn wie einen Schild und flüsterte Malachai zu: »Dieser Polizist hat darauf bestanden, im Auto zu warten. Ich konnte nichts machen.«

Leo öffnete die Tür der Mercedes-Limousine. Malachai ließ sich auf den weichen Ledersitz gleiten und tat überrascht, Marcher zu sehen. Seit seiner Ankunft in Paris hatte er diese Begegnung erwartet und die irrationale Hoffnung gehegt, sie vermeiden zu können. Jetzt war er höchstens verwundert, wie lange die französischen Behörden gebraucht hatten, ihn in die Enge zu treiben.

»Inspektor Marcher! Sie sind doch normalerweise wegen Jac L'Étoile hier. Womit verdiene ich die Ehre Ihres Besuchs?«

»Guten Morgen, Monsieur Samuels«, sagte der Polizist mit seinem französischen Akzent. »Ich wollte mich endlich in Ruhe mit Ihnen unterhalten. Ich habe Ihren Fahrer gebeten, uns in mein Büro zu bringen.«

»Es passt mir im Augenblick nicht sehr gut. Ich habe einen Termin«, sagte Malachai. »Ist das hier eine Vorladung?«

Marcher ignorierte seine Frage. »Das tut mir aber leid. Sie werden sich möglicherweise ein wenig verspäten.«

Malachai wollte protestieren, doch das Klingeln von Marchers Handy schnitt ihm das Wort ab. Der Polizist zog es aus seiner Jackentasche und blickte auf das Display. »Entschuldigen Sie. Das muss ich leider annehmen.«

Der Regen wurde stärker. Der Wagen war im dichten Verkehr stecken geblieben. Malachai starrte aus dem Fenster und lauschte dem Telefongespräch. Soweit er folgen konnte, ging es um ein Verbrechen im Marais, zu dem Marchers Leute eine Zeugin gefunden hatten. Marcher bezweifelte, dass man sie mit Affengeld dazu bewegen könnte, auszusagen. Trotz seiner Situation amüsierte Malachai sich leise glucksend über seine spärlichen Übersetzungskünste.

Immer dickere Regentropfen trafen die Fensterscheiben und verwischten den Ausblick auf die Stadt.

Inspektor Marcher drückte die Austaste und zuckte bedauernd mit den Schultern. »Ich werde mich kurz um diese Angelegenheit kümmern müssen. Bin sofort wieder bei Ihnen.«

Während Marcher wählte, schielte Malachai auf die Uhr am Armaturenbrett. Sie waren schon fünf Minuten in der falschen Richtung unterwegs und steckten im Stau. Es war eine Katastrophe. Nach dem Plan, den er gestern Abend mit Jac und Griffin ausgeheckt hatte, sollte er um elf Uhr fünfzehn am Museum sein. Das war seine letzte Chance, L'Étoile dazu zu bringen, ihm die Tonscherben zu verkaufen. Wenn er zu spät kam, hätte er erneut eine Chance auf den goldenen Ring verpasst. Würde es je wieder eine geben?

Allmählich wurde Malachai nervös. Er zog ein Kartenspiel aus seiner Jacketttasche und mischte es. Egal, ob die Karten tausende Dollar wert waren – sie waren dazu da, mit ihnen zu spielen, sich daran zu erfreuen. Ihre goldenen Ränder leuchteten bei jeder Bewegung auf.

Malachai sah wieder auf die Uhr. Wieder war eine Minute verflossen. Der Wagen kam noch immer nur zentimeterweise voran. Der Polizist hatte noch immer das Handy am Ohr.

Malachai unterdrückte einen Seufzer. Er verlor allmählich die Geduld mit all den Interpol- und FBI-Agenten, Kunstraubermittlern und New Yorker Polizisten. Seit 2007 schenkten ihm diese Leute weit mehr Aufmerksamkeit, als ihm lieb war. Doch wenn sie einen erst einmal im Visier hatten, gab es kein Entkommen.

Eine Erinnerungshilfe zu besitzen sollte der krönende Höhepunkt seiner Karriere sein. Deshalb war er jedem noch so vagen Hinweis gefolgt, wenn es schien, als könnte eins dieser Werkzeuge aufgetaucht sein. Auch wenn er nicht als Einziger hinter den Artefakten her war, war er auf seiner Suche immer wieder so tief in die Geschehnisse verwickelt worden, dass er es den Behörden nicht verdenken konnte, dass sie ihn inzwischen grundsätzlich als Ersten verdächtigten und als Letzten entlasteten.

Wieder zwei Minuten. Malachai blieben nur noch zehn Minuten, bis er in der Orangerie sein wollte. Wie lange würde Marcher für seine Fragen brauchen? Was wollte er überhaupt wissen? Malachai hatte seit seiner Ankunft in Paris nichts Verbotenes getan. Hatte sich außer mit Jac und Griffin mit niemandem getroffen. Nur noch mit seinem Fahrer Leo. Und am Tag des Mordes, als Robbie verschwand, war er noch in New York gewesen.

Dieses eine Mal war Malachai dankbar dafür, dass das FBI sein Büro und seine Wohnung bespitzelte. Sie hatten den Franzosen wahrscheinlich schon bestätigt, dass er zum fraglichen Zeitpunkt in seiner Wohnung gewesen war und die USA erst vierzig Stunden später verlassen hatte.

Während Leo weiter durch den dichten Verkehr manövrierte, sah Malachai noch einmal auf die Uhr. Vieleicht sollte er einfach die Tür öffnen und loslaufen? Den dummen kleinen Wadenbeißer hier im Wagen sitzen lassen? Er könnte ein Taxi nehmen – aber nein. Bei Regenwetter waren alle Taxen belegt. Konnte er es zu Fuß noch schaffen?

Der Himmel wurde immer dunkler. Kohlenschwarze Wolken dämpften das Tageslicht zu einer gespenstischen Dämmerung. Leo bog in eine schmale Straße ein, die ganz im Schatten hoch aufragender Gebäude lag. Donner grollte. Eine Windbö trieb dicke Tropfen vor sich her und ließ den Wagen ins Wanken geraten.

So sehr er auch geneigt war, an das Undenkbare zu glauben – jetzt wusste Malachai, dass er viel zu weit entfernt und zu spät dran war, um noch rechtzeitig ins Museum zu gelangen.

Der Inspektor steckte sein Handy weg. »Da wir es nicht geschafft haben, unterwegs zu plaudern, dürfte ich Sie wohl bitten, mit in mein Büro zu kommen?«

»Habe ich eine Wahl? Ich hatte nicht vorgesehen, den Vormittag mit Ihnen zu verbringen.«

»Richtig, Sie hatten erwähnt, dass Sie verabredet sind. Würden Sie mir sagen, wo es hingehen soll?«

»Sollte. Wo es hingehen sollte. Inzwischen ist es zu spät dafür.«

»Wo waren Sie verabredet?«

»Das ist eine Privatangelegenheit.«

Marcher zog die Augenbrauchen hoch. »Das klingt ja beinahe verdächtig.«

»Nein, es klingt privat. Ich bin kein französischer Staatsbürger und bin seit meiner Ankunft in keinerlei Verbrechen verwickelt gewesen. Soweit ich weiß jedenfalls. Oder irre ich mich?

»Sie sind in Paris, weil Robbie L'Étoile vermisst wird, richtig?«

»Ja. Er ist ein Freund von mir, genau wie seine Schwester, und ich wollte ihr meine Unterstützung anbieten.«

»Robbie L'Étoile ist der Hauptverdächtige in einem Mordfall.«

»Das hat sich vor meiner Anreise abgespielt.«

»Ich werde darauf bestehen müssen, dass Sie mitkommen.«

»Obwohl ich nur hier bin, um einer alten Freundin zu helfen?«

»Ihre Unterstützung wird Mademoiselle L'Étoile sicher sehr zugutekommen. Aber der Mord stand in Zusammenhang mit einem versuchten Raub, der sehr wohl etwas mit Ihnen zu tun hat.«

»Da müssen Sie sich irren.«

»Auf den Scherben eines altägyptischen Tongefäßes, die aus Monsieur L'Étoiles Werkstatt verschwunden sind, stand eine Inschrift, in der von Reinkarnation die Rede ist.«

»Purer Zufall«, sagte Malachai mit einem kläglichen Lächeln. Vielleicht glaubte der Inspektor ja daran. Er selbst wusste, dass es keine Zufälle gab.

Fünfundfünfzig

11:21 Uhr

Im zweiten Monet-Saal entdeckte Jac endlich ihren Bruder. Er stand vor einem der riesigen Wandgemälde und schrieb etwas in ein kleines Notizbuch. Er hatte sich gewaschen und die saubere Kleidung angezogen, die sie ihm mitgebracht hatten, doch die Schürfwunde an seiner Wange sah beängstigend aus.

Da sie wie normale Besucher wirken wollten, versuchte sich Jac auf das Gemälde zu konzentrieren, vor dem Robbie stand, doch sie nahm nur den über seine Notizen gebeugten Kopf ihres Bruders wahr. Ungefähr zwanzig andere Besucher waren in dem Raum, von denen einige ganz in die Betrachtung der Kunst versunken waren, während andere Monets Werke nur im Vorübergehen mit den Blicken streiften.

Verdächtig wirkte keiner von ihnen. Niemand schien Robbie oder sie zu beachten. Und Malachai Samuels war nicht zu sehen.

Robbie steckte seinen Notizblock ein und verließ den Saal.

Sechzig Sekunden später folgten ihm Griffin und Jac.

Sie trafen Robbie im Untergeschoss wieder, wo die aktuelle Ausstellung untergebracht war. Alle Schilder waren auf Chinesisch und Französisch beschriftet. Jac übersetzte für Griffin den Titel: »Kalligraphie – junge Meister einer altehrwürdigen Kunst.« Die überwiegend schwarz-weißen Tuschezeichnungen standen in hartem Kontrast zu den beruhigend pastellfarbenen Meisterwerken des Impressionismus im Stockwerk darüber.

Hier war Malachai auch nicht. Wo blieb er nur? Konnten sie es auch ohne ihn schaffen? Sie hatten gehofft, zu dritt dafür sorgen zu können, dass die Übergabe ohne Störungen durch die Polizei oder irgendwen sonst ablief.

Jac sah sich die fremdartigen Buchstaben auf den Kunstwerken an. Trotz ihrer Aufregung entging ihr nicht, wie wunderschön ausgeführt und wie harmonisch sie proportioniert waren. Es störte nicht, dass sie die Bedeutung nicht verstand – sie wusste, dass es Poesie war, und das gab ihr Trost.

Plötzlich spürte sie, dass jemand sie beobachtete, und blickte auf.

In einiger Entfernung stand eine Gruppe von sieben oder acht jungen Asiaten beieinander. Sie schienen die Kunstwerke gar nicht weiter zu beachten. Stattdessen sahen sie sich offenbar die Besucher an. Wer waren sie, und was taten sie hier? Dass der Dalai Lama kommen würde, war nicht öffentlich gemacht worden, also konnten sie nicht seinetwegen hier sein. Einer der jungen Männer beobachtete Jac.

Als sich ihre Blicke trafen, neigte er den Kopf. Dann sah er auf das Kunstwerk, vor dem Jac stand, und dann wieder ihr in die Augen. Er lächelte sie offen an, und Jac begriff, dass er der Künstler sein musste, der dieses Werk geschaffen hatte. Sie las die Plakette unter dem Bild, um seinen Namen zu erfahren:

Xie Ping

Nanjing, China

Jac schaute wieder zu Xie hinüber. Doch sein Blick war jetzt auf etwas hinter ihr gerichtet, und das Lächeln war einem Ausdruck der Sorge gewichen. Jac spürte, wie es ihr kalt den Rücken hinunterlief.

Als sie sich umdrehte, sah Jac zwölf dunkel uniformierte Männer in dichter Formation den Raum betreten. Es waren keine Besucher – ihre Gesichter waren ausdruckslos, ihre Haltung umsichtig und kontrolliert. Sie ließen prüfende Blicke durch den Raum schweifen, denen nichts entging.

Auch Griffin hatte die Männer bemerkt. Jac sah sich um. Jeder, auch ihr Bruder, beobachtete jetzt die heranrückende Phalanx von Menschen.

Sobald alle zwölf Männer im Raum standen, öffneten sie ihre Formation. Ein zierlicher, kahlgeschorener Mann mit Brille und Mönchsgewand trat aus ihrer Mitte hervor. Bevor er seinen Rundgang durch die Ausstellung begann, verbeugte Seine Heiligkeit sich mit einem Lächeln vor den anderen Besuchern. Dann erst trat er zu dem ersten Bild und studierte es.

Griffin verharrte reglos und wachsam und beobachtete die Szene. Seine Anspannung und Konzentration war ihm deutlich anzusehen. Er ließ seine Augen über die anderen Besucher wandern. Jac tat es ihm nach. Sie mussten herausfinden, ob jemand Robbie oder sie beachtete.

Wenn irgendjemand herausbekommen hatte, was sie vorhatten, wäre er – oder sie – jetzt besonders vorsichtig. Doch konnte überhaupt jemand davon erfahren haben? Selbst Robbie wusste erst seit heute früh, wann und wo das Treffen stattfinden sollte.

Der Dalai Lama verbrachte mindestens eine halbe Minute vor dem ersten Bild, beugte sich interessiert vor und trat wieder zurück. Er zeigte in die obere linke Ecke des Bildes und sprach gestikulierend mit einem seiner Begleiter über etwas, das ihm offenbar gefallen hatte. Seine Heiligkeit strahlte so viel reine Freude aus, dass Jac es noch von der anderen Seite des Raums aus spüren konnte. Einen Augenblick lang war sie wirklich davon überzeugt, dass alles gut werden würde.

Sie blickte verstohlen zu Robbie hinüber. Er strahlte sie an. Ihr Bruder hatte es auch gespürt.

Der Mönch im Buddhistischen Zentrum hatte Griffin und

ihr sehr klare Anweisungen erteilt: »Warten Sie, bis Seine Heiligkeit seinen Rundgang durch die Ausstellung beendet hat und mit den Besuchern zu sprechen beginnt. Dann sollte Ihr Bruder sich ihm nähern und Seiner Heiligkeit seinen Namen nennen. Der Dalai Lama und die Dhob-Dhob-Garde werden wissen, dass er kommt und dass er ein Geschenk dabeihat. Einer der Leibwächter wird das Geschenk an sich nehmen.«

Der alte, aber sehr agile Mönch ging weiter von einem Bild zum nächsten, betrachtete sie eingehend und war sichtlich begeistert davon. Sein Vergnügen war ansteckend, und inzwischen trugen auch die meisten Besucher ein glückliches Lächeln auf den Gesichtern. Nur in der Gruppe der asiatischen Künstler war Disharmonie zu spüren. Zwei der jungen Männer verzogen angewidert das Gesicht, und eine junge Frau wirkte zutiefst entsetzt. Ein älterer Herr, der neben Xie Ping stand, betrachtete den Dalai Lama ehrfurchtsvoll.

Als Seine Heiligkeit den Rundgang beendet hatte, trat er in die Mitte des Saals, legte die Handflächen aneinander und verneigte sich. Dann lächelte er wieder und ging geradewegs auf die nächststehende Besucherin zu, eine Frau, die viel zu schockiert war, um auch nur ein Wort herauszubringen.

»Ich beiße nicht«, sagte der Dalai Lama auf Französisch, lachte und reichte ihr beide Hände.

Während er sich den nächsten Besuchern zuwandte, flankierten ihn zwei seiner Leibwächter von beiden Seiten. Drei weitere deckten seinen Rücken. Die restlichen Männer hatten sich im Raum verteilt und behielten alles im Blick.

Plötzlich geschahen zwei Dinge gleichzeitig: Robbie begann sich von einer Seite des Raums dem Dalai Lama zu nähern, und Xie löste sich aus der Gruppe der Studenten und ging ebenfalls, von der anderen Seite, auf ihn zu. Xie setzte nur zögernd einen Fuß vor den anderen, während Robbie selbstbewusst voranschritt.

Die Leibwächter beobachteten beide Männer.

»Irgendetwas stimmt nicht«, sagte Jac zu Griffin.

»Was meinst du?«

»Ich weiß nicht. Ich rieche etwas.« Jac sah sich um.

Nicht weit entfernt, neben einem stämmigen Mann um die fünfzig, entdeckte sie einen Mann und eine Frau. Zuerst war sie sich nicht sicher. Der Mann trug eine Allwetterjacke und eine bunte Baseballkappe. Die zierliche Frau hatte einen gelben Regenmantel über ihre schwarze Stoffhose gezogen und trug eine Kamera um den Hals. Ihr dichtes schwarzes Haar reichte bis über die Schultern herab, Schultern, die sie merkwürdig verkrampft stillzuhalten schien. Jac konnte sie riechen und erkannte den unverwechselbar würzigen Geruch ihrer Haut wieder. Ihr Haar glänzte ein wenig zu sehr. Eine Perücke. Es waren Ani und der Eindringling, die sie in den Katakomben im Brunnen zurückgelassen hatten.

Jac stieß Griffin von der Seite an und lenkte seinen Blick auf das Paar.

»Ich gehe außen herum und versuche, ihnen den Weg abzuschneiden«, flüsterte Griffin ihr zu. »Bleib du hier. Sie sollen nicht merken, dass wir sie gesehen haben.«

Schon war er weg. Jac war es unerträglich, tatenlos dazustehen. Was, wenn Ani und der Mann Griffin bemerkten? Wenn einer von beiden ihn angriff, während der andere Robbie abfing?

Jac wollte sich aus der Menschenmenge lösen, doch das Pärchen vor ihr stand ihr im Weg. Sie bat die beiden erst auf Französisch, dann auf Englisch, zur Seite zu gehen. Keine Reaktion. Schließlich schob sich Jac an ihnen vorbei und näherte sich ihrem Bruder, langsam, um keine Aufmerksamkeit zu erregen.

»Robbie?«

Er drehte sich nach ihr um. »Jac, was …«

Sie unterbrach ihn. »Ani und der Mann. Sie sind hier. Jemand muss sie da rausgeholt haben. Griffin versucht, sie abzublocken. Aber wir dürfen keine Risiken eingehen. Ich werde stolpern. Du fängst mich auf, und dann gibst du mir den Tiegel, so dass es keiner bemerkt. Ich kümmere mich um die Übergabe. Versprochen.«

Im nächsten Augenblick sackte Jac in sich zusammen. Robbie fing sie auf. Er schlang den Arm um sie und schob den Beutel in ihre Hosentasche.

»Und jetzt geh«, flüsterte sie. »Geh vom Dalai Lama weg.«

Jac machte den ersten Schritt auf Seine Heiligkeit zu, und Robbie entfernte sich. Er verschwand aus ihrem Sichtfeld. Jac tat noch einen Schritt. Würden die Leibwächter sie zu dem Mönch vorlassen?

Von rechts näherte sich der junge asiatische Künstler. Die Wächter beobachteten ihn, doch ohne im Mindesten misstrauisch zu wirken. Als hätten sie ihn erwartet.

Vielleicht … Jac beschleunigte ihre Schritte … *Vielleicht* …

Sie stieß mit Xie Ping zusammen. »*Pardon*«, sagte sie und presste den Beutel mit den Scherben in seine rechte Hand.

Xie ließ ihn sofort in seine Tasche gleiten und sah ihr dabei tief in die Augen, als könnte er bis in ihr Innerstes blicken und hätte dort irgendetwas wiedererkannt.

»*Pour le Dalai Lama, s'il vous plaît* … Bitte geben Sie es Seiner Heiligkeit. Bitte!«, flehte Jac leise.

Sie wusste nicht, ob er Französisch oder Englisch verstand. Doch er schloss wie zur Bestätigung kurz die Augen.

So nah, wie sie einander waren, konnte Jac seinen Geruch wahrnehmen. Er kam ihr vertraut vor, als sei er ihr schon einmal im Traum begegnet. Jetzt begann er sich mit dem Duft der Tonscherben zu mischen. Die Duftwogen brachten alles in Bewegung, schlugen über ihr zusammen.

Wie durch einen Nebel beobachtete Jac, wie Xie dem Dalai

Lama gegenübertrat, sich verbeugte und ihm etwas zuflüsterte. Der Mönch zog ihn zu sich heran, und sofort traten die Leibwächter vor und bildeten einen undurchdringlichen Kreis um den jungen Künstler und den alten Mönch.

Plötzlich wurde Jac von hinten gepackt.

»Gib sie her«, raunte Ani ihr ins Ohr und stieß ihr eine Waffe in die Seite.

Jac schüttelte den Kopf. »Ich habe sie nicht.«

»Gib sie her, habe ich gesagt!«

Dann stieß jemand Jac so heftig zur Seite, dass sich Anis Griff löste. Jac taumelte zu Boden. Im selben Moment, in dem sie den Schuss hörte, stieg ihr der Geruch von Schießpulver in die Nase. Bitter und kalt mischte er sich mit Xies Körpergeruch und dem Duft des uralten Parfüms. Dann spülte ein einziger Geruch alle anderen hinweg: der Geruch warmen, süßen Bluts.

Sechsundfünfzig

11:57 Uhr

Xie neigte den Kopf und nannte dem Dalai Lama flüsternd seinen Namen. Der ehrwürdige Mann schob ihm die Hand unter das Kinn, um ihm in die Augen zu sehen. Er lächelte und legte dem jungen Künstler den Arm um die Schultern. Dann flüsterte Seine Heiligkeit einem seiner Leibwächter etwas zu, und sofort bildeten die breit gebauten Männer eine Schutzwand um sie.

Plötzlich brach Chaos aus. Ein Ploppen war zu hören, nicht laut, aber furchteinflößend. Dann Schreie. Die Leibwächter rückten dichter zusammen. Xie hörte jemanden seinen Namen rufen. Er spähte durch einen Spalt im menschlichen Schutzschild und sah Lan auf sich zurennen. Erst dachte er, sie hätte Angst um ihn. Dann erkannte er das Keramikmesser in ihrer Hand, mit dem sie sich den Weg durch die Menge bahnte.

Tumult war ausgebrochen. Besucher schrien. Die Museumswärter versuchten, sie zu übertönen, hielten ihre Waffen hoch und versuchten, der allgemeinen Hysterie Herr zu werden. Die Menschen von dem Schutzring um den Dalai Lama wegzulenken.

Xie sah, wie Ru Shan sich Lan in den Weg stellte, sie bei den Haaren packte und mit einer routiniert ausgeführten Kampfsporttechnik zu Fall brachte.

Während die Dhob-Dhob-Garde Xie und den Dalai Lama zum Ausgang führte, drehte sich Xie noch einmal um. Die Kunststudenten, seine Reisegefährten, blickten ihm teils überrascht, teils entsetzt nach. Nur Professor Wu beobachtete die Szene ungerührt. Sein Gesicht verriet keine Regung, bis auf eine Träne, die ihm über die runzlige Wange glitt.

Draußen wurde Xie mit dem Dalai Lama zusammen in eine wartende Limousine gesetzt. Durch die Heckscheibe entdeckte er die dunkelhaarige Frau mit den leuchtend grünen Augen, die ihn angesprochen hatte. Auf ihrer weißen Bluse war ein roter Fleck zu sehen. Weitere rote Punkte, in derselben Farbe, wie er sie für seine Siegel benutzte, tüpfelten ihren Schal. Ihr Gesicht war so weiß wie der Stoff darunter. Wie in Trance folgte sie zwei Sanitätern mit einer Krankentrage. Sie weinte nicht, doch ihr Gesicht war schmerzverzerrt.

Xie wäre am liebsten aus dem Auto ausgestiegen und hätte mit ihr gesprochen. Hätte versucht, ihr zu helfen und ihr Trost zu spenden. Dann fielen ihm der kleine Beutel und ihre flehentliche Bitte wieder ein.

Bitte geben Sie es Seiner Heiligkeit. Bitte!

Xie fühlte sich merkwürdig. Er spürte keinen Schmerz. Keine Angst. Es war, als könnte er plötzlich weiter und klarer sehen, als er es als Erwachsener je gekonnt hatte. Nur damals, als Kind, als er sich manchmal an Dinge erinnerte, die vor seinem Leben als Xie geschehen waren. Ereignisse aus seinem Leben als neunzigjähriger Mönch zu Füßen eines Wasserfalls in den Bergen. Und aus dem Leben davor. Erinnerungen an eine ganze Traumlandschaft voller Wesen, seine früheren Verkörperungen.

Die Reinkarnation war ein Grundpfeiler all dessen, was man Xie gelehrt hatte. Doch nun trat das Erleben an die Stelle der Theorie. Das Wissen ersetzte die Vorstellungskraft.

Als das Auto anfuhr, nahm der Dalai Lama Xies Hand und

erzählte ihm, wie froh er war, seinen spirituellen Ziehsohn wieder bei sich zu haben.

»Es hat so lange gedauert. Du hast so viel gelitten. Doch du hast deine Sache gut gemacht, und ich bin sehr stolz auf dich.«

Xie war zu gerührt, um antworten zu können.

»Als ich dich das letzte Mal gesehen habe, warst du sechs Jahre alt.« Seine Heiligkeit lächelte. »Und was für ein ungestümer kleiner Junge. Mit der Seele eines Mannes, der sehr viel weiser ist als ich.«

»Das kann nicht sein.«

»Ich glaube, doch«, sagte der Dalai Lama. »Hast du mir etwas mitgebracht?«

Xie nickte und holte den Beutel aus seiner Tasche. »Da war eine Frau im Museum. Sie wollte, dass ich Ihnen das gebe.«

Der Dalai Lama betrachtete das Geschenk. »Ich freue mich sehr, dass beide Unternehmungen gelungen sind.«

»Was ist das?«

»Ich glaube, du weißt es schon. Ich kann es an deinen Augen erkennen.«

»Etwas, das einem hilft, sich zu erinnern?«

»So hat man es mir gesagt. Und du erinnerst dich, nicht wahr?«

Xie nickte. Zum ersten Mal seit zwanzig Jahren musste er nicht mehr verbergen, was er fühlte und was er sah. »Sie auch?«

»Nein«, antwortete der Dalai Lama. »Aber das macht nichts. Einer von uns erinnert sich. Das ist genug.«

Siebenundfünfzig

Samstag, 19:00 Uhr

So viele Schläuche und Verbände hatte Jac nicht erwartet. Sie suchte am Türrahmen Halt. Verbot ihren Knien, nachzugeben. Zwang sich, hinzusehen.

Hinter sich hörte sie ihren Bruder nach Luft schnappen. »O nein!«

Das Erste, was sie ein wenig beruhigte, war, dass sich Griffins Brust unter dem weißen Betttuch leise hob und senkte. Das Zweite war Robbies Hand in ihrer. Gemeinsam betraten sie das Krankenhauszimmer.

Sie nahmen sich jeder einen Stuhl und setzten sich zu beiden Seiten neben das Bett.

Griffin hatte die Kugel abgefangen, die Anis Komplize auf Jac abgefeuerte hatte. Sie hatte ihn in den Oberarmmuskel getroffen. Griffin hatte Blut verloren, doch die Ärzte hatten das Geschoss komplikationslos herausoperiert. Die Wunde war nicht lebensgefährlich.

Anders als Griffins Sturz.

Er war von der Wucht des Geschosses rückwärts geschleudert worden und mit dem Kopf gegen eine Bronzeskulptur geprallt. Die letzten sechs Stunden waren ein einziger Alptraum gewesen: bruchstückhafte Informationen, Arztgespräche, Operationen, die den Druck auf das Gehirn vermindern sollten, Drahtklammern in der geborstenen Schädeldecke, künstliches Koma.

Während Griffin noch operiert wurde, hatte Inspektor Marcher sie im Krankenhaus besucht. Er hatte Robbie befragt, seine und Jacs Aussagen aufgenommen und erklärt, dass Robbie nicht mehr unter Mordverdacht stand. Die Polizei sah sein Handeln mittlerweile als Akt der Selbstverteidigung an. Ani Lodro alias Valentine Lee und ihr Komplize William Leclerc saßen in Untersuchungshaft. Man hatte sie ebenso wie François Lee, den angeblichen Journalisten, den man tot in der Werkstatt gefunden hatte, als Mitglieder der chinesischen Mafia identifiziert, die versucht hatten, die Übergabe der Tonscherben an den Dalai Lama zu verhindern.

Jac und Robbie saßen schweigend in dem schwach beleuchteten Raum. Rote und grüne Lämpchen blinkten an den leise summenden und fiependen elektrischen Apparaten. Die Luft war von den frischen, sauberen Gerüchen von Desinfektionsmittel und gestärkten Bettlaken erfüllt.

»Was sollen wir jetzt tun?«, fragte Jac schließlich ihren Bruder.

»Warten.«

»Ich weiß noch, wie Griffin mir von den Artefakten in Tutanchamuns Grab erzählt hat«, sagte Jac. »Wie gewaltig der Sarkophag war. Wie viel Gold man dafür verwendet hatte und wie er funkelte. Griffin hat gesagt, als er schließlich die Mumie selbst zu sehen bekam, hatte er schon vergessen, dass der König ein ganz normaler Mensch war.«

Mit einem leisen Zischen der Hydraulik öffnete sich die Zimmertür. Robbie und Jac drehten sich um. Es war Malachai, in Begleitung einer Krankenschwester, die ihnen erklärte, dass nur zwei Besucher zur selben Zeit erlaubt waren. Robbie bot an, erst einmal einen Kaffee trinken zu gehen.

Malachai setzte sich nicht, sondern blieb neben Jac stehen und sah auf Griffin.

»Wie geht es ihm?«

»Das kann man noch nicht sagen.«

Er wandte sich zu Jac. »Und dir?«

Jac zuckte mit den Schultern.

Malachai holte sich den Stuhl von der anderen Seite des Betts und setzte sich neben sie. »Was ist im Museum passiert?«

Beide sahen auf die reglose Gestalt in dem schmalen Krankenhausbett, während Jac ihm alles erzählte, was in jener einschneidenden halben Stunde geschehen war.

Jac versuchte vergeblich, durch den antiseptischen Krankenhausgeruch hindurch Griffins persönliche Note auszumachen. Zum ersten Mal, seit sie ihn vor fünfzehn Jahren kennengelernt hatte, roch sie ihn überhaupt nicht. Nach einer ganzen Woche voller Angst, Sorgen und Schmerzen war das der Punkt, der zu viel für sie war. Jac vergrub das Gesicht in ihren Händen und weinte.

»Ich wünschte so sehr, etwas für dich tun zu können«, flüsterte Malachai und tätschelte ihr behutsam die Schulter.

Eine Weile blieben sie so: Jac weinte, und Malachai versuchte, sie zu trösten.

Dann meinte Jac: »Griffin hat immer gesagt, ich hätte ihn zu sehr unter Druck gesetzt. Hätte ihn für besser gehalten, als er war. Aber im Museum …«

»Es war sehr mutig, was er getan hat«, sagte Malachai.

»Aber sieh ihn dir nur an! Das ist alles meine Schuld.«

»Deine Schuld? Das verstehe ich nicht.«

Jac schwieg.

»Du hast auf das Parfüm reagiert, oder?«

»Welches Parfüm?«

»Jac«, mahnte Malachai. »Lass die falsche Bescheidenheit. Griffin konnte an den Tonscherben überhaupt nichts riechen. Dein Bruder konnte es gerade so eben wahrnehmen, aber außer leichten Kopfschmerzen hat es bei ihm nichts ausgelöst. Du hast von allen die feinste Nase. Du konntest es riechen, oder? Und du konntest dich an deine früheren Leben erinnern. Das, was du all die Jahre für psychotische Schübe gehalten hast, waren in Wirklichkeit Erinnerungen.«

»Das glaube ich nicht.«

»Selbst jetzt nicht?«

»Ich habe Halluzinationen, die anscheinend von bestimmten Gerüchen ausgelöst werden können.«

»Immer noch der alte Zynismus.«

Jac zuckte mit den Schultern.

»Irgendwann wächst du da raus«, sagte Malachai mit einem Lächeln.

Jac richtete sich auf. Dieses Gespräch half niemandem weiter, weder Griffin noch ihr selbst. »Lass uns damit aufhören, ja?«

»Ich habe mit so vielen Leuten zu tun gehabt, die sich an ihre früheren Leben erinnern konnten. Manche verstehen nie ganz, was ihnen da widerfährt, aber sie lernen trotzdem daraus und wachsen daran.«

»Ich weiß ja, wie sehr du daran glauben willst, dass ich auch solche Erinnerungen habe, doch du irrst dich.«

Robbie kam mit einem Tablett herein. »Ich habe mich in einem unbeobachteten Moment an der Schwester vorbeigeschlichen«, sagte er und gab Jac und Malachai je eine Kaffeetasse. »Ich habe da unten mit Griffins Arzt gesprochen. Er klang recht optimistisch.«

Versuchte Robbie nur, sich selbst zu überzeugen?

»Das ist ja wundervoll«, sagte Malachai.

Robbie umrundete das Bett und lehnte sich an die Fensterbank. »Das wäre alles nicht passiert, wenn ich das Tongefäß an dich verkauft hätte«, sagte er zu Malachai.

»Und du glaubst nicht, wie sehr ich mir das gewünscht habe. Aber manchmal hat es seinen Sinn, dass alles so kommt, wie es kommt. Vielleicht war es richtig so. Habt ihr die Nachrichten gesehen?«

Jac und Robbie schüttelten den Kopf.

Malachai tippte eine Internetadresse in sein Handy und reichte es Jac. Er hatte die internationale Ausgabe der *Herald Tribune* aufgerufen.

»Diese und ähnliche Meldungen werden gerade auf allen wichtigen Fernseh- und Onlinekanälen verbreitet. Der junge Mann, der mit dem Dalai Lama aus dem Museum verschwunden ist, war nicht irgendein chinesischer Kunststudent namens Xie Ping. Er ist der tibetische Panchen Lama, der mit sechs Jahren von den Chinesen entführt und einer Gehirnwäsche unterzogen wurde. Eine schreckliche Geschichte. Seine Familie und die buddhistische Gemeinschaft haben zwanzig Jahre lang geglaubt, er wäre tot.«

Jac vergrößerte ein Foto von dem jungen Künstler neben dem Dalai Lama. Seine Heiligkeit strahlte über das ganze Gesicht. Xie sah aus wie eine verlorene Seele, die endlich in den heimatlichen Hafen zurückgefunden hatte. Sie reichte das Telefon an ihren Bruder weiter.

»Diese Geschichte wird den Tibetern neue Sympathien einbringen«, sagte Malachai.

Robbie nickte. Er wirkte, als sei etwas in ihm endlich zur Ruhe gekommen.

»Ihr werdet in dem Artikel auch erwähnt«, sagte Malachai. Er nahm das Telefon wieder an sich, suchte die Textstelle, die er meinte, und las vor: *»Miss Jac L'Étoile und ihr Bruder haben viel auf sich genommen, um uns dieses Päckchen zu überreichen‹, erklärte der Dalai Lama im Anschluss an die Ereignisse im Interview. ›Es enthält die Scherben eines altägyptischen Tontiegels mit Hieroglyphen darauf und eine Übersetzung dieser Schriftzeichen durch Griffin North. Der Text besagt, dass in dem Gefäß einmal ein Parfüm aufbewahrt wurde, das Erinnerungen an frühere Inkarnationen wachrufen* *konnte. Das ist ein sehr kostbares Geschenk. Wir hoffen von ganzem Herzen, dass bei der Übergabe nicht etwas sehr viel Kostbareres, ein Menschenleben, verloren worden ist.‹«*

Achtundfünfzig

Sonntag, 29. Mai

Jac, Malachai und Robbie hatten den ganzen Abend über gemeinsam an Griffins Bett gesessen, doch um Mitternacht hatte Jac darauf bestanden, dass die beiden Männer schlafen gingen. Robbie hatte während der Tage in den Katakomben nie mehr als ein, zwei Stunden gedöst. Ihm fielen schon die Augen zu. Malachais Fahrer sollte ihn zu Hause absetzen und dann Malachai in sein Hotel zurückbringen. Sein Rückflug ging am nächsten Morgen.

»Bitte ruf mich an, wenn du etwas brauchst«, hatte er zu Jac gesagt und sie an sich gedrückt. In all den Jahren, die sie einander kannten, hatte der Therapeut immer seine Distanz gewahrt und ihr höchstens die Hand auf die Schulter gelegt. »Egal, was es ist«, fügte er noch hinzu.

Jac nickte.

»Auch, wenn du darüber reden willst, was du …«

»Danke«, unterbrach sie ihn. Jac wollte nicht, dass er in Robbies Gegenwart über die Halluzinationen sprach. Sie wollte überhaupt nicht mehr darüber sprechen. Nie wieder. Mit niemandem.

Als die beiden gegangen waren, war Jac zum ersten Mal mit Griffin allein im Zimmer. Das Licht war aus, nur die Lämpchen der Apparate erleuchteten den Raum.

Die Ärzte hatten gesagt, es sei wichtig für Griffin, zu spüren, dass jemand bei ihm war.

»Ich habe dich nie gefragt, was dein Lieblingsmythos ist«, sagte sie. »Komisch, oder? Meiner ist der von Daidalos und Ikaros. Soll ich ihn dir erzählen?«

Jac begann mit einer Floskel, die sie seit frühester Kindheit kannte. »Es war einmal …«

Doch bald merkte sie, wie müde sie war. Zu müde. Es konnte sicher nicht schaden, sich einen Moment auszuruhen. Sie legte den Kopf auf ihre verschränkten Arme und schloss die Augen.

Um sechs Uhr morgens wurde sie von einer Schwester geweckt, die zur Routinekontrolle kam.

Kurz darauf war die Visite, und Jac wurde aus dem Zimmer geschickt. Sie nahm sich eine Tasse Kaffee mit nach draußen, lehnte sich an die Hauswand und nippte so langsam wie möglich an ihrem Getränk. Man würde sie während der Untersuchung ohnehin nicht zu Griffin zurücklassen.

Nach einer geschätzten Viertelstunde sah sie auf die Uhr. Es waren erst fünf Minuten verstrichen. Jac beobachtete die Menschen, die kamen und gingen, und konnte bald unterscheiden, wer im Krankenhaus arbeitete und wer nicht, selbst wenn nicht alle Schwestern und Pfleger Kittel trugen. An den Gesichtern der Mitarbeiter war keine Geschichte abzulesen. Es hatte sich keine Angst in sie eingegraben. In ihren Augen lag keine Trauer, und sie pressten nicht vor Sorge die Lippen aufeinander.

Als Jac schließlich wieder ins Zimmer wollte, hielt die diensthabende Schwester sie zurück.

»Ist alles in Ordnung?«, fragte Jac und schielte nach der Zimmertür.

»Aber ja.« Die Schwester lächelte. »Ich heiße übrigens Hélène. Ich bin heute bis fünf Uhr hier. Sind Sie Monsieur Norths Frau?«

»Nein, seine Cousine. Ich bin seine Cousine.«

Robbie hatte dieselbe Lüge erzählt, als sie mit dem Krankenwagen hier angekommen waren. Er hatte Jac erklärt, dass sie sonst vielleicht nicht bei Griffin hätten bleiben dürfen. Als sie wissen wollte, woher er das wusste, erzählte Robbie von Erlebnissen seiner Freunde, schwuler Paare, die einander nicht hatten besuchen dürfen, weil Blutsverwandtschaft mehr zählte als die Liebe.

»Warum brauchen die Ärzte dann so lange?«

»Monsieur North ist aus dem Koma erwacht. Sie machen ein paar Tests mit ihm.«

»Hat er bleibende Gehirnschäden?«

»Ich darf Ihnen leider …«

Jac griff nach Hélènes Hand. »Ich weiß, dass Sie das nicht dürfen. Und ich erzähle es bestimmt niemandem. Aber ich werde noch wahnsinnig. Bitte sagen Sie mir, wie es um ihn steht.«

Die Schwester beugte sich ein wenig vor, und Jac bemerkte unter den antiseptischen Krankenhausgerüchen Zitrone, Verbene und etwas sehr Süßliches, das sie nicht gleich zuordnen konnte. Hélènes herzförmiger Mund verzog sich zu einem Lächeln. Sie trug leuchtenden, fast bonbonfarbenen Lippenstift. Wahrscheinlich war er es, der so lieblich roch.

»Bei den meisten Tests war ich mit im Zimmer«, sagte Hélène. »Und es sieht ganz so aus, als ob er sich vollständig erholen wird.«

Die Erleichterung erfasste Jac wie eine warme, sommerliche Brise. Obwohl sie stillstand, begann sich alles um sie herum zu drehen. Einen Wimpernschlag später fand sie sich auf einem Hartplastikstuhl wieder, und Hélène stand neben ihr und reichte ihr einen Pappbecher.

»Hier, trinken Sie davon«, sagte die Krankenschwester.

»Was ist denn passiert?«

»Ihr Kreislauf hat wohl nicht ganz mitgespielt.«

Jac nickte. »Ich war so erleichtert.«

»Natürlich, verstehe. Ruhen Sie sich hier aus, bis die Ärzte fertig sind. Bestimmt wird einer von ihnen mit Ihnen reden wollen.«

Hélène wandte sich zum Gehen, doch Jac hielt sie noch einmal zurück. »Dann haben Sie ihn tatsächlich wach gesehen?«

Die Schwester nickte. »Aber ja.«

Eine halbe Stunde später bestätigte der Neurochirurg Jac, dass Griffin sich vollständig von seinem Sturz erholen würde. Wahrscheinlich würde er das Krankenhaus schon bald verlassen können. »Monsieur North schläft jetzt«, sagte er. »Vermutlich wird er den Rest des Tages über immer wieder einnicken. Aber Sie können reingehen, wenn Sie mögen.«

Bis auf einen Tropf hatten die Ärzte alle Schläuche abgenommen. Griffin lag mit leicht geöffnetem Mund auf dem Rücken. Seine Gesichtsfarbe wirkte fast wieder normal. Der Verband an seiner Schulter war auch gewechselt worden. Es war kein roter Fleck mehr zu sehen. Noch vor wenigen Stunden war alles voller Blut gewesen.

Dann entdeckte Jac, dass noch etwas in seinen Haaren kleben geblieben war, eine bräunliche Masse in den silbernen Strähnen. Es schüttelte sie bei dem Anblick.

Jac trat an sein Bett und sah ihn an. Griffin, mit dem vor Jahren ihr Leben erst richtig angefangen hatte und der seit heute ihr Lebensretter war. Das alles war fast zu viel, um es zu begreifen, zu kompliziert, um es in Worte zu fassen.

Sie beugte sich vor und küsste ihn auf die Stirn, als könnte sie ihn wie im Märchen zu neuem Leben erwecken. Doch Griffin regte sich nicht. Seine Augen blieben geschlossen.

Jac wusste nicht, wie lange sie schon so dort stand, als schließlich die Schwester mit dem süßlichen Lippenstift ins Zimmer kam.

»Was halten Sie davon, eine Weile nach Hause zu gehen? Er wird lange schlafen. Sie könnten duschen und sich ein bisschen ausruhen.« Hélène lächelte. »Sie könnten sich in Ruhe umziehen und vielleicht zur Abendbrotzeit wiederkommen. Dann ist er vermutlich ein bisschen munterer.«

Jac blickte an sich herunter. Ihre Bluse und der Schal waren blutbefleckt. Ihr rechter Schuh ebenso. Sie hatte immer noch die Kleidung von gestern Vormittag an.

Ja, es wäre das Beste, nach Hause zu fahren. Jac ging zur Tür, streckte die Hand nach dem Türgriff aus, ließ sie jedoch wieder sinken. Unwillkürlich wartete sie auf Griffins Abschiedsgruß. Aber nur seine gleichmäßigen Atemzüge waren zu hören.

Konnte sie jetzt wirklich gehen? Ihn schon wieder verlassen? Sie hatten sich viel zu oft getrennt. Von ihrer ersten Begegnung an bis zu dem Tag, als er im Park mit ihr gebrochen hatte, hatten sie sich so oft verabschieden müssen, dass es noch jetzt in ihr nachhallte.

Denn Griffin verabschiedete sich nie wirklich. Stattdessen neigte er den Kopf, ein halbes Lächeln huschte über seine Lippen, seine Stimme rutschte ein wenig tiefer, und er raunte leise: »Ciao.«

Als er es zum ersten Mal tat, hatte es in Jacs Ohren beinahe affektiert geklungen.

»Ciao?«, hatte sie gefragt.

»In Italien sagt man das auch, um jemanden zu begrüßen, nicht nur, wenn man geht. Ist das nicht viel besser? Warum sollten wir uns verabschieden wollen? Wir können einfach so tun, als seist du gerade erst gekommen, und wir hätten das ganze Wochenende noch vor uns.«

Jac machte kehrt, setzte sich an Griffins Bett und legte sich mit dem Oberkörper so gut es ging neben ihn. Sie schloss die Augen. Und sie erlaubte sich einen Gedanken, den sie seit fünfzehn Jahren nicht zugelassen hatte: dass sie bei ihm bleiben wollte.

Ihre Mutter konnte Jac nicht wiederbekommen. Sie konnte ihr Parfüm riechen und ihre Stimme hören, doch das war nur eine aus der Verzweiflung geborene Illusion. Griffin gab es wirklich. Wie viele Menschen blieben ihr? Und wie oft sollte sie diesen einen Menschen noch verlieren?

Im ersten Augenblick kam Jac die Berührung an ihrer Wange so selbstverständlich vor, dass sie ihre Bedeutung gar nicht begriff. Griffin wischte ihre Tränen fort. »In zu viel Trauer kann man auch ertrinken, weißt du«, flüsterte er.

Sie öffnete die Augen und sah ihn an. Sagte kein Wort. Es gab nichts zu sagen. Es gab nur diesen Mann, den sie noch immer liebte. Den sie nicht noch einmal verlassen wollte. Nie mehr.

Neunundfünfzig

9:30 Uhr

Zu Hause, in der Rue des Saints-Pères, schlüpfte Jac unter die Dusche. Dann versuchte sie, ein wenig zu schlafen, doch es war heller Vormittag. Und die Erinnerungen an die Ereignisse der letzten Tage ließen ihr keine Ruhe.

Barfuß, mit nassen Haaren, in den Frotteebademantel aus ihrer Jugend gehüllt, verließ sie ihr Schlafzimmer wieder. Auf dem Weg nach unten kam sie an Robbies Zimmer vorüber und hoffte, dass er wach war, doch seine Tür war geschlossen.

In der Küche goss sie sich eine Tasse Étoile de Paris auf. Ihr Großvater hatte einmal gesagt, Mariage Frères habe diesen Tee eigens für ihn komponiert. Jac hatte sich immer gefragt, ob er die Wahrheit sagte. Sie sah dabei zu, wie die getrockneten Blätter allmählich das Wasser färbten, und inhalierte ihren Duft. Minze, von Vanille gestützt, und eine florale Note. Jac schnupperte. Vertraut, und doch nicht leicht zu erfassen. Würzig und süß zugleich. Sehr grün.

Lotus.

In den wenigen Sekunden in der Orangerie, als Jac den Beutel von Robbie übernommen hatte und auf Xie Ping zueilte, hatte sie den Duft der Tonscherben plötzlich viel klarer wahrgenommen als in den Katakomben. Trotz der Aufregung hatte sie in dem Moment alle einzelnen Bestandteile des Parfüms genau erkannt. Weihrauch und Myrrhe, Blauer Lotus, Mandelöl und …

Noch etwas. Aber sie kam nicht mehr darauf. Wie konnte das sein? Im Museum hatte sie es gewusst. Was war es nur?

Es mochte nicht wichtig sein, doch Jac wollte es jetzt genau wissen und ging über den Hof in die Werkstatt.

Der Geruch, den Robbie den Duft des Trostes nannte, erfüllte die Luft. Seit zwei Tagen war niemand mehr hier gewesen. Der dunkle, verstörende Duft längst vergangener Zeit, der Geruch von Reue, von Sehnsucht und Wahnsinn, war stärker geworden.

Hier in diesem Raum hatten all ihre Vorfahren die flüchtigen Essenzen von Blüten, Gewürzen, Hölzern und Mineralien zu einem neuen Ganzen zusammengefügt. Hatten Elixiere angerührt, um ihre Gönner gütig zu stimmen, Parfüms erschaffen, an denen sich Kaiser und Königinnen ergötzten, Zaubertränke, denen niemand widerstehen konnte.

Hier hatte Jac herausgefunden, dass sie anders war als alle anderen. Hier hatte sie mehr gelitten als irgendwo sonst. Ihre Mutter hatte sie hier im Stich gelassen. Robbie hatte sein Leben retten wollen und ein anderes zerstört. Hier, in diesem Raum voll Wunder und Grauen, hatten Menschen ihr Geheimnis verloren und wiedergefunden. Und wieder verloren.

Jac starrte auf die verhasste, gefürchtete Orgel. Vielleicht wurde es Zeit, sich ihren Alpträumen zu stellen, statt sich dagegen zu wehren. Vielleicht musste sie lernen, mit einer Krankheit zu leben, die sie nicht immer kontrollieren konnte.

Sie setzte sich an die Duftorgel und atmete ein. Hunderte Aromen schlugen ihr entgegen. Ein Hauch Rose. Jasmin. Orangenblüte. Sandelholz. Myrrhe, Vanille, Orchidee, Gardenie, Moschus. Konnte es irgendwo sonst so unendlich viele Gerüche geben? Einen Aromenreichtum, eine Schatzkammer der Düfte. Jeder einzelne hatte seine Geschichte. Statt Mythen zu erforschen, hätte Jac den Rest ihres Lebens damit verbringen können, diese alten Geschichten zurückzuverfolgen.

Die Glasfläschchen waren Linsen, die Flüssigkeiten darin brachen wie Prismen das Licht. Jac verschwamm alles vor Augen. Aus den Gold-, Bronze- und Bernsteintönen begannen Bilder aufzusteigen. Jac konnte die Essenzen herausfiltern, aus denen das Parfüm ihrer Mutter bestand. Oder das Cologne ihres Vaters. Sie erinnerte sich, wie sie, als sie noch klein war, bevor alles Unglück begann, manchmal auf dem Schoß ihres Vaters hier an der Orgel saß, während er ihr die Geschichte von dem Buch der verlorenen Düfte erzählte, das ihr Vorfahr gefunden hatte. Sie schloss dann die Augen, und die Bilder zogen an ihrem inneren Auge vorbei.

Sechzig

Paris, Frankreich, 1810

Marie-Geneviève begleitete ihren Ehemann, weil sie keinen triftigen Grund fand, nein zu sagen. Doch gern reiste sie nicht von Nantes in die Stadt ihrer Jugend. Erinnerungen konnten ihr gefährlich werden. Manchmal rissen sie sie nachts aus dem Schlaf, packten sie und ließen sie nicht mehr los. Die grausame Revolution, die in jener Stadt begonnen hatte, hatte ihr die ganze Familie genommen. Die Mutter, den Vater, zwei Schwestern – alle hatte man ins Gefängnis geworfen und dann hingerichtet.

In Paris würde sie den Geistern der Vergangenheit nicht entkommen können. Sie würde dieselben Straßen entlanggehen wie in ihrer Jugend. Alles würde sie an damals erinnern. Und an Giles.

Doch ihr Ehemann wollte sie dabeihaben. Und sie hatte keine Ausrede, es ihm abzuschlagen. Er war ein guter Mensch. Vor Jahren hatte er ihr das Leben gerettet, als er sie halb ertrunken am Ufer der Loire fand. Der Priester, an den man sie gebunden hatte, hatte seine letzten Kräfte dazu aufgeboten, die Fesseln zu lösen, damit sie die Chance hatte, zu überleben.

Befreit von seinem Gewicht, war Marie-Geneviève an die Oberfläche gelangt, hatte hustend und würgend nach Luft geschnappt. Eine günstige Strömung hatte sie ans Ufer getrieben.

Die ersten beiden Tage in Paris waren nicht so anstrengend, wie sie befürchtet hatte. In den vergangenen siebzehn Jahren hatte sich so viel verändert, dass ihre Erinnerungen von all den neuen Eindrücken abgeschwächt wurden.

Am dritten Tag saß Marie-Geneviève entspannt in einer Mietkutsche und überquerte die Pont du Carousel. Sie sah einer Frau nach, die ihre drei Kinder zur Ordnung mahnte, und fragte sich nicht einmal, wo sie war und wohin die Fahrt gehen sollte. Dann bog die Kutsche jedoch in die Rue des Saints-Pères ein und hielt.

Marie-Geneviève drehte sich nach ihrem Ehemann um. »Wo sind wir hier?«

»Das ist eine Überraschung.«

Sie hatte ihm nie von den L'Étoiles erzählt.

»Aber ich verstehe nicht …«

Bemerkte er ihre aufsteigende Panik? Warum lächelte er?

»Hier soll man die besten Parfüms von ganz Paris bekommen. Das wäre doch ein schönes Andenken an unsere Reise.«

»Das ist sicher sehr teuer. Wir haben schon genug Geld ausgegeben.« Marie sah ihren Ehemann an, doch hinter ihm, durch das Fenster der Kutsche, war die Tür der Parfümerie zu sehen, durch die sie unzählige Male ein und aus gegangen war. Die Tür öffnete sich. Jemand trat heraus. Zuerst dachte sie, es sei Jean-Louis L'Étoile. Hochgewachsen. Graues Haar. So leuchtend blaue Augen, dass man trotz der Entfernung ihre Farbe erkennen konnte.

Der Mann bemerkte die Kutsche und schaute hinein. Sah sie an.

Also gab es hier tatsächlich Geister. Giles war in Ägypten gestorben, als sie fast noch ein Mädchen war. Er war seit vielen Jahren tot.

Aber der Mann, der sie anstarrte, als sei sie ebenfalls ein Geist, war offensichtlich quicklebendig.

Ihre Blicke trafen sich. Einen Moment lang vergaß Marie-Geneviève, dass sie verheiratet und die Mutter zweier Kinder war und dass sie mit ihrem Ehemann in einer gemieteten Kutsche saß. Ihr entfuhr ein Laut, der wie ein Aufschluchzen und ein Lachen klang.

»Was ist dir, *ma chérie*?«, fragte ihr Ehemann.

»Verzeih, mir ist ein wenig unwohl …«

Als ihr Ehemann an jenem Abend eingeschlafen war, stahl sich Marie-Geneviève aus dem Hotelzimmer. Es war nicht weit bis in die Rue des Saints-Pères. Die Straßen waren nicht gefährlich. Marie war keine vierzigjährige Frau mit grauen Haaren mehr, sondern das junge Mädchen von damals. Sie ging nicht, sie flog.

Trotz der späten Stunde war die Tür zum Laden nicht verschlossen. Obwohl sie nicht miteinander gesprochen, nichts vereinbart hatten, war er da und wartete auf sie.

»Woher wusstest du, dass ich kommen würde?«, fragte sie.

»Wo bist du all die Jahre gewesen?«

Sie begannen beide gleichzeitig zu erzählen, doch bevor sie nur halb fertig waren, schloss Giles sie in die Arme und ließ sie nicht mehr los, bis die ersten Sonnenstrahlen die Parfümflakons zum Funkeln brachten.

Marie-Geneviève schaffte es, wieder im Hotel zu sein, bevor ihr Ehemann erwachte. Sie zog sich um und versuchte, sich so zu verhalten wie immer. Doch es kam ihr vor, als seien zwanzig Jahre ihres Lebens einfach ausgelöscht worden. Der Mann an ihrer Seite war ihr fremd. Sie hatte vergessen, was sie mit ihm verband.

Vier Tage blieben sie noch in der Stadt der Lichter, und jede Nacht gab sie vor zu schlafen und wartete, bis der Fremde neben ihr gleichmäßig und tief zu atmen begann. Dann stand sie auf, zog sich an und schlich davon.

Die Dunkelheit war ihr Komplize. Heimliche Rendezvous waren in Paris so alltäglich, dass man sie nicht weiter beachtete. Sie verbarg sich in den Schatten und eilte in die Arme ihres Geliebten.

In der letzten Nacht ihres Aufenthalts, als sie erschöpft auf dem Kanapee in der Werkstatt in Giles' Armen lag, bat er sie, ihren Ehemann zu verlassen und bei ihm in Paris zu bleiben.

»Aber wir sind beide verheiratet. Wir haben Kinder!«, schluchzte sie.

»Bring deine Kinder mit. Ich kaufe euch ein Haus. Dann kann ich dort mit euch leben und hier arbeiten.«

Marie-Geneviève schüttelte den Kopf. »*Ce n'est pas possible.*«

Giles stand auf und holte etwas aus einer Kommode. Maries Augen waren so voller Tränen, dass sie nicht erkennen konnte, was es war.

»Du hast keine Wahl«, sagte er.

»Ich verstehe nicht …«

»Die alten Ägypter haben an die Vorsehung geglaubt. An das Schicksal. Du und ich, wir sind füreinander bestimmt.« Er öffnete einen kleinen Lederbeutel und kippte dessen Inhalt in seine hohle Hand. »Hier, riech daran.«

Marie-Geneviève beugte sich zu dem Tongefäß hinunter, und die Welt begann sich um sie zu drehen. Im ersten Moment hatte sie panische Angst. Es fühlte sich an wie damals, als sie in der Loire versank. Dunkelheit, Kälte, der Gestank von Fäulnis und Schlamm. Dann trugen kleine, sanfte Duftwogen sie aus Nantes fort und weiter in die Vergangenheit. Violette Düfte, rotbraune, samtig meerblaue und sternenklare. Ein dunkelhäutiger Mann saß neben einer Frau mit rabenschwarzem Haar und reichte ihr einen Tiegel.

Wie im Spiegelsaal in Versailles erblickte sie ihr eigenes Ebenbild, doch es war Iset, die sie sah, die sich über die Hand ihres Geliebten beugte, um an dem Parfüm zu riechen.

Der Mann, Thot, sprach eine Sprache, die Marie nicht kannte und doch verstand. Er sagte dieselben Worte, die Giles gerade ausgesprochen hatte.

»Wir sind füreinander bestimmt.«

Dann hörte sie ihren eigenen Namen rufen. Die Stimme kam aus der Gegenwart und riss sie aus ihren Träumen. Die Stimme ihres Ehemanns. Der freundliche, sanftmütige Winzer, der ihr das Leben gerettet hatte, stand zornbebend vor ihr und hielt eine Pistole in der Hand.

Die ersten Sonnenstrahlen drangen zum Fenster herein und brachten den Lauf der Waffe zum Funkeln. Hätte Marie-Geneviève geglaubt, dass ihr gütiger, gottesfürchtiger Ehemann in der Lage sei, die Pistole abzufeuern, dann hätte sie sich vor ihren Geliebten geworfen. Doch es schien undenkbar.

»Ich werde nicht zulassen, dass du mir alles nimmst, was ich je wollte!«, schrie Maries Ehemann Giles an, und dann drückte er, ohne zu zögern, ab.

Zwei Wochen später erfuhr Marie-Geneviève in Nantes aus einer Zeitung, dass Giles L'Étoile an einer Schussverletzung gestorben war. Sie konnte weder essen noch schlafen. Noch mit dem Mann sprechen, mit dem sie verheiratet war. Um ihre Kinder kümmerte sie sich wie in Trance. Ihr Geist weilte am Sterbebett des Mannes, den sie von Kindheit an immer geliebt hatte. Wer hatte seine Hand gehalten? Wer hatte ihm tröstliche Worte zugeflüstert, während er von einer Welt in die nächste hinüberglitt?

Wäre sie nicht nach Paris gefahren, dann wäre Giles noch am Leben. Er war ihretwegen gestorben. Doch er hatte gesagt, sie seien füreinander bestimmt. Zwei Menschen, die von Kindesbeinen an unzertrennlich gewesen waren – fast so, hatte Maries Mutter gesagt, als sei einer von ihnen ein linker Handschuh und der andere der rechte.

Einundsechzig

Paris, Frankreich
Sonntag, 29. Mai, 13:08 Uhr

Jac versuchte, aufzustehen, von der Orgel loszukommen. Wollte sich den Erinnerungen entziehen, die nicht ihre waren, und doch so realistisch, als hätte sie alles selbst erlebt. Doch es gelang ihr nicht. Da war noch mehr, das in ihr Bewusstsein drängte. Etwas Wichtiges, das sie erst noch begreifen musste. Die Geschichte hatte gerade erst angefangen.

Jac atmete ein und nahm die Spur wieder auf. Von den hunderten Fläschchen voller Essenzen und Absolues hatten viele längst keine leserliche Aufschrift mehr. Sie wusste nicht, wo sie anfangen sollte. Welche dieser unzähligen Zutaten waren es, deren Kombination ihr solche Alpträume bereitete?

Sie nahm ein Fläschchen nach dem anderen zur Hand. War es dieses hier? Oder dies?

Es war aussichtslos. Wütend hieb Jac mit beiden Fäusten auf die Orgel ein, wie ein ungeduldiges Kind. Die Fläschchen stießen klirrend aneinander. Jac trommelte weiter. Es klapperte und klingelte. Doch irgendwo unterhalb dieser Duftorgelmusik hörte sie plötzlich ein Geräusch, das keinen Sinn ergab. Ein Echo.

Die Orgel war aus massivem Holz. Wie sollte etwas darin widerhallen?

Eine nach der anderen nahm Jac die Fläschchen aus der Orgel und stellte sie auf den Boden. Bald war die halbe Werkstatt von einem duftenden Teppich aus über dreihundert Flaschen bedeckt, von denen manche noch aus dem achtzehnten Jahrhundert stammten.

Die Orgel war jetzt leer. Ein offener Sarg. Ölflecken hatten im Laufe der Jahrhunderte ein abstraktes Muster auf den Regalbrettern hinterlassen. Systematisch klopfte Jac an jeden Winkel des Möbelstücks, bis sie es gefunden hatte. Ein Geheimfach.

Behutsam hebelte sie ein quadratisches Stück Holz aus seiner Verankerung und legte dahinter einen dunklen Hohlraum frei, aus dem eine mächtige Duftwoge entwich. Da war er: Robbies Duft des Trostes. Jacs Alptraum.

Jac steckte eine Hand in die Öffnung und tastete nach dem, was sie nicht sehen konnte. Als sie es herauszog, rieselten Dutzende fleckige Leinenstückchen zu Boden.

Es war eine Schriftrolle. Sie schien die Quelle jenes gefährlichen, exotischen, faszinierenden Geruchs zu sein.

Jac zögerte einen Augenblick, dann entrollte sie das Pergament. In seiner Mitte fand sie einen kleinen, weiß glasierten Tontiegel mit türkisfarbenen und korallenroten Mustern und schwarzen Hieroglyphen. Eine unbeschädigte Version desselben Gefäßes, dessen Scherben Robbie gefunden hatte. Sie nahm den Deckel ab, steckte tastend den Zeigefinger hinein und spürte, dass noch immer ein wenig Pomade an der Innenseite klebte.

Die Luft flimmerte. Bilder stiegen auf. Der Duft umschmeichelte Jac, packte sie und zog sie mit sich fort.

Zweiundsechzig

Alexandria, Ägypten, 32 v. Chr.

In allen Ecken des Raums brannten Weihrauchfässchen. Der Geruch feinsten Räucherwerks hing über den hölzernen Truhen und den meisterhaft geschnitzten, vergoldeten Sitzmöbeln. An der Decke war eine Sternkarte aus Lapislazuli und Silber angebracht. Detailreiche, kunstvoll in Erdfarben aufgetragene Wandgemälde zierten den Raum und wurden von stilisierten Wasserlilien gerahmt – von Thots Lieblingsblume, dem Blauen Lotus. Mehrere Türen waren in die Wände eingelassen, und durch eine davon, die größer war als die anderen, schritten sie in die nächste Kammer. In der Mitte stand ein schwarzer, granitener Sarkophag, fünfmal so groß wie ein normaler Mensch. In seine Oberfläche waren Hieroglyphen eingraviert, und eine Einlegearbeit aus Türkisen und Lapislazuli stellte einen wunderschönen, katzenhaften Jüngling dar, dessen Kopf von blauen Seerosenblüten umgeben war – Nefertem, der Gott des Parfüms.

»Aber sieh dich vor, Iset. Wenn dein Ehemann Verdacht schöpft, wird es gefährlich für dich.« Thot war gerade dabei, ihr zu erklären, was sie tun sollte, wenn er nicht mehr da war, doch sie hörte nicht richtig hin.

Es war ihre Schuld, dass Thot sein Versprechen gegenüber der Königin gebrochen hatte. Iset hatte ihn dazu gedrängt, sie an dem Parfüm riechen zu lassen, das allein der feinen Nase der Herrscherin vorbehalten war.

Jetzt sollte ihn sein Verrat das Leben kosten. Kleopatra wollte ihn in zwei Tagen öffentlich hinrichten lassen, als Mahnung an jeden, der mit dem Gedanken spielte, sie zu hintergehen.

Doch Thot hatte nicht vor, sich demütigen zu lassen. Er würde sich selbst das Leben nehmen. Er war ein Priester, ein Parfümeur, und hatte alles, was er brauchte, um einen tödlichen Trank anzumischen.

»Ich habe uns diese zwei Gefäße mit Parfüm gefüllt«, sagte er. »Eins davon ist für dich. Sorge dafür, dass es dir eines Tages mit ins Grab gegeben wird, ebenso wie ich meins dabeihaben werde. Wenn wir beide diesen Duft mit ins Jenseits nehmen, werden wir uns wiederfinden.«

Iset nahm den Tontiegel entgegen und legte beide Hände um seine kühle Rundung. Sie schloss die Augen und atmete das Parfüm. Thot hatte ihr alle Zutaten aufgezählt. Weihrauch und Myrrhe. Mandelöl. Blauer Lotus. Und die Balsampflanze Afarsemon aus einem der Dufthaine, die Mark Anton für seine Braut hatte pflanzen lassen.

Seit das Parfüm der Seelenverwandten fertig war, hatte Iset Thot wieder und wieder dazu gedrängt, mit ihr daran zu riechen. Sie hatten gemeinsam in die Vergangenheit geblickt und die Menschen gesehen, die sie einmal gewesen waren. Vor langer Zeit. In einem anderen Leben, wie Thot ihr erklärte.

Jetzt waren ihre Neugier und ihre Unersättlichkeit daran schuld, dass sie ihn gehen lassen und allein weiterleben musste. Ein unerträglicher Gedanke.

In einem blauen Tonkrug auf einem niedrigen hölzernen Tisch war das Gift, das er sich zubereitet hatte. Das Gefäß schimmerte im Kerzenlicht. Es berührte kühl ihre Fingerspitzen. Und ihre Lippen.

»Nein!«, schrie Thot und riss es ihr aus der Hand.

Ein paar Tropfen des Gifts rannen ihr über das Kinn.

Thot sah nach, wie viel noch übrig war.

»Habe ich genug getrunken?«, fragte Iset ohne Angst. Sie würde nicht zurückbleiben. Sie würde mit ihm gehen.

»Mehr als genug. Begreifst du nicht, was du da getan hast? Es gibt kein Gegengift. Keine Rettung.« Dann nahm er selbst den Krug und setzte seine Lippen an den Rand, wo eben noch ihre gewesen waren. Er trank.

»Niemand weiß, wo ich bin. Ich habe mich von zu Hause fortgeschlichen. Mein Tod wird ein Geheimnis bleiben. Ich will nur mit dir zusammen begraben sein, das ist alles, was zählt.«

»Warum hast du das getan? Du hättest weiterleben können. Du warst außer Gefahr. Dein Ehemann wusste von nichts.«

»Was geschieht jetzt mit uns?« Sie ignorierte seine Fragen. »Wird es wehtun?«

»Nein. Wir werden einfach einschlafen. Einander umarmen und uns an diesem wunderschönen Ort zur Ruhe legen.«

»Küss mich.«

Thot zog Iset an sich. Sie schmeckte das bittere Gift auf seinen Lippen. Glücklich, dachte sie. Solange ich bei ihm bin, bin ich glücklich. Dann fühlte sie, wie ihr etwas Feuchtes die Wange hinunterrann, und hob den Kopf. Es waren nicht ihre Tränen, sondern Thots. Iset machte es nichts aus, diese Welt zu verlassen. Thot war ihre Welt. Ohne ihn ergab ihr Leben keinen Sinn. Doch für ihn war es anders. In seinen Augen lag ein Ausdruck tiefer Reue.

»Was hast du?«

»Ich habe mein Werk nicht vollenden können.«

Und das war ihre Schuld. Sie hatte ihn unglücklich gemacht. Es war unverzeihlich. Wenn sie es nur rückgängig machen könnte, das Schicksal ändern könnte!

Am liebsten hätte Iset die Trauer aus seinen Augen fortgeküsst, doch sie begriff, dass es nicht in ihrer Macht stand. Trotzdem legte sie ihre Lippen auf die seinen. So würden sie zumindest unter Küssen sterben.

Dreiundsechzig

Paris, Frankreich
Sonntag, 29. Mai, 17:15 Uhr

In ein Stück ganz normaler Luftpolsterfolie eingewickelt, steckte das kostbare Artefakt in Jacs Lederhandtasche. Es war eine ihrer Lieblingstaschen, die sie schon seit Jahren benutzte. Je abgewetzter sie war, desto schöner wurde sie. Wie Griffin, fand Jac. Er war zerschunden, voller blauer Flecke, notdürftig zusammengeflickt und doch attraktiver als je zuvor.

Inzwischen hatte man ihn von der Intensivstation in ein normales Zimmer verlegt. Er schlief. Schon seit einer halben Stunde wartete sie darauf, dass er die Augen aufschlug. Denn sie wollte ihn um etwas bitten.

Jac wollte, dass Griffin an dem duftenden Wachs in dem ägyptischen Tongefäß roch. Wenn er nicht darauf reagierte, würde sie wissen, dass sich Malachai irrte. Dann waren ihre Halluzinationen keine Erinnerungen an frühere Leben, sondern sie war schlicht und einfach verrückt.

Doch wenn Griffin wie sie Visionen von ihren früheren Existenzen hatte … wenn er sich daran erinnerte, wie sie einander im Laufe der Jahrhunderte immer wiedergefunden hatten … Dann waren sie wirklich Seelenverwandte, *âmes sœurs*.

»Es war einmal, vor langer, langer Zeit«, flüsterte sie Griffin jene Worte zu, die sie immer wieder von ihrem Vater gehört hatte, »im Alten Ägypten, da entdeckte Giles L'Étoile ein Buch voller antiker Parfümrezepturen. Eine davon ermöglichte es den Menschen, ihre Seelengefährten zu finden. Nachdem er daran gerochen hatte, änderte sich sein ganzes Leben. Das Buch und das Parfüm sind verschollen, doch eines fernen Tages wird einer der L'Étoiles sie wiederfinden, und dann …«

Griffin öffnete die Augen und lächelte sie an.

»Was hast du gesagt?«

»Ich habe dir eine Geschichte erzählt.«

»Fängst du noch mal von vorn an? Ich fürchte, ich habe das meiste verpasst.«

Jac nickte. »Ja, später.«

»Hast du auch geschlafen?«, fragte Griffin.

»Ich hab's versucht.«

»Wie geht es Robbie?«

Jac versicherte Griffin, dass es ihrem Bruder gut gehe und dass er bald zu Besuch kommen würde. Sie hatte Robbie noch getroffen, bevor sie ins Krankenhaus fuhr, ihm jedoch nichts von der Schriftrolle und dem Tontiegel erzählt. Das konnte sie später immer noch tun. Erst musste sie herausfinden, was mit ihr los war. Was ihre Halluzinationen bedeuteten. Ob sie Erinnerungen oder Krankheitssymptome waren.

Griffins Handy klingelte. Er sah auf das Display und lächelte. »Es ist meine Tochter.«

»Geh dran. Ich hole mir einen Kaffee.«

Auf dem Weg durch die Tür hörte Jac noch, wie Griffin sich meldete. Bemerkte, wie ihm fast die Stimme brach, als er den Namen seiner Tochter sagte. Mit zitternden Händen schloss sie die Tür hinter sich und lehnte sich dagegen. Jac musste daran denken, wie es geklungen hatte, wenn ihr Vater sie beim Namen nannte. Und an die Trennung ihrer Eltern. An ihre eigene Einsamkeit und Robbies Unglück. Die Verbitterung ihrer Eltern hatte das Leben, das die Kinder bis dahin kannten, weggefegt und tiefe Narben hinterlassen.

»Wo finde ich die Kapelle?«, fragte sie eine vorübereilende Krankenschwester.

Auf dem kurzen Weg von Griffins Zimmer bis in den schlichten kleinen Gebetsraum im Erdgeschoss dachte Jac an gar nichts. Sie zwang sich, alles von sich fernzuhalten und einfach nur einen Fuß vor den anderen zu setzen. Erst als sie sich auf eine der schmalen Bänke setzte, ließ sie die Flut wirrer Gedanken auf sich einstürmen.

Zu Füßen einer wunderschönen, friedvollen Mariengestalt aus Marmor brannten ein Dutzend Votivkerzen in kleinen roten Haltern. Liliensträuße zu beiden Seiten der Figur mischten ihren Duft mit dem Geruch des Paraffins. Durch kobaltblaue Buntglasfenster drangen die Strahlen der Nachmittagssonne herein und tauchten den Raum in dasselbe melancholische Licht, das auch die Familiengruft von Jacs Mutter erfüllte.

Du weißt, was zu tun ist.

Die Stimme schien aus den Schatten des halbdunklen Gebetsraums zu kommen.

Jac hatte nicht damit gerechnet, hier die Stimme ihrer Mutter zu hören. Seit Jahren hatte sie sie nur auf dem Friedhof vernommen.

Weil du weißt, dass es das einzig Richtige ist.

»Überhaupt nichts weiß ich!«, schrie Jac. Erst an dem Widerhall merkte sie, dass sie mit ihrer Mutter gesprochen hatte. Das hatte sie noch nie getan. Der Geist ihrer Mutter war für sie nie etwas anderes gewesen als eine Ausgeburt ihrer kranken Phantasie.

Es konnte nicht falsch sein, Griffin an dem Parfüm riechen zu lassen. Wenn Jac verrückt war, würde er sich an nichts erinnern. Wenn sie nicht halluziniert hatte, würde er sehen, was sie gesehen hatte, und sie wüssten beide, dass sie schon früher ein Paar gewesen waren.

Aber er ist stets deinetwegen gestorben. Einmal als Giles, weil Marie-Genevièves Ehemann die beiden entdeckt hat, und einmal als Thot, der sein eigenes Gift trinken musste.

»Na und?«, fragte Jac.

Doch in der Kapelle blieb es still. Nur der Geruch nach Trauer und Gebeten war noch da.

Jac ließ die Ereignisse noch einmal Revue passieren. Zwei Mal schon war er ihretwegen gestorben. Und jetzt war Griffin fast noch einmal für sie in den Tod gegangen. Wenn es Reinkarnationen wirklich gab und sie einander wirklich seit mehreren Leben kannten, dann waren sie in einer karmischen Endlosschleife gefangen.

Zwei Mal war sie seine Geliebte geworden, obwohl sie nicht frei füreinander waren.

Zwei Mal hatte es ihn das Leben gekostet.

Als Jac in Griffins Zimmer zurückkam, hatte er sein Telefonat beendet.

»Wie geht es Elsie?«, fragte sie.

»Sie sind gerade in Paris gelandet. In einer Stunde werden sie hier sein.«

Jac presste ihre Handtasche an sich.

»Elsie wird sich so freuen, dich zu sehen. Und es wird dir guttun, sie bei dir zu haben.«

Griffin nickte und wollte etwas sagen.

Jac ließ ihn nicht zu Wort kommen. »Ich gehe jetzt besser …« Sie klammerte sich an ihrer Handtasche fest. Jac liebte diesen Mann. Sie wollte mit ihm zusammen sein. Doch sie wusste, was sie zu tun hatte. »Ich denke, ich sollte …« Sie stockte. Wie sollte sie sich je von ihm verabschieden?

Sie starrte Griffin in die Augen und versuchte, es ohne Worte zu sagen. Aber es gelang ihr nicht.

»Danke für alles. Danke, dass du Robbie und mir geholfen

hast. Dass du mir das Leben gerettet hast. Ich kann gar nicht …« Ihre Stimme schwankte. Sie hörte, wie unter ihrem krampfhaften Griff eins der Bläschen in der Plastikfolie platzte. »Geh zurück zu deiner Frau und deiner Tochter, Griffin. Du hast selbst gesagt, dass du nicht weißt, ob es wirklich vorbei ist. Gib dem Ganzen noch eine Chance.«

»Aber …«

Jac wusste, was er sagen wollte, und unterbrach ihn. Sie wollte es nicht hören.

»Solange ich hier bin, wirst du es nicht schaffen, dir alles noch einmal zu überlegen. Aber das musst du. Nicht nur Elsie und deiner Frau zuliebe. Auch um deinetwillen, Griffin.« Jac wollte seine Hand ergreifen und in ihrer eigenen fühlen, doch wenn sie das tat, würde sie nie wieder loslassen, das wusste sie.

»Ciao«, flüsterte Jac. Sie hatte Griffin ihr Leben zu verdanken. Jetzt musste sie ihm die Chance geben, sein eigenes zu retten.

Vierundsechzig

MONTAG, 30. MAI, 14:00 UHR

Das Zimmer war sonnig und hell und mit Möbeln, Büchern und Kunstwerken aus der Rue des Saints-Pères eingerichtet. Jacs Vater saß in einem Ledersessel am Fenster, Claire neben ihm.

Es überraschte Jac, wie hübsch die kleine Wohnung war und was für einen schönen Ausblick ins Grüne man von hier hatte. Wie gut es roch und wie entspannt ihr Vater wirkte.

Er drehte sich um, sah ihr entgegen und versuchte offenbar, sie irgendwie einzuordnen, doch es gelang ihm nicht. Er erkannte sie nicht.

»Hallo«, sagte Claire leise. »Schön, dass du gekommen bist. Ist Robbie auch da?«

»Er wartet im Wagen.«

»Dann unterhalte ich mich ein bisschen mit ihm und lasse dich in Ruhe mit deinem Vater reden.«

Jac hätte sie am liebsten aufgehalten. Ihr war nicht wohl bei dem Gedanken, mit ihm allein zu sein.

Als Claire gegangen war, setzte sich Jac auf ihren Platz. Ihr Vater wirkte nicht so gebrechlich, wie sie erwartet hatte. Er sah aus wie immer, nicht so, als habe er sich selbst verloren, auch wenn er für Jac verloren war. Doch daran war sie gewöhnt. Seit dem Tod ihrer Mutter hatte er ihre Nähe gemieden. Einer ihrer

Therapeuten hatte damals vermutet, dass Jac ihn zu sehr an die Frau erinnerte, die er nicht hatte beschützen können. Doch solche Begründungen nützten ihr nichts. Die Konsequenzen waren viel zu schmerzhaft.

»Vater, ich bin es, Jac«, sagte sie.

»Jac?« Es klang, als hätte er den Namen noch nie gehört. »Es tut mir leid, aber ich kann mir manches nicht mehr so gut merken. Woher kennen wir uns?«

Jac öffnete ihre Handtasche, holte das kleine Päckchen heraus und wickelte es aus. Sie hatte Robbie erzählt, was sie vorhatte, und er war einverstanden gewesen. Sie hatten sich die Schriftrolle angesehen. Darin stand alles, was Jacs Bruder brauchte, um an dem Duft zu arbeiten, auch die Liste der Ingredienzien. Bei ihren Internetrecherchen waren sie jedoch auf ein Problem gestoßen: Eine der Hauptzutaten gab es nicht mehr. Kleopatras Duftpflanzenhaine, in denen auch das Afarsemon wuchs, waren den Ägyptern so kostbar erschienen, dass sie sie lieber niedergebrannt hatten, als sie den Römern zu überlassen. In der Wüstengegend, wo früher die königlichen Gärten geblüht hatten, suchten heute Botaniker nach Samen, aus denen man die Balsambäume wieder ziehen konnte. Wenn sie fündig wurden, würde Robbie vielleicht eines Tages in der Lage sein, das Parfüm neu zu komponieren. Er hatte wieder und wieder an dem kleinen Tiegel gerochen, doch außer den leichten Kopfschmerzen hatte der Duft bei ihm nichts ausgelöst.

War es ein olfaktorischer Auslöser psychotischer Schübe oder eine Erinnerungshilfe? Robbie konnte es Jac nicht beantworten. Sie hatte Malachai angerufen und ihn gefragt, ob Rückführungen bei jedem Menschen möglich waren.

»Nein«, hatte er geantwortet und dabei unendlich traurig geklungen. »Warum fragst du?«

Jac hatte es ihm nicht erzählt. Er hätte nur den Tiegel haben wollen, und Robbie und Jac hatten beschlossen, dass sie nicht das Recht hatten, ihn fortzugeben. Er gehörte jemand anderem. Selbst wenn das bedeutete, dass sie Rouge und Noir verkaufen mussten. Sie brachten damit kein Opfer, hatte Robbie gesagt. Es war nur die Vergangenheit, und sie mussten sich um die Gegenwart kümmern.

Jac kniete sich neben ihren Vater und sah ihn an. Versuchte, seinen Blick einzufangen, und hoffte, dass er sie verstand. »Das hier hast du gefunden, oder?«, fragte sie.

Er sah sich an, was sie in der Hand hielt.

Dann nickte er. »Ja. Es war in der Orgel versteckt.«

»Robbie und ich wollen es dir wiedergeben.«

Er nahm ihr den Tiegel aus der Hand, beugte sich darüber und atmete tief ein.

Als er sich wieder aufrichtete, sah er Jac mit einem Lächeln in seinen blauen Augen an. »Bitte verzeih mir«, flüsterte er.

»Wofür denn?«

»Ich habe nicht gut auf dich achtgegeben.«

Jac wusste nicht, was er meinte. Als er in Paris nach dem richtigen Arzt für sie gesucht hatte? Als er sie in die Schweizer Klinik geschickt hatte?

»Was meinst du?«

»Ich hätte wissen müssen, dass du Giles immer noch liebst. Es war nicht richtig, dir einen neuen Ehemann zu suchen. Wenn ich nur auf deine Mutter gehört hätte, wärst du nicht weggelaufen. Nicht gequält worden. Man hat uns gesagt, sie hätten dich ertränkt ...« Eine Träne lief ihm über die Wange.

Er griff nach Jacs Hand, führte sie zum Mund und küsste sie. »Als Vater hätte ich auf meine Tochter achtgeben müssen, und ich habe versagt.«

»Nein, Papa«, sagte Jac. »Nein, Papa, du hast nicht versagt. Es geht mir gut, siehst du? Sie wollten mich ertränken, aber ich habe überlebt. Ich habe geheiratet und Kinder bekommen, Papa.«

»Du hast Giles geheiratet?«

»Nein, jemand anderen. Wir haben unsere älteste Tochter nach Maman benannt.«

Jacs Vater lächelte, als er sich an Dinge erinnerte, die alle außer ihnen vor langer, langer Zeit vergessen hatten.

Und dann vergrub Jac ihren Kopf in seinem Schoß und weinte, und er strich ihr über das Haar, und sie tat, was Robbie immer prophezeit hatte: Sie verzieh ihrem Vater.

Glossar

Bevor dieses Buch entstand, hatte Melisse J. Rose bereits seit über zwei Jahrzehnten zur Reinkarnation und zu geschichtlichen Themen recherchiert. Zur Vorbereitung auf Jacs Geschichte verbrachte sie dann zweieinhalb Jahre mit Erkundungsreisen in die Welt des Parfüms. Die Autorin hat im Zuge ihrer Recherchen Kontakt zu Branchengrößen aufgenommen, alte Abhandlungen zur Parfümherstellung und zur Alchemie gelesen, Blumenzuchten und Fachkonferenzen besucht und Zeit mit Duftarchitekten, berühmten Nasen und Nischenparfümeuren verbracht.

Dieses Glossar bietet einen Einblick in die Ergebnisse ihrer Nachforschungen zu einigen der Themen, Orte, Theorien und Mythen, die im Roman angesprochen werden.

Absolue

Ein hochkonzentrierter Duftstoff, der mit Hilfe von Lösungsmitteln aus Pflanzen gewonnen wird. Absolues werden in der Parfümherstellung häufig anderen Extrakten vorgezogen, weil sie ohne Zuhilfenahme hoher Temperaturen gewonnen werden, die die empfindlicheren Duftkomponenten zerstören könnten. Sie kommen daher dem Duft der Ursprungspflanze näher als Duftstoffe, die zum Beispiel durch Dampfdestillation gewonnen wurden.

Antike Parfüms

Die Geschichte der Parfümherstellung spielt in Roses Roman eine große Rolle und war eine wichtige Inspirationsquelle für die Autorin. Man geht davon aus, dass die Kunst der Parfümherstellung in Mesopotamien ihren Ausgang genommen hat. Die ersten erhaltenen Aufzeichnungen aus dieser Region stammen aus dem zweiten Jahrtausend vor Christus. Parfüm war schon vor Tausenden von Jahren in vielen Kulturen ein wichtiger Bestandteil religiöser Rituale, unter anderem bei den Alten Ägyptern, den antiken Griechen und Römern, den taoistischen Chinesen, den australischen Aborigines und den Ureinwohnern Amerikas.

1. Ägypten

In Ägypten war der Umgang mit Duftstoffen zumeist dem Stand der Priester vorbehalten, die in den Tempeln Räucherwerk verbrannten, um ihre Götter zu ehren. Der duftende Rauch wurde eingeatmet oder dazu benutzt, die Kleider zu parfümieren, und sollte die Menschen den Göttern näherbringen. In Baderitualen und Zeremonien wurden parfümierte Öle verwendet, und das berühmte Kyphi (das angeblich psychoaktive Substanzen enthielt, siehe *Halluzinogene*) sorgte als Abendräucherung für eine entspannte Stimmung. Plutarch schrieb über die Ägypter:

> »Dem Helios räuchern sie dreimal täglich, zu Sonnenaufgang mit Harz, zur Mittagszeit mit Myrrhen, bei Sonnenuntergang mit dem sogenannten Kyphi.«
>
> *Plutarch, »Über Isis und Osiris«, Kapitel 52.*

Parfüm war ein so zentraler Bestandteil der altägyptischen Kultur, dass ganze Gärten ausschließlich der Gewinnung von Duftstoffen dienten, die nach der Ernte in den ersten großen Parfümwerkstätten der Antike verarbeitet wurden. Doch Parfüm spielte nicht nur im Leben eine große Rolle, sondern auch über den Tod hinaus. Kleine Tongefäße mit parfümierten Ölen und Pasten wurden Königinnen und Pharaonen auf ihre Reise in die Ewigkeit mitgegeben.

2. Griechenland
Auch im antiken Griechenland spielten Duftstoffe sowohl in der Mythologie als auch im echten Leben eine zentrale Rolle. Homer schreibt, das Parfüm sei dem Menschen von den olympischen Göttern geschenkt worden. Entsprechend häufig wurde es in religiösen Ritualen dazu eingesetzt, ihre Gunst zu gewinnen. Die Priesterinnen von Delphi verbrannten Weihrauch und duftende Pflanzen, um Visionen hervorzurufen, die als prophetisch galten (siehe *Halluzinogene*). Athleten rieben ihre Haut mit parfümierten Ölen und Tränken ein, was vermuten lässt, dass man ihre heilende Wirkung kannte und nutzte. Düfte wurden ebenso eingesetzt, um wichtige Ereignisse wie Geburten oder Hochzeiten zu markieren sowie um das Andenken der Toten lebendig zu halten. Verstorbene wurden mit Duftstoffen gesalbt und in parfümierte Leichentücher eingeschlagen, die ihnen im Jenseits Glück bringen sollten.

Ätherisches Öl
Ätherische Öle sind die mittels Pressung, Extraktion oder Wasserdampfdestillation gewonnenen aromatischen Bestandteile von Pflanzen.

Bei Zitrusfrüchten wird die Kaltpressung zur Gewinnung des ätherischen Öls angewendet. Dabei wird die Schale, in der die aromatischen Bestandteile in kleinen Bläschen gespeichert sind, gepresst. In dem dabei entstandenen Gemisch aus wässrigen Bestandteilen und Ölen steigt das Öl an die Oberfläche und wird durch Zentrifugieren und Filtration abgetrennt.

Bei der Wasserdampfdestillation wird pflanzliches Rohmaterial über heißem Wasser platziert. Der aufsteigende Dampf löst die flüchtigen Bestandteile aus der Pflanze und befördert sie in eine Kühlspirale, in der das Wasser wieder abgeschieden wird. Die dabei benötigten hohen Temperaturen können empfindlichere Aromastoffe zerstören, so dass bei manchen Düften kalte Extraktionsverfahren wie die *Enfleurage* bevorzugt werden.

Chinesische Gesetzgebung zur Reinkarnation

Im Jahr 2007, siebenundfünfzig Jahre nach ihrem Einmarsch in den kleinen Gebirgsstaat Tibet, hat die chinesische Regierung ein Gesetz erlassen, nach dem der Dalai Lama und andere buddhistische Mönche nicht ohne offizielle Genehmigung wiedergeboren werden dürfen.

Die tibetische Regierung verurteilt die Regelung als Versuch, die tibetische Kultur und Identität zu zerstören und den Einfluss des spirituellen und politischen Staatsoberhaupts, des im Exil lebenden Dalai Lama, zu schmälern.

Während die chinesische Regierung anführt, das Gesetz diene der effizienten Organisation der spirituellen Nachfolge, geht Tibets Premierminister Samdhong Rinpoche davon aus, dass die Regelung einen Versuch darstellt, die wichtigsten religiösen Institutionen des Landes, den Dalai Lama und den Panchen Lama, endgültig abzuschaffen.

Chypre

Als Chypre klassifiziert man eine ganze Familie von Parfüms, die zitrusartige Kopfnoten (darunter meist Bergamotte) und florale Herznoten (häufig mit Jasmin und Rose) mit einer Basis aus Eichenmoos, Moschus, Labdanum und Patschuli kombinieren.

Chypre ist zugleich die französische Bezeichnung für die Insel Zypern, auch Insel der Venus genannt. Sie wurde zum Namensgeber des ersten Chypre-Parfüms, da dort Labdanum und die typischen Zitrus-Komponenten besonders üppig gedeihen. Zu den berühmtesten Chypren zählen François Cotys Original *Chypre*, Guerlains *Mitsouko* und Rochas' *Femme*.

Dedi

Dedi (engl. auch Djedi) ist der Name eines mächtigen altägyptischen Priesters und Magiers, der in der vierten Sage des *Westcar Papyrus* aus dem ägyptischen Mittleren Reich (um zweitausend Jahre v. Chr.) erwähnt wird. Der Sage nach lebte Dedi in der Zeit der vierten Dynastie, wurde hundertzehn Jahre alt und war in der Lage, jeden Tag fünfhundert Brotlaibe, ein halbes Rind und hundert Krüge Bier zu verzehren. Er soll die Geburten zukünftiger Herrscher vorhergesagt und die Fähigkeit besessen haben, geköpfte Tiere wieder zum Leben zu erwecken.

Djedi ist zudem der Name eines Parfüms aus dem Jahr 1926, das Jacques Guerlain kurz nach der Entdeckung von Tutanchamuns Grab durch Howard Carter 1923 als Hommage an die altägyptische Zivilisation kreierte. Interessanterweise wollte Guerlain nicht der Pracht und Opulenz des Goldenen Zeitalters Ägyptens ein olfaktorisches Denkmal setzen, sondern stattdessen an den Untergang der ehemals mächtigen Dynastien erinnern. Und so erzählt er mit seinem Duft *Djedi* eine fesselnde Geschichte von Niedergang und Verfall. Es gehört bis heute zu den begehrtesten, seltensten Kreationen des Hauses Guerlain.

Duftorgel

Wichtigstes Arbeitsgerät eines Parfümeurs: ein Tisch mit hufeisenförmigen, treppenartig hinter- und übereinander gestaffelten Regalreihen, auf denen zahlreiche Behälter mit Parfümzutaten bequem erreichbar sind. Der mehrschichtige Aufbau erinnert an die Manuale einer Kirchenorgel.

Als die Autorin bei einer ihrer Recherchereisen in Paris zum ersten Mal eins dieser eindrucksvollen Gebilde sah, nahm sie es zum Vorbild für das jahrhundertealte Möbel der Familie L'Étoile in ihrem Roman.

Duftpyramide

Die Duftstruktur eines Parfüms lässt sich mit einer dreischichtigen Pyramide vergleichen:

Kopfnoten sind die Duftkomponenten, die unmittelbar nach dem Auftragen des Dufts im Vordergrund stehen und rasch wieder verfliegen. Häufig sind dies leichte, zitrusartige Düfte.

Herznoten nennt man die Komponenten des Parfüms, die hervortreten, wenn die Kopfnoten zu verblassen beginnen, und über mehrere Stunden das Dufterlebnis prägen. Oft sind dies florale, würzige und kräutrige Noten.

Basisnoten sind das Fundament, auf dem die gesamte Struktur einer Parfümkreation aufbaut – schwere oder moschusartige Duftkomponenten, die noch lange nach den Kopf- und Herznoten ihre Wirkung entfalten. Verwendet werden zum Beispiel Hölzer und Harze, Moose und animalische Düfte wie Zibet oder Ambra.

Enfleurage

Die Enfleurage, genauer gesagt die *Enfleurage à froid*, ist ein altbewährtes Verfahren der Duftextraktion, bei dem geruchsneutrale tierische Fette als Extraktionsmittel eingesetzt werden.

Traditionellerweise werden Glasplatten mit dem Fett bestrichen und anschließend die Blüten daraufgestreut, deren Duftstoffe dann in das Fett diffundieren. Die verbrauchten Blüten werden regelmäßig durch frische ersetzt, bis das Fett mit den ätherischen Ölen der Pflanze gesättigt ist. Anschließend wird das Fett mit Ethylalkohol behandelt, um das Duftöl von dem Träger zu lösen. Zuletzt wird das Öl wieder von dem Alkohol getrennt, und es entsteht ein besonders wertvolles *Absolue*.

Factice

Eine (in der Regel vergrößerte) Nachbildung originaler Parfümflakons, die meist mit gefärbter Flüssigkeit befüllt und zu Werbezwecken eingesetzt wird.

Gedhun Choekyi Nyima

Der sechsjährige Gedhun Choekyi Nyima wurde 1995 vom Dalai Lama als elfte Inkarnation des Panchen Lama identifiziert. Wenige Monate darauf verschwand der Junge. Die chinesische Regierung gibt zu, ihn in Schutzhaft genommen zu haben, und lässt verlautbaren, er sei wohlauf und lebe mit seiner Familie in Tibet. Allerdings kennt niemand seinen genauen Aufenthaltsort, und kein Außenstehender hat ihn seit seinem Verschwinden zu Gesicht bekommen.

Grasse

Die Stadt im Südosten Frankreichs gilt seit Jahrhunderten als Welthauptstadt des Parfüms. Melisse J. Rose hat Grasse und die umliegende Region zu Recherchezwecken besucht, und die Parfümeursfamilie in ihrem Roman besitzt dort ein Haus und eine Zweigstelle.

Im Mittelalter war Grasse, französisch für »fettig«, vor allem für seine Gerbereien bekannt. Diese begannen im siebzehnten Jahrhundert damit, parfümierte Lederprodukte herzustellen, insbesondere parfümierte Handschuhe und Accessoires, die Katharina von Medici populär gemacht hatte. Das milde, geschützte Mikroklima der Region war ideal für die Blumenzucht und begünstigte die Entstehung eines florierenden neuen Handwerkszweigs.

Heute ist die Region um Grasse für den Anbau von Jasmin, Lavendel, Rosen und Veilchen bekannt. Zahlreiche Betriebe, die diese Rohmaterialien weiterverarbeiten, haben sich angesiedelt, ebenso wie berühmte Parfümerien, unter anderem Fragonard, Molinard und Galimard.

Halluzinogene
Substanzen, die Halluzinationen hervorrufen, wenn sie eingenommen werden.

In manchen Pflanzen sind chemische Substanzen enthalten, die das Zentralnervensystem beeinflussen und dabei Veränderungen der Stimmung, des Bewusstseinszustands und der Wahrnehmung hervorrufen können. Viele dieser Pflanzen, unter anderem bestimmte Pilz- und Kaktusarten, werden seit Jahrtausenden zu psychoaktiven Präparaten zubereitet, die gezielt für medizinische, religiöse und schamanistische Zwecke eingesetzt werden.

Im Alten Ägypten wurde unter anderem der von der Autorin in ihrem Roman erwähnte Blaue Lotus (*Nymphaea caerulea*, eine Seerosenart) wegen seiner psychoaktiven Eigenschaften eingesetzt. Auch in dem sagenumwobenen Räucherwerk namens Kyphi, einem Präparat aus vielen verschiedenen Zutaten, das man zum Ball gerollt auf glühende Kohle legte, sollen bewusstseinsverändernde Substanzen enthalten gewesen sein.

Die von Halluzinogenen hervorgerufenen Visionen wurden in antiken Kulturen meist als prophetisch oder göttlich angesehen.

Karma
Karma ist ein Konzept aus der Reinkarnationstheorie, nach dem jede Handlung eine spirituelle Konsequenz hat. Seelen werden demnach wiedergeboren, um in ihrem neuen Leben Sünden zu büßen, spirituelle Schuld abzutragen oder ungelöste

Aufgaben zu erfüllen. Man kehrt in die Welt der Sterblichen zurück, um seinem Schicksal gerecht zu werden.

Katakomben

Unterhalb Paris liegt noch eine zweite Stadt, eine Nekropole. Sie besteht aus Hunderten von Kilometern unterirdischer Tunnel, die teils schon zur Zeit der Römer als Steinbrüche angelegt wurden. Manche der Stollen und Kammern, die nie vollständig kartiert worden sind, wurden ab dem achtzehnten Jahrhundert wegen hygienischer Probleme auf den regulären Friedhöfen zu einem unterirdischen Beinhaus umfunktioniert und sind bis heute die Ruhestätte von über sechs Millionen Menschen.

Die Anordnung zu dieser Umnutzung des Steinbruchs wurde 1786 von dem damaligen Pariser Polizeichef Marie Louis Thiroux de Crosne und dem Generalinspektor der Steinbrüche Charles-Axel Guillaumot getroffen.

Die Katakomben erstrecken sich unter dem fünften, sechsten, zwölften, dreizehnten, vierzehnten, fünfzehnten und sechzehnten Arrondissement, doch nur ein kleiner Ausschnitt unterhalb des vierzehnten Arrondissement, am linken Seine-Ufer, ist heute als Museum der Öffentlichkeit zugänglich. Hundertdreißig Stufen führen den Besucher in den Untergrund, und am Ende des Rundgangs geht es über dreiundachtzig Stufen zurück an die Oberfläche.

Doch die Tunnel sind im Lauf der Jahrhunderte noch auf vielerlei andere Weise genutzt worden. Robespierre soll die Leichen seiner Prostituierten in den sogenannten »Grüften der Lüste« entsorgt haben. Im Zweiten Weltkrieg hatten sowohl die deutschen SS-Verbände als auch die Résistance Stützpunkte in den labyrinthischen Tunneln, ohne dass sie je die Verstecke ihrer Gegner gefunden hätten.

Kataphile

Die sogenannten Kataphilen sind eine bunte Mischung von Menschen, die illegal die vielen abgesperrten Tunnel unterhalb Paris erkunden.

Manche der Hobby-Höhlenforscher sind Künstler, die die Höhlenwände als Leinwände nutzen oder aus dem Kalkstein Skulpturen schaffen. Andere geben im Untergrund Theater- oder Filmvorführungen, wieder andere praktizieren schwarze Magie oder Initiationsrituale.

Nicht selten bringen die Kataphilen bei ihren Ausflügen Wein und Essen mit, das sie in den unterirdischen Kammern aus dem zwölften und dreizehnten Jahrhundert zubereiten. Sogar zur Pilzzucht sind die Stollen schon benutzt worden.

Kleopatras Parfümerie

Kleopatra VII. Philopator (69–30 v. Chr.), die letzte Pharaonin des Alten Ägypten, soll von Parfüms geradezu besessen gewesen sein. Mark Anton ließ eigens für sie eine Parfümwerkstatt erbauen, die von Feldern voller Duftpflanzen umgeben war. Unter anderem wuchs dort die heute ausgestorbene Balsampflanze (eine zu der Zeit bedeutsame und sehr kostbare Parfümzutat), die Mark Anton König Herodes abgenommen hatte. In den 1980er Jahren stieß ein Team aus italienischen und israelischen Archäologen am südlichen Ufer des Toten Meers, dreißig Kilometer von En Gedi entfernt, auf vermeintliche Überreste der antiken Parfümerie. Ihre Ausgrabungen brachten neben Resten alter Duftstoffe auch Sitzmöbel ans Licht, auf denen die damaligen Besucher ihre Schönheitsbehandlungen bekamen.

Kleopatras verlorenes Buch der Düfte

Den Überlieferungen nach soll Kleopatra ein Buch besessen haben, in dem die Rezepturen ihrer Parfüms versammelt waren, das *Cleopatra gynaeciarum libri*.

Dieses Buch wird in den Aufzeichnungen von Dioskurides, Homer und Plinius dem Älteren erwähnt. Soweit bekannt, ist heute kein Exemplar des Buches mehr erhalten.

Mazeration

Bei der Mazeration werden die aromatischen Bestandteile aus Pflanzenteilen herausgelöst, indem diese in einem kalten oder warmen Lösungsmittelbad eingeweicht werden.

Je nach dem erwünschten Ergebnis kann der Prozess der Mazeration wenige Tage, aber auch Wochen oder Monate dauern. Die aromatischen Bestandteile werden allmählich an das Lösungsmittelbad abgegeben und zum Schluss isoliert und durch Filtration gereinigt.

Nischenparfüm

Ein Parfüm, das von einem kleinen, handwerklich orientierten Hersteller in geringeren Mengen auf den Markt gebracht wird als Mainstreamparfüms. Auch die Anzahl der Verkaufsstellen, die einen Duft anbieten, spielt in die Definition als Nischenparfüm mit hinein. Ernsthafte Parfümliebhaber ziehen die Nischendüfte mit ihrer individuellen Note und ihrer hohen handwerklichen Qualität oft der Massenware vor.

Melisse J. Rose hat im Zuge ihrer Recherchen mehrere Nischenparfümeure kennengelernt, darunter auch Könner wie Olivier Durbano, deren Kunstfertigkeit und Talent ihr ein großer Ansporn war. Die Figur des Robbie L'Étoile ist eine Hommage an diese inspirierenden Männer und Frauen.

Oud

Extrakt aus dem besonders harzhaltigen Holz des Adlerholz- oder Agarbaums (Aquilaria), der in Indien und Südostasien beheimatet ist. Der Adlerholzbaum ist besonders anfällig für eine bestimmte Art von Pilzbefall, auf den er durch vermehrte

Harzeinlagerung im Holz reagiert. Aus diesem sehr dunkeln, sehr schweren Holz wird das Oud-Öl mit seinem einzigartigen, komplexen Duftprofil gewonnen. Es gehört zu den teuersten Parfümzutaten überhaupt und wird auch wegen seiner spirituellen Qualitäten geschätzt.

Parfüm für das Jenseits

Im Altertum wurden Parfüms häufig mit religiösen Handlungen und dem Jenseits in Verbindung gebracht. Im Alten Ägypten war die Vorstellung verbreitet, die Seele reise mit dem Rauch brennenden Räucherwerks ins Totenreich.

Auf einigen der altägyptischen Grabmalereien, welche die Autorin im New Yorker Metropolitan Museum of Art besichtigen konnte, sind Menschen mit Räucherkegeln auf dem Kopf zu sehen. Im Musée International de la Parfumerie in Grasse sind Basreliefs ausgestellt, auf denen der gesamte Prozess der Parfümherstellung dargestellt ist.

Räucherwerk

Eine Mischung aromatischer pflanzlicher Substanzen, die beim Verbrennen parfümierten Rauch erzeugt.

Räucherwerk (häufig auf der Basis von Weihrauch-Harzen) wird seit Anbeginn der Zeiten zu Reinigungszwecken, für die Meditation und bei religiösen Ritualen eingesetzt. Im Altertum hatten die verwendeten Räucherstoffe häufig eine hypnotische oder beruhigende Wirkung (siehe *Halluzinogene*). Dem aufsteigenden Rauch wurde unter anderem die Fähigkeit zugesprochen, Gebete zu den Göttern zu tragen, böse Geister zu vertreiben und tiefen Seelenfrieden zu gewähren (siehe *Antike Parfüms*). In vielen Kulturen wird es als Hilfsmittel bei der Meditation eingesetzt und soll mit seinen beruhigenden Duftakkorden der spirituellen Heilung dienen.

Reinkarnation

Dieser lateinische Ausdruck bedeutet wörtlich übersetzt »wieder in das Fleisch eingehen«. Aus dem Griechischen ist der Ausdruck *metempsychosis*, also »Umseelung« oder »Seelenwanderung« bekannt.

> »Das Grab ist keine Sackgasse, es ist eine Durchgangsstraße. Es schließt sich in der Abenddämmerung, öffnet sich aber zum Morgengrauen.«
>
> *Victor Hugo*

Reinkarnationstheorien gehen davon aus, dass die Seele des Menschen nach dem Tod in einem anderen Körper wiedergeboren wird – meist ohne dass sich dieser neue Mensch an sein früheres Leben erinnert.

Dieses Konzept ist zentraler Bestandteil fast aller indischen Religionen, unter anderem des Hinduismus und des Buddhismus. Doch es gab und gibt auch jüdische, christliche und islamische Sekten, die sich die Vorstellung zu eigen gemacht haben, unter anderem die Kabbalisten, die Katharer, die Alewiten, gnostische und esoterische Christen und die Drusen. Auch in den Mythen der Indianer und Griechen sowie der Nordischen Mythologie finden sich Hinweise auf das Konzept der Reinkarnation.

Die Vorstellung von der Wiedergeburt wurde unter anderem von Pythagoras, Sokrates, Plato, Plotin, Ramón Llull, Nicolás de Cusa, Leonardo da Vinci, Edmund Spenser, Shakespeare und John Milton diskutiert und erforscht. Auch Spinoza und Leibniz, Voltaire, Benjamin Franklin, Thomas Paine, Walt Whitman, W.B. Yeats, Ralph Waldo Emerson, Henry David Thoreau, George Smith Patton, Kant, Herder, Lessing, David Hume und C.G. Jung befassten sich mit dem Konzept oder glaubten daran.

Seelenwanderung
Ein Konzept, nach dem eine Seele in ihren Reinkarnationen so lange ähnliche Situationen durchlebt, bis sie eine zuvor begangene Verfehlung ausgeglichen hat.

Sillage
Die Duftspur, die ein Parfümierter im Raum hinterlässt und um sich verbreitet. Sillage ist das französische Wort für »Heckwelle« oder »Kielwasser«.

Stevenson, Dr. Ian
Kanadischer Biochemiker und Psychiater (1918–2007), der unter anderem als Leiter des Instituts für Wahrnehmungsforschung an der Universität Virginia fungierte. Er untersuchte über dreitausend Kinder auf Erinnerungen an frühere Leben. Stevenson vertrat die These, die Reinkarnationstheorie könne entscheidende Beiträge zur modernen Psychiatrie leisten, weil sie Verhaltensmuster erkläre, für die andere Theorien keine Erklärungen haben. Stevenson hat zahlreiche Bücher veröffentlicht. Seine Forschungsarbeit wird heute von Dr. Jim Tucker fortgeführt.

Tibetische Reinkarnationslehre
Das Reinkarnationssystem des tibetischen Buddhismus basiert auf der Theorie, dass der Buddha wieder und wieder auf Erden geboren wird, um seinen Anhängern den Weg zu weisen und seine Mission zu erfüllen. Seit 1193 sind tausende »lebendige Buddhas« ausgewählt worden. Die ranghöchsten sind der Dalai Lama und der Panchen Lama.

Zu den Methoden, mit deren Hilfe die wahre nächste Inkarnation eines buddhistischen Meisters identifiziert werden soll, gehören unter anderem das Deuten von Orakelsprüchen und Omen, Retreats, die Suche nach Müttern, die ungewöhnliche

Träume hatten, und die Suche nach Kindern, die bestimmte Fähigkeiten besitzen, ohne darin geschult worden zu sein.

Triaden

Ursprünglich waren Triaden Verbände chinesischer Widerstandskämpfer gegen die mandschurische Qing-Dynastie, aus denen in den 1760er Jahren die »Gesellschaft des Himmels und der Erde« hervorging. Von da an zergliederte sich die Bruderschaft in viele kleinere Unterorganisationen, die das Dreieck zu ihrem Erkennungszeichen wählten und in ganz China politischen Einfluss suchten. Ihr Dreieckssymbol inspirierte die britischen Kolonialtruppen in Hongkong zu dem heute gebräuchlichen Namen »Triaden«.

Als 1949 die Kommunistische Partei an die Macht kam und den Einfluss der Triaden zurückdrängte, begannen die Mitglieder der Bruderschaft auszuwandern. Seit den 1880er Jahren betreiben die Triaden Banknotenfälschung und sind heutzutage weltweit in zahlreichen Regionen mit einem großen chinesischen Bevölkerungsanteil vertreten. Häufig finanzieren sie ihre Aktivitäten durch Zuhälterei, Erpressung und Geldwäsche.

Tulpa

Der Sage nach ein Objekt oder Wesen, das durch bloße Willenskraft materialisiert wird. Der Begriff wurde von Alexandra David-Néel (1868–1969) geprägt, einer belgisch-französischen Reiseschriftstellerin und Spiritualistin, die Tibet bereiste, als dies für Ausländer noch verboten war. Sie behauptete, selbst eine Tulpa erschaffen zu haben, das Abbild eines Mönchs, das anschließend ein Eigenleben entwickelte und mühevoll wieder bezwungen werden musste.

Dieses Glossar wurde von M. J. Rose gemeinsam mit Dimitri Dimitriadis verfasst, dem Autor des beliebten Parfüm-Blogs »Sorcery of Scent«: http://sorceryofscent.blogspot.com.

Nachbemerkung der Autorin

Wie die meisten meiner Werke enthält auch diese fiktionale Geschichte zahlreiche Fakten.

Kleopatras Liebe zu Parfüms war legendär, und sie besaß tatsächlich eine eigene Parfümwerkstatt, deren Überreste man heute gefunden zu haben glaubt. Mehrere antike Chronisten berichten übereinstimmend, Kleopatra habe die Rezepturen ihrer Duftstoffe und Kosmetika in einem Buch gesammelt, von dem heute jedoch kein Exemplar mehr erhalten ist.

Napoleon, der ebenfalls sehr sensibel auf Gerüche reagierte, war tatsächlich im späten achtzehnten Jahrhundert in Ägypten und erkundete dort mit seinen Wissenschaftlern die Pyramiden. Ob er einen Parfümeur im Gefolge hatte, ist nicht überliefert.

Die Schilderungen der Geschichte des Parfüms und der Parfümherstellung sowie die Beschreibung der Triaden beruhen auf meinen Recherchen. Dasselbe gilt für die Passagen über den tibetischen buddhistischen Glauben und seine Gebräuche und Rituale mit Bezug auf die Reinkarnation. Leider sind auch die chinesischen Gesetze zur Registrierungspflicht von Reinkarnationen nur allzu real.

Auch Xies Geschichte basiert auf traurigen Tatsachen: 1995 identifizierte der Dalai Lama den damals sechsjährigen Gedhun

Choekyi Nyima als Inkarnation des Panchen Lama. Wenige Monate darauf verschwand der Junge. Bis heute ist sein Aufenthaltsort unbekannt, und kein Ausländer hat Kontakt mit ihm aufnehmen können.

Es gibt zwar keine Phoenix Foundation, aber ihr fiktionales Wirken ist von der Arbeit inspiriert, die Dr. Ian Stevenson an der Universitätsklinik von Virginia geleistet hat, wo er jahrzehntelang an Kindern das Phänomen der Erinnerung an frühere Leben erforschte. Heute wird seine Arbeit von Dr. Bruce Greyson und dem Kinderpsychiater Dr. Jim Tucker fortgeführt.

Und dann ist da noch Paris. Nie werde ich dieser Stadt gerecht werden können. Was für ein magischer Ort. Wenn Sie einmal dort sind, kann ich nur empfehlen, die Katakomben zu besuchen. Es ist ein bewegendes, faszinierendes und, ja, auch ein wenig unheimliches Erlebnis. Gönnen Sie sich anschließend ein Glas Wein im Café Marly und machen Sie unbedingt einen Abstecher in die Orangerie – Claude Monets Gemälde sind wirklich atemberaubend.

Danksagung

Mein Dank geht an:

Meine Lektorin Sarah Durand, den Traum jedes Autors: Sie ist einfühlsam, klug, geduldig und sensibel.

Meinen Agenten Dan Conoway. Ohne dich wäre dieses Buch nie das geworden, was es ist.

Meinen Duftmagier Dimitri, den Blogger, der mir das Tor zur mysteriösen Welt des Parfüms geöffnet hat. Danke für den großzügig erteilten Rat und die vielen Duftproben.

Die so inspirierende wie legendäre Sophia Grojsman, eine der größten Parfümeurinnen unserer Zeit, und den erfinderischen, poetischen Olivier Durbano.

Frederick Bochardy für seine wunderbaren Parfüms, seine Abenteuerlust und seine Bereitschaft, seine Kreationen mir und meinem Buch zur Verfügung zu stellen.

Das Team von Adria Books, soweit ich es kenne: Hilary Tisman, Lisa Sciambra und Paul Olsewski, sowie an alle, die an diesem Buch mitgewirkt haben. Es ist mir eine Ehre, mit Ihnen arbeiten zu dürfen.

Alle bei Writers House – von dem Fels in der Brandung Stephen Barr bis zu dem charmanten Michael Mejias (eines Tages werde ich die richtige Tür erwischen!).

Das Dreamteam – unbezahlbar, wenn man einmal mit einem

Plot nicht vorankommt oder den Mut verliert, aber auch einfach gute Freunde: Lisa Tucker, Douglas Clegg, C.W. Gortner und Steve Berry.

All die Leser, Buchhändler und Bibliothekare, für die sich das Schreiben überhaupt erst lohnt.

Meine lieben Freunde und meine Familie, wie immer. Und am allermeisten an Doug.

Die Zitate auf den Seiten 5 und 126 sind folgenden Ausgaben entnommen:

Marcel Proust, In Swanns Welt. Auf der Suche nach der verlorenen Zeit. Frankfurt am Main 1981, S. 66.

Ägyptisches Totenbuch. Übersetzt und kommentiert von Gregoire Kolpaktchy. Bern, München, Wien 1980, S. 104.